Emma Hamberg

Landliebe gesucht

Roman

Aus dem Schwedischen von
Susanne Dahmann

Piper München Zürich

W0306846

Mehr über unsere Autoren und Bücher:
www.piper.de

Von Emma Hamberg liegen bei Piper im Taschenbuch vor:
Immer dieser Zirkus mit den Männern
Landliebe gesucht

Deutsche Erstausgabe
Dezember 2008
© 2007 Emma Hamberg
Titel der schwedischen Originalausgabe:
»Brunstkalendern«, Albert Bonniers Förlag, Stockholm 2007
© der deutschsprachigen Ausgabe:
2008 Piper Verlag GmbH, München
Umschlaggestaltung: Cornelia Niere, München
Umschlagfotos: Tim Flach / Getty Images (Kalb) und
plainpicture (Herz)
Autorenfoto: Lena Granefelt
Satz: Filmsatz Schröter, München
Druck und Bindung: CPI – Clausen & Bosse, Leck
Printed in Germany ISBN 978-3-492-26279-8

Für Agi, den mutigsten Helden meiner Welt.
Und natürlich für unsere drei bezaubernden Töchter,
Ditte, Nåmi und Saga. Ich hoffe und glaube,
dass Euer gutes und warmherziges Verhältnis
zueinander ewig währen wird.
Ich liebe Euch – alle zusammen!

1

»Was schaut ihr euch denn da an?«

»Weiß nicht. Da war eben so ein Monster – guck mal, da ist es, mit Blut in den Augen. Und das Monster frisst bestimmt kleine Kinder, glaub ich jedenfalls ...«

»Nee, stimmt nicht. Es jagt die bloß, weil es diesen Glitzerdiamanten will. Der Glitzerdiamant hat erst tief unten auf dem Meeresgrund gelegen, und dann ...«

»Sei still! Ich versteh nichts! Mama, ich hab Hunger!«

Mama Lena ist gerade aufgewacht. Es ist fünf nach neun an einem Samstagmorgen, und sie ist gerade aufgewacht. Eine Sensation! Und, Moment mal ... ja, ausgeschlafen ist sie auch! Gepriesen seien die ganzen Kabelkanäle mit ihrem morgendlichen Kinderprogramm! Dass die Kids irgendwelche rotäugigen Monster anglotzen, ist Nebensache, wenn man dafür ausnahmsweise mal ausschlafen kann. Außerdem werden die schon kein Trauma davontragen, wenn sie mal so einen etwas fieseren Zeichentrickfilm sehen, da wird ja von den Psychologen gern mal übertrieben. Normale Kinder kapieren doch, dass das alles nicht echt ist. Mütter dagegen, die nicht schlafen dürfen, die können zu rotäugigen Monstern werden und bei ihren Kindern einen bleibenden Schaden anrichten!

Lena betrachtet ihre drei jüngsten Kinder: Hampus, der morgen drei Jahre alt wird, Vilda, die gerade eingeschult worden ist, und Engla, die glaubt, sie sei gerade eingeschult worden, obwohl sie noch ein Jahr Kindergarten vor sich hat. Sie muss sie jetzt ein wenig knuddeln.

Wie sie dasitzen, in ihren Schlafanzügen, eng beisammen unter einer Decke, und fernsehen – so sind sie ihr am liebsten. Ruhig, freundlich und still. Pfui, so etwas darf man doch nicht denken. Aber Lena tut es. Der Fernseher ist ungefähr tausendmal besser darin, ihre Kids ruhigzustellen, als sie selbst.

Lena schnuppert an ihnen. Riecht an Hampus' feuchter Nackengrube, reibt die Nase an Englas immer noch babyweiche Wangen und küsst Vildas ernste Stirn. Bei der Namensvergabe ist irgendwas schiefgelaufen. Vilda ist ein Kind völlig ohne Wildheit. Das man aus dem Haus zerren muss, auch wenn draußen dreißig Grad sind und das Meer vor der Tür wartet. Das nie im Türrahmen hochklettert oder beim Mittagessen lachend einen Rülpser loslässt. Auf Engla hingegen hätte der Name Vilda viel besser gepasst.

Aber dazu ist es nun zu spät.

»Pass auf, du trittst auf Skutt!«

Verdammt. Haben sie wieder die Kaninchen ins Haus geholt? Und wo ist eigentlich Vincent?

»Warum habt ihr die Kaninchen reingeholt?«

»Die waren so schrecklich einsam. Nina hat echt geweint. Ohne Tränen.«

Lena sieht aus dem Fenster. Der Kaninchenstall ist leer. Das bedeutet fünf Kaninchen im Haus. Und liegt da draußen im Gemüsebeet nicht Vincent, der Bernhardiner? Okay. Nun heißt es aufpassen, dass man nicht in Kaninchenköttel tritt. Wo ist eigentlich Robert, wollte der heute nicht zu Hause sein?

»Wo ist Papa?« Lena sieht ihre Kinder an.

»Der ist auf der Tankstelle. Irgendwer hatte einen schmutzigen Laster. Hunger!«

Diese ganzen verdammten Lastwagen! Roberts Firma ist nicht Roberts Firma, sondern Roberts Familie. Wir hier zu Hause sind Roberts Firma. Oder nein, wir sind nicht Roberts Firma. Wir sind Roberts ... Roberts Schwarzarbeiter aus Polen. Unterbezahlt, unsichtbar, ohne jede gewerkschaftlichen Rechte, und wir müssen auch noch dankbar sein. Klar, natürlich macht Robert das alles, damit wir uns so viele Kinder leisten können, und dazu noch das Haus und die Tiere. Aber ich muss trotzdem noch arbeiten. Jedes zweite Wochenende im Laden an der Kasse, manchmal springe ich in der Kindertagesstätte ein, ab und zu in der Schulküche. Und dann die Arbeit mit all den Kindern und den Tieren, die Schmutzwäsche, das Geschirr in die Spülmaschine räumen, die getrocknete Wäsche zusammenlegen, das Geschirr in den Schrank zurückstellen, den ganzen Kleinkram aufsammeln und sortieren ... Verdammte Scheiße, was ist das?

Kaninchenköttel. Fünf Stück, jetzt ziemlich platt, unter ihrem Fuß. Lena flucht leise und kratzt ihren Fuß an der Kante des Mülleimers ab, etwas eingetrocknete Spaghetti und ein Stück Salat klebten offenbar auch noch an der Fußsohle. Sie leert die Fressnäpfe der Katzen und des Bernhardiners, füllt frisches Trockenfutter und Wasser nach und streichelt die Kaninchen, die vorbeihoppeln.

Dann stellt sie Leberpastete, Gurken, Milch und Cornflakes auf den Tisch. Verdammt, das Brot ist alle. Zwei kleine Kanten sind noch da. Lena nimmt die Mini-Pfefferkuchenformen und drückt sie in die verbliebenen Brotstücke, sodass kleine Brotherzen daraus werden. Vielleicht kann das darüber hinwegtäuschen, dass es kein Brot mehr gibt. Eine mütterliche List!

Lena ist schon lange Mutter. Siebzehn Jahre. Seit sie selbst siebzehn war. Jetzt ist sie vierunddreißig.

Josefine war nicht wirklich geplant. Obwohl ...

Lena war immer schon klar, dass sie viele Kinder haben würde. Und früh mit dem Kinderkriegen anfangen würde. Worauf sollte sie warten?

Rille und sie waren verliebt. Richtig doll verliebt. Sechzehn Jahre alt und so verliebt, dass man nicht nachdenkt. Man hat einfach Sex. Und wenn diese Sechzehnjährigen mal »denken«, dann »denken« sie, wenn es ein Kind gibt, dann soll das wohl so sein. Und dann stellen sie sich dieses kleine Kind vor. Aber ihre Phantasien beschränken sich natürlich auf die schönen Stunden. Die weichen, speckigen

Beinchen. Die warmen Decken, in die sie das Baby hüllen werden. Die Liebe. Die sich ausbreitet und neues Leben schafft. Der Höhepunkt der Romantik.

Und es gab ein Kind. Natürlich. Zwei frisch erblühte Jugendliche mit gesunden Körpern, die immer und überall miteinander schlafen, da bilden sich leicht neue kleine Keime, die zu wachsen beginnen. Aber als das kleine Mädchen schließlich kam, da war Rille längst weg. Die innige Liebe auch. Aber Lena war noch da. Und das kleine Mädchen.

Josefine war nicht geplant. Aber sie wurde für Lena zum Lebenssinn.

Lena zog mit Josefine in eines der kleinen Häuschen auf dem Hof ihrer Eltern. Mama und Papa wohnten fünfundzwanzig Meter entfernt im Haupthaus. Josefine und Lena waren immer zusammen. Wenn Lena die Kühe molk, hatte sie Josefine im Tragetuch vor dem Bauch. Wenn sie ausmistete, saß ihre Tochter im Kinderwagen und schaute zu. Manchmal krabbelte sie in einer der Boxen für die Kühe herum, ein sehr praktischer Laufstall. Genau wie Lena, als sie klein war. Sogar in derselben Box.

Frühstück, Mittag und Abendessen im Haupthaus des Hofs Solvändan. Mama, Papa, Josefine und Lena. Alle zusammen. Lena musste für Essen oder Wohnen nichts bezahlen. Das wurde nicht einmal in Erwägung gezogen. Dass man auf dem Hof mithalf, gehörte dazu. Wie immer. Aber das war sie gewohnt. Nicht nur ihre Aufgaben zu erledigen, sondern auch die der Schwestern, da machte ein kleines Baby mehr oder weniger keinen Unterschied. Ausmisten musste man sowieso.

Und jetzt muss sie dringend die Kaninchenköttel aus der Küche schaffen. Aus der Küche in ihrem und Roberts Haus in Braby. Dreißig Kilometer vom heimatlichen Hof Solvändan entfernt. Keine Kühe. Aber Kaninchen, Hunde, Katzen und ein Meerschweinchen.

So, das Frühstück steht auf dem Tisch, oder, na ja,

immerhin etwas, das aussieht wie Frühstück. Jetzt ist es halb zehn, soll sie es wagen, Josefine zu wecken? Nein, besser nicht. Aber die kann doch nicht den ganzen Tag schlafen. Obwohl, doch, das kann sie …

Aus der oberen Etage ist ein Brüllen zu hören. Offenbar ist Josefine von selbst aufgewacht.

»Verdammt noch mal, wer hat die Kaninchen in mein Zimmer gelassen? Mamaaa!« Josefines Stimme dröhnt durchs Haus. Jetzt poltert sie die Treppe herunter.

Stellt sich zitternd vor Wut in die Küche, in nichts als Unterhose und einem kleinen, kurzen Nachthemd mit Snoopy-Aufdruck. Lena kann sich nicht satt sehen an ihrem Körper. Dass ihr kleines Mädchen einen Frauenkörper bekommen hat. Breite Hüften, Busen, kleiner runder Bauch, Taille. So schön. So perfekt.

»Verdammt, ey! Tausendmal hab ich schon gesagt, dass ich die Scheißkaninchen nicht in meinem Zimmer haben will, die kacken doch überallhin! Und jetzt haben sie auch noch in meine Sporttasche gemacht! Und weißt du was, heute Nachmittag hab ich Handball, und ich werde auf gar keinen Fall in irgendwelchen verkackten Sachen Handball spielen. Englaaa!«

»Jossi, warte kurz. Stör die Kleinen jetzt nicht, die sehen gerade fern. Immer mit der Ruhe – ich werde die Sportsachen noch waschen. Und ich werde mit den Kleinen über die Kaninchen reden und …«

»Das habe ich alles schon mal gehört.«

»Ja, aber ich rede wirklich mit ihnen. Ich wechsle das Schloss vom Kaninchenstall aus. Und dann habe nur ich den Schlüssel dazu. Jossi …?«

»Aber die Sportsachen müssen echt bis zwei Uhr sauber *und* trocken sein. Ich sterbe lieber, als in schmutzigen Klamotten Handball zu spielen.«

»Natürlich, Schätzchen, möchtest du frühstücken?«

»Gibt es etwa kein Brot, oder was?«

»Doch, Herzbrot …«

»Du kannst doch nicht vier Kinder haben und vergessen, Brot zu kaufen. Das gibt's ja nicht! Ich geh wieder ins Bett.«

»Tu das, Liebling, und leg die Sportsachen vor die Tür, ich hol sie mir dann.«

So. Das war erste Ausbruch des Tages. Ziemlich harmlos eigentlich. Zeit für die erste Fütterung der Raubtierjungen.

»Kinder, Früüühstück!«

2

Jetzt kommen die Hells Angels. Schön.

Marie nimmt einen tiefen Zug von ihrer Zigarette und beobachtet mit zusammengekniffenen Augen die Motorradfahrer, die am Bürgersteig vorfahren. Sie schüttelt routiniert ihre langen Haare und nimmt den letzten tiefen Lungenzug. Dann winkt sie den Hells Angels träge zu, als sie ganz selbstverständlich an der Schlange vorbei in den Club marschieren. Solche Westen müsste man eigentlich bei eBay kaufen können. Besser als jede VIP-Karte der Welt. Zumindest in dieser Welt. In Maries Welt.

Die Rauchpause ist vorbei. Mist. Aber was soll's, als Barchefin darf man sich eine Rauchpause genehmigen, wann man will. Das Recht hat man ja wohl.

Und Marie sowieso. Wenn man seit März 1989 im selben Club gearbeitet hat, dann darf man sich ja wohl satt rauchen, verdammt. Etwas lahm wirft Marie die Kippe weg, streckt sich, bewegt ihre steifen Schultern ein wenig vor und zurück, aua, und geht in den Club zurück.

Die Hells Angels pflügen sich mit ihren Lederwesten und ihren übertrieben coolen Mienen zur Bar vor, und ja, es funktioniert. Der enorme Andrang auf die Bar lässt nach. Die Hände der anderen Gäste, die wie Propeller gewinkt hatten, um einen Drink oder ein großes Bier zu kriegen, wandern in die Lederhosentaschen zurück. Und zwar schnell.

Nein, plötzlich muss niemand mehr so dringend etwas zu trinken bestellen. Nö, geben Sie doch erst mal den netten Jungs hier was.

Die Stimmung in der Rock'n'chocks-Bar wird immer sanft wie eine Spätsommerbrise, wenn die Hells Angels auftauchen. Null Streit, kein Gegrabsche oder Gekreische. Ordentliche Schlangen und kein übertriebenes Headbanging. Man kann über kriminelle Motorrad-Idioten denken, was man will, aber es ist gar nicht mal so dumm, für einen Hardrock-Club kostenlose Ordnungsleute zu kriegen. Das heißt ja noch lange nicht, dass man sie gern zu Hause im Wohnzimmer hätte ...

Seit März 1989 steht Marie in Stockholms fettester Hardrockbar, der Rock'n'chocks-Bar.

Dabei ist Stehen irgendwie nicht der richtige Ausdruck. Sie ist in all diesen Jahren herumgerödelt wie eine Verrückte. Sie hat schwere Bierkisten aus dem Keller herauf- und wieder hinuntergetragen, wie ferngesteuert Zitronen in Scheiben geschnitten, Milchshakes geschüttelt (man sollte es kaum glauben, aber Hardrocker haben eine Vorliebe ausgerechnet für Milchshakes), sie hat Tische abgewischt und durch die Gegend getragen, Stühle weggeräumt, Besoffenen aufgeholfen, sie hat jede Menge getrunken und noch mehr geraucht.

Marie. Marie Andersson. Die Frau mit dem gewöhnlichen Namen und den ungewöhnlich scharfen Jeans. So eng, als wären sie aufgemalt, und mit Fransen an den Seiten. Dazu ein weißes Hemd, wenn möglich noch enger als die Jeans, obwohl das eigentlich gar nicht möglich ist. Das Rock'n'chocks-Logo wie eine Zunge auf der Brust. Ein kurzes Schürzchen mit Spitze. Und ein großer Busen. Er füllt einige Körbchengrößen mehr, als ihr ursprünglich mitgegeben wurden. Ihr Geschenk zum Vierzigsten. Von Marie für Marie. Oder wie sie selbst zu sagen pflegt: »Ich bin davon nicht glücklicher geworden – aber der Rest der Welt.« Ja, und vielleicht ist ja auch Marie ein wenig glücklicher geworden oder zumindest reicher. Seit diesem Geburtstagsgeschenk rollt der Rubel nämlich etwas flotter, denn wenn sie ihre Möpse auf dem Tresen platziert, legen die Hardrocker gern ein zusätzliches Scheinchen als Trinkgeld hin.

»Hallo, Marie. Wie läuft's?«

Einer von den Hells-Angels-Typen nickt Marie zu. Sie nickt zurück, lächelt und schwingt lässig ihre lange, gebleichte Mähne. »Alles okay. Eine große Cola, oder?«

»Mach drei draus.«

Diese Engelchen trinken nie Alkohol, vielleicht sind sie randvoll mit anderen Drogen, ach, scheißegal, sie geben jedenfalls immer gut Trinkgeld. Moralische Bedenken kann man sich für die Freizeit aufheben, wenn man welche hat. Marie füllt drei große Gläser mit Cola, ein paar Zitronenscheiben dazu, Eis, Servietten.

»Und was machst du so am Wochenende?« Der Typ nimmt einen großen Schluck Cola und lächelt Marie fragend an. Wischt sich den Schnurrbart mit dem Handrücken ab.

»Das Übliche. Arbeiten, schlafen, mit dem Hund Gassi gehen, Sport. Haare nachfärben, guck mal, ist schon wieder alles rausgewachsen. Sieht ja voll daneben aus.«

Marie lehnt sich über den Tresen (weil ihr Busen im Weg ist, kommt sie nicht sonderlich weit) und zeigt ihren Haaransatz.

»Ach was, du siehst süß aus. Hey, kannst du nicht am Samstag zur Garage kommen, da steigt eine Party.«

»Muss arbeiten.«

»Marie ... du solltest nicht so viel arbeiten. Hast du denn keinen Typen?«

»Haha, nein danke.«

»Jetzt komm schon. Natürlich hast du einen. Mit deinem Body, verdammt, das wäre doch echt Verschwendung. Willst du das ganze Wochenende wirklich nur schlafen, arbeiten und mit deinem Wauwau Gassi gehen?«

Marie nimmt einen Schluck von ihrem eigenen Drink, einem Gin Tonic, wirft noch mal die Haare nach hinten und zieht ihr Hemd wieder herunter. Doch es rutscht gleich hoch und entblößt ihren solariumgebräunten Bauch.

»Eigentlich hast du recht. Wenn du mir siebentausend

Kronen leihen würdest, dann würde ich stattdessen auf die Malediven verschwinden.«

»Was? Du brauchst siebentausend von mir? Kein Thema, komm morgen zur Garage, dann erledigen wir das.«

»Du, Süßer, deine Kumpel rufen nach dir, jetzt zieh mal ab.«

»Soll ich dir was leihen?«

»Ganz sicher nicht. Ab mit dir.« Marie schiebt den Colatypen lachend weg.

Die Musik dröhnt. Motörhead, Metallica, Guns N'Roses, Iron Maiden, Black Sabbath. Der Club ist zum Bersten voll. Es riecht nach Schweiß, schwerem, süßem Parfüm, Haaren, Haut, Latex und Alkohol. Zirkus. Das Barleben erinnert sie an einen Zirkus, und die Leute hinter dem Tresen sind die Artisten.

Jetzt gehen jede Menge Getränke mit Schirmchen und Cocktailkirschen weg. Erstaunlicherweise stehen bei Hardrockern und Schwulen dieselben Lieblingsgetränke auf der Liste. Das würden sie vielleicht nicht zugeben, aber es ist so. Unterschiedliches Outfit, gleiche Vorlieben.

Im Takt bleiben, es fließen lassen. Über schlechte Witze lachen, die ewigen Einladungen ablehnen, auf die Rauchpause warten, Glassplitter auffegen und das Trinkgeld nicht in die eigene Tasche stecken. Jedenfalls nicht jedes Mal.

Die winzige Tanzfläche schaukelt. Langhaarige Männer in Lederhosen und üppige Sexbomben, deren Haare so lang sind wie ihre Röcke kurz, hüpfen herum. Ein paar Rockertypen in Schwarz haben sich auch herausgewagt und tanzen mit steifen Stöckelbeinen herum.

Marie ist cool. Regt sich nicht auf. Sie kennt sich aus. Schon lange. Viel zu lange, kommt es ihr manchmal vor.

»Drei White Russian, zwei doppelte Southern Comfort und drei große Bier … macht 725 bitte.«

Marie legt die Brüste auf den Tresen, nimmt 750 Kronen entgegen. Danke, stimmt so. Oh Mann, ist das ein Gedränge an der Bar.

»Marie!« Der hübsche Staffan drückt sich routiniert an den anderen Bargästen vorbei und legt seine Arme über Kreuz auf die Theke. Die Fransen seiner abgewetzten Lederjacke breiten sich wie Pfauenfedern aus.

Er ist vom Typ her eher ein Cowboyrocker. Mehr Led Zeppelin als Bon Jovi. Lange Haare und Koteletten statt Pudelkrause. Nicht mehr ganz jung. Einer von den ersten drei auf Maries Liste. Ja, sie hat drei Liebhaber, zwischen denen sie hin und her wechselt. Aber ihr letztes Date ist schon eine Weile her. Marie hat einfach keine Lust. Sie will in aller Ruhe schlafen und kann gut auf die kraftraubenden Gefühle verzichten. Sie will keine Typen, die ihn *ihrem* Bett liegen und schnarchen und kommen, wann es ihnen passt, und nicht ihr (und das ist durchaus im doppelten Wortsinn gemeint). Außerdem fressen sie ihren Kühlschrank leer und wollen im Club ein Bier umsonst. Aber der hübsche Staffan ist da anders.

»Hi, Staffan. Lange nicht gesehen, wo hast du denn gesteckt?«

Marie schenkt ihm einen doppelten Malt ein, den ewigen Partner des hübschen Staffan. Ein bisschen zu ewig, deshalb sollte er in ihrem Leben nie mehr als ein nächtliches Abenteuer hin und wieder sein.

»Ich war unten in Dänemark, als Roadie. In Odense war so ein Herbstfestival, das gab schon mal zwei Wochen Arbeit.«

Natürlich arbeitet er als Roadie. Das ist so vorhersagbar. Man sieht einen Typen wie Staffan, versucht sich vorzustellen, was so einer wohl arbeitet, und das Einzige, was einem einfällt, ist Roadie. Und das ist er dann auch. Natürlich.

»Und was machst du nach der Arbeit?«, fragt Staffan, lächelt dabei etwas schief und streicht sich über die Mundwinkel. Zieht ein wenig die Augenbrauen hoch.

Routiniert wischt Marie den Tresen ab, hebt ein paar Erdnussschälchen hoch und wischt auch darunter. Spült den Lappen aus, nimmt eine Bestellung von zwei Mädels hinter Staffan auf.

»Weiß noch nicht, vielleicht mit Linus und den anderen ein Bier trinken gehen.«

»Vielleicht auch mit mir?«

»Vielleicht ...«

Marie stellt fünf schäumende Bier auf den Tresen und schiebt sie zu den Mädels. Sie nimmt die Scheine in Empfang und legt ihre Hand auf die von Staffan.

»Wer weiß, vielleicht gehen wir ja was trinken und hinterher zu mir?«

»Das sollten wir unbedingt tun, finde ich ...«

Marie lächelt breit, Staffan lächelt zurück und geht wieder zu seiner Gruppe.

»Linus! Ich geh eine rauchen!«

Marie kapiert seinen Blick ganz genau, sie war nämlich gerade erst rauchen, aber verdammt, sie ist die Barchefin und hat ihre Lehrjahre schon hinter sich.

Marie schiebt sich durch die kleine Personalküche, macht die Tür zum Keller auf und läuft runter. Otto liegt auf seiner Decke und döst. Sobald er das Klappern von Maries Stilettoabsätzen hört, spitzt er die Ohren, und der Schwanz fängt an, schwer auf den Fußboden zu schlagen. Im Takt zur Basslinie von »Still Loving You« von den Scorpions eine Etage höher. Otto. Maries Lebensgefährte. Maries bester Freund. Der Rottweiler, der seit seiner Welpenzeit die Nächte im Keller der Rock'n'chocks-Bar verbracht hat. Der Hund, für den Bierkisten und Hardrock das Zuhause sind. Der wahrscheinlich nach der viel zu lauten Musik ein wenig taub ist, was allerdings in Ottos Fall eher von Vorteil sein dürfte. Für einen, der drei Viertel seiner Zeit in einem Nachtclub verbringt, kann es ganz angenehm sein, ein paar Prozent schlechter zu hören.

»Komm, Otto! Komm, wir rauchen eine, ja, komm, wir gehen raus!«

Marie wedelt mit ihrem Zigarettenpäckchen, Otto

wedelt seinerseits mit dem Schwanz und wuselt vor ihr die Treppe hoch. Marie schließt die Tür hinter sich. Otto streunt auf dem menschenleeren Hof herum. Schnüffelt, pinkelt, kriecht unter ein paar bedauerlich trockene Büsche. Stille. Oder jedenfalls etwas, was Stille ähnelt. Dumpfes Dröhnen aus dem Club und schwache Verkehrsgeräusche von der Götgatan.

Die lauen Sommernächte sind dahin, aber die Septemberkühle ist angenehm. Noch.

Marie spuckt ihren Snus und ihren Kaugummi aus, reckt sich, öffnet die obersten beiden Knöpfe der Jeans und setzt sich schwerfällig auf die kleine Treppe. Dann zündet sie sich eine Zigarette an und schaut zu den Wohnungen in der Umgebung hinauf. Ein Fenster leuchtet blau. Da sitzt noch jemand vor dem Fernseher. Gleich halb drei. Alle anderen liegen und schlafen. Normale Menschen schlafen an einem Freitag um halb drei nachts. Marie erinnert sich nicht mehr daran, wie es war, normal zu sein. Um acht Uhr aufzuwachen, zur Arbeit zu gehen, gegen halb sechs nach Hause zu kommen und dann um halb elf wieder ins Bett zu gehen. Halb elf! Da sind ja noch nicht mal die Stammgäste an der Bar aufgetaucht.

Die Rauchringe ziehen zum Herbsthimmel.

Marie lächelt und wird ein wenig nostalgisch. Die erste Zigarette. Marie, Frans vom Nachbarhof, dessen Cousin mit der hässlichen Frisur und Åsa, ihre kleine Schwester, die wie ein Ufo geglotzt hat. Frans hatte Zigaretten von seiner Mutter geklaut. Er und sein Cousin standen hinter der Scheune und haben gepafft. Sich die Lunge aus dem Leib gehustet. Der Klassiker. Dann wurde ihnen schlecht. Aber Marie hat das Rauchen genossen. Vom ersten Zug an. Sofort angefixt. Doch das Rauchen war ein teures Hobby. Nicht wegen der Zigaretten, sondern wegen Åsa. Fünf Kronen in der Woche wollte sie dafür haben, dass sie die Klappe hält. Die Eltern wären ja total ausgeflippt, wenn sie es erfahren hätten. Was hat Marie damals auf Solvändan hinter der Scheune geraucht. Hat in den dunklen Wald gestarrt und sich davongeträumt. Weg von dem Kuhmist, der Verantwortung und dem frühen Aufstehen.

Noch zwei Lungenzüge. Marie kneift die Augen zusammen und bläst neue Rauchringe in die Nacht hinaus. Otto stupst sie mit der Nase am Arm, Marie tätschelt ihm den Kopf, drückt ihre trockene Nase an seine feuchte.

All diese verdammten Typen, die es so wahnsinnig provoziert, wenn man Single ist. Als könnte man nicht große Titten haben und gern damit allein sein. Als ob man sich große Titten angeschafft hätte, um einen Mann zu kriegen. Marie kann einen Mann haben. Wann immer sie will. Sie muss nur in die Bar zurückgehen, mit den Fingern schnippsen und sich einen ihrer Wahl pflücken. Zum Beispiel Staffan, den wird sie heute Nacht vielleicht mit nach Hause nehmen ...

Marie betrachtet ihre langen roten Nägel.

Da war was ... Als der eine Typ sie vorhin gefragt hat, was sie am Wochenende macht ... Sie hat das Gefühl, als hätte sie da was Falsches geantwortet ... als hätte sie irgendwas vergessen. Ja, verdammt, jetzt fällt es ihr wieder ein! Lena! Ihre kleine Schwester. Ihr Jüngster feiert Geburtstag.

Hampus wird drei. Am Sonntag. Um zwölf Uhr ist sie eingeladen. Und sie muss noch ein Geschenk besorgen!

Er wünscht sich irgendwas, das rollt, hat Lena gesagt. Hm, wie wär's mit Perlen? Ja, genau, sie wird ihm Perlen schenken, die rollen schließlich auch. Haha, und Robert bekommt garantiert die Krise! Ihr Schwager. Oje.

Wie damals, als in der Tagesstätte von Hampus eingeführt werden sollte, dass die Jungs mehr in der Küche helfen als bisher. Ein bisschen mehr Gleichberechtigung eben. Da hat Robert Angst gehabt, dass Hampus schwul werden könnte. Robert glaubt allen Ernstes, dass ein rosa Pullover die sexuelle Ausrichtung eines kleinen Jungen völlig umdrehen kann.

Klar, Hampus kriegt Perlen. Vielleicht rosafarbene. Oder ist das dann doch zu viel des Guten?

Marie nimmt den letzten tiefen Zug. Sie versucht, in den engen roten Lackstiefeln mit den Zehen zu wackeln (ein Ding der Unmöglichkeit), zieht den Bauch ein, macht die obersten beiden Knöpfe wieder zu, drückt die Brust hervor, zupft die Schürze zurecht und wirft die Kippe weg. Wie ein Sternenschauer.

Sie wird Staffan absagen, sie kann keinen Typen mit Kater in der Wohnung gebrauchen, wenn sie in aller Herrgottsfrühe zu einem Kinderfest reisen muss. Und jetzt muss sie wieder rein. Der Mob ruft. Der White-Russian-Mob.

3

Der Schein der Straßenlaternen erhellt das große, weiß gestrichene Schlafzimmer. Die Balkontür steht einen Spalt offen, und aus dem Innenhof hört man einen späten (oder – je nach Standpunkt – frühen) Nachbarn, der gerade nach Hause kommt und betrunken mit seinen Schlüsseln klappert. Ein paar Taxis fahren die Rörstrandsgatan hinunter.

Dieses Zimmer ist morgens am schönsten. Dann glänzt das Parkett golden, Sonnenflecken spielen an der Decke, und die beiden alten Sessel (Familienerbstücke) mit ihren fliederfarbenen Bezügen scheinen fast nach Frühsommer zu duften, obwohl schon Herbst ist.

Doch noch ist Nacht. Die Sonnenflecken werden erst in ein paar Stunden hereingetanzt kommen. Im Juni vor drei Jahren haben sie die Wohnung gekauft. Besser gesagt, Åsa hat sie gekauft, aber sie haben sie zusammen ausgesucht. Sie und Adam. Zweihundertvierundzwanzig Quadratmeter. Fast peinlich groß. Oder nein, nicht fast, sondern richtig peinlich. Åsa und Adam ganz allein auf zweihundertvierundzwanzig Quadratmetern. Abgesehen von Adams Fahrrädern, Computern, Langlaufskiern, Schlittschuhen und Rucksäcken sowie Åsas eigenen Computern und natürlich ihren Langlaufskiern. Und einigen Möbeln. Betonung auf »einige«.

Mein Gott, wie soll man auch zweihundervierundzwanzig Quadratmeter füllen, wenn man sich nicht für Innenarchitektur interessiert? Wenn man das mit den hippen Zylindervasen, den weißen Lilien und den schweineteuren Sofas von Ligne Roset nicht so drauf hat? Wie bringt man Gemütlichkeit in einen Fünfundfünzig-Quadratmeter-Saal?

Adams Sofa in die eine Ecke (es ist doch noch in Ordnung, warum sollte man ein neues kaufen?), auf den Fußboden einen monstergroßen Teppich vom Perser an der Ecke (der Verkäufer quiekte vor Freude, als er auf einen Schlag vierzig Quadratmeter Perserteppich loswurde!), eine Stereoanlage, einen Fernseher, einen riesigen Stapel mit Spielen für die Playstation und ziemlich viele Blumen.

Für Pflanzen hat Åsa nämlich ein Händchen. Sie liebt Pflanzen, und die Pflanzen lieben sie. So wirkt der Saal jetzt eher wie ein Dschungel mit einem kleinen Sofa und einem Fernseher. Trotzdem hallt es noch ziemlich. Eigentlich könnten sie viel kleiner wohnen. Eine nette Dreizimmerwohnung mit achtzig Quadratmetern hätte völlig gereicht. Aber Åsa musste ihr Geld vernünftig anlegen. Daran musste sie sich erst mal gewöhnen. An Geld. Geld, Geld, Geld. Woher ist nur das viele Geld gekommen? Wo Åsa sich doch eigentlich nie so richtig um Geld geschert hat, sondern einfach den Job gemacht hat, der ihr Spaß macht, nämlich Netzwerkarchitektur, Computeranlagen und Programmierung.

Ganz blöd im Kopf ist sie wohl auch nicht, also hat sie den entscheidenden Wetterumschwung gewittert und all ihre Aktien von dieser wahnsinnig erfolgreichen Internetfirma, in der sie auch mal gearbeitet hatte, zum richtigen Zeitpunkt verkauft, und plötzlich hatte sie ganz viel Geld. Wie konnten diese Aktien, die sie mal für sechzigtausend Kronen gekauft hatte, mit einem Mal ... sechzehn Millionen Kronen wert sein? Okay, die satte Hälfte ging an den Staat, aber trotzdem. Wahnsinnige, schwindelerregende Summen.

Erst rund um die Uhr arbeiten, Koffeintabletten futtern, Cola trinken und nie schlafen, dann sechzigtausend Kronen zusammenkratzen, um dann einfach so sechzehn Millionen einzukassieren. Wie verhält man sich denn da?

Die Banker wollten ihr natürlich alle helfen. Nein, nein, nein, sie sollte auf gar keinen Fall Geld an gebrechliche und bedürftige Verwandte verschenken, sie sollte *investieren*! Wichtig, wichtig. Die Banker halfen ihr so eifrig, dass sie Schweißflecken unter den Jackettärmeln bekamen.

Aber vor drei Jahren hatte Åsa die Nase voll davon. Sie hatte keine Lust mehr, sich ab und zu in eine Internetbank einzuloggen und ihren Kontostand zu betrachten, anstatt mit ihrem vielen Geld mal so richtig Spaß zu haben. Oder wenigstens etwas zu kaufen, was man sehen oder anfassen kann! Aktien und Fonds sind so überhaupt nicht sexy. Deshalb hat Åsa stattdessen in Wohnungen investiert.

Sie hat die Riesenwohnung in der Rörstrandsgatan gekauft und dann noch zwei Einzimmerapartments auf Östermalm, die sie vermietet. Ein Grundstück ist auch noch dabei rausgesprungen. Ein Seegrundstück mit einer Apfelplantage, nur wenige Kilometer außerhalb von Stockholm. Ländlich, ruhig, perfekt. Das Meer in der Nähe zum Schlittschuhlaufen im Winter. Und Wald zum Langlaufen. Stille zum Hinhören. Ein Grundstück, auf dem sie und Adam ein Haus bauen werden. Irgendwann mal.

Die Nacht ist so ... nächtlich. Manchmal spricht das Parkett ein wenig, es knarrt. Geklapper vom Fahrstuhl her. Die grauen Stunden, bevor der Tag beginnt, die Wolfsstunde. Wenn die Seele heult. Und man sich einsam fühlt. Wenn nur die Wölfe wach sind. Und man selbst.

Åsa schaut zu Adam hinüber. Er kennt keine Wolfsstunde. Er hat einen festen Schlaf. Ruhig, sicher und ohne Zweifel. Ein schöner Schlaf. Ein schöner Mann. Das rote, lockige Haar klebt ein wenig an Adams Stirn. Die schmalen Schultern liegen entspannt da, die blasse Brust bewegt sich auf und ab. Auf und ab. Er schläft tief. Sein magerer, sehniger, heller Körper. Verborgene Muskeln. Ein hübsches Kraftpaket ganz einfach.

Jetzt, wenn er schläft, kann Åsa ihn erkennen. Ihn sehen, wie sie ihn ganz zu Anfang gesehen hat. Adam! Dieser wahnsinnig begabte Programmierer. Rothaarig. Schmächtig, aber auf eine schöne und grazile Art. Adam, der andauernd Rad fuhr. Und zwar mit Fahrradhelm. Zu Zeiten, wo es noch total spießig war, mit Helm zu fahren. Damals, als nur Verrückte oder Männer mit Sandalen einen Helm aufhatten. Aber Adam radelte mit Helm. Im Wald. In der Stadt. Als sie auf Verlobungsreise nach Italien wollten, ist Adam mit dem Rad hingefahren. (In Florenz fand ein riesiges Treffen von Internet-Idealisten statt, an dem Åsa und Adam sowieso teilnehmen wollten …) Åsa kam mit dem Flugzeug hinterher.

Beide lieben das Internet. Beide gehen gern Bergwandern. Beide sind passionierte Langläufer. Wie glücklich sie war, als sie ihn gefunden hatte! Als er eines Tages die Internetfirma betrat und alle seine Rechner anschloss. Mit seinen schlecht sitzenden Jeans, der alten Fjällrävenjacke, den unfrisierten Haaren (auch seine Haare waren wie ein Helm, so dicht und – so schön!) und dem scheuen Blick.

Åsa trug zwar eher modische Sachen, aber das lag vor allem daran, dass sie nie wusste, was sie wollte, und deshalb immer die Verkäuferinnen entscheiden ließ. Nein, Åsas Kleidung hat niemals etwas über sie als Person ausgesagt. In ihrem tiefsten Innern sah sie immer aus wie Adam. In alten, schlecht sitzenden und praktischen Kleidern, mit einem unsichtbaren Fahrradhelm auf dem Kopf.

Keiner von ihnen redete viel. Auch die Schüchternheit war ein gemeinsamer Nenner. Aber sie haben sich gegenseitig angeschaut. Heimlich. Manchmal begegneten sich ihre Blicke über die Bildschirme hinweg. Um dann eine Nanosekunde später scheu auf den eigenen Bildschirm zurückzuwandern. Es folgte übertrieben aktives Blättern in irgendwelchen Papieren auf dem Schreibtisch. Aber dann kam eines Tages eine E-Mail. Von Adam. Er fragte, ob Åsa vielleicht etwas über ein bestimmtes Programm wisse, was sie natürlich tat. Eine E-Mail ist so schön unkompliziert. Man sitzt sicher hinter seinem Bildschirm, redet aber trotzdem. Nur eben ganz leise.

Sie mailten weiter. Erst ging es um die Mittagspausenzeiten und darüber, welche Spiele eigentlich am lustigsten seien. Er schrieb witzig. Seine Sprache war kurz, aber direkt. Im wirklichen Leben hatte seine Sprache nicht dieselbe Würze, wie wenn er schrieb.

Eines Tages war Adam blass, noch blasser als sonst. Åsa schickte ihm eine E-Mail und fragte, wie es ihm gehe. Ja, und da hörten die Mails auf, ausschließlich von Mittagspausenzeiten und Spielen zu handeln. Ungefähr zu dem Zeitpunkt verliebte Åsa sich. Und zwar richtig. Wenn auch von ferne. Von da an durchfuhr Åsa jedes Mal ein warmes Schauern, wenn sie das klickende Geräusch von Adams Fahrradschuhen auf dem Fußboden hörte. Ungefähr zu dem Zeitpunkt begann Åsa heimlich Kaffee aus Adams Tasse zu trinken und bekam dabei dasselbe elektrisierende Gefühl, als wenn sie ihn geküsst hätte. Ungefähr zu dem Zeitpunkt kaufte sie sich einen neuen BH. Zum ersten Mal, seit sie von Solvändan weggezogen war.

Dann kam ein Abend, an dem es mal wieder später geworden war. Wie immer in der IT-Branche der Neunzigerjahre. In den Büroräumen standen Stockbetten bereit, frisch bezogen, man musste sich nur hineinlegen. Und das taten Adam und Åsa. Außer ihnen war niemand im Büro, die Herbststürme schlugen an die Fensterscheiben, und sie saßen dicht beieinander in dem durchgesessenen Ledersofa und spielten ein Computerspiel. Oberschenkel, die aneinander stießen, Blicke, die sich begegneten, Lippen, denen die verdammte Schüchternheit plötzlich scheißegal war und die zuschlugen. Und dann gingen sie ins Bett. Ohne die Lippen voneinander zu lösen. Und seither haben sie immer zusammen geschlafen. Erst in Adams kleiner, versiffter, von Technik schwirrender Einzimmerwohnung in der Hantverkargatan. Und jetzt auf zweihundertvierundzwanzig Quadratmetern in der Rörstrandsgatan.

Åsa hebt ihre eigene Bettdecke und kriecht unter die von Adam. Schlängelt sich dicht an seinen sehnigen Körper, der ganz warm vor Schlaf ist. Legt ihre Wange auf seine schmale Brust. Hört sein Herz schlagen. Adams Herz. Ihr Herz.

Die Wolfsstunde verblasst. Die Wölfe hören auf zu heulen und wandern träge in neue Jagdgebiete.

Heute muss sie ein Geschenk kaufen. Ein Geburtstagsgeschenk für Hampus, den Jüngsten ihrer Schwester. Irgendein Spielzeug, das rollt, hatte Lena am Telefon gebrüllt, und es hatte geklungen, als befände sie sich auf dem Fußballplatz.

Vielleicht ein Auto? Es gibt doch solche Miniautos, in denen man sitzen kann, die genauso aussehen wie richtige. Oder wäre das zu viel? Lena ist sehr empfindlich, wenn Åsa zu teure Geschenke macht.

Åsa zieht die raschelnde Decke zum Kinn hoch, legt ihren Arm um Adams schmale Taille und spürt, wie die ersehnte Bettschwere wieder in ihren Körper einzieht.

4

»Natürlich wirst du diese Jacke anziehen. Fühl nur mal, wie weich der Stoff ist, wie ein ... wie ein Windhund! Weißt du was, wenn Spiderman Geburtstag hat, dann zieht er auch eine Windhundjacke an, und wenn ...«

»Nein!«

»Aber Hampus, probier sie doch einfach mal an, und wenn ...«

»NEIN!«

»Aber wenn du ...«

»NEIN, NEIN, NEIN!«

»Ja, dann eben nicht!«

Verdammtes Blag. Teufel noch mal. Lena pfeffert die kleine Jacke mit Karacho an die Wand. Hampus befreit sich aus ihrem Griff und schliddert die Treppe runter. Im Spiderman-Anzug und den neuen Geburtstagsstrümpfen mit gummierten Spinnen drauf. Oje, jetzt hat sie ihn zu hart angepackt. Schließlich ist heute sein Geburtstag. Warum hat sie nur geschrien? Mist. Natürlich kann er den Spiderman-Anzug anziehen, wenn er das will. Heute ist sein Tag. Dass sie diese fusseligen Comicfiguren-Anzüge seit jeher hasst, steht auf einem ganz anderen Blatt. Heute zählt ihr Wille nichts. Wie immer: Lenas Wille steht allein im Wald und schreit vor sich hin.

»Das ist doch nicht so wichtig, lass ihn doch anziehen, was er will!«, ruft Robert aus dem Schlafzimmer.

Lena brüllt zurück: »Ach, und was ist dann noch wichtig? Sollen wir einfach alles sein lassen? Gut! Dann weiß ich ja Bescheid. Dann scheiß ich drauf, vor dem Fest noch zu putzen, und dann scheiß ich drauf, die verdammten Sandwichtorten mit Mayonnaiseschmiere zu holen, und dann scheiß ich drauf zu duschen, und dann ist eben alles scheißegal.«

Robert bemerkt Lenas hysterischen Tonfall nicht richtig und antwortet aus dem Schlafzimmer: »Hast recht, wir müssen wirklich nicht noch putzen. Ich kann die Torten holen. Hast du meine Hose gesehen, die grüne?«

»Weiß nicht, ich scheiße auf deine grüne Hose. Ich scheiße *auf das alles hier*!«

Lena hört, wie Robert im Schlafzimmer alle Schubladen öffnet. Ruhig und methodisch öffnet er sie, eine nach der anderen. Während sie auf dem Sofa sitzt und gleich explodiert. Sie hört, wie er Kleider rausholt und sie dann einfach wieder reinstopft, nicht zusammenlegt. Oder halt, stopft er sie überhaupt zurück? Vielleicht wirft er sie auf den Boden? Klang das nicht gerade wie Stoff, der auf Holzfußboden fällt?

Es kocht. Es kocht in ihrem ganzen Kopf. Verdammt, verdammt, verdammt! *Verdammt!* Warum ist sie bloß so gestresst? Ein Fest ist geplant. Ein kleines, nettes Geburtstagsfest für einen Jungen, der drei Jahre alt wird. Hampus verlangt nicht mehr als ein paar Geschenke und Schokoladenpudding. Er schert sich wohl kaum darum, ob die klebrigen Essensreste unter dem Küchentisch weggefegt sind oder nicht. Und außerdem kommen nur Verwandte und kleine Kinder. Warum also großartig staubsaugen, an den Blumen zupfen, sich schick anziehen und totalen Stress entwickeln? Warum? Alle kennen sich. Wie hübsch du die Kissen auch zurechtrückst, wissen sie doch alle, wie es in deinem Innersten zugeht, denkt Lena.

Irgendwie hat Robert ja recht. Einfach lockerlassen. Aber natürlich muss zu einem Fest alles ein bisschen nett aussehen. Wenn es nach ihm ginge, würden sie im völligen Chaos leben. Die Kinder würden den ganzen Tag lang in Schlafanzügen vorm Computer hängen, ab und zu würden sie ein Schlemmerfilet aus der Mikrowelle serviert bekommen, und wenn …

»Ich hab sie! Aber die muss wohl mal kurz übergebügelt werden …«

Ich weiß, wer mal kurz was übergebügelt kriegen muss, und zwar ganz sicher nicht deine verdammte grüne Hose …

Robert kommt mit einer höchst zerknitterten armeegrünen Hose aus dem Schlafzimmer. Lena sitzt zwischen riesigen Wäschehaufen auf dem Fernsehsofa der Kinder. Ein großer Haufen mit weißer Wäsche zur Linken und ein ebenso großer Haufen mit dunkler Wäsche zur Rechten. Lena in der Mitte. Mit hochrotem Gesicht. Roberts altes, ausgewaschenes Riesenshirt reicht ihr bis auf die Oberschenkel, das lange hellbraune Haar hat sie zu einem zauseligen Knoten mitten auf dem Kopf gebunden, und ihre kurzen muskulösen Beine ragen darunter hervor wie zwei müde Holzstöcke. Ihr Mund ist verkniffen. Tränen in den Augen, kurz vor dem Überfließen. Aber sie wird nicht anfangen zu weinen.

Was ist in der letzten Zeit bloß mit ihr los? Sie kennt sich selbst nicht mehr. Die ganze Zeit ist sie so wütend. Und müde und traurig. Hat keine Kraft mehr für gar nichts. Das Einzige, wofür sie noch Kraft aufbringen kann, ist, alle Kinder in die Schule und den Kindergarten zu schaffen, damit sie ein klein wenig Ruhe hat. Und dann im Supermarkt sitzen und ihren Job machen kann.

»Aber Lena, was ist denn?«

»Nichts. Und was ist mit dir? Du siehst selbst ziemlich komisch aus.«

Robert lässt sich in den weißen Haufen neben Lena sinken. Abgesehen von seiner aus Versehen mal rosa gefärbten Unterhose ist er nackt. Um die Stimmung ein wenig aufzulockern, zeigt Robert auf seine Unterhose und versucht, sexy auszusehen. Lena sieht ihn nicht. Sie starrt geradeaus und versucht, weniger verkrampft und verspannt zu sein. Sie betrachtet Robert. Blickt an seinem Körper entlang bis zum Hintern. Nicht aus Wertschätzung, sondern mehr, um nachzusehen, wo er …

»*Nein!* Setz dich nicht da hin, die Wäsche ist sauber!«
Die Stimme ist auch schon etwas hysterisch.

»Jetzt hör doch auf, ich bin ganz frisch geduscht.«

»Aber ich nicht! *Ich nicht!* Weil ich mitten in der Nacht aufgestanden bin und für Hampus Schokoladenpudding gemacht habe und dann alle geweckt habe, damit wir ihm ein Geburtstagsständchen singen können, und dann für alle Frühstück gemacht und hinterher abgespült habe und dann die Toilette geschrubbt, eine Maschine Wäsche angeworfen und die Staubsaugerbeutel ausgewechselt habe. Die sind übrigens alle, und ... und dann wollte Hampus nicht diese Jacke anziehen, wo die doch so schweineteuer war! Und ich habe die Quittung weggeschmissen, jetzt können wir sie nicht mal umtauschen, und ...«

Robert streichelt Lena vorsichtig über die Schulter. Sie zuckt zusammen und schiebt seine Hand weg. Robert versucht es erneut.

»Können wir nicht Fanny anrufen?«

»Solveigs Tochter Fanny?«

»Ja, die hat schließlich im ICA Zettel aufgehängt, dass sie gerne putzt und auf Hunde aufpasst und so. Vielleicht kann sie jetzt herkommen und putzen. Ich gebe einen aus.«

Robert lächelt, sehr zufrieden mit sich, weil er so schnell eine Lösung gefunden hat.

»Wie, kannst du nicht lieber selbst putzen? Dann müssen wir kein Geld ausgeben. Und Fanny ist schließlich erst fünfzehn, die kann doch noch gar nicht putzen. Müssen wir Geld rausschmeißen, damit irgendein Teenager hier Kaugummi kaut und die Kaninchenköttel unter die Teppiche kehrt, und dann müssen wir die Teppiche auch noch in die Reinigung bringen, und ...«

»Vielleicht kann sie ja doch putzen.«

»Ach was, nein, und man muss trotzdem vorher aufräumen, denn sie hat ja keine Ahnung, wo was hingehört, und dann bin ich es am Ende doch, die die ganze Arbeit macht. Nimm du mal die Kinder mit in die Stadt und hol die Sandwichtorten, dann putze und dusche ich.«

Lena atmet zweimal tief durch. Wut, Müdigkeit, Trauer. Warum kann das nicht einfach verschwinden? Und dann wird alles wie immer. Jetzt wird sie für heute nicht mehr meckern oder schreien oder weinen oder brüllen oder irgendetwas tun, was mit negativen Gefühlen belastet ist. Es ist Hampus' Geburtstag. Seine Großeltern und seine Tanten werden kommen. Das wird bestimmt total nett! Lena fährt ihre kurzen Beine aus, zieht an dem Hemd und will gerade den Staubsauger rausholen.

»Mamaaa! Engla hat die Kaninchen reingelassen!«

Aha. Oh nee!

Neun Uhr. Mein Gott, dass ein Wecker überhaupt so früh klingeln kann. Wie können Menschen, die mitten im Wald wohnen, ein Fest um zwölf Uhr mittags anfangen lassen? Was bedeutet, dass alle Gäste, die nicht mitten im selben Wald wohnen, zu nachtschlafender Zeit aufstehen müssen. Deshalb ist sie weggezogen. Oder das war jedenfalls ein Grund, warum Marie es damals so eilig hatte, von Solvändan wegzuziehen. Das frühe Aufstehen. Immer früh aufstehen. Entweder musste man mit den Eltern zum Stall, oder es war noch übler, und man musste die ganze Morgenarbeit allein erledigen, oder man sollte einfach ein bisschen mithelfen, um nicht verhätschelt zu werden. Um halb fünf Uhr morgens! Da sind ja noch nicht einmal die Müllleute auf, und die Kühe auch kaum.

Marie hat es immer gehasst, so früh morgens aufzustehen. Immer! Einmal ist sie beim Füttern der Kühe eingeschlafen. Ins Heu gesackt, auf einem weichen Ballen gelandet und einfach eingeschlafen. Eine schöne Erinnerung. Dieser Schlaf war wunderbar. Eine verbotene Frucht.

Marie nimmt die dunkle Augenbinde ab, mit der sie immer schläft. Kein Licht darf hereindringen, ehe sie selbst es will. Dicke, tiefschwarze Verdunkelungsgardinen und die Augenbinde wirken da ganz wunderbar. Der Körper ist schwer. Überhaupt nicht ausgeschlafen. Als ob sie vor einer Viertelstunde eine fette Betäubungsspritze in den Hintern bekommen hätte und mindestens noch vier Stunden wie tot schlafen müsste.

Ihr Handy piepst. Eine SMS. Von ... vom Hai.

»Wo bist du denn abgeblieben gestern? Wäre es nicht mal wieder Zeit für ein gemütliches Date zwischen dem Hai und der Sexgöttin?«

Nein, das wäre es nicht. Immer dieselbe Leier. Was ist eigentlich los mit den Männern? Marie findet ein Nagelfeile unter dem Kissen und feilt ihre langen, rot lackierten Nägel ein wenig ab.

Im Club sind die Typen so unglaublich cool. Muskeln, Pferdeschwänze, Selbstvertrauen. Sie laden einen auf Drinks ein, erzählen von Reisen quer über den Kontinent, sprechen von Freiheit und Unverbindlichkeit, Sex ist hier und jetzt und so richtig saugut. Und man denkt, das klingt ja super, aber dann wollen sie andauernd bei einem übernachten und ihre Ersatzunterhosen in deinem Schrank lagern, und dann fangen sie an zu fragen, wo man denn war, verdammt noch mal, und man muss pünktlich nach Hause kommen, und es wird auf einen aufgepasst. Der Sex wird lau, und man schaut abends lieber einen Actionfilm.

Nein danke. Männer sind Kinder. Marie will keine Kinder. Wollte noch nie welche. Und will auch jetzt keine. Und diese großen, haarigen, ungebärdigen Kinder mit Fettansatz will sie noch weniger als die rosafarbene, kleine Variante.

Marie wirft die Bettdecke mit Tigermuster ab und streckt sich. Ihr Körper ist solariumgebräunt und gut trainiert. Ja, Marie hat Glück. In der physischen Genlotterie hat sie einen Hauptgewinn gezogen. Hat die breiten Schultern ihres Vaters geerbt, dazu die schmale Taille ihrer Mutter, den schwungvollen scharfen Hintern ihrer Tante Monika und die langen Beine von Onkel Allan. Ihre kleine Schwester Lena war immer sauer auf Marie, denn sie hat den Rest abgekriegt. Die schmalen Hungerschultern von Mama, die breite Taille von Papa, den scheunentorbreiten Hintern von Mama und die kurzen Krautstampfer von Tante Monika. Anständige Brüste hat keine der Schwestern – nur Marie, zu ihrem Vierzigsten.

Seit sie kleine Mädchen waren, haben sie alle drei mit ihren Armen und Beinen arbeiten müssen. Ausmisten, klettern, rennen, waschen, Traktor fahren, zur Schule radeln, wieder nach Hause radeln, noch mal ausmisten. Damals gab es keine Maschinen zum Ausmisten. Da konnte man nur den Schieber nehmen und loslegen.

Körper müssen sich bewegen, um zu überleben. Das ist für Bauern eine Selbstverständlichkeit. Tiere und Menschen müssen ihre Muskeln benutzen. Wenn man keinen Hof versorgt, dann muss man trainieren, damit man seinen Hof versorgen kann, wenn man mal nicht trainiert. Immer im Hamsterrad.

Marie beginnt mit ihren täglichen fünfzig Situps. Hoch, ab, hoch, ab, vor, Seite, Seite, hoch, ab. Reibt sich noch ein paarmal die Augen. Schließlich ist sie erst um fünf Uhr nach Hause gekommen.

Otto wird langsam wach, das Bett schaukelt so nett, wenn Marie ihre Situps macht.

»He, du darfst heute aufs Land! Und Wauwau Vincent treffen! Kleine Kinder anknabbern! Heute fahren wir aufs Land!«

Otto wedelt eifrig mit dem Schwanz, saust in den Flur und kommt mit seiner quietschrosa Nietenleine zurück. Marie lacht.

»Nein, nicht sofort, mein Süßer. Erst gehen wir joggen!«

Otto sieht Marie an. Hebt leicht fragend seine Hundeaugenbrauen.

»Joggen, Otto, joggen!«

Aha! Otto läuft wieder in den Flur hinaus und kommt mit einer elastischen grünen Leine zurück.

»Fein, Otto. Jetzt gehen wir joggen!«

Marie zieht sich schwarze, hochglänzende Leggings über, ein minikleines kükengelbes T-Shirt, die babyrosa Kapuzenjacke, hakt ihren iPod am Hosenbund fest, schließt die Tür auf und läuft hinter Otto her die Treppen hinab.

»Ich komm mal eben zu dir in die Dusche …«

»Aber …« Åsa zuckt zurück. Adam steht rothaarig und nackt direkt vor ihr. Sein breites, erwartungsfrohes Lächeln erstirbt. Die Dusche löscht das kleine, flackernde Flämmchen, das sich entzündete, als er seine Frau nackt gesehen hat. Nackt, eingeseift und gedankenlos. Einfach so. Nicht mit diesem traurigen/erwartungsvollen/verbitterten/entschlossenen Gesichtsausdruck, den sie sonst vor sich her trägt. Da war einfach nur ihr schöner, starker Körper in der Dusche. Dieser wunderbare Körper, der …

»Entschuldige. Tut mir leid, Adam! Klar doch, komm rein, komm!«

Åsa packt Adams Hand und versucht, ihn wieder in die Dusche zu ziehen. Doch er entzieht sich.

»Nein, jetzt hab ich keine Lust mehr.«

Verärgert nimmt sich Adam ein Handtuch, wickelt es sich um die Hüften und fängt an, sich die Zähne zu putzen. Viel zu fest.

»Komm doch, ich will ja …«

»Willst du gar nicht. Ich bin nicht völlig gefühllos, weißt du.«

»Doch, doch, ich will es. Sei doch nicht böse. Komm.«

»Ich bin nicht böse.«

»Doch, ich sehe es doch. Außerdem bürstest du viel zu fest.«

»Ich bürste gar nicht zu fest! Hör jetzt auf zu meckern.«

»Okay.«

Von Adams heftigem Zähneputzen begleitet, wäscht Åsa die Spülung aus. Sie dreht das Wasser ab und nimmt eines der warmen, weichen Handtücher von der aufgewärmten

Heizstange. Will eben Adam von hinten umarmen und seinen Nacken küssen, da spuckt er schnell wie eine Kobra die restliche Zahnpasta aus und verschwindet aus dem Badezimmer.

Åsa bleibt zurück. Entschuldige, Adam. Tut mir leid. Ich liebe dich doch. Aber ... Sie wirft das feuchte Handtuch auf den Klodeckel und nimmt ihre Hautcreme vom Regal. Stellt sich vor den Spiegel und trägt die Creme auf. Die sehnigen Arme, die niedlichen Brüste, der leicht gewölbte Bauch, die breiten Hüften, die kräftigen Oberschenkel und die kleinen Füße. Wie eine ganze Sommerwiese duftend steht sie vorm Spiegel. Betrachtet ihren Körper. Wie sieht sie eigentlich aus? Was ist das für ein Körper, den sie da mit sich herumschleppt? Wie kann man Hüften haben, die breiter sind als die Schultern? Wie kann man eine riesige Wohnung für zwei Personen haben? Wie kann man einen geliebten Mann haben, aber trotzdem nicht ...

»Ich mach mich auf den Weg.«

Adam steckt seinen Kopf ins Badezimmer.

Åsa sieht ihn an. Er trägt einen großen grünen Strickschal, eine braune Cordhose und eine orangefarbene Fjällrävenjacke.

Am liebsten würde sie einfach nur in seinen Arm kriechen. Diesen großen, warmen, harten Arm. Aber er ist verletzt. Immer noch. Es wäre gut, wenn sie in diesen Arm kriechen würde. Aber sie hat das Gefühl, als würde irgendetwas sie abweisen. Als könne sie nicht. Das ist in der letzten Zeit oft so. Dass sie weiß, was richtig wäre, was ihre Liebe stärker machen würde. Dass sie aber nicht kann, es geht einfach nicht. Als würde sich eine unsichtbare Wand erheben und sie ausschließen. Eine Wand, die den Zugang zu Adam verstellt und die sie nicht einreißen kann.

Åsa stellt die Hautcreme aufs Waschbecken. Versucht freundlich zu lächeln, aber Adam sieht sie nicht. Åsa beginnt, sich die Haare zu bürsten. Ohne Begeisterung.

»Okay. Sehen wir uns heute Abend?«

»Ja, aber ich werde wohl spät nach Hause kommen. Die Messe geht bis sieben, und dann müssen wir noch das Zeug zusammenpacken. Außerdem gibt es noch so eine geführte Nachtwanderung zum Järvafältet, vielleicht gehe ich dorthin.«

»Okay, dann bleibe ich vielleicht über Nacht bei Mama und Papa.«

»Mach das ruhig. Grüß sie von mir.«

Adam lächelt ein wenig steif und dreht sich um. Åsa hört, wie er versucht, die schweren Taschen durch die Haustür zu bugsieren. Die Aktivurlaubsmesse. Adam wird alles vorführen, was er über Bergwandern weiß. Sie hört, wie er den Fahrstuhl hochholt. Er zerrt ein paar Zelte und Taschen aus der Wohnung. Öffnet die Fahrstuhltür. Schiebt die Zelte hinein.

Nein, warte kurz. Ich muss dich zum Abschied umarmen. Åsa bindet sich das Handtuch fest um die Brust und läuft zum Treppenhaus. Ihre nassen Füße platschen auf das Parkett. Patsch, patsch, patsch, patsch.

Sie sieht gerade noch Adams rotes Haar und den grünen Strickschal, die im Fahrstuhl verschwinden. Sie bleibt stehen. Hört, wie er vier Etagen tiefer die Taschen aus dem Fahrstuhl zerrt. Sie kann ihn nicht mehr sehen. Und dass er fast weint, sieht sie auch nicht.

5

»Schon wieder ein neues Auto?« Marie springt auf den Beifahrersitz und umarmt Åsa. Ihre Schwester ist nicht so gut im Umarmen. Es wird immer ein bisschen steif. Das Gesicht zur falschen Seite gewandt, sodass die Nasen zusammenstoßen, oder die Arme zu weit oben oder zu weit unten. Adam ganz innig umarmen ist okay, aber andere Leute in den Arm nehmen? Nein, das ist nicht ihr Ding.

Marie streicht über die weißen Lederbezüge, drückt probehalber auf ein paar Knöpfe und betrachtet sich in dem kleinen Spiegel hinter der Sonnenblende. Åsa beobachtet das Knöpfedrücken der großen Schwester ein wenig beunruhigt.

»Das ist ein Dienstwagen von der Firma, da können wir immer mal wieder tauschen. Aber der hier ist fast ein bisschen, na ja, irgendwie zu viel. Manchmal schäme ich mich richtig, wenn ich darin fahre. Was meinst du?«, sagt Åsa.

»Überhaupt nicht, der ist doch superschick! So einen kleinen Flitzer hätte ich auch gern. Und cool, dass der so klein ist, da hinten hat ja kaum ein Eierbecher Platz. Wie ist es, Otto, kriegst du überhaupt Luft?«

Marie streichelt ihren winselnden Rottweiler, der auf dem minikleinen Rücksitz zusammengepresst liegt. Åsa hat das Auto mit Sorgfalt ausgesucht. Mit Weitblick und Sorgfalt. Ein minikleines Auto. Das war bestimmt am besten so.

Sie gleiten aus Stockholm heraus. Der Motor gibt nur ein sanftes Schnurren von sich. Ansonsten Stille und der Geruch von neuem Leder. Raus aus Stockholm. Sie lassen die Innenstadt, Vororte mit Einfamilienhäusern und Hochhaussiedlungen hinter sich. Wiesen. Man stelle sich vor: Schwedens Hauptstadt hat fast zwei Millionen Einwohner, aber dreißig Kilometer außerhalb der Stadt nichts als Landwirtschaft. Die Gesetzlosigkeit der Natur. Wiesen, Weiden, Wald. Eine kleine Siedlung, eine Kirche, Schafherden, die sich vorwärtsbewegen, vielleicht eine kleine Schule, noch eine Kirche, Wiesen, Wald. Ende der 90-Stundenkilometer-Strecke. Abbiegen auf den 70-Stundenkilometer-Schotterweg. Äcker. Kuhhintern.

»Da krieg ich ja fast Panik, du nicht?«

Marie starrt aus dem Fenster. Zeigt auf einsame kleine Häuser, die vorbeihuschen. Klappert mit den langen Nägeln an die Scheibe. Åsa schaltet in den vierten Gang runter.

»Panik, warum?«

»Weil ... weil es so leer ist. Wo sind die denn alle?«

»Vielleicht im Wald, in der Scheune, in der Stadt oder ...«

»Ja, schon klar, dass sie irgendwo sein müssen, aber ich meine ... Du erinnerst dich doch, wie es war, hier zu wohnen! Über jeden Pups wurde tagelang geredet.«

»Ich vermisse es manchmal ein wenig.«

»Machst du Witze?«

»Nein.«

»Mensch, sieh dir doch nur Lena an! Die ist doch total eingesperrt hier auf dem Land. Mit den ganzen Kindern und Robert, der ja irgendwo ein bisschen gestört ist, und den Tieren und dem ganzen Zeug.«

Okay, Åsa kennt das schon. Dieselbe Litanei, wann immer Marie und sie zu ihren Eltern fahren. Marie kotzt sich über ihre Kindheit aus. Wie ein Mageninfekt, der immer vierzig Kilometer vor Solvändan zuschlägt. Åsa schaut schweigend auf die Straße, während Marie weiterredet.

»Ich kann Lena nachts um drei anrufen, und du kannst dich drauf verlassen, dass Robert auf seiner verdammten Tankstelle ist und irgendwas zusammenlötet. Und immer ist sie zu Hause! Sie kann nirgendwo hingehen, verdammt!

Wie eine Strafgefangene! Ich meine, was soll sie machen, wenn sie mal Lust hast, sich die Kante zu geben?«

»Na ja, sie kann sich einen Babysitter besorgen und sich eine Flasche Wein kaufen. Falls sie sich dringend betrinken muss.«

»Aber man sieht es ihr doch an. Dass sie Panik hat.«

»Ich sehe das nicht.«

»Bist du blind, oder was?«

»Nein, im Gegenteil. Ich sehe, was sie hat! Sie hat vier gesunde Kinder, die sie liebt. Und eingesperrt ist man auch in der Stadt, das hat doch mehr damit zu tun, ob man eine Familie hat, und nicht mit dem Wohnort. Und Männer, die nie zu Hause sind, das ist ja wohl keine Weltneuheit. Ich finde, sie hat alles, was im Leben wichtig ist.«

»Ja, inklusive Panik.«

Marie klappt die Sonnenblende herunter und zieht ihre Lippen mit dem rosafarbenen Lippenstift nach. Zieht das weit ausgeschnittene Oberteil ein bisschen herunter und rückt die Brüste zurecht. Åsa wirft ihr einen Seitenblick zu.

»Du siehst auch so aus, als ob du Panik hättest, Marie.«

»Haha, ehrlich?«

»Ach, ich bin es nur so leid, dass du immer denkst, nur dein Leben sei so wunderbar, und dass du immer deine Situation mit der von anderen vergleichen musst. Als ob alle Leute am liebsten nachts arbeiten und allein wohnen und ständig feiern wollten. Bist du denn wirklich zufrieden damit? Willst du nicht weiterkommen?«

»Du hast gut reden.«

»Wieso?«

»Im Gegensatz zu mir hast du einen superhohen IQ in die Wiege gelegt bekommen. Dann ist der Rest doch keine Kunst.«

»Jetzt hör aber auf. Ich habe superhart gearbeitet, das weißt du ganz genau. Während du unterwegs warst und Party gemacht hast, habe ich zu Hause gesessen und von Hand Codes abgeschrieben und versucht, eigene Programme zu entwerfen. Und als ich bei Net-Love gearbeitet habe, da habe ich sogar im Büro geschlafen! Ich habe meine Wohnung untervermietet, weil ich nie da war, und hatte sogar einen eigenen Kleiderschrank im Büro.«

»Okay, mag alles sein. Aber Mama und Papa haben sich für dich ja auch echt krummgelegt. Du hast Mitte der Achtzigerjahre von ihnen einen Computer gekriegt. Mein Gott, damals hatte doch noch kein Mensch so ein Teil.«

»Was heißt denn hier, ich habe den gekriegt? Ich habe ihn selbst gekauft! Einen Texas TI 99. Erinnerst du dich nicht? Ich habe rund um die Uhr in Harrys Supermarkt geschuftet. Ich habe ihm und seinen Kollegen sogar die Steuererklärung gemacht. Ich habe nichts geschenkt gekriegt, das hast du völlig falsch in Erinnerung.«

»Doch, ein Superhirn hast du gekriegt. Keiner sonst in der Verwandtschaft hat so viel in der Birne.«

»Ja, das Hirn ist aber auch alles, was ich mitgekriegt habe. Alles andere ist … na ja … nicht so toll.«

»Red nicht so einen Quatsch. Natürlich hast du mehr als dein Superhirn. Hör mal auf mit deinem Fishing for compliments. Du bist nur immer so verdammt nörgelig!«

»Ich habe überhaupt nicht genörgelt. Du nörgelst die ganze Zeit herum.«

Åsa muss ein wenig lachen. So geht es immer zwischen ihr und Marie. Man würde nicht glauben, dass sie siebenunddreißig und zweiundvierzig Jahre alt sind. Zwei erwachsene Frauen. Die keinen Webmaster brauchen, weil sie sich selbst so gut auskennen, beziehungsweise einen ganzen Nachtclub mit Motorradgangstern schmeißen, aber kein anständiges Gespräch mit ihrer eigenen Schwester führen können. Wie in der Teenagerzeit.

»Aber du musst mir doch zustimmen, dass es nicht so aussieht, als ob Lena wirklich Spaß hätte hier im Wald.«

»Was weißt du schon davon?«

»Mein Gott, jetzt hör aber auf. Ich habe ja wohl Augen im Kopf.«

»Aber es ist echt arrogant, wenn du immer auf ihr herumhackst. Das ist so eine Macke von dir.«

»Jetzt mach aber mal halblang, Åsa, du weißt doch auch, dass sie sich zu viel aufgeladen hat! Vier Kinder, hundert Nagetiere, Hunde, Katzen und ein Nichtsnutz von Mann!«

»Sie schafft das doch, oder hast du sie jemals klagen hören?«

»Lena beißt die Zähne zusammen, das hat sie schon immer gemacht. Sie und Mama sind sich so unglaublich ähnlich. Sie können bis zum Hals in der Jauche stehen und dabei noch laut lachen und sagen, dass alles gut ist, und dann brechen sie heimlich hinter irgendeinem Silo zusammen. Weißt du noch, wie wir uns vor unseren Arbeiten auf dem Hof gedrückt haben? Da hat Lena immer alles übernommen. Ohne zu klagen. Sie gibt immer nur. Aber ich glaube, allmählich kann sie nicht mehr.«

»Jetzt übertreibst du aber. Wie immer.«

»Du bist es, die untertreibt. Du hast sie doch auch am Telefon gehört. Ihre Stimme überschlägt sich. Früher hat sie ihre Kinder niemals angeschrien oder angedeutet, dass Robert superanstrengend ist, aber jetzt tut sie es. Das sieht ihr gar nicht ähnlich.«

»Soll das heißen, dass ihr angefangen habt, regelmäßig miteinander zu telefonieren?«

»Nicht direkt. Aber manchmal.«

»Ach so.«

»Ich setze hundert Kronen, dass sie Robert bald verlassen wird.«

»Keine Chance.«

»Du hältst also dagegen?«

»Na klar. Und ich erhöhe. Auf zweitausend«, meint Åsa.

Was macht sie eigentlich gerade? Schließt Wetten auf ihre eigene Schwester ab! Zu so etwas kann nur Marie sie verleiten. Die drückt die entsprechenden Knöpfe in ihrem ansonsten ziemlich integren Charakter.

Marie zögert. Zweitausend ist viel für sie. Viel Trinkgeld. Viel Arbeit. Verdammt, was sie sich für zweitausend Kronen krummlegen muss. Nicht wie Åsa, die an einem Schreibtisch sitzt und sich in irgendeinen Computer reinhackt und dann eine Rechnung über fünfundzwanzigtausend schickt.

»Sagen wir fünfhundert?«

»Du bist dir also nicht sicher? Nein, wir bleiben bei zweitausend.«

»Okay.« Marie grinst und knufft Åsa in die Seite, die die Augenbrauen hochzieht und zurücklacht. Sie wetten um die Zukunft ihrer kleinen Schwester. Das ist nicht gerade fair, aber immerhin etwas, um auf einen Nenner zu kommen.

Der Wald neben der Straße wird lichter. Nun ist er keine schwarze Wand aus Bäumen mehr, sondern Grün ist zu ahnen, das feuchte Moos zwischen den Tannen. Weideland, Felder und Wiesen breiten sich über die hügelige Landschaft aus. Mitten im Nichts. Oder mitten in allem. Kommt drauf an, wen man fragt. Fünfunddreißig Kilometer nördlich von Uppsala, hundert Kilometer von Stockholm, dreißig Kilometer von Solvändan – und schon sind Marie und Åsa angekommen.

Ein handgemaltes Schild mit zwei fröhlichen kleinen Trollen drauf und schnörkeliger Schrift: »Willkommen in Braby, bitte langsam fahren! Alte Menschen, Kinder und Tiere auf der Straße!«

Braby. Sechshundertdreiundzwanzig Einwohner. Ein ICA-Supermarkt. Eine Grundschule. Eine kleine Kindertagesstätte. Eine Kirche. Ein Gemeindehaus. Eine Tankstelle. Direkt an der Straße, die durch das kleine Dorf führt, liegen ein paar größere und recht protzige alte Häuser.

Dann eine kleine Siedlung von Reihenhäusern aus orangefarbenen Ziegelsteinen, ein paar Bungalows aus den Sechzigerjahren, zwanzig neu gebaute Einfamilienhäuser, ein Altersheim (das bis auf den letzten Platz belegt ist, der einzige Ort in Braby, wo man Schlange stehen muss) und Lenas Haus.

Åsa blinkt und biegt auf den Kiesweg vor dem Haus ein, der von alten Autos, ausrangierten Fahrrädern, Öltonnen und Kaninchenkäfigen flankiert ist. Robert repariert Autos auch schwarz nach Feierabend, und zwar auf dem Grundstück zu Hause.

Hat man sich einmal durch all den Schrott geschlängelt, dann liegt ganz hinten ein altes Haus. Es war früher sicher richtig schön, doch nach einer heftigen Renovierung in den Siebzigerjahren ist es nicht mehr sonderlich charmant. An der Eingangstür flattern ein paar hellblaue Luftballons, und Lena begrüßt sie in einem Kleid aus der Damenabteilung vom Coop-Großmarkt. Es sitzt nicht sonderlich gut. Oder genauer gesagt: es sitzt richtig schlecht. Und nicht jeder Frau steht eine Kreation in Ostergelb und Kleingeblümt.

Lena ist abgemagert, ihr Oberkörper ist eigentlich gar nicht mehr da. Sogar die breiten Hüften sehen eingefallen aus. Aber unter dem Rock schauen die Beine hervor, und die sehen immer noch ziemlich stabil aus. Wie schön, dann wird sie schon mal nicht hinfallen.

Otto rennt bellend umher und entdeckt sofort ein Kaninchen, das er in die Ecke drängt und dem er einen halben Herzanfall verschafft. Lena schubst Otto beiseite, packt das Kaninchen unter dem Bauch und wirft es in den geräumigen begehbaren Kleiderschrank.

»Hallo! Wie schön, dass ihr es hierher geschafft habt! Hampus, schau mal, da kommen deine Lieblingstanten!«

Åsa und Marie sehen etwas Spidermanähnliches hereinschliddern, sich seine Geschenke greifen und wieder davonrauschen.

»Er hat sich so auf euch gefreut. Er ist gerade nur ein wenig überdreht …«

»Schon gut.«

Marie lacht heiser, während Åsa sich die Schuhe auszieht und sie ganz oben auf einen riesigen Schuhhaufen stellt.

»Kommt rein! Ich habe nicht mehr geschafft zu putzen, aber es gibt Bowle und Sandwichtorte.«

So was sagt man eben. Dass man es nicht geschafft hat zu putzen, und dann hat man es aber doch gemacht. Hat sogar besonders viel geputzt. Und die Gäste gehen herum und sagen, wie schön man doch wohnt, und begreifen, dass hier eine starke Frau wohnt, die keine Angst vor Schmierseife hat. Aber Lena hat wirklich nicht geputzt. Sie hat nicht einmal geschafft zu duschen und sich die Haare zu waschen. Das kann nicht einmal die bunte Haarspange verbergen, die sie sich von Vilda ausgeliehen hat.

Åsa und Marie umarmen Lena, und die will ihre Schwestern gar nicht wieder loslassen. Sonst umarmen sich die Schwestern nicht sonderlich innig. Aber diesmal.

»Wie geht es dir?«, erkundigt sich Marie besorgt.

»Gut, ach, ich bin so froh, dass ihr da seid, und Hampus freut sich auch so! Übernachtet ihr hier?«

»Nein, tut mir leid«, meint Åsa. »Marie muss heute Abend arbeiten, und ich muss sie zurückfahren. Aber ansonsten wäre ich schon geblieben. Hier, ich habe dir etwas mitgebracht!«

»Mir?«

»Nur eine Kleinigkeit, aber ich dachte …«

Åsa zieht einen pistaziengrünen Karton mit einer mattrosa Schleife aus der Tasche. Lena strahlt. Im Paket liegt eine kleine grüne, wohlriechende Bio-Olivenseife und außerdem zwei samtweiche rosa Gästehandtücher. Die sind übrigens auch biodynamisch. Vielleicht sind sie ja ungespritzt?

»Danke. Damit werde ich mich heute Abend waschen.«

»Tu das!« Marie versetzt ihrer kleinen Schwester einen scherzhaften Rippenstoß.

»Ich bringe sie nur eben ins Bad.«

Stolz geht Lena ins Badezimmer. Sie wirft die säuerlich riechenden alten Handtücher auf den Wäschehaufen vor der Badewanne, hängt die hübschen kleinen Handtücher auf und legt die Seife auf den Waschbeckenrand. Das Geschenk sieht aus wie ein Kunstwerk. Ein Kulturschock. Eine Badewanne voller Plastikspielsachen, ein verfilzter Badezimmerteppich, Badelaken mit aufgedruckter Werbung, auf der Tür massenhaft Werbeaufkleber, vierzehn Zahnbürsten mit ausgefransten Borsten – und dazu jetzt eine kleine wohlriechende Olivenseife und zwei samtweiche rosafarbene Biohandtücher.

Lena sieht sich um. Schließt die Tür ab, setzte sich auf den Klodeckel und weint rückhaltlos in eins ihrer neuen rosa Biohandtücher.

»Wo ist sie denn hin?«

Åsa schaut kurz ins Wohnzimmer, wo Kinder in unterschiedlichen Stadien der Hysterie einander mit Luftballons verfolgen. Mama Irene läuft mit einer geliehenen Schürze herum und sammelt klebriges Geschirr ein, Papa Rolf isst mit Robert Sandwichtorte, und einige von Roberts Verwandten unterhalten sich über die Qualität des Weins.

Es ist ziemlich unordentlich. Überall hoppeln Kaninchen herum. Wäscheberge, verdurstende Blumen, Katzenhaare, Hundefutter in Schüsseln neben dem Sofa. Åsa und Marie wechseln Blicke, und Marie zuckt die Schultern.

»Sie gönnt sich wahrscheinlich grade mal eine Pause. Lassen wir sie in Ruhe.«

Jetzt entdeckt Irene ihre älteren Töchter. Eifrig trocknet sie sich die Hände an der Schürze und breitet die Arme aus.

»Meine Mädchen! Wie schön, euch zu sehen!«

Mama Irene. Immer in Overall, Schürze oder Schlafanzug. Dazwischen gibt es nichts. Immer etwas in der Hand. Eine Forke, eine Spülbürste, eine Säge, eine Kuh, ein Kind, ein Kalb, noch ein Kind, einen Rolf. Immer irgendetwas.

Sie umarmt ihre Töchter ganz fest. Schaut noch einmal genau hin. Streichelt mit fragendem Blick Åsas Bauch. Åsa schüttelt den Kopf.

»Mein Herzchen, das wird schon noch, warte nur. Erinnerst du dich an Rosa 14? Gott, was haben wir mit der angestellt! Ein Jahr haben wir gebraucht, um das Vieh befruchtet zu kriegen. Schließlich haben wir den Samen von einem Bullen aus der Nähe von Enköping genommen. Und neun Monate später kam Rosa 15.«

»Was willst du damit sagen, Mama? Soll Åsa sich einen neuen Mann suchen?« Marie legt den Arm um die Schultern ihrer Mutter und grinst.

»Nein, nein, ich meine bloß, dass man die Hoffnung nie aufgeben darf! Führst du denn einen Brunstkalender?«

»Ja, Mama, natürlich.«

Åsa ist ihr eigener Bauer. Ein Bauer, der seine Tiere inseminiert. Der dafür sorgen muss, dass sie auf jeden Fall trächtig werden. Aha, hier haben wir Åsa Andersson, jetzt wollen wir mal sehen, zäher Ausfluss, ist derzeit besonders unruhig und bockig, ja, das klingt nach akuter Brunstphase, wir inseminieren sie heute Abend. Nein, bloß nicht, das hat keinen Sinn! Wir haben es schon tausendmal probiert, da wird nie was draus. Schick sie lieber zum Schlachthof. Eine Kuh, die keine Kälbchen kriegt, ist vollkommen wertlos. Daraus macht man besser 150-Gramm-Steaks.

So war es immer auf dem Hof. Die Kühe, die trotz eines sorgfältig geführten Brunstkalenders nicht befruchtet werden konnten, wurden geschlachtet. Es gibt keine Verwendung für sie. Eine Kuh ohne Kälbchen kostet nur Geld, gibt aber nichts zurück. Unnütz.

Åsa hat auf einmal das Gefühl, irgendwie defekt zu sein. Wenn jetzt ein Schlachtauto vorgefahren käme, würde sie sofort hineinspringen. Sie versucht zu lächeln. Irene tätschelt ihr fröhlich den Bauch.

»Ja, ja, jetzt reden wir mal von was anderem. Wollt ihr ein Stück Sandwichtorte? Das könnt ihr armen mageren Mädchen gut gebrauchen. Kajsa hat sie gemacht, also ist sie lecker, sie tut immer diese netten kleinen Dosenkrabben hinein.«

Lachend schlägt Irene die Hände zusammen. Dann schnuppert sie ein wenig und flüstert Marie zu: »Du hast doch wohl nicht geraucht?«

»Mama ...«

»Nein, nein, ich will mich ja nicht einmischen, aber auf einem Kindergeburtstag zu rauchen, ist vielleicht nicht ganz das Richtige.«

»Hast du mich hier drinnen auf dem Fest rauchen sehen, oder was?«

»Nein, das nicht.«

»Glaubst du, dass ich mich hier zwischen all die Kinder stellen und rauchen würde?«

»Entschuldige, tut mir leid, wie dumm von mir. Aber ich habe nur kurz gedacht, es würde nach Rauch riechen ...«

»Das kann auch gut sein. Ich gehe jetzt raus und rauche eine.«

Marie angelt ein Zigarettenpäckchen aus der Hosentasche und geht Richtung Garten. Ach, ihre Mutter ist immer so entsetzlich nervös. Nur weil Marie kein gelbes Polyacrylkleid trägt und weil sie in einer Bar arbeitet, denkt Irene, sie hätte überhaupt keinen Stil. Sie findet es immer noch komisch, dass Marie die ganze Nacht arbeitet und sich dann ins Bett legt, wenn gerade Zeit zum Melken ist. Die Menschen sind einfach verschieden! Schließlich können nicht alle solche Prachtexemplare sein.

Marie schlägt die Eingangstür mit etwas zu viel Schwung hinter sich zu, stellt sich auf die Treppe, zündet eine Zigarette an und starrt in den Garten hinaus.

Nervös schlägt Irene noch einmal die Hände zusammen und lacht ein wenig. Åsa und sie betrachten das Geburtstagschaos. Åsa zupft ihre Mutter ein wenig am Arm und flüstert: »Mama, wie geht es Lena denn? So hat es hier doch noch nie ausgesehen. Es ist so ... schmutzig.«

»Ja. Ich weiß. Es wächst ihr wohl gerade etwas über den

Kopf. Robert hat so viel mit der Tankstelle und der Werkstatt zu tun. Lena arbeitet auch, und dann muss sie noch den Haushalt schmeißen. Aber ich habe mir überlegt, dass ich nachher ein wenig putzen werde. Das wird schon wieder. Bleibt ihr über Nacht?«

Åsa schaut zu Marie hinüber, die nach ihrer Rauchpause wieder zurückgekehrt ist. So ist es immer. Alle wollen, dass sie übernachten. Åsa würde das auch gern tun, aber Marie muss zurück nach Stockholm. Das sagt sie zumindest. Und weil Åsa die Chauffeurin ist, werden sie beide wieder nach Hause fahren.

»Nein, Marie muss heute Abend arbeiten, deshalb müssen wir …«

»Oh, da wird Papa aber traurig sein. Er sehnt sich doch so nach euch. Lena und die Kinder sehen wir ja oft, aber euch … Ja, aber da hilft kein Jammern, haha, jetzt seid ihr ja hier! Rolf, die Jungkühe sind da!«

Jungkühe. Wenn man noch kein Kalb geboren hat, ist man eine Jungkuh. Auch wenn man ein alter Drachen um die Vierzig ist. Das ist Bauernhumor.

Rolfs Gesicht hinter der Sandwichtorte hellt sich auf. Achtundsechzig Jahre und immer noch geschmeidig wie ein Teenager. Als er seine älteren Töchter sieht, funkelt es in seinen braunen Augen, und er schießt vom Stuhl hoch. Jeans, hellblaues Hemd, Hausschuhe (die Mama ihm überallhin mitnimmt) und das dicke, wellige Haar mit Wasser nach hinten gekämmt. Wenn schon, denn schon – und er ist immer noch ein gut aussehender Mann.

Das war er schon immer. Irene verfiel ihm sofort, damals vor fünfundvierzig Jahren auf der Tanzfläche. Und Rolf kippte auch um, denn Alkohol verbessert nicht gerade das Gleichgewichtsempfinden. Rolf war dreiundzwanzig, Irene war siebzehn.

Eigentlich hätte sie an dem Abend gar nicht zum Tanzen gehen dürfen, sondern einer gewissen Frau Kvist eine Dauerwelle machen sollen. Irene war Friseurlehrling in

Uppsala. Im Salon Lukas. Bekannt für seine großartige Dauerwelle. Aber Frau Kvist hatte sich den Magen verdorben und konnte ausgerechnet an jenem Abend keine einzige Locke gelegt bekommen. Also bekam Irene frei und fuhr mit ihren Freundinnen zum Tanz nach Redäng. Vier Stadtmädel auf dem Land. Redäng war angesagt, wenn man weiblichen Geschlechts war. Da war die Chance größer, auch mal zum Tanzen zu kommen. Viele Männer, nicht so viele Frauen. Rolf war da. Wie immer. Der kräftige, große Rolf mit den breiten Schultern und den braunen Teddybäraugen. Mit eigenem Hof. Sein Vater war früh an einem Herzinfarkt gestorben, und da wurde nicht lange gefackelt. Rolf übernahm den Hof. Die Mutter kochte, putzte und kümmerte sich um die Finanzen. Rolf kümmerte sich um die Tiere.

Irene strahlte wie eine Sonne an jenem Abend auf der Tanzfläche in Redäng. Mit ihrer luftigen blondierten Frisur, der Wespentaille, den hübschen nackten Schultern und dem frischen blauen Blick.

Rolf fiel in Irenes schnelle, zuverlässige, fürsorgliche Arme. Und Irene in Rolfs breite, ungestüme, treue Arme. Sie liebten einander. Und sie lieben einander immer noch! Manchmal sackt Irene in sich zusammen, wird klein und müde. Dann schaut sie Rolf an, und dann richtet sie sich wieder auf, bekommt neue Kraft und spritzt in null Komma nichts die gesamten Kuhfladen aus dem Stall. Lena, Marie und Åsa erinnern sich an die verschlossene Schlafzimmertür der Eltern. Wenn gemolken war und es bis zur nächsten Arbeit eine Pause gab, dann schlossen sich Irene und Rolf manchmal ein.

»Mittagsschlaf« hieß das, aber dass sie nicht gerade Besuch vom Sandmännchen hatten, war den drei Töchtern schon klar. Rolf und Irene halten immer noch mehrmals die Woche Mittagsschlaf. Wie Irene zu sagen pflegt: »Nichts hebt die Laune so wie ein kleiner Mittagsschlaf.« Ja, ja.

»Die schönsten Jungkühe von ganz Stockholm!«, ruft Rolf.

Marie und Åsa verschwinden in seinen langen Armen. Eifrig küsst er seine Töchter auf Wangen und Stirn. Und dann bohrt er seinen Blick in den von Åsa. Die seufzt.

»Nein, kein Baby.«

Er küsst ihre Stirn besonders fest. Dann richtet er den Blick auf Marie.

»Nein, Papa, kein Baby, kein Freund. Und ich rauche immer noch und nehme Snus. Du kannst also ganz beruhigt sein.«

Mit einem heiseren Lachen küsst er auch Maries Stirn. Rolf hat immer an Marie geglaubt, wie entsetzlich ungeordnet bei ihr auch alles war. Er hat immer gewusst, dass sie es schon schaffen würde.

»Bleibt ihr über Nacht?«

»Nein, ich muss nach Hause und arbeiten, aber wir sehen uns ja jetzt, und die Sandwichtorte ist total lecker!«

»Ja, die ist ja auch von Kajsa und so lecker wie immer. Erinnerst du dich noch an die Torte von deiner Abschlussfeier, Åsa? Davon reden Mama und ich heute noch. Wie sie es nur geschafft hat, mit so kleinen Krabben ›Åsa‹ zu schreiben! Kajsa ist eben ein Genie.«

»Hübscher Pulli!«

Robert serviert noch ein Stück Sandwichtorte und mustert dabei Åsas lindgrüne Strickjacke, von der eine Verkäuferin gesagt hat, dass sie so gut zu ihr passen würde, dass sie einfach zuschlagen müsse. Åsa sitzt auf einem Stuhl mit klebrigem Polster und nimmt ihr zweites Kuchenstück in Empfang. Ihr gegenüber sitzt Robert auf einem ebenso klebrigen Stuhl und verteilt Sandwichtorte an die Gäste. Åsa schaut an sich herunter.

»Danke. Und du hast viel zu tun, habe ich gehört?«

»Ja, es ist der totale Wahnsinn. Aber du weißt ja, meine Werkstatt und meine Tanke sind die einzigen im Umkreis von zwanzig Kilometern, und deshalb kommen alle zu mir.«

»Aber hast du nicht zwei Angestellte?«

»Ja, aber auf die kann ich mich nicht richtig verlassen.«

»Wieso hast du sie dann eingestellt?«

»Sie sind schon gut, aber ich will trotzdem da sein und die Kontrolle haben, weißt du, ich bin schließlich der Chef.«

»Ich glaube schon, dass du dich auf sie verlassen könntest. Warum solltest du sie sonst eingestellt haben?«

»Na, du weißt schon, was ich meine. Und bei dir? Arbeitest du viel?«

»Ja, aber es macht Spaß.«

»Aha. Und woran genau arbeitest du gerade?«

»Im Moment mache ich gerade eine API für ein E-Handelsmodul im Auftrag eines großen Unternehmens, damit andere Entwickler die Sachen besser nachverfolgen können.«

»Aha. Das klingt doch super. Und was bedeutet das?«

»Ich baue ein Datensystem auf.«

»Und wie?«

»Ich arbeite ganz einfach mit Daten.«

»Toll! Ein hübsches kleines Gefährt hast du da draußen!«

»Danke. Was ist denn mit Lena los? Sie wirkt ein wenig ... fertig.«

»Ja, das kann schon sein ... Keine Ahnung. Also, hier zu Hause ist es wie immer, da hat sich nichts verändert oder so, aber sie ist irgendwie so müde. Sonst ist sie ja ein echtes Stehaufmännchen, das weißt du ja. Aber jetzt meckert und schreit sie die ganze Zeit rum. Ich weiß auch nicht recht ...«

»Vielleicht schafft sie das alles hier nicht mehr alleine.«

»Das habe ich ihr auch schon gesagt. Sie braucht Hilfe. Und die kleine Fanny aus der Nachbarschaft, weißt du, die putzt doch und passt auf Kinder auf und so, und da habe ich gesagt, die können wir doch beschäftigen. Aber Lena will nicht.«

»Kannst du denn nicht öfter zu Hause sein?«

Robert legt das Kinn in die Hand. Kratzt mit dem Fingernagel an einem alten Schokoladenfleck auf dem Tisch herum. Krempelt seine Ärmel hoch, streckt die Arme aus und legt wieder das Kinn in die Hand.

»Nee, das geht nicht. Die Kunden rechnen schließlich auf mich, und wenn ich nicht da bin, gibt es ein Mordsdurcheinander. Wenn ich zu Hause bleibe, um zu putzen oder auf die Kinder aufzupassen, dann hab ich ganz schnell einen schlechten Ruf weg. Oder vielleicht nicht grade einen schlechten Ruf, aber die alten Kunden, die würden das nicht kapieren. Also, ich merke schon, das klingt jetzt irgendwie blöd, versteh mich nicht falsch. Aber im Grunde könnte ich die Firma gleich drangeben, wenn ich zu Hause bleib. Das passt einfach nicht zusammen.«

»Aber wenn du Fanny anlernen würdest, damit sie den Kiosk und die Tanke versorgen könnte?«

»Nein, nein, nein. So was kann Fanny nicht.«

»Hm. Und was ist mit den beiden Angestellten, die du hast?«

»Ja, aber du weißt doch, wie …«

Und Robert redet immer weiter davon, dass er sich auf seine Angestellten ja nicht verlassen könne. Åsa kennt die beiden. Zwei der ehrenhaftesten Jungs von Braby. Natürlich würden die Angestellten den Laden schmeißen. Aber Robert kriegt es nicht in den Kopf, dass jemand anders seine Tanke am Laufen halten könnte.

Åsa schaut zu Robert hinüber. Sie kann verstehen, dass Marie ihn ein bisschen gestört findet. Aber er begreift es nicht besser. Das spürt Åsa. Er glaubt wirklich, dass seine Firma den Bach runtergeht, wenn er nicht da ist. Er glaubt wirklich, dass es wichtiger ist, in dieser Firma zu sein, anstatt vorm Schrank zu stehen und Wäsche zusammenzulegen. Anstatt sich um seine eigenen Kinder zu kümmern. Schade nur, dass seine seelischen Defizite dazu führen, dass es Lena total schlecht geht.

Åsa und Robert waren mal zusammen. In der siebten Klasse. Unschuldig. Zwei zögerliche Küsse während eines langsamen Stücks in der Schuldisco. Und dann noch ein paar mehr, etwas weniger zögerliche Küsse in Roberts Zimmer, vielleicht gab es auch ein paar in ihrem Zimmer, sie weiß es nicht mehr so genau. Danach hat Robert auf jeden Fall Schluss gemacht. Er war dann mit Katja zusammen, die sicher saftigere Sachen wollte als nur zögerliche Küsse. Und die hübscher war. Åsa erinnert sich kaum noch an diese kurze, kleine Episode. Sie bedeutete nichts, außer dass sie probieren konnte, wie es war, zu küssen, und das war immerhin spannend.

Lena hingegen war schon immer in Robert verliebt. Robert. Vier Jahre älter. Der beste Fußballer im Ort. Strahlte Geborgenheit aus. War nett. Stark. Hübsch – zumindest nach Braby-Maßstäben.

Robert verliebte sich erst viele Jahre später in Lena. Das war in der Zeit, als Rolf wollte, dass Lena mehr über die Maschinen auf dem Hof lernte, und ihr die Verantwortung dafür übertrug. Lena ihrerseits fuhr von da an ständig zu Roberts Tankstelle und bat ihn bei jedem Mähdrescher und Traktor um Rat.

So fanden sie zueinander. Vilda wurde auf der Personaltoilette gezeugt. Robert fällt es ja, wie gesagt, nicht ganz leicht, aus der Firma rauszukommen.

6

»Hallo? Lena? Was machst du da drin?«

Robert klopft vorsichtig an die Toilettentür. Das Fest ist vorbei. Irene hat aufgeräumt, den Fußboden gewischt, die Kaninchen eingesperrt, Katzen, Hunde und Kinder gefüttert und ist dann nach Hause gefahren. Die Kleinen schauen »Findet Nemo«. Josefine chattet am Computer.

Lena sitzt auf dem Klo. Schon wieder. Sie hat ihr Gesicht in das zweite rosafarbene Handtuch versenkt. Das erste liegt schon durchgeheult im Wäschekorb.

Lena war nicht während des gesamten Festes auf dem Klo. Zwischendurch ist sie rausgekommen. Sie sah aus wie ein Wrack. Ein verweintes Wrack mit steifem Lächeln. Weil alle fanden, dass ein richtiger Zusammenbruch auf einem Kinderfest nicht angebracht sei, wurde gute Miene zum bösen Spiel gemacht. Mama Irene spülte mit unglaublich schnellen Bewegungen ab und schnitt die Sandwichtorte auf. Papa Rolf lachte lauter denn je. Robert versuchte, Spiele zu arrangieren. Reise nach Jerusalem. Kleine Kinder müssen um eine Reihe von Stühlen wandern, und wenn die Musik aufhört, bleibt immer eines ohne Stuhl übrig. Großes Geheul.

Lena musste wieder aufs Klo rennen und sich in die Handknöchel beißen. Ihr Leben war wie dieses üble und sadistische Spiel. Die Starken schnappen sich die Stühle, und die Netten gehen leer aus. Die müssen sich an den Rand setzen und dann auch noch demjenigen gratulieren, dem es gelungen ist, alle anderen beiseite zu schubsen.

Marie und Åsa zum Beispiel. Die haben sofort ihre Stühle an sich gerissen. Sind vom Hof abgehauen und haben Lena zurückgelassen. Ohne Stuhl. Sie hat zwar alle ihre wunderbaren Kinder. Aber was soll sie mit einer Menge wunderbarer Kinder, wenn sie nicht einmal einen verdammten Stuhl hat, auf dem sie sitzen kann?

Marie und Åsa fahren nach Stockholm. Schweigend, denn sie schämen sich, weil sie zweitausend Kronen auf die Zukunft ihrer Schwester gewettet haben.

»Das sieht wirklich nicht gut aus.«

Marie schaut in die Dunkelheit hinaus. Åsa schaltet das Fernlicht ein.

»Nein. Wir hätten ihr vielleicht helfen sollen.«

»Natürlich hätten wir das. Verdammt, das macht mir richtig Bauchschmerzen. Also, ich bin ja nicht so empfindlich, aber hast du die Dreckränder im Waschbecken gesehen? Das sah richtig eklig aus.«

»Vielleicht hätten wir dableiben und putzen sollen.«

»Nein, Mama hat sich schon drum gekümmert. Ich kann nichts tun, ich muss arbeiten! Und auf ihre Kinder kann ich nicht aufpassen, da bin ich überhaupt nicht gut drin. Ich habe keine Zeit! Mir wären niemals vier Kinder passiert.«

»Wenn sie in der Nähe wohnen würde, dann würde ich gern auf die Kinder aufpassen, aber so … Man fährt schließlich fast vier Stunden hin und zurück. Arme Lena. Hast du gesehen, dass Hampus die ganze Zeit im Schlafanzug rumgerannt ist? Und die Haare von Engla waren so fettig und im Nacken ganz verfilzt.«

»Dabei war sie sonst so schrecklich gründlich mit so was. Die Kinder haben doch bei Festen immer ausgesehen wie kleine Zuckerpüppchen.«

Schwarzer Herbstabend. Die öden, dunklen Felder fliegen vorbei. Ein kleines beleuchtetes Haus. Otto schnarcht auf dem winzig kleinen Rücksitz. Der winzig kleine Rücksitz ist der Grund, weshalb Åsa ausgerechnet dieses Auto genommen hat, als Glücksbringer sozusagen. Wenn sie sich stattdessen einen Jeep Kombi mit Platz für alle Kinderwagen der Welt gekauft hätte, dann … dann wäre doch schon im Voraus klar, dass keine Babys kommen. Aber mit einem kleinen Sportwagen vielleicht schon. Vielleicht ... Åsa macht das Fenster ein klein wenig auf, sodass frische Luft hereinwirbelt. Sie atmet tief durch. Wie sie diesen Geruch des Spätherbstes liebt. Feuchtigkeit, verrottendes Laub, Moos, ruhende Äcker.

»Meine Güte, ist das kalt, mach wieder zu, bitte.«

Marie wickelt die halblange zottelige Jacke über der Brust enger. Sie versucht zu lächeln.

»Vielleicht war es nur ein kleiner Breakdown. Vielleicht war es ihr gerade alles zu viel. Mit dem Fest und so. Und jetzt hat Mama ja geputzt, da kann Lena neu anfangen und wieder Ordnung halten. Oder, was meinst du?«

»Ja, vielleicht.«

Lena sitzt auf dem Klo. Und Robert vor der Tür.

»Lena ... Also, ich hab kein gutes Gefühl dabei, aber ich muss zur Tankstelle. Du weißt doch, Antonsson in Redäng, der hat mich schon vorige Woche angeheuert, und jetzt muss sein Schlitten morgen fertig sein, denn da fährt er nach Deutschland, und ... ich krieg schließlich fünftausend für den Job. Vielleicht willst du ja ... vielleicht willst du von dem Geld ja mal shoppen gehen oder so. Aber ich muss jetzt los, sonst hab ich einen schlechten Ruf weg, und dann ... Lena? Liebling?«

Lena schnäuzt sich in das Biohandtuch. Starrt geradeaus auf die sich ablösende Tapete. Blau mit Palmen drauf. Sieht beschissen aus. Verschimmelt ist sie auch noch. Jahrelang haben sie schon vor, sie abzureißen und stattdessen schöne Fliesen anzubringen. Aber ... nein. Es ist nichts draus geworden. Vielleicht sollte sie mal bei Maler-Erik anrufen. Oder vielleicht gleich beim Sozialamt. Ein Foto von dieser verdammten Tapete machen und es ans Sozialamt schicken, dann kriegt man vielleicht irgendeinen Tapetenzuschuss. Ein Typ vom Sozialamt kommt und tapeziert. Aber nein, blöde Idee, dann nehmen sie womöglich die Kinder gleich mit. Kinder dürfen nicht mit einer solchen Tapete zusammenleben.

»Gib mir die Kohle, dann bitte ich Maler-Erik, das Badezimmer zu kacheln«, ruft Lena.

Robert atmet auf. Sie kann reden!

»Klar, geht in Ordnung, prima. Ganz toll. Kommst du jetzt raus?«

Robert versucht, mit sanfter Stimme zu sprechen, während er seine zerknitterte armeegrüne Hose auszieht und sich den Overall überzieht. Sie kriegt, was sie will, wenn sie nur rauskommt. Er hört, wie sie da drinnen herumklappert. Wasserhähne aufdreht. Lässt sie sich ein Bad ein? Sie kann doch jetzt nicht baden! Er muss doch weg. Also, eigentlich schon vor einer Viertelstunde. Aber er kann nicht von zu Hause abhauen, ehe sie nicht rausgekommen ist und einigermaßen normal aussieht. Das geht einfach nicht.

»Willst du baden, Liebling?«

Die samtweiche Stimme. Robert zieht seine großen Stiefel an. Sucht nach den Autoschlüsseln.

»Nein, ich werde mich ertränken.«

»Was? Nein, nicht jetzt, ich muss doch zur Tanke. Kannst du nicht einfach duschen?«

»Wie soll ich mich denn in der Dusche ertränken? Das wird ziemlich lange dauern, da kommst du dann wirklich zu spät.«

»Was redest du da? Ich kann dich nicht verstehen! Dreh mal das Wasser ab und komm raus!«

»Jetzt lass mich doch verdammt noch mal duschen!«

»Okay, okay. Geh duschen. Ist ja in Ordnung.«

Robert setzt sich in den Flur und lässt die Autoschlüssel nervös kreisen. Unruhe. Es liegt Unruhe in der Luft. Früher konnte Robert sich darüber aufregen, wenn er mal zufällig auf Kaninchenköttel gestiegen ist. Aber das hier ist eine ganz neue Dimension. Als würde das Haus erschüttert. Nicht viel. Nur ein ganz klein wenig. Aber es wackelt.

www.kinderlos.se. Åsa geht auf die Forumsseiten. Klickt sich in die Rubrik »Für alle, die noch warten« ein. Schön. Wie ein kleiner Teil der Welt, in dem sich Åsa einmal nicht unweiblich und wertlos fühlt. Hier sind alle in ihrer Situation. Und zwar ganz genau.

Åsa kann schnell schreiben. Der Computer ist ein Teil von ihr. Das war er schon immer. Als ob von der Festplatte ein Kabel direkt in ihren Kopf ginge. Sie kennt den PC wie sich selbst. Oder eigentlich sogar noch besser. Das Innere eines Computers besteht aus Codes. Codes, die man mit Hilfe von Mathematik und Logik entschlüsseln kann. Ihr eigenes Inneres dagegen ist nicht codiert und leider nicht greifbar. Zumindest nicht für sie.

Alle ihre Freundinnen sind da. Ihre Internetfreundinnen. Frauen, denen sie noch nie begegnet ist, die ihr aber trotzdem nahestehen. So richtig nahe. V. und A. So heißen sie. Mehr ist nicht nötig. Åsa lässt sich in den Stuhl sinken und fängt an, sich ihre Erlebnisse von der Seele zu schreiben.

Å.: »War heute auf dem Geburtstagsfest meines Neffen. Ganz schön anstrengend.«

V.: »Kann ich verstehen. Viele Kinder da?«

Å.: »Ja. Aber das war gar nicht das Schlimmste. Sonst ist es immer superanstrengend mit den ganzen Kindern überall, aber diesmal lag es an meiner Schwester. Da hat sie vier eigene, tolle Kinder, aber weiß ihr Leben gar nicht wertzuschätzen. Hat die meiste Zeit auf dem Klo gesessen und geheult. Das hat mich so wütend gemacht. Obwohl ich weiß, dass ich kein Recht dazu habe! Jeden Augenblick, egal wie schön es bei der Arbeit oder mit Adam ist, liegt diese Kinderlosigkeit da wie ein alter, muffiger Teppich. Und dann heult meine kleine Schwester, und ich könnte sie fast umbringen dafür. Dass sie heult, wo sie doch viermal genau das hat, was ich haben will, was ich mir am meisten wünsche! Und die ganze Zeit fragen die Leute, ob ich schwanger bin und wie es läuft und ob ich mies drauf bin.

Hört doch auf zu fragen! Ja! Ich *bin* traurig! Die ganze Zeit! Und ich schäme mich dafür.«

A.: »Das musst du nicht. Ich weiß genau, wie sich das anfühlt. Ich feier deshalb niemals Weihnachten bei meinen Verwandten. Kann diese ganzen Leute einfach nicht ertragen, die sich ununterbrochen darüber beschweren, wie viele Geschenke sie ihren Kindern kaufen müssen und wie stressig es mit der ganzen Unordnung ist, die die Kinder machen. Ich hasse mein sauberes, ordentliches Zuhause!«

Å.: »So geht es mir auch. Eine riesige leere Wohnung. Ich weiß gar nicht, was ich mit meinem Leben anfangen will. Ich will Kinder. Ich liebe meinen Mann, aber wir sind so weit voneinander entfernt. Ich hab das Gefühl, als würden wir einander verlieren. Ich würde gern mit meinen Schwestern reden, aber die begreifen gar nicht, was ich durchmache. Die eine hat zu viele Kinder, die andere hasst Kinder und macht eine Abtreibung nach der anderen. Und ich? Was habe ich?«

Åsa zieht die Beine auf den Stuhl. Umarmt sie. Die Natur ist wirklich nicht immer in Geberlaune. Manchmal ist sie richtig geizig. So verdammt ekelhaft geizig. Verschenkt ihre Früchte an Drogenabhängige, an junge Mädchen, die nicht einmal Kinder haben wollen, an Familien, die schon so viele Kinder haben, dass sie kaum die versorgen können. Wie kann es angehen, verdammt, dass eine Trinkerin problemlos und sofort ein gesundes Kind zur Welt bringt? Und das, wo Åsa alles, also wirklich *alles* aufgegeben hat, was eine Befruchtung stören könnte, und trotzdem keine Kinder kriegt. Kein gutes Glas Wein mehr, kein Bier, keine Zigaretten (okay, sie hat vorher auch nicht geraucht), nicht einmal eine Tasse Kaffee gönnt sie sich (nur Kräutertee), und ihr Gewicht hält sie auch. Bloß kein Übergewicht, das kann alles verderben. Sport in vernünftigen Maßen, und außerdem bemüht sie sich, froh und glücklich zu sein, denn auch eine negative Lebenseinstellung kann die Empfängnis beeinträchtigen.

Aber wie lange kann man denn fröhlich sein, wenn alles so traurig ist, so durch und durch traurig, dass man nur noch schreien möchte und ein Kind aus einem Kinderwagen stehlen, das irgendeine undankbare Mutter einfach so vor einem versnobbten Cappuccino-Schuppen abgestellt hat.

Åsa betrachtet ihr Spiegelbild im Fenster. Denkt nach.

Wir sind beide noch jung und vollkommen gesund. Es weist nichts darauf hin, dass mit einem von uns etwas nicht stimmen könnte. Meine Eierstöcke funktionieren perfekt, und Adams Spermien sind wie Kanonenkugeln. Peng, peng, peng. Alles in Ordnung. Wir müssen es nur immer wieder probieren. Und wenn es nicht klappt, machen wir in drei Monaten eine IVF. Und dann wird es schon klappen. Also, die Tränen weggewischt, Åsa. Fröhlichkeit ist besser für die Eierstöcke!

Sie schaut aus dem Fenster, durch ihr Spiegelbild hindurch. Das Haus gegenüber ist dunkel. Alle schlafen. Nur in einer Wohnung ist Licht. Eine Mutter geht herum und beruhigt ihr Baby. Um zwei Uhr nachts. Åsa denkt an ihre kleine Schwester, an deren Kinder, an sich selbst und muss ein Schluchzen unterdrücken.

»Drei doppelte Jack Daniel's für den Typen da hinten mit den Zöpfen!«

Marie zeigt auf einen Kerl am Tresen und schreit, um »The Number oft the Beast« von Iron Maiden zu übertönen. Linus zieht drei große Gläser raus und füllt sie mit Eis.

»Nein! Kein Eis!«

Linus leert die Gläser aus. Im Club steppt der Bär. So viele Leute, dass man kaum noch Sauerstoff zum Atmen hat. So viele Menschen, dass Marie und ihr Barkeeper so schnell arbeiten wie zwei Marathonläufer im Endspurt, die ihr Letztes geben.

Drei schwarzhaarige Gothicbräute mit knallroten Lippen drängeln sich an die Bar. Marie hebt fragend die Augenbrauen, während sie mit sicherer Hand Four Seasons in Gläser gießt.

»Drei große Bier!«, rufen die Bräute im Chor.

Marie stellt den Whiskey in die Bar, schiebt die Gläser den langhaarigen Jungs in verschlissenen Jeansjacken zu, nimmt das Geld in Empfang, steckt das Trinkgeld in die Schürzentasche, angelt drei große Gläser heran und füllt sie mit schäumendem Bier. Die Bräute bezahlen und schieben sich zur dröhnenden Tanzfläche.

Marie spuckt ihren alten Snus aus und legt einen neuen ein. So ein Scheiß, dass man drinnen nicht mehr rauchen darf. Verdammte Moralisten.

»Marie!«

Sie dreht sich um. Vlatko, der Besitzer des Clubs und ihr Chef, steht hinter der Bar und winkt mit seiner fetten, bleichen Hand. Neben ihm eine kleine Dame. Ein blondes Mädchen, nicht älter als achtzehn.

Aha, es ist also wieder mal so weit. Irgendeine blondierte Tussi, mit der er mal ins Bett darf, wenn er ihr einen Job verschafft.

Marie schlägt Linus seufzend auf die Schulter und zeigt auf Vlatko und seine neue Flamme. Linus grinst resigniert und gibt Marie ein Zeichen, dass es okay ist, wenn sie kurz geht, was natürlich eigentlich ein Ding der Unmöglichkeit ist.

Ein Kaugummi reingeschoben, die Haare kurz durchgewuschelt, und schon winkt Marie den Chef in die Personalküche.

Die Küche ist eng und hauptsächlich der Durchgang zum Keller, um schnell Bierkisten zu holen oder zur Rauchpause in den Garten zu gelangen. Ein paar Holzstühle, ein wackliger Tisch, ein kleiner Zweiplattenherd und an den Wänden Hardrockposter.

Vlatko lässt sich schwer auf einen der Stühle fallen. Marie fürchtet schon, dass das Möbel auseinanderfallen wird, aber es hält. Zum Glück, denn wenn Vlatko hinfiele, würde der Küchenfußboden wahrscheinlich nachgeben, und im Keller wiederum schläft Otto, und dem darf nichts zustoßen.

Der fette Bauch des Chefs quillt über seine Oberschenkel. Zum Glück trägt er wenigstens eine Weste mit guten Knöpfen, die das Fett etwas aufhalten.

Vlatko ist eine Witznummer. Er würde so gerne aussehen wie ein Mafioso. Mein Gott, er hat sogar glänzende schwarze Lackschuhe. Was will er denn damit erreichen? Dass die Polizei dermaßen von seinen Schuhen geblendet ist, dass sie ihn sofort einsackt? Es stinkt doch dermaßen nach Verbrechen um ihn herum. Ehrliche Typen tragen einfach nicht solche Schuhe. Nein. Marie mochte ihren Chef noch nie leiden.

An ihm ist nichts echt. Außer echter Kriminalität. Er besitzt das Rock'n'chocks nicht, weil er Hardrock mag. Vlatko hört nur Hardrock, wenn er mal den Club entert und ihnen irgendeine kleine arbeitslose Tussi präsentiert. Nein, Vlatko besitzt Clubs, Restaurants und Cafés nur wegen seines Geldes. Um Geld waschen zu können, nichts anderes. Aber was macht das schon, wenn man dem Typen nur zweimal im Jahr begegnet, und dann höchstens fünfzehn Minuten lang?

Die kleine Dame lehnt unsicher kichernd an der Wand. Hochgepushte kleine Brüste, langes blondiertes Haar in Korkenzieherlocken, der Haaransatz pechschwarz, Jeans mit niedrigem Bund, und zwar so niedrig, dass man die Schamhaare sehen würde, wenn die Bikinizone nicht so gut gewachst wäre.

Marie streckt sich, wirft die Haare herum und holt eine Zigarette raus. Die hat sie am besten schon mal in Bereitschaft, damit sie sich hinterher sofort in den Garten stürzen und eine rauchen kann. Wenn diese kleine Szene vorbei ist.

Vlatko räuspert sich und kratzt sich mit den Wurstfingern den speckigen Hals. Schrapp, schrapp. Igitt, ob er mit diesen widerlichen Händen ihre kleinen Teenagertitten angrabbelt? Armes Mädchen. Okay. Here we go. Marie grinst ein wenig.

»Das hier ist Lisa, meine Tochter«, murmelt Vlatko mit seinem typischen osteuropäischen Akzent.

»Tochter? Ich dachte, du hättest nur Söhne. Kleine Jungs.«

»Nein, ich habe auch eine Tochter.«

Lisa lächelt Vlatko schüchtern zu und schielt zu Marie hinüber. Marie saugt an ihrem Snus. Tochter, haha. Da sieht man, dass es keinen wirklichen Unterschied zwischen Papas Liebhaberinnen und Papas Tochter gibt. Aber jetzt erkennt sie es. Lisas Augen. Kohlschwarz, genau wie die von Vlatko.

»Lisa ist sehr flott und hat schon viel in der Branche gearbeitet.«

»Stimmt, ich hab schon viel im Näckrosen gearbeitet.«

Marie schaut sie fragend an. Näckrosen, wo zum Teufel liegt das denn?

Vlatko räuspert sich nervös, und Lisa antwortet schüchtern: »Ja, also, das ist so eine Art Heim für Alte, weißt du?«

»Aha. Gibt es dort auch eine Bar?«

»Nein, nein, nicht direkt ... Aber ich hab in der Küche gestanden, und da ging es schon rund und ...«

Vlatko wedelt mit den Händen.

»Ach was, Lisa. Lass doch dieses Näckrosen, du dummes Mäuschen. Du warst doch auch im Hard Rock Café!«

»Ja, da habe ich auch gearbeitet. Als Aushilfe. Und zuletzt habe ich diesen Schnellkurs gemacht.«

»Schnellkurs?«

»Ja, den Papa arrangiert hat.«

»Ach, arrangierst du Schnellkurse? In was denn?«

Vlatko kratzt sich wieder den Nacken. Der Schweiß rinnt.

»Also, Lisa hat einen kleinen Schnellkurs von mir bekommen. Sie kann jetzt Drinks mixen. Und sie wird ganz sicher eine Bereicherung sein. Ganz bestimmt!«

»Einen Moment mal. Nichts gegen dich, Lisa, du bist sicher nett und alles, aber soll deine Tochter jetzt, wo sie bisher bloß Tütenbrei für alte Leute angerührt und einen Schnellkurs bei ihrem Papa absolviert hat, in *meiner* Bar stehen?«

»Sie ist gut, Marie, glaub mir. Alles kein Problem. Dann kannst du öfter Rauchpause machen. Und das Tempo ein bisschen runterschrauben. Das wäre doch schön, nicht? Lisa kümmert sich dann um alles.«

»Aber wie stellst du dir das vor, kriegen wir sie als Sonderbonus? Oder müssen wir jemand anders hergeben?«

»Diese Aushilfe, wie heißt sie doch noch, Annelie, die wird vielleicht aufhören.«

O Scheiße! Marie hat keine Lust, sich diesen Mist anzuhören. Ist das hier vielleicht ein Jugendzentrum? Na super. Dann will sie aber auch ein paar Betreuer, die sich um die Jugendlichen kümmern. Und eine Tischtennisplatte, auf der man nach Dienstschluss Pingpong-Rundlauf spielen kann. Denn Marie hat verdammt noch mal keine Lust! Es wird niemals weniger Arbeit mit diesen kleinen Tussis, sondern immer nur noch *mehr*. Die machen nämlich alles falsch, und dann muss einer von Maries Barkeepern sie anlernen, und wenn sie es endlich begriffen haben, dann schläft das Mädel nicht mehr mit dem Chef, und dann wird sie rausgeschmissen. Und rein mit dem nächsten Gör. Okay, diesmal ist es eine Tochter, aber das macht doch keinen Unterschied. Es ist ein ewiger Kreislauf.

Marie streckt ohne zu lächeln die Hand aus, heißt Lisa willkommen und macht die Kellertür auf. Otto kommt die Treppe raufgelaufen, und sie huschen gemeinsam durch die Hintertür in den Garten. Gierig zündet Marie die Zigarette an und nimmt ein paar tiefe Lungenzüge. Sie spuckt Snus und Kaugummi aus. Noch ein eiliger Zug. Verdammt, was macht sie da eigentlich?

Um halb drei Uhr morgens in einem Hinterhof stehen. Sich halb tot arbeiten für einen verdammten Möchtegernmafioso, der null Peilung hat, was ihren Job betrifft.

So ein Mist, dass sie keine Ahnung hat, wie man sich selbstständig macht, und das Geld dazu schon gar nicht. Sonst hätte sie eine eigene Bar aufmachen können. Sie weiß ja, was man dazu braucht. Richtig fetzige Musik, eine knallharte Location, coole Barkeeper und Massen von Alkohol. That's it. Aber leider ist da das Problem mit dem Hirnschmalz, und natürlich das Problem mit den Scheinen. Von beidem hat sie nicht genug. Vor allem an Scheinen fehlt es.

Marie nimmt einen letzten Lungenzug. Vor ihrem inneren Auge taucht Lenas Zuhause auf. Das dreckige Waschbecken. Ihre fettigen Haare und dieser Bettelblick. Als ob sie gerettet werden wollte. Aber wer will das nicht?

Robert springt in den Pick-up. Es ist schon vier Uhr morgens. Braby schläft. Mucksmäuschenstill ist es. Nicht einmal das Laub raschelt, der Wind hält inne. Manchmal knackt es in der Leuchtwerbung der Tankstelle, das ist alles. Er hatte nicht damit gerechnet, dass in dem alten Schlitten so viel Arbeit stecken würde, fünftausend Kröten waren viel zu wenig für den Job. Verdammte Scheiße.

Es ist gerade mal ein Kilometer nach Hause, aber Robert fährt immer mit dem Auto. Seit dem Tag, an dem er seinen Führerschein bekommen hat, nimmt er den Wagen. Aber jetzt lässt er den Motor nicht an, sondern sitzt nur regungslos hinter dem Steuer, die karierte Fleecedecke auf dem Autositz wärmt ihn ein wenig.

Er legt das Gesicht in seine großen, schwieligen Hände. Die Fingernägel sind ständig dreckig. Dieser Schmutz ist in seinen Körper gedrungen, den kann kein Bimsstein der Welt wegkriegen. Er ist ein Teil von Robert geworden. Er schnüffelt unter der Achsel an seinem Pullover. Uh, das riecht nicht gut. Der müsste mal gewaschen werden. Ob er es wagen kann, Lena zu bitten? Nein, wahrscheinlich nicht. Vielleicht kann er Josefine fragen. Wenn sie fünfzig Kronen dafür kriegt?

Lena hat sich in den letzten Wochen völlig verändert. Robert betrachtet den Fotostreifen, der am Rückspiegel hängt. Aus dem Automaten im Coop von Redäng. Lena lächelt breit, ihre weißen Zähne strahlen und die kleinen braunen Augen ebenso. Ihre Haare sind aufgeplustert und sehen so aus, als würden sie so gut riechen, wie sie es fast immer tun. Nach Früchten. So süß und weiblich und weich. Auf dem ersten Bild ist fast nur Lena zu sehen, man kann Englas Kopf erahnen, aber das ist alles. Lenas überwältigendes Lachen. Die drei anderen Bilder sind ein Wirrwarr aus Kindern und Lena irgendwo im Hintergrund. Hampus grinst selbstsicher in die Kamera, Engla versucht, ihn runterzudrücken, damit sie selbst besser zu sehen ist. Vilda im Hintergrund, milde lächelnd. Auf dem letzten Bild sind sogar Vincents Ohren mit drauf. Lena ist gar nicht mehr zu sehen, nur ihre Hand, die Hampus um den Bauch hält, damit er nicht in die Kamera fällt, die irgendwo hinter dem Spiegel ist, in den sie alle schauen.

Robert sieht wieder das erste Bild an. Nur Lena. Diese Lippen, die er so oft geküsst hat. Wann eigentlich zuletzt? Robert denkt nach. Sie haben mal miteinander geschlafen, wann zum Teufel war das? Robert gräbt in seinem Gedächtnis und zieht sich die Decke über die Oberschenkel. Mein Gott, was haben sie zu Anfang oft miteinander geschlafen. Sogar auf dem Klo in der Tankstelle. Lena war richtig heiß drauf! Sie hat ihn immer so fest gehalten. Hat ihn mit ihren starken und eifrigen Händen festgehalten. Als ob er wichtig für sie wäre. Als ob sie ihn wirklich haben wollte. Das war eine schöne Zeit.

Wann haben sie eigentlich zuletzt miteinander geschlafen? Das muss ... nein ... doch ... nein ... Es ist schon Monate her. War das vielleicht damals im Frühsommer, als alle Kinder, die sonst immer in der Mitte liegen, weg waren und

Lena auf seine Seite rübergerollt ist und ihn ganz einfach genommen hat? Mein Gott, haben sie seither keinen Sex mehr gehabt? Lena kommt ihm vor wie auf diesem Fotostreifen. Robert kann sie nicht sehen, weil immer so viele Kinder und Tiere vor ihr stehen. Er sieht nur ihre Hände, die irgendein Kind festhalten.

Und was das kostet! All diese Kinder wachsen ständig aus ihren Schuhen und Hosen raus. Lenas Lohn reicht kaum für eine Tankfüllung. Und Robert muss immer arbeiten. Wie kann sie sich darüber beklagen? Denn was anderes macht sie kaum noch. Nichts als klagen! Weil er arbeitet! Wie viele Frauen würden sich die Finger nach einem Mann lecken, der sie versorgen kann? Da könnte Lena ihre ganzen Freundinnen fragen! Es kann doch wohl nicht so schwer sein, mal zu putzen und zu waschen, dann etwas zu kochen und den Kindern bei den Hausaufgaben zu helfen.

Okay, er sollte vielleicht etwas mehr zu Hause sein. Aber kaum zeigt er sich, ist Lena schon wütend auf ihn. Am besten ist es für sie beide, wenn er sich etwas fernhält.

Na ja, er merkt schon selbst, dass dieser Gedanke dem Problem nicht wirklich gerecht wird.

Wieder betrachtet er den Fotostreifen und klemmt ihn zwischen den schmutzigen Daumen und den ebenso schmutzigen Zeigefinger.

Es geht ihr nicht gut. Das merkt er schon. Und das ganze Haus ... alles so unordentlich. Er wird Fanny anrufen. Wenn Fanny nur etwas putzt, dann wird es schon leichter. Lena braucht einfach nur Hilfe.

»Fanny anrufen«, notiert sich Robert mit der linken Hand, dreht dann den Schlüssel herum und legt den Rückwärtsgang ein.

7

»Was ist denn? Vilda hat doch genauso viele Fleischbällchen gekriegt wie du?«

»Nein, viel *vieler*!«

»Das heißt nicht vieler, sondern mehr. Und sie kann nicht mehr gekriegt haben als du, denn jeder hat gleich viel gekriegt. Du Knallkopf.«

Josefine glotzt genervt zu Engla rüber, Lena wiederum starrt Josefine wütend an. Engla nimmt mit den Fingern fettige Fleischbällchen aus der Pfanne, Vilda sieht das und kreischt so laut, dass Hampus anfängt zu weinen. Lena steht da und versucht, die verdammten Fleischbällchen zu verteilen.

Und da sind sie wieder. Diese blubbernden teuflischen Gefühle. Als würde sie kochen. Wie ein Wasserkocher. Man muss nur auf den Knopf drücken, und schon leuchtet das Lämpchen, und im Nu kocht alles und kann jedem, der in die Nähe kommt, Verbrennungen dritten Grades zufügen. Vorzugsweise kleinen Kindern oder auch erwachsenen Männern.

Lena schmeißt den Pfannenwender mit einem Knall auf den Boden. Das Bratfett spritzt am Küchenschrank hoch, und eine der Katzen saust davon, um dann schnell umzudrehen und das Fett vom Schrank zu lecken. Eines der Kaninchen hüpft aus dem Zimmer.

»Was soll denn der Mist? Es kriegen ja wohl alle was zu essen, oder? Jetzt schmeiße ich die Fleischbällchen weg, dann kriegt keiner was, seid ihr dann endlich zufrieden? Dann ist es nämlich gerecht. Nichts für niemanden!«

Wütend leert Lena die Pfanne in den Mülleimer. Fleischbällchen verbinden sich mit alten Gurkenscheiben, einer Milchtüte, Teebeuteln und Apfelsinenschalen. Die Kinder sitzen mucksmäuschenstill da. Hampus' Unterlippe zittert ein wenig. Seine Augen füllen sich mit Tränen, aber er gibt keinen Laut von sich. Vilda schleicht leise von ihrem Stuhl, hebt den Pfannenwender vom Fußboden auf und reicht ihn Lena.

»Hier, Mama.«

Schnell läuft sie zu ihrem Stuhl zurück und setzt sich kerzengerade hin.

Lena steht wie festgefroren mit dem Pfannenwender in der rechten Hand und der Pfanne in der linken da. Ihre Kraft ist einfach weg. Und die Geduld gleich mit. Die Lust. Die Lust zu allem. Die Liebe. Weg. Als hätte jemand auf »off« gedrückt. Wie auf dem Fest. Lena möchte immer Haltung wahren. Vor allem vor ihren Schwestern. Sie sollen sehen, wie gut es ihr geht. Lena gibt ganz gern damit an, wie sie mit vier Kindern und einem Haufen Tiere so gut wie allein den Laden schmeißt. Gerade gegenüber Åsa ist es wirklich mies, das weiß sie auch. Aber sie hat doch nichts anderes als die Kinder.

Auf dem Fest war ihr das alles egal. Sie hat gesehen, wie furchtbar das Haus aussah. Aber es war ihr egal. Oder nein, es war ihr nicht egal, denn sie wollte ja, dass die anderen es sehen. Dass sie den Mist sehen und sie mitnehmen. Oder ihr helfen. Die Kinder für eine Weile mit in die Großstadt nehmen. Nehmt Robert auch gleich mit! Und die Kaninchen und die Hunde und die Katzen!

Lena will einfach nur ihre Ruhe. Nie ist sie allein. Niemals. Klar, Robert ist nie zu Hause, aber alle anderen sind immer da.

Und jetzt hat sie auch noch Fanny hier herumhängen. Robert hat sie anscheinend angerufen, und nun kommt sie zweimal die Woche und verräumt alle Sachen. Der Käsehobel zum Beispiel lag *immer* in der zweiten Schublade, und gestern lag er in der vierten! Wie kann man einen Käsehobel in die vierte Schublade zwischen die Gefrierbeutel legen? Das geht doch nicht.

Fanny ist nicht ganz klar im Kopf. Es gibt nur Stress, wenn sie da ist. Gestern hat Robert sie dafür bezahlt, dass sie die Videofilme sortiert. Hallo? Brauchen wir das? Dass wir »Shrek« unter »S« finden? Lena will saubere Wäsche im Schrank finden und die Kinder in gemachte Betten bringen. Sie muss Fanny einen Tritt geben.

»Dürfen wir jetzt anfangen, Mama?«

Vilda schaut vielsagend auf den Topf mit den Makkaroni. Der Platz von Josefine ist leer, wahrscheinlich ist sie abgehauen.

»Natürlich, Liebling, jetzt dürft ihr anfangen.«

Lena stellt die leere Pfanne auf den Herd, nimmt etwas Haushaltspapier und wischt den schlimmsten Fettfleck vom Fußboden. Den Rest reibt sie mit ihrem Strumpf weg.

Die Kinder. Mein Gott, was soll sie nur mit ihnen machen? Sie könnte Mama um Hilfe bitten. Irene ruft schließlich andauernd an und will helfen. Aber Lena weiß, wie viel auf dem Hof zu tun ist. Es wäre nicht okay, Mama viermal in der Woche um Hilfe zu bitten. Sogar Åsa hat angerufen und gefragt, ob sie mal babysitten sollte. Aber was würde das schon helfen? Wenn sie für ein paar Stunden an einem Samstagabend auf die Kinder aufpassen würde. Nichts. Das macht alles nur noch schlimmer. Die Kinder werden unruhig, und was würde sie selbst denn machen? Ein Schaumbad einlassen und sich einfach entspannen? Wohl kaum.

»Superlecker, Mama!«

Vilda versucht, gute Laune zu verbreiten, und mümmelt versteinert lächelnd auf den verkochten Makkaroni herum. Hampus kämpft immer noch mit der zitternden Unterlippe, und Engla spießt schweigend und methodisch auf jede Gabelzinke eine Nudel. Lena versucht zu lächeln, zieht ihren Stuhl vor und schüttet ein paar Makkaroni auf ihren Teller.

Da hört man ein Geräusch. Dü-de-li-dü-dö. Das Eisauto! Die Kinder sind immer noch ruhig, aber unter dem Tisch fangen ihre Beine an zu zappeln. Das Eisautozappeln.

Verdammt! Ausgerechnet jetzt, wo es anfing, ruhig zu werden. Ehe alle Kinder aufgestanden sind, um wie die Wahnsinnigen zum Eisauto zu rennen, fängt Lena an zu schreien: »*Neeein! Ihr bleibt sitzen!* Hört ihr? Sitzenbleiben!«

Dü-de-li-dü-dö. Hampus, der sich schon auf seinen Stuhl gestellt hat, um besser sehen zu können, kriegt eine feste Hand auf den Kopf gelegt, die ihn wieder zurückdrückt. Hampus, runter mit dir. Er schiebt die Unterlippe vor. Lena sieht es und tätschelt ihm den Kopf, doch viel Mitgefühl ist nicht dabei.

»Und alle bleiben sitzen! Jetzt esst ihr erst mal ein paar Nudeln. In aller Ruhe. Und ich gehe raus und kaufe Eis, okay?«

Dü-de-li-dü-dö. Engla versucht, sich unter dem Tisch davonzumachen. Aber Lena hält sie auf.

»Stopp! Ich meine es ernst. Wenn ihr nicht sitzen bleibt, dann gibt es kein Eis.«

Aha. Drohung und Belohnung. Die beste Erziehungsmethode überhaupt. In der einen Hand das Zuckerbrot, in der anderen die Peitsche, und schon herrscht Friede.

»Tut mir leid. Ich sollte nicht so schreien. Jetzt bleibt sitzen und esst, dann kriegt ihr nach dem Essen Eis. Alles klar?«

Dü-de-li-dü-dö. Die drei Kinder nicken widerwillig. Alles unter Kontrolle. Gut.

Lena schlüpft in ihre alten Holzschuhe. Greift sich einen Fünfhunderter vom Geld, was für die Badrenovierung gedacht war, und rennt zum Eisauto. Endlich allein! Den ganzen Kiesweg bis vor zum Briefkasten darf sie alleine gehen. Zwanzig Meter ohne Kinder, die wollen, dass man ihnen den Hintern abputzt, die einem ein selbst gemaltes Bild zeigen wollen oder einem einfach nur quengelnd am Rockzipfel hängen.

Dass so ein Gefühl von Freiheit aufkommen kann, nur weil man zu einem blöden Eisauto gehen darf. Da stehen und auf verschiedene Clowneise, Nougatwaffeln und Minimilks zeigen zu dürfen, ohne dass einem Kinder oder Kaninchen um die Füße springen. Und, was machen Sie so in Ihrer Freizeit? Da gehe ich zum Eisauto. Ein wuuunderbarer Zeitvertreib. Dü-de-li-dü-dö. Nein, warum sollte man sich Kleider, Schmuck und neue Schuhe kaufen, wenn es Eis gibt? Das ist der neueste Trend, noch nichts davon gehört? Meine Güte, ihr Stockholmer lebt aber auch ganz schön hinterm Mond!

Lena zieht die Kapuzenjacke etwas fester um die Schultern und atmet die frische Herbstluft ein. Dabei sieht sie die Blätter, die auf dem Rasen vor sich hin faulen, die porösen Äpfel, die hinuntergefallen sind und ebenfalls vergammeln. Verdammt, sie hat auch dieses Jahr die Äpfel nicht eingesammelt. Scheißegal, man kann doch im ICA tiefgefrorenen Apfelkuchen kaufen.

»Hallihallo. Was darf's denn sein?«

Der Eismann grüßt fröhlich. Es ist ein neuer Eismann. Wo zum Teufel ist denn Mehmet hin? Ein Supertyp, bei dem man immer anschreiben lassen konnte. Lena lächelt den neuen verunsichert an, während sie mit dem Blick nach Mehmet sucht, als hätte der sich hinter dem Auto versteckt.

»Hat Mehmet aufgehört, oder was?«

»Er ist umgezogen, deshalb fährt er jetzt in Knivsta. Ich übernehme seine alten Gebiete. Conny heiße ich.«

Conny streckt ihr seine braun gebrannte Hand entgegen. Blond ist er. So blond, wie es sonst nur Kinder sind, wenn die Sommersonne das Haar fast weiß bleicht. Helle Augenbrauen, helle kräftige Wimpern, hellblaue Augen. Und eine Haartolle. Er sieht ein bisschen aus wie die Blondine von ABBA. Agnetha Fältskog.

»Hallo, ich bin Agnetha.«

»Wie nett, dich kennenzulernen, Agnetha.«

»Nein, Lena meine ich. Ich heiße Lena. Das war falsch.«

»Ach so. Okay, haha. Ich kann dich nennen, wie du willst.«

»Lena ist gut.«

»Sicher?«

»Nicht immer, haha.«

Hat sie tatsächlich gelacht? Ja, scheint so.

Lena hält den Geldschein umklammert und betrachtet die Bilder von den verschiedenen Eissorten. Birneneis in der Waffel, Eisboote, Clowns mit Kaugumminasen, Schokoladenhunde, Haselnusseis, Gespenstereis, Baiser, Nougatglasur und kleine Törtchen mit echter Sahne. Conny lehnt sich an den Wagen und pfeift ein wenig unzusammenhängend.

»Oh, das ist wirklich schwer ... Kannst du mir nicht einfach was zusammenstellen? Drei kleine Kinder, ein Teenager und ich.«

»Kein Mann?«

»Nein. Oder doch, aber der ist nie zu Hause, deshalb kriegt der kein Eis – so!« Lena lächelt trotzig.

»Das kann ich verstehen. Natürlich kriegen Männer, die nicht da sind, kein Eis. Aber vielleicht hab ich ja noch eine alte Flasche Schnaps, die du ihm über den Schädel hauen kannst.«

»Gut, dann nehme ich die noch dazu.«

Conny zwinkert ihr zu und geht das Eis holen. Die Mundwinkel wandern nach oben. Lenas Mundwinkel. Huch, was für ein seltsames Gefühl. Sie hat lachen müssen. Ganz spontan. Und zwar über die Vorstellung, ihrem Mann eine Flasche über den Kopf zu hauen. Egal – ein Lachen! Das soll ja lebensverlängernd wirken, wenn man das nun möchte.

Conny macht an der Seite des Wagens die Tür zur Gefrierbox auf und kramt da drin herum. Hebt Kästen hoch und knistert mit Tüten.

»Also, jetzt schauen wir mal. Vanilleeis mit Schokolade für die kleinen Kinder. Nicht so ungesund wie Wassereis und nicht zu groß, damit die Kleinen nicht dick werden.«

Conny legt Lena eine große kalte Tüte mit Eis am Stiel in den Arm.

»Das Eis für den Teenager war schon schwieriger. Aber ich habe mir gedacht, da ist vielleicht was Stabileres angesagt, was man am Computer essen kann, ohne ihn vollzukleckern. Also gibt es Eis in der Waffel in drei Geschmacksrichtungen: Nougat, Erdbeere und Schokolade. Und schließlich eine Flasche für deinen Mann.«

Ein Paket mit Waffeln und der Schnaps werden oben auf Lenas Arm gelegt.

»Und das hier habe ich für dich gefunden!«

Conny angelt eine tiefgefrorene Minimarzipantorte mit echter Sahne heraus. Das Marzipan ist richtig fies grün, wie es sich für eine solche Torte gehört, und mit einer kleinen rosafarbenen Rose dekoriert.

»Die hier solltest du dir gönnen, wenn die Kinder im Bett sind und dein Mann sich mit dem Schnaps ordentlich die Kante gegeben hat. Sie ist kein bisschen gesund, aber verdammt gut. Aber vorher solltest du sie ein paar Stunden im Kühlschrank auftauen lassen.«

Conny setzt die Torte ganz oben auf dem Eisberg ab. Genau vor Lenas Augen. Ihre Mundwinkel sind schon wieder nach oben gewandert. Eine Torte für sie ganz allein. Die ein paar Stunden auftauen muss, ehe sie sie isst. Eine eigene Torte.

»Danke …«

»Nichts zu danken, Agnetha, das ist doch mein Job! Lena, meine ich.«

Er lächelt breit. Von einem Ohr zum anderen. Dass es überhaupt so große Münder gibt. Die langen, dichten Wimpern blitzen. Hat er etwa auch Sommersprossen? Ein erwachsener Mann mit Sommersprossen? Wie alt er wohl ist? Vierzig vielleicht. Ob er wohl eine Frau hat? Ja, das hat er bestimmt. Eine nette Ehefrau. Und Kinder. Denen er kleine Eis am Stiel gibt. Und seiner Frau gibt er Torten. Vielleicht …

»Das macht dreihundertfünfundzwanzig Kronen. Die Torte geht auf mich.«

»Was? Nein, ich bezahle sie natürlich.«

»Auf gar keinen Fall. Das geht nicht. Sie gehört bereits dir.«

»Oh. Vielen Dank.«

Ihre Mundwinkel. Schon wieder sind sie oben. Lena bezahlt, winkt, sieht Conny hinter das Steuer springen und mit seinem Auto wegfahren. Dü-de-li-dü-dö.

Es pfeift in ihren Ohren, wie immer nach einer ganzen Nacht Arbeit. Marie stellt die Stühle auf die Tische. Linus wischt den Fußboden. Die Aushilfen sammeln Gläser, Flaschen und vergessene Sachen ein. Lisa ist schon nach Hause, der Chef hat sie kurz vor Feierabend geholt. Wahrscheinlich soll sie ihre Teenagerhände nicht mit Glassplittern und benutzten Kondomen beschmutzen.

Marie steckt sich eine Zigarette in den Mundwinkel und hievt die letzten Stühle hoch. Nach dem Schließen rauchen sie auch drinnen. Genehmigen sich ein paar Bier und rauchen heimlich.

»Hast du das gehört von Lisa?«, ruft Linus hinter dem Tresen, wo er gerade die Limettenscheiben wegschmeißt, die Lisa aufgeschnitten hat, die waren nämlich viel zu dick.

Mit schweren Gliedern wirft sich Marie auf eines der Kunstledersofas und legt die Beine hoch. Schade, dass sie in bequemen Schuhen wie eine Pennerin aussieht, das geht einfach nicht bei ihrem Job. Mit Absatz und vorne spitz müssen die Schuhe sein. Sie nimmt einen großen Schluck Bier und einen Lungenzug. Zupft etwas Tabak von der Zunge. Schnuppert unter ihren Achseln. Igitt. Sie muss sich ein neues Deo kaufen, das hier reicht nicht für harte Arbeit.

»Was soll ich gehört haben?«, fragt Marie.

Der Kopf von Linus taucht hinter dem Tresen auf. Routiniert wirft er sich das Handtuch über die Schulter, schlendert zu Marie und nimmt einen Schluck von ihrem Bier. Sie reicht ihm ihre Zigarette, er nimmt einen Zug und gibt sie ihr zurück. Süßer Kerl. Verdammt jung, aber schnell und sehr gut.

»Was Lisa hier verdient.«

»Was denn? Erzähl!«

»Ich glaube, der Chef hat ein schlechtes Gewissen. Er hat Lisa offenbar ein bisschen vernachlässigt. Sie kam auf die Welt, als er nicht mal zwanzig war, und er war wohl ein richtig mieser Vater. Oder gar kein Vater. Jedenfalls nicht so wie mit seinen Söhnen.«

»Jetzt sag schon! Was kriegt sie?«

»Achtundzwanzigtausend im Monat.«

»Achtundzwanzigtausend?«

»Genau. Hanne Berg, weißt du, die von der Hot Bar, hat es selbst schwarz auf weiß gesehen. Die hilft dem Chef doch mit diesen Sachen. Achtundzwanzigtausend im Monat, das ist doch nicht zu fassen!«

Linus nimmt noch einmal Maries Zigarette, zieht ein letztes Mal und versenkt die Kippe in einem alten Trinkglas.

Verdammte Scheiße ... Marie merkt, wie sie anfängt, innerlich zu kochen. Es beginnt in den Zehenspitzen. Ein stilles Blubbern. Das aufsteigt, in die Knie, Hüften, Brüste, Schultern und dann in den Kopf. Ein immer heftigeres Kochen. Achtundzwanzigtausend im Monat! Für eine Minderjährige, die nicht mal eine Kiste Bier aus dem Keller holen kann, ohne einen Hexenschuss zu kriegen. Weil er ein schlechter Vater war. Dann werde doch ein guter Vater, verdammt!, denkt Marie. Aber nicht, indem du ihr achtundzwanzigtausend Kröten im Monat gibst, wenn sie nicht mehr als fünf Öre wert ist.

So ein fetter Lohn hat Auswirkungen auf alle anderen

Angestellten im Club. Irgendjemand wird gehen müssen. Irgendetwas wird schlechter werden. So ein kleines Mädel dürfte höchstens fünfzehntausend kriegen. Und Marie, die ihr ganzes Leben in diesem Laden gearbeitet hat, kriegt am Monatsende nur dreiundzwanzigtausend! Wo sie doch alles kann. Wo sie mit geschlossenen Augen hundert besoffenen Hardrockern gleichzeitig perfekte Milchshakes servieren kann.

»Marie?«

Linus schaut etwas verschreckt auf seine Kollegin herunter, deren Gesicht hochrot ist. Mit zittrigen Fingern steckt sie sich einen Snus in den Mund und nimmt einen großen Schluck Bier.

»Bist du sicher?«

»Shit, du siehst total wütend aus. Na ja, Hanne hat es mir selbst gesagt. Warum sollte sie sich das ausdenken?«

»Ja, aber begreifst du nicht? Wir werden eine Aushilfe weniger haben! Und die kleine Tussi verdient doppelt so viel wie du!«

»Ja, ich weiß. Aber dafür muss ich auch nicht so einen Fettsack zum Vater haben.«

»Darauf brauch ich einen doppelten Jack Daniel's, und zwar sofort. Sonst schlage ich die Bude hier kurz und klein. Achtundzwanzigtausend!«

Lena nimmt die Minitorte aus dem Kühlschrank. Alle schlafen. Sogar Robert. Lena will beim Essen absolute Ruhe haben. Da soll niemand plötzlich aus der Schule oder von der Arbeit nach Hause kommen. Nein, alle sollen im Bett liegen und schlafen wie die Steine.

Mit dicken Wollsocken an den Füßen tappt sie zu dem zerschlissenen Sessel. In der einen Hand die Torte balancierend, kickt sie die Spielsachen vom Sitz. Sie landen auf dem bereits vorhandenen Haufen von Spielsachen auf dem Fußboden.

So ist es gut. Eine Decke über die Beine und die Torte auf

den Schoß. Still. Dunkel. Fast kohlrabenschwarz. Feierlich schneidet sie mit dem Löffel ein Stück von der Torte ab. Schließt die Augen, steckt das Stück in den Mund. Marzipan, etwas gefrorene Sahne, geschmolzenes Eis, Tortenboden und ein Hauch Himbeermarmelade.

Lenas Schultern sacken ein Stück herunter. Sie nimmt noch ein Stück. Meine Torte. Ganz allein meine Torte. Sie sieht die sonnigen Sommersprossen von Eismann Conny vor sich und lächelt.

8

Spannend. Åsa rückt ihre Lesebrille zurecht und beugt sich zum Bildschirm vor. Scanfix hat Probleme mit der kompletten Buchhaltung. Jedes Mal dieselbe Leier. Der Kunde ruft sie im Büro an, erzählt, womit er Probleme hat, bringt es dann aber nicht fertig zuzuhören, wie sie das Ganze regeln würde, sondern bittet sie, es einfach so schnell wie möglich wieder hinzubiegen.

Ihr Büro, das ist eines der Arbeitszimmer zu Hause. Ein großes, weiß gestrichenes Zimmer, goldbraunes Parkett, tausend Kabel, Computer, noch mehr Computer, Zeitungen, Bücherstapel, Fernseher, Playstation-Spiele, ein durchgesessenes Sofa aus Solvändan und ein großes Plakat mit einer schönen Berglandschaft. Åsas Lieblingszimmer in der riesigen Wohnung. Hier hallt es nicht, sondern man hört nur Brummen. Das gemütlichste Brummen der Welt, von vierzehn technischen Apparaten bei der Arbeit.

In diesem Zimmer kann die Sehnsucht nach einem Kind für ein paar Sekunden verfliegen. Durch das Fenster hinaus, über den Vasapark und die Stadtbibliothek hinweg, über Sergels Torg – auf und davon. Das geht an keinem anderen Ort.

In diesem Zimmer rufen Åsas Kunden an. Die Betriebe, die ein Programmiergenie brauchen. Wie Åsa.

Åsa liebt ihren Beruf, und zwar so sehr, dass es ihr manchmal schwerfällt, Geld für ihre Arbeit zu nehmen. Wenn mal richtig schwierige Probleme auftauchen, dann ist das, als würde sie unerforschtes Land entdecken. Wie ein Archäologe, der einen Stein anhebt und ein völlig intaktes Dorf aus der Bronzezeit findet. Oder wenn ein Biologe eine Mistkäfersorte findet, die noch nie zuvor dokumentiert wurde. In so einer Situation kann es schwerfallen, eine Rechnung zu schreiben. Adam dagegen ist gut darin, Rechnungen zu schreiben. Er hat sein Büro im Zimmer nebenan.

Jetzt sitzt Åsa in ihrem schönen, teuren, ergonomischen Ledersessel, die Lesebrille auf der Nasenspitze, eine Tasse kalt gewordenen Tee auf dem Hocker neben dem Sessel und den Laptop auf den Knien.

Draußen zieht ein Unwetter vorbei. Regen schlägt an das große Sprossenfenster, und der Kastanienbaum beugt sich fast über die Rörstrandsgatan. Åsas Telefon klingelt, auf dem Display steht »Papa«.

»Hallo, Papa!«

»Hallo, mein liebes Mädchen. Wie geht es dir?«

»Doch, alles gut. Habe gerade etwas Spannendes zu arbeiten.«

»Wie schön für dich, mein Liebes.«

»Und selber? Viel Arbeit?«

»Gut! Mir geht es gut! Ist ja immer viel zu tun. Du, ich wollte dich was fragen ...«

Der liebe Papa Rolf. Er könnte nie einfach nur anrufen. Anrufen und quatschen. So wie Mama es kann. Anrufen, fragen, wie es einem geht, etwas über Lena und Marie reden, etwas vom Hof erzählen. Nein, es muss immer einen Grund geben. Genauso ist es, wenn es darum geht, mal nach Stockholm zu kommen. Als Åsa ihn einmal gefragt hat, warum er nie kommt, hat er gesagt: »Ach, Kind, was habe ich denn da zu schaffen?« Papa begreift nicht, dass er zwei Töchter in Stockholm hat. Die ihn lieben. Nein, Papa braucht immer einen Auftrag, und für Stockholm hat er keinen.

»Was gibt es, Papa?«

»Nun, es war ja toll, dass du die ganze Buchhaltung in Ordnung gebracht und alle Kühe computerisiert hast oder wie man das nennt. Jetzt ist jedenfalls alles auf dem Computer. Und das ist ja auch wunderbar, Mama und ich sind so froh darüber ...«

»Aber?«

»Aber jetzt hat der Computer den Geist aufgegeben. Der wollte nicht machen, was ich ihm gesagt habe, und dann habe ich auf irgendeinen Knopf gedrückt, weil das Gepiepe Mama ganz verrückt gemacht hat, und jetzt weiß ich nicht weiter. Kannst du nicht vorbeikommen und mal nachsehen?«

»Jetzt?«

»Ja, vielleicht heute Abend? Wenn du nach sechs Uhr fährst, kommst du nicht mehr in den Stau, und Mama kann Hackfleischauflauf machen, wenn du willst. Gestern haben wir Maja 8 geschlachtet, das Fleisch ist also ganz frisch!«

»Warum ausgerechnet sie?«

»Sie hat keine Kälbchen gekriegt, und jetzt landet sie im Hackfleischauflauf. Du isst Mamas Auflauf doch so gern, kannst du nicht kommen?«

»Oje, heute kann ich nicht. Der Auftrag, an dem ich gerade sitze, muss bis morgen fertig sein, und das schaffe ich dann nicht. Weißt du was, ich komme nächste Woche, und ihr schreibt so lange alles von Hand auf. Ich kann die neuen Zahlen dann eingeben.«

»Aber Mama macht sich solche Sorgen.«

»Weißt du was, Papa, gib mir euer Passwort, dann kann ich vielleicht heute Abend reingehen und etwas reparieren.«

»Bronxbulle!«

»Genau, richtig, wie konnte ich das nur vergessen. Aber du sicherst doch regelmäßig auf dem USB-Stick?«

»US was?«

»Na, dieser kleine Stick, den du von mir bekommen hast.«

»Nein, davon weiß ich nichts. Mama hat das besser im Griff. Ich werde sie fragen.«

»Aber Papa, ich habe dir doch gesagt, dass du einmal am Tag alles auf dem Stick speichern sollst, dann macht es nichts, wenn mal was kaputtgeht.«

»Jetzt machst du mich aber wirklich nervös, Mädchen. Ich weiß nicht, ob Mama das gespeichert hat. Kannst du nicht doch heute kommen?«

»Ich würde gern, aber das geht wirklich nicht. Heute Abend gehe ich rein und versuche, das Wichtigste für euch wieder hinzukriegen, und dann wird es schon gut.«

»Aber wir haben natürlich auch Sehnsucht nach dir, weißt du. Wir wollen dir nicht einfach ein Passwort geben, und dann sehen wir uns nicht mehr.«

»Ich komme nächste Woche. Hoffe ich.«

»Dann sage ich es Mama, damit sie ein Stück Auflauf für dich einfriert.«

Papa klingt ein wenig lustlos.

»Okay. Bussi.«

Åsa legt auf und schaut in ihren Zykluskalender. Oder Brunstkalender, wie es zu Hause auf dem Hof heißt. Drei Tage bis zum Eisprung.

Der Teststreifen, auf den sie heute Morgen gepinkelt hat, zeigte noch keinerlei Hinweise auf einen Eisprung, aber es ist ja nur gut, ein paar Tage vorher Sex zu haben, dann können die Spermien in der Gebärmutter liegen und sich ausruhen und dann am dritten Tag einsatzbereit sein.

Åsa nimmt den Computer vom Schoß, stellt ihn auf den Hocker und steht auf. Sie streckt sich. Lange her, dass sie ihren Körper richtig bewegt hat. Sich so ausgepowert hat, dass sie nicht mehr konnte. Manchmal fehlt ihr das. Bei der Arbeit sitzt sie ganz still, nur die Hände und der Kopf sind voll beansprucht, während der Körper ansonsten eher eine Masse ist, die sich dem Sessel anpasst. Zum Glück ist der ergonomisch.

Nach der Arbeit spielt sie Warcraft. Danach verschickt sie ein paar Mails. Und dann geht sie ins Bett. Oder schläft mit Adam. Aber nur, wenn es direkt vor dem Eisprung ist.

Dazwischen will sie nicht, denn dann würden sie ja das Sperma irgendwie verschwenden. Es ist zu einer fixen Idee geworden, nur kurz vor dem Eisprung Sex zu haben. Körperlich anstrengend ist das nie, aber geistig.

Angeblich soll Sex ja den Kopf leer machen, doch das trifft auf Åsa nicht zu. Sex füllt ihren Kopf. Mit Hoffnungen. Und nach diesen Hoffnungen kommen die düsteren Gedanken. Alles ist so sinnlos. Sex ist sinnlos, es werden ja doch keine Kinder daraus! Und viel Spaß macht es auch nicht mehr. Adam scheint so weit weg zu sein. Sie liegt ganz nah bei ihm, spürt seinen warmen Geruch, seinen festen Körper. Es wird feucht zwischen ihnen, und seine Spermien eilen eifrig zu ihren erwartungsvollen Follikeln.

Sie haben jede Menge Broschüren über sexuelle Probleme gelesen. Lektion eins lautet nämlich, dass ein unerfüllter Kinderwunsch zu neunzig Prozent von einem problematischen Sexualleben herrührt. Åsa und Adam hatten nicht den Eindruck, als würde das auf sie zutreffen. Nicht dass sie überdurchschnittlich offen und frei gewesen wären, was Sex betrifft, aber sie sind immerhin ziemlich frei von Neurosen.

Das haben die Schwestern übrigens gemeinsam. Keine Sexneurosen. Sex ist etwas sehr Einfaches. Auf dem Hof ging es fast ausschließlich um Sex, wenn auch nur zwischen Tieren. Åsa, Marie und Lena haben alle schon mal eine Kuh inseminiert. Eine Spritze mit Sperma richtig in die Gebärmutter platziert, und schon war die Sache klar. Völlig unsentimental. Und diese Einstellung hat Åsa auch zu ihrem eigenen Geschlecht gehabt. Einfach, unsentimental und natürlich. Rein mit den Spermien, dann gibt es Kälber. Åsa hätte nicht gedacht, dass es beim Menschen so kompliziert sein könnte, befruchtet zu werden.

Noch drei Tage bis zum Eisprung. Besser auf Nummer sicher gehen. Åsa zieht das Gummiband aus den Haaren und schüttelt den Kopf ein wenig. Den dicken Pullover ausgezogen, das T-Shirt über den Bauch, die Jeans zurechtgerückt, und ab in Adams Arbeitszimmer.

Adam sitzt auf seinem durchgesessenen Ledersofa, die Füße auf einem Stapel Zeitschriften, den Computer auf den Knien und das Handy zwischen Kinn und Schulter. Er hat auch eine Lesebrille, so wie Åsa. Das Gestell ist schwarz und nimmt sein halbes Gesicht ein. Er nickt ihr zu und sagt weiter »hm, hm« ins Telefon. Sicher irgendein Kunde, der etwas wieder und wieder erklärt, was Adam schon vor einer Dreiviertelstunde begriffen hat.

»Gut, dann kümmere ich mich darum. Nein, kein Problem. Dafür veranschlage ich ungefähr fünf Stunden. Bis morgen dann, tschüs.«

Adam drückt das Gespräch weg und wirft das Handy neben sich aufs Sofa. Åsa setzt sich neben ihn, streckt ihre Hand aus und zupft ein wenig an seinem roten, dicken Haar.

»Åsa ...« Adam nimmt die Brille ab und wirft sie neben das Telefon. »Hör mal, sollen wir es nicht einfach lassen?«

»Was lassen?«

»Das mit ... den Kindern.«

»Was?«

»Kannst du denn noch?«

»Klar kann ich!«

»Okay, aber ich weiß nicht, ob ich noch kann ... Schließlich bist du am wichtigsten für mich. Kinder ... das ist doch mehr ... weil du das willst.«

»Was heißt das, weil *ich* das will? Du hast doch auch Kinder gewollt!«

»Ja, natürlich. Aber das war doch, als wir dachten, wir schlafen einfach miteinander, und dann kommen die Kinder. Nicht so wie jetzt ... Dass es vielleicht nur mit Ärzten und Spritzen und Hormonen geht. So nicht ... Können wir nicht einfach eine Pause einlegen?«

»Jetzt? Ich habe in drei Tagen Eisprung! Können wir nicht lieber in einer Woche eine Pause machen?«

»Aber du merkst doch selbst, wie es zwischen uns ist im Bett. Da ist doch ... nichts mehr! Ich will keine Kinder haben, wenn du dafür verschwindest. Verstehst du? So wichtig sind Kinder nicht. Du bist mir wichtig. Du.«

»Ja, ja, ja ... ich weiß. Aber ich sehe das Ganze nur als eine Phase, eine Phase, in der es ein bisschen anstrengend ist. Und dann, wenn ich schwanger bin, ändert es sich wieder.«

»Eine Phase? Drei Jahre? Und vielleicht dauert es noch länger, bis Kinder kommen? Und wenn nun keine kommen? Wie lang darf eine Phase denn so sein? Ich weiß doch, dass du nur hier reingekommen bist, weil du bald Eisprung hast. Ich sehe das sofort. Wenn du kommen würdest, weil du mich liebst oder weil du ... einfach nur mich haben willst und nicht dieses Kind, dann wäre es etwas anderes. Aber du siehst nun mal nur das Kind. Ich will nicht. Ich vermisse dich, und ich sehne mich danach, dass du dich nach mir sehnst ... und nicht nur nach diesem Kind.«

Åsa nimmt die Hand von Adams Schulter. Was soll sie sagen? Sie ist stumm, kann nicht reden. Sie sieht, wie sehr er möchte, dass sie ihn umarmt. Dass sie sagt, scheißegal, wir lassen es sein. Wir haben doch uns. Unseren Beruf, den wir lieben. Unsere Skitouren. Uns.

Adam schaut aus dem Fenster, damit Åsa die Tränen nicht sieht, die er nicht zurückhalten kann. Die über seine blassen Wangen laufen. Vor dem Fenster wischen die Äste der Kastanien vor und zurück. Die weiße Fassade der Philadelphia-Kirche leuchtet im Abenddunkel. Ein paar Autos hupen, eine Schulklasse überquert lärmend die Straße.

Åsa steht auf. Sie weiß nicht, was sie sagen soll. Sie weiß, was sie gern sagen würde. Sie würde gern sagen, dass Adam ein Schwächling ist. Ein Schwächling ohne Zähigkeit und Ausdauer. Ein infantiler, unterentwickelter, egoistischer ...

Denn ist das wirklich so schlimm? Mit seiner Frau

zu schlafen? Einfach nur ein bisschen mit ihr zu schlafen? Wenn sie zu ihm kommt. Wenn sie zwar Kleider anhat, aber doch ganz nackt ist. Völlig nackt. Ist es dann so schwer, einfach Sex zu haben? Wenn das alles ist, was sie verlangt, ist das dann zu viel? Was? Ist das etwa zu viel?

Das würde sie gern sagen. Aber das tut man nicht. Sie würde ihn auch gern schlagen, aber das tut man auch nicht.

Also beißt sie die Zähne zusammen, geht in ihr Arbeitszimmer, zieht wieder den dicken Pullover an, setzt sich in den Sessel und legt sich den Laptop auf den Schoß.

Und da sitzt sie nun, drei Tage vor dem Eisprung, und die Tränen tropfen auf die Tastatur.

Sie liegen alle vor dem Fernseher. Kinderkanal. Die Kleinen klettern während der Sendung aufeinander herum, Josefine hat ihre Schulbücher auf dem Schoß, simst aber die meiste Zeit, und Lena nutzt die Gelegenheit, um eine alte Frauenzeitschrift zu lesen, die sie von Bettan ausleihen durfte. Bettan hat drei solcher Zeitschriften abonniert, und wenn alle zerfleddert, alle Kreuzworträtsel gelöst sind und nichts mehr aktuell zu sein scheint, dann kriegt Lena sie.

Dü-de-li-dü-dö.

Alle hören das Eisklingeln. Die Kleinen stellen sich auf das Sofa oder, besser gesagt, auf die Schmutzwäsche, die sich dort stapelt und darauf wartet, in den Keller getragen und gewaschen zu werden. Aber die Wäsche scheint eine Vorliebe dafür zu haben, nur vom ersten Stock ins Erdgeschoss zu wandern und dann auf dem Fernsehsofa zu bleiben.

Dü-de-li-dü-dö.

»Mama, Mama, das Eisauto!«

»Ich hab schon gehört. Bleibt sitzen, dann gehe ich raus.«

Und da ist plötzlich wieder dieses erstaunlich sonnige Lächeln. Etwas viel Enthusiasmus für eine Mutter, die ein Eisauto hört.

»Kriegen wir wieder Eis?«

Hampus sieht seine Mutter mit großen, erwartungsfrohen, eisverliebten Augen an.

»Ja, warum nicht?«

»Aber du hast doch gesagt, dass kein Geld mehr da ist. Ich hab ja nicht mal eine neue Trainingshose gekriegt.« Josefine sieht von ihrem Schulbuch auf.

»Nein. Aber ich habe noch etwas Geld zurückgelegt. Und essen muss man ja sowieso.«

»Eis essen? Aber ich will lieber eine Trainingshose, ich sehe im Handball wie der letzte Idiot aus.«

»Wir werden sehen. Jetzt hole ich uns erst mal Eis!«

»Wie? Ist das etwa wichtiger als eine Trainingshose?«

»Öh ... ja.« Lena schluckt etwas zu laut.

»Jaaa!«, rufen die kleinen Kinder im Chor und stehen auf, um mitzukommen.

»Halt, ich gehe selbst. Ihr guckt weiter fern, wir wollen doch nicht verpassen, was mit der kleinen Mäusefamilie geschieht, oder?«

Die Kinder sehen nicht so aus, als würden sie sich sonderlich für die Mäusefamilie auf Ausflug interessieren, aber ihre Mutter sieht ausnahmsweise ein wenig fröhlich aus, und da ist es besser, sie allein gehen zu lassen. Lena schlüpft in ihre Holzschuhe, poltert in die Küche und nimmt einen Fünfhunderter von dem Geld, mit dem das Bad renoviert werden sollte.

Gebt den Leuten Eis! Da werden sie nett. Jetzt dudelt das Eisauto genau vor ihrem Haus. Schnell noch einen Blick in den Spiegel, ob vom Mittagessen noch Spinat zwischen den Zähnen hängt. Dann stiefelt Lena eilig hinaus.

Vier ... nein, fünf Mal hat sie inzwischen bei Conny Eis gekauft. Manchmal hat sie das Eisklingeln schon aus der Ferne erahnt. Und dann hat ihr Herz ein paar Schläge schneller geklopft, und die Mundwinkel ... ja, die sind nach oben gewandert.

Einmal hörte sie das Eisklingeln, als sie in Uppsala war, um eine neue Vorderseite für den Kaninchenstall zu kaufen. Da hätte sie den Stall beinahe in die Ecke geworfen und wäre rausgerannt. Um Eis zu kaufen oder so …

Eines Abends, als Robert in seiner Tankstelle war, Josefine bei einer Freundin und die Kleinen schon schliefen, hörte Lena das Eissignal in der Ferne und wurde … richtig scharf. Und das von einem Eisklingeln! Wie verzweifelt kann eine Frau eigentlich sein?

Also hat Lena den Fernseher und die Lampe am Sofa ausgeschaltet, ihre Hose über die Hüften geschoben und sich selbst ein kleines Feuerwerk verschafft. Eine körperliche Eisbombe. Die erste seit sehr, sehr langer Zeit.

Dabei hat Eis-Conny ihr nur Eis verkauft. Und breit gelächelt. Vielleicht ist er etwas öfter vorbeigekommen als Mehmet früher, und dann hat Lena ihn belohnt, indem sie ein Paket Eisboote gekauft hat.

Allerdings nicht nur ein Paket Eisboote. Sondern eine große Packung Schokoeis in der Waffel, vier Pakete Ananaseis, eine Tüte Magnum, drei Eistorten und … na ja, inzwischen kriegt sie die Kühltruhe nicht mehr zu. Dabei ist es eine große Kühltruhe. So eine, in die ganze Elche passen. Wenn die Kinder wüssten, wie viel Eis es wirklich im Keller gibt … oder wenn Robert es sehen würde. Wie würde sie erklären, dass die Kühltruhe von Eis überquillt? Sonderangebote? Bestechung? Akute Bulimie? Unerklärliches Hingezogensein zum Eismann?

Das alles ist eigentlich traurig, und meistens wünscht Lena sich nur, dass es Abend wird, die Kinder einschlafen und sie ihre Ruhe hat. Oder sie wünscht sich, dass es halb neun am Morgen ist, wenn alle in der Schule oder im Kindergarten sind und weit weg von ihr. Die Kinder, nach denen sie sich immer gesehnt hat, mit denen sie viel zusammen sein wollte. Jetzt will sie sie nur noch loshaben. Robert will sie auch loshaben, aber er ist ja von selbst die meiste Zeit weg, das ist also kein Problem.

Und wenn alle endlich weg sind, dann kriegt sie trotzdem nichts zustande. Vielleicht steckt sie eine Wäsche in die Maschine, aber dann vergisst sie, die Wäsche aus der Maschine zu holen, und dann wird sie muffig, und dann muss sie sie noch mal waschen und vergisst sie wieder …

Und dann ist da ihr trister Zusatzjob! Der ist wirklich nichts als Arbeitsbeschaffung. Könnte vielleicht mal jemand einen spannenden Job in Braby hervorzaubern?

Lena spürt ihre Lebensgeister nur noch, wenn sie das Läuten von Connys Eisauto hört.

Sie sieht ihn. Er steht da. Lehnt am Auto und pfeift wie immer irgendetwas Unzusammenhängendes. Jeans, zerschlissene Nikes und eine neonfarbene, grässliche Rascheljacke mit Aufdruck, auf deren Rücken »Eismann« steht. Oh, und er hat eine neue Frisur! Als er Lena jetzt etwas leichtfüßiger den Kiesweg herunterklappern hört, scheint das breite Lächeln auf. Immer noch braun gebrannt. Immer noch mit Sommersprossen.

»Hallo, Conny!«

Lenas Mundwinkel wandern unnatürlich weit nach oben und sehen so aus, als könnte man sie an den Ohren befestigen.

»Halli hallo, Lena-Agnetha! Wie gut du aussiehst!«

Lena blickt schüchtern zu Boden. Na ja, sie hat schließlich gewusst, dass Conny heute vorbeikommen würde, und sich extra die Haare gewaschen.

»Du siehst auch gut aus. Beim Friseur gewesen?«

»Nein, das hab ich selbst im Badezimmer gemacht! Ist das Eis schon alle? Wie gut!«

Lena sieht auf ihre alten Holzschuhe hinunter, die sie mit Silberklebeband repariert hat. Die Kinder nennen sie die Astronautenschuhe.

»Öh, nein, das Eis ist noch nicht alle, aber … wir machen demnächst ein Fest! Und da werden wir Eis essen. Massenhaft Eis.«

»Das klingt ja gut. Was für eine Art von Fest denn?«

»Hm … ein großes, wildes Fest. Die Gäste werden tanzen und trinken und die ganze Nacht Spaß haben!«

»Und Eis essen.«

»Ganz genau.«

»Weißt du denn schon, was du haben willst, oder soll ich was für dich aussuchen?«

»Such du aus!«

Sie genießt das. Dass Conny etwas für sie aussucht. Dass er nur fragt, was sie vorhat, und dann die Auswahl übernimmt. Ach, wenn er das doch auch könnte, was ihr Leben betrifft. Wenn sie einfach ein glückliches und spannendes Leben bei ihm bestellen könnte und er wenig in der Eisbox wühlen und ihr dann einfach eine Lösung überreichen würde.

Conny sieht Lena an. Lächelt. Glitzert. Legt seinen Finger unters Kinn und denkt richtig nach.

»Ein wildes Fest, sagst du?«

Lena nickt eifrig und zieht die Kapuzenjacke fester um sich. Es fängt an, abends kalt zu werden, frostig, windig und fast ein wenig winterlich. Über alle verrotteten Blätter und Äpfel hat sich eine dünne Schicht Raureif gelegt und das ganze Elend in etwas Glitzerndes und fast Schönes verwandelt.

Plötzlich hebt Conny die Augenbrauen und macht die Tür zum Eisfach auf.

»Wie viele Leute kommen?«, fragt Conny aus dem Innern des Wagens.

»Alle meine Freunde. Mindestens hundert Leute!«

Hundert Freunde. Wie ist sie denn darauf gekommen? Ist sie vierzehn, oder was? Eine kleine Vierzehnjährige, die Eindruck schinden will? Nein, sie ist vierunddreißig und will Conny, den Eismann, beeindrucken, will zeigen, dass sie ganz und gar nicht so langweilig ist, wie es den Anschein haben könnte. Keineswegs, hier werden auch wilde Feste gefeiert! Mit ihren hundert engsten Freunden!

Conny taucht wieder auf. Mit einem riesigen Karton voller Piggelin, *dem* Wassereis der Siebziger.

»Halt, lass mich das erst erklären. Wenn ihr so viele seid

und viel tanzt, dann gibt es nur ein Eis. Piggelin. Leicht zu servieren, erfrischend, gut, nostalgisch und billig. Voll retro. Leg eine ABBA-Platte auf und stell einen großen Karton Piggelineis hin – glaub mir, das wird ein Megaerfolg! Du kannst das Eis übrigens auch zerkleinern und in Drinks tun – das ist der Hit, ich sag's dir!«

»Perfekt!«

Lena nimmt den riesigen Karton auf den Arm. Hundertfünfundzwanzig Piggelin.

»Macht vierhundertfünfundzwanzig Kronen.«

Sie gibt ihm den Fünfhunderter. Conny nimmt ihn entgegen und grinst ein wenig.

»Danke. Hast du eigentlich Verwendung für den Schnaps gefunden?«

»Den Schnaps?«

»Ja, die Flasche, die ich dir vor ein paar Wochen gegeben habe, damit du sie deinem Mann über den Schädel ziehst.«

»Haha, ach so, die. Nein, er war die meiste Zeit bei der Arbeit, deshalb hatte ich keine Gelegenheit, ihn zu prügeln.«

»Was arbeitet er denn?«

»Er ist der Besitzer der Tankstelle unten im Ort.«

»Aha, der. Ja, er hat mir auch schon ein paarmal geholfen. Netter Typ!«

»Vielleicht, ich erinnere mich nicht so genau.«

Schweigen. Conny sucht in seinem Geldbeutel nach dem Wechselgeld. Lena frieren so lange die Arme mit den einhundertfünfundzwanzig Piggelin ab.

»Und warum ist er dann so oft weg?« Conny wühlt immer noch in seinem Geldbeutel.

»Er behauptet, das ginge nicht anders. Er hat nur zwei Angestellte, und denen vertraut er nicht richtig. Wie man nur solche Leute einstellen kann! Aber Robert vertraut niemandem außer sich selbst. Bist du verheiratet?«

»Nix. Geschieden.«

»Oh. Tut mir leid.«

»Muss es nicht. Macht es dir denn Spaß, verheiratet zu sein?«

»Haha, nein, überhaupt nicht.«

»Weißt du was, meine Frau hat mich rausgeschmissen.«

»Dich?« Lena versucht, ihr übertriebenes Erstaunen ein wenig zu unterdrücken.

»Weil ich andauernd gearbeitet habe. Ich hatte eine eigene Spedition, und da musste ich ständig irgendwo einspringen, ich war jedenfalls nie zu Hause. Dann hat meine Frau irgendwann nicht mehr gewusst, wozu sie mich noch braucht. Sie hat selber Geld verdient, hat zu Hause den Laden geschmissen, sich um die Kinder gekümmert. Und da kam es ihr etwas sinnlos vor, auch noch meine Unterhosen zu waschen. Aber das war nur gut ...«

»Was denn?«

»Dass sie mich rausgeworfen hat. Meine Güte, was habe ich mir nur dabei gedacht? Meine eigenen Kinder haben ja kaum gemerkt, ob ich zu Hause war oder nicht, das war denen irgendwann egal. Sie haben mich nie nach irgendwas gefragt, die ganze Zeit hieß es immer nur ›Mama, Mama‹.«

»Und wie ist es jetzt?«

»Die Kinder wohnen die Hälfte der Zeit bei mir. Meine Exfrau und ich wohnen schließlich im selben Ort, und das funktioniert gut.«

»Was? Du putzt und kochst und denkst an Pausenbrote und Hausaufgaben und all das?«

»Na klar. Wenn man dazu gezwungen wird, dann kriegt man es auch hin. Man ist nicht blöd im Kopf, nur weil man ein Mann ist.«

»Nicht? Das heißt, du machst den Kindern auch Lunchpakete, wenn sie auf Schulausflug fahren?«

»Haha, natürlich, wer soll es denn sonst machen?«

»Aber wie schaffst du das denn? Du arbeitest doch.«

»Die Firma habe ich ja aufgegeben und fahre nur noch Eis durch die Gegend, denn so wie ich vorher gearbeitet hatte, ging das natürlich nicht mehr. Nicht wenn ich mich um die Kinder kümmern wollte. Jetzt ist die Arbeit etwas völlig anderes. Ich habe meine festen Zeiten, und danach geht es nach Hause zu den Mäusen. Oder zum Fernseher, je nachdem, welche Woche wir haben.«

Sie spürt die Kälte nicht mehr. Hundertfünfundzwanzig tiefgefrorene Piggelin schmelzen allmählich dahin. Von einer Wärme, die Lena nicht richtig aufhalten kann. Ein Mann. Der seinen Kindern Pausenbrote macht. Der nicht andauernd arbeitet. Der sein Leben für die Kinder umkrempelt.

»Genau. Und wenn wir uns vorher nicht mehr sehen, wünsche ich viel Spaß auf dem Fest.«

»Aber das Fest ist erst ... erst in anderthalb Wochen. Da kommst du doch vorher bestimmt noch mal vorbei.«

»Weiß nicht genau, ich denke, ich werde nächste Woche in der Gegend von Hallen und Ekskär unterwegs sein.«

Lena rechnet schnell – sieben Tage ohne Conny. Sieben Tage ohne sein Lächeln. Sieben Tage ohne seine Gegenwart. Das geht nicht. Sie kann nur lächeln, wenn sie ihn sieht, und sie kann nicht sieben Tage ohne Lächeln auskommen.

»Aber ... ich kann auch in ein paar Tagen noch mal wiederkommen.« Conny sieht Lena ruhig an. Seine sonst so forsche und freche Art verblasst ein wenig. Er lächelt vorsichtig und etwas fragend. »Willst du das? Dass ich in ein paar Tagen wiederkomme?«

»Ja! Doch, gerne.«

»Okay, dann mache ich das.«

Nein, geh nicht! Geh nicht, Conny! Bleib hier! Ich habe hier jede Menge Piggelin, von denen ich nicht weiß, was ich damit anfangen soll. Iss sie zusammen mit mir! Du wirkst so beruhigend auf mich. Komm zurück, nein, setz dich nicht ins Auto, nein, nicht den Motor anlassen, nein, nein! In ein paar Tagen ist viel zu lang. Ich will noch mehr Eis kaufen, komm zurück. Oder fahr doch! Fahr los, hau ab! Du machst alles so seltsam irgendwie. Oder nein, komm zurück, ich will noch mehr Eis kaufen.

Lena schaut dem Wagen nach. Hört, wie das Eisklingeln zwischen den Häusern und den von Raureif überzogenen Gärten widerhallt. Sie bleibt zurück mit dem Eiskarton, sie umarmt ihn ein wenig. Dann zum Haus zurück. Die drei Kinder stehen am Fenster und winken ihr zu und laufen dann, um ihr die Tür aufzumachen.

»Wow! Was für ein großer Karton! So groß!« Hampus hüpft auf und nieder und klatscht in seine kleinen, klebrigen Hände.

»Welche Sorten hast du gekauft?« Engla zerrt ein wenig am Karton.

»Piggelin. Hundertfünfundzwanzig Piggelin.«

»Aber ... die mögen wir doch gar nicht. Warum hast du die gekauft?«

Drei Augenpaare starren Lena fassungslos an.

»Ich habe sie gekauft, weil ... weil man nicht so viel Eis essen sollte, das ist nämlich nicht gut fürs Herz.«

Marie trocknet schwungvoll die Gläser ab. Es ist Mittwochabend und immer noch sehr ruhig. Die Gäste, die bisher gekommen sind, haben alle etwas Starkes zu trinken bekommen, und die Musik läuft immer noch in höchst verträglicher Lautstärke. Die Cheftochter schneidet Limetten, viel zu dicke Scheiben. Und das dauert! Als würde sie sich mit einer stumpfen Säge ganz langsam durch jede Scheibe durcharbeiten. Jetzt hackt sie Pfefferminze. Ganz weich. Pfefferminzmus. Wer will denn das in seinem Caipi haben? Rum mit Pfefferminzmus? Kein Problem, sprechen Sie mit Lisa, die macht Ihnen das jederzeit.

Marie kriegt die Krätze. Jedes Mal, wenn sie die Kleine anschaut, hat sie das Gefühl, als würde sie am ganzen Körper Ausschlag kriegen und müsste sich immer nur kratzen. Achtundzwanzigtausend im Monat! Dafür, dass sie in einer Bar steht und widerliche dicke Limettenscheiben schneidet und zehn Minuten für einen Gin Tonic braucht. Und dann ist sie auch noch nett. Das hasst Marie am meisten! Wenn sie wenigstens ein kleines, überhebliches junges Ding wäre, dann könnte man sie mal anbrüllen. Aber die hier ist einfach nur dumm im Kopf und nett, und auf so einer kann man ja nicht rumhacken. Scheiße.

»Und, Marie, wie geht's?«

Marie sieht wütend von ihren Gläsern auf. Staffan. Der hübsche Staffan. Die Wut verfliegt ein wenig und landet auf dem Regal mit den Alkholflaschen. Marie wirft das Haar herum und schiebt den Busen über den Tresen.

»Danke. Und selbst, Cowboy?«

Sie dreht sich um, holt ein großes Whiskyglas herunter und füllt es mit Malt. Staffan fängt an, nach Geld zu suchen, aber Marie winkt abwehrend.

»Geht aufs Haus. Sag mal, wie geht es dir?«

Staffan lächelt breit und etwas einfältig.

»Gut! Eine neue Band, Firehead, ist in Norwegen rumgetourt, und ich war dabei. Echt ganz entspannt.«

»Sind sie gut?«

»Geht so. Auf der Bühne ziemlich wild, aber dann nicht ganz überzeugend.« Staffan sieht sich um. »Ruhig heute Abend. Wo sind die alle?«

»Na ja, es ist Mittwoch, der Lohn kommt erst am Freitag, da bleiben die Leute wohl zu Hause. Du nicht?«

»Nee. Es ist ja nichts draus geworden, als wir uns das letzte Mal gesehen haben.«

Staffan grinst wieder. Dieses Grinsen, dem Marie nur schwer widerstehen kann. Wie ein kleiner Magnet. Wenn Staffan grinst, dann sieht sie ihre gemeinsamen Nächte vor sich. Nicht die ganz alltäglichen Morgen, sondern die Nächte. Sie rückt ihre kleine Schürze zurecht, gießt sich selbst einen Whisky ein und nimmt dann einen großen Schluck, ohne eine Miene zu verziehen.

»Nein, da ist nichts draus geworden.«

»Schade.«

»Aber du siehst nicht so aus, als wäre es dir schlecht ergangen.«

»Da blickst du aber in mein tiefstes Inneres.«

Staffan fasst sich ans Herz und grinst breit. Marie lacht auch und bohrt ihren Blick in seinen.

»Und du warst mit niemandem zusammen seit dem letzten Mal?«

»Nein. Immer der Lonesome Wolf, weißt du doch. Und du?«

»Nix.«

Zwischen Marie und Staffan breitet sich ein Gefühl der Erleichterung aus. Das Gefühl, offen sein zu können.

»Wer ist denn das da?«

Staffan nickt in Richtung Lisa, die Bierflaschen in den Kühlschrank füllt.

»Die wiederentdeckte Tochter unseres Chefs.«

»Aha, und ist sie gut, oder was?«

»Taugt zu nichts. Taugt zu nichts und kriegt dermaßen viel Geld, dass wir deswegen wahrscheinlich auf eine Aushilfe verzichten müssen.«

»Soll das heißen, dass er seinen Kindern mehr Lohn gibt als dir?«

»Genau.«

»So ein Arsch. Und sie ist lahm, oder?«

»Gar kein Ausdruck.«

»Verdammte Scheiße.«

»Ja.«

Staffan nippt an seinem Whisky und legt seine Hand auf Maries.

»Ich setze mich etwas zu Lasse da hinten. Gehen wir nachher zu dir?«

»Das machen wir.«

Staffan lächelt breit, schüttelt das lange Haar nach hinten und rutscht auf den Lederhosen vom Barhocker. Marie trocknet weiter ihre Gläser. Achtundzwanzigtausend Kronen.

Dafür, dass man Limetten in dicke, widerliche Scheiben schneidet. Und dann stellt sie das Bier in der falschen Reihenfolge ein! Sie kann doch die Sorten nicht einfach vermischen! Wo soll man da anfangen?

Heute Abend wird sie Staffan in Stücke ficken. Um dieses Gefühl eines drohenden Vulkanausbruchs loszuwerden. Und dieses Gefühl ... Scheiße fressen zu müssen. Dankbar sein zu müssen. Zweiundvierzig Jahre alt zu sein und keine Berufsehre zu haben.

Nein, verdammt noch mal, jetzt wird Marie anrufen. Bei Vlatko. Was wird sie ihm sagen? Oder wird sie einfach nur brüllen? Nicht sagen, wer sie ist, sondern ihn anbrüllen? Oder vielleicht anrufen und sagen, dass sie alles weiß und dass sie auch achtundzwanzigtausend Kröten im Monat haben will.

»Ich mach mal 'ne Pause.«

Marie rauscht an Lisa vorbei, raus aus der Bar, durch die kleine Küche, ruft Otto aus dem Keller, der sich fröhlich die Treppen hocharbeitet, und gemeinsam gehen sie in den Innenhof.

Es ist jetzt kälter. Oktober. Die Bäume tragen grellgelbe Blätter, und eine Menge von ihnen hat sich zu einer orangefarbenen Auslegeware auf dem Asphalt zusammengefunden. Otto schiebt seine Nase wie einen Schaufelbagger durch das Laub. Hinter ihm wirbeln die Blätter hoch. Marie klappt ihr Handy auf, sucht nach Vlatkos Nummer, will sie gerade tippen, aber in dem Moment klingelt es. Marie sieht aufs Display. Nummer unterdrückt.

»Hier ist Marie.«

»Herzchen, ich bin es.«

»Wer?«

»Mama, Liebling. Hier ist Mama.«

»Von wo rufst du an?«

»Papa ist tot. Papa ist tot!«

»Von wo rufst du an?«

Von wo ruft sie an? Warum ist die Nummer unterdrückt? Was macht sie denn bloß? Warum ruft Mama von einer unterdrückten Nummer an? Wie kalt es ist. Oder ist es warm? Nein, es ist kalt. Eisig kalt. Wie am Nordpol.

»Ich rufe aus dem Krankenhaus an, Liebling. Papa ist tot.«

9

Er ist kalt. Sie haben es nicht mehr ins Krankenhaus geschafft, ehe die Wärme aus ihm gewichen war. Ein kalter Papa. Mit geschlossenen Augen. Die warmen, schokoladenbraunen, glitzernden Augen sind nicht mehr zu sehen. Sie sind geschlossen. Die dichten Wimpern ruhen auf den grauen Wangen. Die Hautfarbe ist auch verschwunden. Diese rotbraune, grobe Haut. Die Wangen, die immer warm und rot waren. Jetzt sind sie kalt. Und grau. Der Mund offen. Das Kinn herabgesackt. Das breite Lächeln. Das laute Lachen. Es ist verschwunden. Die breiten, starken Schultern sind immer noch breit, können sich aber nie mehr heben.

Irene presst ihre Hände unter seinen Rücken, wie er da auf der Bahre im Krankenhaus liegt. Streichelt, tastet, sucht nach etwas Körperwärme. Eben war ihr Mann im Rücken noch ein wenig warm, am Kreuzbein. Aber auch da ist es jetzt kalt.

Marie umarmt ihre Mutter. Umarmt ganz fest ihre mageren, steifen Schultern. Zu fest. Marie ist es nämlich nicht gewohnt, ihre Mutter zu umarmen. Es fühlt sich künstlich an. Aber Irene spürt nichts. Sie sucht nach der Wärme ihres Mannes. Seine unendliche Wärme. Die letztlich doch endlich war. Irene hebt eines seiner schweren Beine an. Legt ihre Hand unter seine breiten Oberschenkel. Kalt. Wie kann ein so warmer Mensch kalt werden?

Als Marie angerufen hat, spielte Åsa gerade Warcraft. Marie hat panisch geschrien, sie müssten nach Hause fahren. Papa sei tot. Sie müssten jetzt fahren, sofort. Lena sei bei Mama, aber die würde auch schon durchdrehen.

Åsa stand so unter Schock, dass sie sich im Nachhinein

gar nicht erinnern kann, wie sie in die Högbergsgatan gekommen ist. Plötzlich saß Marie im Auto. Eine Weile Maries Hand in ihrer. Schweigend. Draußen war es dunkel. So dunkel. Erst Schweigen und dann Marie, die die ganze Zeit geredet hat. Ununterbrochen. Ohne Unterlass. Sie hat vom Hof gesprochen, von Solvändan. Was wird mit dem Hof geschehen? Mit Mama? Wer wird den Hof übernehmen? Sie könne das nicht, hat Marie gesagt. Sie könne da gar nichts machen. Sie müsse am nächsten Tag wieder zu Hause sein. Am Donnerstag kämen nämlich so viele Leute in die Bar, und das könne Lisa nicht allein schaffen. Aber wer wird sich nur um Mama kümmern? Wie eine Gebetsmühle redete Marie die ganze Zeit vom Hof.

Åsa hat die ganze Zeit gedacht, sie sei schuld. Papa hatte ja angerufen. Das war das Einzige, woran sie denken konnte. Papa hat angerufen. Er brauchte ihre Hilfe. Und sie ist nicht gekommen. Er ist gestorben. Wenn sie gekommen wäre, wäre er nicht gestorben. Dann würden sie genau jetzt, um elf Uhr abends, vor einer alten Folge von »Jeopardy« bei einer abendlichen Tasse Tee sitzen und Käsebrote essen (obwohl sie nach Mamas Hackfleischauflauf schon satt wären). Nach »Jeopardy« hätte Mama abgespült und sich dann gemeinsam mit Papa im Badezimmer im ersten Stock die Zähne geputzt.

Papa hätte davon geredet, dass am nächsten Tag Gullan 37 inseminiert werden müsse, und Mama hätte über Rosa 15 und ihre Euterentzündung nachgedacht.

Sie wären schlafen gegangen. Dicht beieinander. Mama in ihrem großen, rosafarbenen T-Shirt mit einem Windsurfer drauf, und Papa nackt. Sie hätten sich geküsst. Umarmt. Mama wäre mit Papas warmem Körper ganz dicht an ihrem sicher eingeschlafen. Er umarmt sie immer nachts. Umarmte sie.

Und jetzt sucht Mama nach warmen Stellen an Papa. Aber die gibt es nicht mehr.

Lena legt ihren Kopf an Rolfs breite, kalte Brust. Er riecht immer noch, riecht nach Papa. Nach diesem billigen Aftershave, das er mal von Marie bekommen hat. Nach Aftershave, Kaffee und etwas Kuhmist. Papa.

Sie legt die Arme um ihn. Umarmt ihn fest. Spürt seinen Körper durch das weiße, weiche Krankenhaushemd. Diese Schwimmringe, von denen er immer geredet hat, die man aber kaum gesehen hat. Lena kneift ein wenig hinein. Keine Reaktion. Kneift etwas fester. Ganz still liegt er da.

Er hatte in der Scheune gekniet und das Euter von Rosa 15 massiert, um ihre Mastitis zu lockern. Und dann hat es in seinem Brustkorb geknallt. Eine Explosion in Papas Innerem. Dynamit im Herzen. Als Mama ihn fand, atmete er noch. Rosa 15 käute ruhig wieder, während Rolf neben ihren Klauen lag.

Mama hat versucht, mit ihm zu reden, aber er hat sie nur mit ängstlichen Augen angesehen. Augen voller Todesangst, erstaunt, still. Mama hielt ihn auf dem Schoß, während sie zum Telefon griff, um die Notrufnummer zu wählen. Ihr fiel aber die Nummer nicht ein. Also rief sie die Auskunft an, die sie mit der Notrufzentrale verband. Papa atmete ganz schwach, und Irene hyperventilierte.

Der Krankenwagen kam. Papa atmete ein wenig. Aber nur schwach. Sehr schwach. Die Sanitäter schnitten seinen Overall auf und befestigten Kabel an seiner Brust. Riefen einander zu, telefonierten mit Handys, bereiteten das Krankenhauspersonal vor, tätschelten Mama die Schulter, drückten Papa auf die Brust.

Aber Papa war tot, noch ehe sie im Krankenhaus ankamen. Mama hielt die ganze Zeit seine Hand.

Verdammter Papa! Du kannst doch nicht abhauen, nicht jetzt!, denkt Lena und schließt die Augen. Die Tränen laufen nur so.

Sie schafft es nicht, sich um ihre Mutter zu kümmern. Schafft es nicht, sich um die Mastitis von Rosa 15 zu kümmern. Schafft es nicht, sich um den Stall zu kümmern. Schafft es nicht, ihren guten, handfesten, mausetoten Papa zu betrauern. So viel Kraft hat sie nicht.

Wenn man nicht einmal Zeit und Kraft für einen zusätzlich einberufenen Elternabend in der Schule hat, wie soll man es dann schaffen, den Tod seines eigenen Vaters zu betrauern?

Marie betrachtet Lena, die auf Rolfs Brust liegt und mit geschlossenen Augen weint.

Marie will ihn nicht anfassen. Das ist nicht er. Wie kann man sich nur an diesen ... Körper legen? Dieses kalte, graue, verlassene Nichts?

Marie war immer sein besonderer Augenstern. Das erste Kind der Liebe von Rolf und Irene. Von Anfang an war sie wild, und Rolf liebte sie dafür. Er konnte wahnsinnig werden, wenn sie sich vom Melken davonstahl und mit dem Moped in die Stadt fuhr. Aber später am Abend war immer er es, der sich auf ihre Bettkante setzte und ihr mit seinen großen, rauen Händen übers Haar strich.

Irene hat Marie nie richtig verstanden. Ihre Unruhe nicht begriffen, ihren Unwillen, selbst eine Familie zu gründen. Hat ihre Berufswahl, ihre Art, sich zu kleiden, und ihren Lebensstil nicht verstanden. Als gehörten Irene und Marie zu unterschiedlichen Völkern. Oder Tierarten. Das Zwergkaninchen Irene und der Puma Marie. Rolf dagegen hat Marie gesehen, wie sie ist. Besser gesagt, er vermochte durch die knallengen Lederhosen, die Silikonbrüste und die gebleichte Haarmähne hindurchzusehen. Als ob das alles unsichtbar wäre. Er sah das gute, leicht verzweifelte Herz, das immer den Kick suchte. Papa. Papa, Papa, Papa.

Als sie auf den Hof Solvändan einbiegen, ist es früher Morgen. Der Kies knirscht unter den Reifen. Die Sonne ist gerade aufgegangen, und es ist leicht neblig. Das Ochsenblutrot des großen Hauptgebäudes glänzt vom morgendlichen Frost. Der alte Volvo von Rolf steht an einem der

Gebäudeflügel geparkt. Dieser alte Volvo ohne Sicherheitsgurte auf dem Rücksitz.

Lena hilft Irene aus dem Pick-up. Sie haben ihr Roberts karierte Autodecke über die Schultern gelegt. Mit langsamen Schritten gehen die beiden die Treppe hinauf, suchen den Schlüssel in Irenes Tasche. Suchen und suchen. Mit steifen Fingern. So steif, dass sie den Schlüssel nicht erfühlen können, der doch genau da zwischen Brieftasche und Taschentüchern liegt. Fingerspitzen ohne Gefühl. Aber am Ende schaffen sie es doch, sie finden den Schlüssel, schließen auf und schieben die schwere doppelte Tür auf.

Marie und Åsa lehnen an Åsas kleinem Sportwagen und schauen über den Hof und auf Otto, der ungestüm herumrennt und in jedes Blumenbeet pinkelt. Marie angelt ein Paket John Silver aus der Tasche. Zündet sich eine Zigarette an, zupft etwas Tabak von der Zunge, nimmt einen tiefen Zug und bläst den Rauch in Richtung Haus aus.

»Kriege ich auch eine?« Åsa wickelt sich den Schal ein weiteres Mal um den Hals. Sie raucht nicht. Alle wissen das. Sie kann nicht rauchen, ohne sich zu übergeben, oder wenigstens fast. Aber Papas können auch nicht sterben. Das heißt, wenn Papas sterben, dann kann man ebenso gut eine rauchen.

Marie zündet ihrer Schwester eine Zigarette an und steckt sie ihr in den Mund.

Ein Zug an der Zigarette. Nur gepafft. Oder was soll's, man kann genauso gut auf Lunge rauchen. Åsa saugt den Rauch in die Lungen. Es zieht und reißt. Natürlich muss sie husten. Mit einem kleinen Lächeln auf den Lippen tätschelt Marie ihr den Rücken.

Lena kommt aus dem Haus. Sie trägt Rolfs großen blauen Helly-Hansen-Pullover und Mamas lehmige Stallgummistiefel. Mit großen Schritten läuft sie ihnen entgegen.

»Krieg ich auch eine?«, fragt sie.

Marie schüttelt eine Zigarette für Lena aus der Packung.

So stehen sie da. Jede mit einer Zigarette an Åsas Sportwagen gelehnt.

Åsa hustet sich durch, Lena raucht ganz hektisch, und Marie bläst Rauchringe in den Morgennebel.

»Aha. Kaum ist Papa ein paar Stunden tot, schon fangt ihr an zu rauchen. Ihr kleinen Heuchlerinnen.«

Marie grinst traurig und reibt sich die geschwollenen Augenlider. Åsa nimmt noch einen Lungenzug, hustet und lächelt auch ein wenig. Mit zitternder Hand schnippt Lena die Asche in die herbstlich verblichenen Rosen.

»Ich habe Mama aufs Sofa im Wohnzimmer gelegt. Sie will nicht oben im Bett schlafen. Euch ist ja wohl klar, dass ihr jetzt nicht einfach wieder nach Stockholm fahren könnt? Dass ihr bleiben müsst. Oder?«

Marie seufzt tief und zieht sich die Mantelärmel über die Hände. »Verdammt. Mein Chef wird ausflippen.«

»Man hat das Recht, bei Todesfällen in der Familie und so freizunehmen. Wenn er meckert, kannst du ihn anzeigen«, meint Lena.

»Ihn anzeigen? Wo denn das?«

»Weiß nicht, bei irgendeinem Typen von der Gewerkschaft?«

»Ja, ja, scheißegal. Ich bleibe ein paar Tage. Soll er doch motzen.«

Åsa hustet mit einer kleinen Grimasse etwas Rauch aus. »Ich kann auch noch etwas bleiben. Muss nur kurz nach Hause und ein paar Computersachen holen.«

Schweigen. Die Schwestern ziehen ihre Jacken, Schals und Pullover enger um sich. Lassen den Blick über Solvändan schweifen. Da ist so viel von Papa. Sein Großvater hat es gebaut. Die hübschen kleinen Flügelgebäude und das mächtige Hauptgebäude zusammengetischlert. Das große Haus, von dem Rolf und Irene nur die untere Etage bewohnt haben. Nachdem die Töchter ausgezogen waren, hatten sie es nicht mehr für nötig befunden, immer alles zu heizen. Aber ihre drei Kinderzimmer sind noch da.

Nicht ein Radiergummi ist weggeworfen worden. Nur die Wärme ist verschwunden.

Der Hof. Der große rote Stall. Den Rolf vor ein paar Jahren auf biologische Haltung umgestellt hat. Was für ein Projekt. Schweineteuer war es. Aber jetzt kriegen sie höhere Zuschüsse, und Rolf hat es genossen, das Richtige zu tun. Das Richtige für die Tiere. Hundert Milchkühe. Hundert Kälber. Insgesamt zweihundert Tiere.

Das Silo. Die Werkstatt. Die Garage. Der neue Mähdrescher. Den hat Rolf jetzt gar nicht mehr gefahren!

Als die Schwestern klein waren, mussten sie viel allein zurechtkommen. Marie musste ihre kleinen Schwestern wecken, ihnen beim Anziehen helfen und Frühstück machen. Und das Marie, die morgens kaum »Müsli« sagen kann! Rolf und Irene waren ja von fünf bis acht im Stall, und Marie war die Älteste, also war der Fall klar. Wenn sie damit schlampte, dann wurde ihr sofort etwas vom Taschengeld abgezogen. Nun ja, viel Taschengeld gab es sowieso nicht, aber Rolf steckte ihr immer etwas zu.

»Seht mal … wie schön es hier ist.« Åsa zeigt auf das rote Haus, das in der Morgensonne glänzt.

»Ja, es ist schön. Aber ganz schön runtergekommen ist es auch. Seht euch doch die Garage an, als würde sie gleich zusammenfallen. Stehen da die Traktoren?« Marie sieht Lena fragend an.

»Ja, und Papa will sie mit Bruno zusammen reparieren. Wollte, meine ich, er wollte sie mit Bruno reparieren. Ich glaube, im November.«

Wieder kommen die Tränen. Åsa streckt Lena ihr Taschentuch hin, und die wischt sich die geschwollenen, schmerzenden Augen.

»Papa wollte unheimlich viel auf dem Hof reparieren. Jetzt, wo der Stall fertig ist, wollte er die Garage reparieren und dann vielleicht ein neues Silo bauen. Und im Winter wollte er vielleicht für sieben Tage eine Aushilfe beschäftigen, damit Mama und er …«

Lena schnäuzt sich in Åsas Taschentuch. Marie schnippt ihre Kippe weg.

»Verdammt, was hat man hier schon geschuftet. Erinnert ihr euch an die Woche, als Mama und Papa auf irgend so einem großen Landwirtschaftsseminar in Kopenhagen waren? Wann war das? 1980? Erst mal aufstehen und melken, euch füttern und dann in die Schule. Damals habe ich entschieden, dass ich sofort nach dem Schulabschluss hier abhauen würde.«

»Das war, als du deine Stereoanlage in den Stall getragen hast …«

Åsa sieht zum Himmel hinauf und versucht sich zu erinnern.

»Ja, genau. Du hast deinen kleinen roten Kassettenrecorder hingestellt und um fünf Uhr früh superlaut Musik gehört.«

Marie lächelt bei der Erinnerung.

»Genau. Ace of Spades, Motörhead – und ich hab laut mitgebrüllt. Ja, da ging es mit dem Füttern und Ausmisten gleich leichter. Was hatte ich für einen Schwung drauf. Hab in einer Viertelstunde den ganzen Boden abgespritzt.«

»Und nachmittags, wenn Lena und ich das Füttern übernehmen mussten, haben wir irgendwelche alten Schlager gehört, was war das noch?«

Åsa denkt nach. Lenas Miene hellt sich auf. »Lill Lindfors! Papas Kassette mit den Greatest Hits von Lill Lindfors!«

»Ja, genau!«

»Die armen Viecher. Lill Lindfors.«

Schaudernd zündet sich Marie noch eine rote John Silver an. Åsa putzt sich die Nase und lächelt.

»Es war doch trotzdem ganz nett. Vielleicht nicht das frühe Aufstehen, aber der Rest … Wir mussten ja auch nicht immer helfen. Und wisst ihr noch, wenn Mama und Papa mal freigenommen haben und wir zum Zelten rausgefahren sind? Das war so aufregend! Wenn wir alle im Auto saßen und in den Urlaub fuhren. Für vier Tage!«

»Ich erinnere mich hauptsächlich daran, dass Papa immer unruhig war und andauernd Telefonzellen gesucht hat, damit er zu Hause anrufen konnte.«

»Na ja, er konnte eben nicht darauf vertrauen, dass der Laden auch lief, wenn er weg war«, meint Lena.

Schweigen. Und dann plötzlich sehen sich alle Schwestern an. Åsa starrt auf ihre Uhr und ruft laut: »Mein Gott, es ist ja gleich sieben!«

Lena wirft die Zigarette weg und rennt in den zu großen Stiefeln, der Trainingshose und Rolfs riesigem Pullover zum Stall. Dabei winkt sie Marie und Åsa zu.

»Kommt schon, die sind bestimmt schon total durchgedreht! Kommt!«

Åsa knöpft ihren Mantel zu, bindet den Schal fester und stiefelt hinterher, während Marie die letzten beiden Züge von ihrer Zigarette nimmt, über den in der Morgensonne liegenden Hof schaut und sich dann zu hundert melkbedürftigen Kühen und ihren Kälbern aufmacht.

10

Zum Teufel! Warum muss Sigbritt 27 ausgerechnet jetzt kalben, wo alle Aushilfen nach Hause gegangen sind und Mama bei Lena übernachtet? Irene will nicht auf Solvändan schlafen, sie schafft es einfach nicht. Deshalb liegt sie auf einer Matratze im Zimmer von Lenas kleinen Töchtern und weint.

Otto und Marie wohnen allein auf dem Hof und sorgen dafür, dass die Aushilfen kommen. Marie achtet darauf, ihr Gehirn abgeschaltet zu lassen. Nicht zu viel daran denken, warum das Haus so leer ist und warum Papas riesige Gummistiefel nur noch im Eingang stehen und nicht mehr draußen herumlaufen, wie sie das früher immer getan haben.

Sigbritt 27 stampft unruhig auf dem Zementboden herum und blinzelt Marie fragend an. Ausgerechnet Marie, die seit bestimmt zehn Jahren nicht mehr beim Kalben dabei war. Aber als sie am Nachmittag im Stall war, hat sie gehört, wie Sigbritt 27 laut brüllte. Wie ein Mensch. Ein gequälter Mensch. Wie bei diesen Geburten, die man manchmal im Fernsehen sieht, mit brüllenden Frauen, die vorm Kreißsaal auf und ab laufen. Mit den Kühen ist es ganz genauso. Die meisten haben Schmerzen und Panik.

Marie schiebt das Tier in die Box zum Kalben und dreht den MP3-Spieler lauter. Sie hat genug vom Geschrei, von Tränen und Schmerzen hier auf dem Hof. Lieber etwas Thin Lizzy von 1979. Sie tätschelt der Kuh beruhigend den Bauch, macht das Gatter der Box zu und geht in das kleine Büro im Stall. Zwei Schreibtische, zwei große Computer, ein paar klapprige Bürostühle, ein großer Kühlschrank für Tiersperma, ein paar trockene Kekse in einem Korb, Kaffeetassen, abgespült, aber trotzdem mit Kaffeerändern, ein paar Overalls für die Aushilfen und an der Wand ein Brunstkalender.

Marie zündet sich eine Zigarette an und öffnet das Fenster. Sie muss Vlatko anrufen. Davor drückt sie sich schon seit mehreren Tagen. Stattdessen hat sie Linus eine SMS geschickt, dass sie krank sei. Als ob sie es nicht erzählen wolle, dass ihr Papa gestorben ist. Denn dann werden sie womöglich alle besonders freundlich und schicken ihr eine Schachtel Pralinen. Mit so was kann Marie nicht umgehen. Wenn Leute zu nett werden. Wenn sie ihnen leid tut. Wenn Leute fragen, ob sie Hilfe braucht. Nix. Das kann sie nicht. Mit wütenden Chefs kommt sie besser klar. Allzu freundliche Kollegen, mitfühlende Freunde, Kinder – das sind die Sachen, mit denen Marie nicht kann.

Ach, sie kann Vlatko eigentlich auch gleich anrufen. Marie angelt das Handy aus der Overalltasche. Der Overall, den sie ziemlich weit offen lassen muss, weil ihre teuren Brüste für einen gewöhnlichen Melkoverall zu groß sind.

»Hallo, hier Vlatko.«

»Ja, hallo, hier ist Marie vom Rock'n'chock, weißt du?«

»Ja, ja. Hab gehört, dass du krank bist.«

»Hm, ich muss ein paar Tage freinehmen. Vielleicht eine Woche. Mein Vater ist gestorben.«

»Wer ist tot?«

»Mein Vater!«

Wütend schmeißt Marie die Kippe aus dem Fenster. Verdammt, muss sie denn alles zweimal sagen?

»Dein Vater ist gestorben?«

»Ja!«

»Mein Beileid. Aber du kannst nicht so lange freinehmen! Linus schafft die Bar nicht alleine.«

»Eine Woche.«

»Eine Woche. Nein, nein, Marie, das geht nicht. Tut mir leid mit deinem Vater, aber ...«

»Verdammt! Jetzt kalbt sie!«

»Wer? Was?«

Marie reißt die Tür zum Stall auf, der Schrei durchdringt die Wände. Sigbritt 27 presst ihren großen Kopf an das Gatter, sie steht breitbeinig da. Wasser, Blut und Schleim fließen herab, und ein rotbraunes Wesen strampelt sich den Weg nach draußen frei.

»Ich komme in einer Woche! Verdammt, was soll ich denn jetzt machen? Sigbritt, du musst es ablecken!«

»Wie jetzt? Wer soll wen lecken?«

»Nee, Sigbritt muss ihr Kalb ablecken. Tschüs.«

Marie drückt das Gespräch weg, schiebt das Handy in die Tasche. Es klingelt. Scheißegal. Vlatko muss jetzt warten. Sigbritt 27 dreht sich behäbig um, aber trotz ihrer steifen Beine tritt sie nicht auf das kleine Kalb. Zärtlich beugt sie ihren Kopf zu ihrem Kleinen herunter. Betrachtet es mit großen braunen Augen und streckt dann ihre große blaue Zunge heraus und fängt an, es sauber zu lecken. Ein verschlafenes Kalb blinzelt hervor. Mit zottigem Fell und wackligen Beinen. Sehr unsicher erhebt es sich und versucht, die Zitzen der Mutter zu finden. Sigbritt 27 trampelt unsicher auf dem Stroh in der Box herum und weiß nicht recht, wie sie es hinkriegen soll. Rolf musste den neugeborenen Kälbern fast immer den Weg zeigen. Mit seinen großen Händen packte er ihre zotteligen Köpfe und führte sie zu den Zitzen und der Milch.

Marie öffnet das Gatter. Reiß dich zusammen, Marie!, denkt sie. Mach es, wie Rolf es immer gemacht hat. Du kannst das. Du weißt, wie es geht! Marie bringt das Kalb dazu, die Zitzen zu finden und sich festzusaugen. Die lauwarme Milch rinnt am Maul des Kalbs hinunter. Marie lässt sich an die Wand der Box sinken. Lehnt ihren Kopf an und betrachtet das säugende Kalb.

Papa. Wie kann er einfach alles verlassen? Sie verlassen. Mit all den Kühen, die kalben, die gemolken werden und ständig gefüttert werden müssen.

»Aber Mama, ein Lieblingslied muss er doch gehabt haben? Wie wäre es mit ›Du bist der Einzige‹ von Lill Lindfors?«

»Ach, ich weiß nicht. Such du was aus. Oder bitte Åsa, sie hat doch gesagt, sie kümmert sich um alles. Rede mit Åsa, die wird es schon wissen. Ich kann das nicht.«

Lena und Mama Irene sitzen in Lenas Küche. Lena sieht aus wie ein Schatten ihrer selbst und Irene wie der Schatten eines Schattens. Sie ist kaum zu sehen. Wenn die Dämmerung kommt, verschwindet sie völlig.

Irene schiebt die Kaffeetasse unangerührt von sich und sieht aus dem Fenster. Lena betrachtet ihre Mutter. Ihre Eltern waren nie lange voneinander getrennt. Nur das eine Mal, als Papa auf einem Tierärztekongress in Skara war. Da hat Mama auf dem Sofa geschlafen. Sie fand es in dem großen Bett so einsam. Und wenn es schon einsam ist, wenn der Mann mal für eine Nacht in Skara auf dem Tierärztekongress ist, wie einsam ist es dann erst, wenn er im Kühlraum des Krankenhauses liegt?

Die Trauer ihrer Mutter ist so übermächtig, dass Lena damit nicht umgehen kann. Sie kommt ihr vor wie ein großes, schwarzes Mammut, das alles überdeckt. Auch Lena trauert. Aber Irene merkt es nicht, denn sie ist tief in ihrer eigenen Trauer versunken. Sie denkt nicht daran, dass ihr Kind seinen Vater verloren hat. Sie hat ihren Mann verloren, ihren Partner, ihren Arbeitskollegen, alles. Nur Irene hat etwas verloren, sonst niemand. Sie, sie, sie. Irene.

Dabei hat Lena ihren Vater geliebt. Vielleicht hat er sie manchmal zu sehr für selbstverständlich genommen. Wie man es manchmal mit einer Tochter macht, die immer da ist. Wenn Papa nur mit der Forke winkte, stand Lena schon auf dem Misthaufen und arbeitete. Von klein auf hat Lena Kühe geliebt. Als Achtjährige hat sie geweint, weil sie zu klein war, um die Melkmaschine zu bedienen. Im Sommer, wenn Irene und Rolf die meiste Zeit damit beschäftigt waren, das Silo zu befüllen, mussten die Mädchen das nachmittägliche Melken übernehmen. Marie hat sich immer davongestohlen, ist mit dem Moped in den Ort gefahren und hat an Kennys Grillbude Kartoffelbrei und Würstchen gegessen. Åsa hat ihren Teil der Arbeit erledigt, aber freudlos, wie eine Maschine. Nur Lena konnte es genießen, Verantwortung zu übernehmen. Sich ganz dicht an die Kühe schmiegen zu dürfen und ihre gemütliche Wärme zu spüren und zu sehen, wie all die fette Milch in den Tank lief.

Rolf und Irene haben immer gedacht, dass Lena den Hof übernehmen würde, wenn sie in den Ruhestand gehen würden.

Sie und Robert. Aber jetzt ... Robert würde niemals seine Tankstelle verlassen. Und Lena würde niemals, niemals, niemals allein vier Kinder, jede Menge Kaninchen, Hunde, Katzen, hundert Milchkühe, hundert Kälber und einhundertsechs Hektar Grund versorgen können. Und das alles für ungefähr fünftausend Kronen im Monat. Vor Steuern. Nein, das vergisst man am besten gleich. Momentan sind für drei Wochen Aushilfen auf dem Hof. Und Marie, die ein wenig anpackt. Danach werden sie über den Hof nachdenken müssen.

Jetzt laufen die Tränen wieder. Sind Tränen denn nie zu Ende? Hat sie einen unendlich tiefen Brunnen im Bauch? Lenas Augen sind rot und trocken von dem ganzen Salz. Es reibt, wenn sie blinzelt. Laut schnäuzt sie sich in eine alte Serviette, die auf dem Tisch liegt. Igitt, da war eingetrocknete Hackfleischsoße dran. Lena wischt sich die Soße von der Nase.

Irene wendet sich Lena zu. Eine zitternde kleine Mamahand streckt sich zu ihr hin. Tätschelt und streichelt ihre Wange. Lena wischt sich wieder mit der Hackfleischserviette durchs Gesicht.

»Mama ... ich ... ich bin so ... so schrecklich traurig.«

Die Tränen kullern wie eine unaufhaltsame Lawine. Irene öffnet ihre Arme, und Lena taucht hinein. Zwängt ihren großen, erwachsenen Körper in Irenes magere, eckige

Umarmung. Saugt den Mamageruch ein. Süß wie Milch, Waschmittel, Frühlingsblumen und warmer Körper. Ach, warum kann sie nicht noch einmal zehn Jahre alt sein?

Sie ist keine Mutter. Nicht mehr! Sie kann sich nicht um andere kümmern. Sie will eine eigene Mutter, die stark ist und diese ganze Misere aufräumt. Nicht eine Mutter, der es schon zu schwer fällt, eine Tasse Kaffee zu trinken. Hilfe!

Dann hört sie es. Dü-de-li-dü-dö. Das Klingeln. Das Eisklingeln. Aber ... eigentlich sollte Conny heute gar nicht kommen. Doch das tut er. Lena wirft einen rot geweinten Blick auf den Kalender an der Wand. Freitag, der 14. Oktober ist angekreuzt. Heute ist Montag. Ob er diese Woche zweimal kommt? Umso besser. Das Letzte, was Lena in die vollgestopfte Kühltruhe gequetscht hat, waren drei Pakete Sandwicheis. Jetzt geht sie nicht mehr zu, und nur mit massenhaft Paketklebeband hat sie das Schloss zusammendrücken können. So einigermaßen. Und jetzt sind die Sandwiches natürlich geschmolzen.

Dü-de-li-dü-dö. Die Kinder reagieren schon gar nicht mehr darauf. Das Eisauto kann seine Melodie durch die Gegend klingeln, aber die Kinder heben nicht einmal mehr den Finger. Sie sind in irgendein Kinderprogramm vertieft. In ihren eisbekleckerten Pullovern.

Wieder hört Lena die Melodie. Jetzt steht er da. Conny. Genau vor ihrem Briefkasten draußen an der Straße.

»Ich kauf eben ein bisschen Eis, Mama.«

Irene öffnet ihre Arme, lässt Lena raus und starrt weiter aus dem Fenster. Mit routiniertem Griff fasst Lena in die Schachtel mit dem Geld für die Badrenovierung, aber die ist leer. Das Geld ist alle. Die Kühltruhe ist voll.

Na gut. Dann wird sie anschreiben lassen müssen. Rolfs alten Helly-Hansen-Pulli übergeworfen, die Astronauten-Clogs, ein letzter Blick in den Spiegel. Gar keine gute Idee. Ein mageres, blasses Gesicht, zwei erdbeerrot geschwollene Augen, eine glänzende Hackfleischsoßennase und ein völlig farbloser Mund. Alle roten Pigmente müssen dafür draufgegangen sein, die Augen rot zu färben. Im Durcheinander auf dem Flurtisch entdeckt Lena Josefines Lippenstift. Etwas davon. Lila. Oho. Na ja. Muss reichen, lieber lilafarbene Lippen als gar keine. Jetzt hat sie wenigstens einen Mund.

»Möchtest du ein bestimmtes Eis, Mama?«, ruft Lena in Richtung Küche. Aber Irene antwortet nicht. Sie starrt wie tot aus dem Fenster. Hinaus in ein kohlrabenschwarzes Nichts.

Draußen ist es dunkel. Ewig schon reden sie von einer Außenbeleuchtung, aber nie wird was draus. Will man den Müll rausbringen, dann ist es, als würde man sich ins Universum stürzen und nach dem Planeten Pluto suchen. Immer tritt man in irgendwelchen alten Schrott und stößt sich die Schienbeine an. Aus Connys Eisauto leuchtet es hell.

Lena sieht das Licht wie einen Leitstern und kreuzt zwischen Kaninchen, Katzen und Autoteilen vorwärts. Kalt ist es. Wird diese Nacht wohl richtig Minusgrade geben.

»Na, du kommst ja doch noch, ich wollte gerade anfangen, misstrauisch zu werden!«, ruft Conny. Er schlägt seine behandschuhten Hände zusammen, ein dumpfes, leises Klatschen. Wie ein sehr sanfter Applaus.

Lena stellt sich vor Conny hin und weiß nicht recht, was sie sagen soll.

»Wie geht es dir, Lena?«

»Na ja, nicht so gut. Mein Papa ist gestorben, also … also geht es ein wenig auf und ab. Also, noch mehr als sonst.«

»Ja, das verstehe ich. War er denn alt, oder …?«

»Nicht so sehr. Noch nicht mal siebzig.«

»Oje, wie traurig. Was ist denn passiert?«

»Herzinfarkt.«

»Und deine Mutter?«

»Die sitzt in meiner Küche und starrt die meiste Zeit vor sich hin.«

»Und du?«

»Ich?«

»Ja, wie geht es dir?«

Nein, nein, nein. Nicht fragen, wie es mir geht. Das ist so anstrengend. Ach was, verdammt, scheißegal.

Lena macht den Mund auf, um zu sagen, dass es ihr nicht sooo wahnsinnig gut geht. Dass es ihr im Grunde verdammt schlecht geht. Dass sie vielleicht sogar Angst hat. Dass das einzige kleine Lichtlein, was sie jetzt noch sehen kann, das von Connys Eisauto ist. Heller wird es nicht mehr. Und wie toll soll ein Leben denn auch sein, wenn man nichts hat außer dem Licht von einem Eisauto? Ihr Mann ist nie zu Hause, ihr Papa ist tot, sie schafft es nicht, ihre eigenen Kinder zu versorgen, ihre Schwestern haben ihr eigenes Leben in Stockholm, und ihre Mutter sitzt nur da und starrt in die Gegend.

Lena versucht, die Mundwinkel ein klein wenig hochzuziehen, aber das geht nicht. Es kommt nur ein gebrochener Laut hervor.

Conny sieht sie an. Diese kleine Frau mit den lila Lippen, der roten Nase, dem offenen Mund, den tränennassen Wangen, den kurzen, kräftigen Beinen und den verweinten Augen.

Dann breitet er seine Arme aus. Und seine neonfarbene Jacke wird zu einer warmen Grotte. Lena zögert nicht. Sie fragt nicht, sie wundert sich nicht. Sie taucht einfach nur ab. Drückt ihren Mund an Connys Brust. Spürt seine weichen Handschuhe auf ihrem Rücken. Sie hält sich fest. Presst ihre Arme um Connys Taille.

Robert hatte auch die Arme ausgebreitet. Als er am Abend nach Hause kam, stand er mit ausgebreiteten Armen da. Hat Lena eingeladen, sich bei ihm anzuschmiegen und zu weinen. Aber in seiner Umarmung liegt schon zu viel anderes. Zu viele Abende zu Hause, an denen er fort war, zu viele Male, die er es nicht geschafft hat, zum Kindergarten zu gehen, zu viele Mittagsmahlzeiten, die er nicht gekocht, zu viel Wäsche, die er nie gewaschen hat. Als wären seine Arme schon von zu viel anderem Kram besetzt. Also ist Lena nicht zu ihm gekommen. Connys Arme sind leer. Da ist nichts. Man muss nur hineintauchen. In blinkender grüner Schrift steht dort: »Eingang, herzlich willkommen!« Das Weinen ist so heftig, dass Lena zittert. Conny zittert auch, weil Lena an ihm hängt.

»Komm, wir gehen rein, damit du nicht erfrierst.«

Conny öffnet die Tür zu seinem Eisauto, und Lena kriecht auf den kleinen Beifahrersitz. Im Auto ist es warm. Warm in einem Eisauto. Einsteigen und sich in einem Eisauto aufwärmen. Ja, das geht.

Eng und gemütlich. Ein Radio, das leise vor sich hin plappert, drei Wunderbaumanhänger am Rückspiegel, die in einer erstickenden Mischung den Gestank von Vanille, Fichtennadeln und tropischen Früchten um sich verbreiten, auf dem Boden ein paar Zeitungen und zwischen den Sitzen auf einem winzigen Tablett eine Kaffeetasse.

Conny holt etwas aus dem Kühlraum und setzt sich mit einem vorsichtigen Lächeln auf den Fahrersitz. Er reicht Lena ein Lakritzeis namens Dracula. Sie hebt fragend die Augenbrauen. Conny denkt laut nach.

»Das Eis ist so schwarz wie deine Trauer, aber innen hat es hellrote Himbeerteilchen, genau wie du.«

»Weil ich viel Blut in mir habe?«

»Nein, wegen deines warmen Herzens natürlich.«

Lena wischt sich mit dem Handrücken die Tränen ab und wickelt das Eis behutsam aus. Sie hasst Lakritzeis. Das ist so ziemlich das Widerlichste auf ihrer persönlichen Eisskala. Aber das hier wird sie essen. Das Draculaeis ist, als würde man einen kratzigen selbstgestrickten Pullover geschenkt kriegen. Der gute Wille zählt.

»Entschuldigung.«

»Wofür?«

»Weil ich einfach so losheule. Du musst doch weiter, ich halte dich nur auf.«

»Nein, kein Problem. Das hier ist meine letzte Tour für heute. Ich habe noch den ganzen Abend vor mir. Ist es gut?«

»Sehr, sehr gut.«

»Fein.«

Stille im Auto. Nur das klickende Geräusch von Lena, die auf dem Lakritzeis kaut.

»Du, Lena, möchtest du vielleicht irgendwohin fahren?«

»Jetzt?«

»Ja, ich könnte dich ein wenig rumkutschieren. Wohin du willst! Sag's einfach!«

»Aber meine Kinder und Mama und …«

»Ach, natürlich. Wie dumm von mir. Nein, war nur so eine Idee. Ich verstehe schon. Du musst wieder rein. Aber vielleicht magst du ein bisschen Kaffee?«

»Hast du welchen hier?«

»Hmm.«

Conny holt eine Thermoskanne aus seinem Rucksack, der zwischen Lenas Beinen steht. Er schüttet den dampfend heißen Kaffee in den Deckel der Kanne und reicht ihn Lena. Die Kinder und Mama. Jetzt sind es nicht nur die Kinder, die sie im Schwitzkasten halten, sondern auch noch Mama. Alle sitzen im Haus und warten auf Lena. Darauf, dass Lena alles regeln wird. Darauf, dass Lena kochen und spülen und dann alle ins Bett bringen wird. Mama, Mama, Mama. Gott, wie ist sie es leid, das Wort »Mama« zu hören. Die ganze Zeit hört sie nur dieses Wort, und immer in einem fordernden, erstickenden Tonfall. *Mamaaa!* Mama, wo sind meine Schulsachen? Mama, ich habe Hunger. Mama, kriegen wir was Süßes? Mama, die Kaninchen sind abgehauen! Mama, Engla sagt, ich hab sie gebissen, aber das stimmt gar nicht, weil Hampus hat sie gebissen, und ich bin nur gerade vorbeigekommen, und da hat sie gedacht, ich bin das, aber ich war es nicht, und … Mamaaa, ich habe mir weh getan! Mamaaa, ich brauch ein Pflaster. Mamaaaa!

»Ich glaube, da ruft dich jemand.« Conny nickt zur

Vortreppe des Hauses hin. In einer kleinen Traube stehen da Hampus, Engla und Vilda. Sie rufen in die Dunkelheit hinaus: »Mamaaa!«

Conny sieht Lena an. Lena sieht Conny an und hält krampfhaft ihre Kaffeetasse fest. Schnell drückt Conny auf einen Knopf, und das Eisklingeln trötet los. Conny kurbelt die Scheibe runter und ruft den Kindern zu: »Mama kommt gleich! Sie muss nur noch bezahlen!«

»Wir haben Huuunger!«

»Nur fünf Sekunden!«

Conny kurbelt die Scheibe wieder rauf. Lena nippt mit lakritzverschmiertem Mund am Kaffee.

»Wie oft können Kinder eigentlich essen? Ich koche unentwegt, und wenn ich gerade fertig gespült habe, wollen sie schon wieder essen.«

Lena saugt die letzten Kaffeetropfen in sich hinein und dreht den Deckel wieder auf die Thermoskanne.

»Fühlst du dich besser?«

»Ja, ein bisschen. Oder na ja, ich weiß nicht. Ich hab eher das Gefühl, als hättest du mich nach einer hundertprozentigen Verbrennung in Desinfektionsmittel gebadet.«

»Aber würde das nicht ziemlich brennen?«

»Ja. Äh, ich weiß nicht genau, was ich meine. Aber ... ich würde gern eine Tour mit dir machen. An einem anderen Tag.«

»Mamaaa!«

Eine kleine Nase drückt sich an das Fenster. Englas Nase.

»Ich muss jetzt gehen.«

»Warte!«

Conny springt vom Fahrersitz, läuft zur Kühlschranktür und fängt wieder an zu suchen. Müde öffnet Lena ihre Tür und stellt sich auf den Kiesweg. Engla hüpft sofort auf ihren Arm. Eine Mama, da gilt es keine Sekunde zu verlieren, greif sie dir! Sie schiebt ihre eiskalten, kleinen Hände unter Lenas Pullover und drückt sie an Lenas nackten, warmen Bauch.

Conny taucht aus dem Kühlschrank auf und reicht Engla zwei Tüten mit tiefgefrorenen Hamburgern. Fertige kleine Hamburger mit Brot, Ketchup, rosa Dressing und allem, aber eiskalt und steinhart. Engla beäugt die Tiefkühlbeutel skeptisch.

»Das hier, mein kleines Fräulein, ist euer Abendessen. Taut sie in der Mikrowelle auf, das dauert nur ein paar Minuten, und dann gibt es satte Bäuche und null Abwasch.«

Engla fängt an zu strahlen, nimmt die Tüte entgegen, rutscht aus Lenas Arm und läuft nach Hause, während sie wie ein Tiger mit frischer Beute brüllt: »Hambuagaaa!«

Lena lächelt Conny müde zu. Conny strahlt.

»Die Tüten da werden ein paar Tage reichen.«

»Danke. Aber ich habe kein Geld.«

»Ach, ich lad dich ein. Also dann ...«

Schweigen. Etwas peinlich.

»Willst du ... willst du meine Handynummer haben?«

Connys helles Haar glitzert in der Straßenbeleuchtung. Seine Haut ist nicht mehr braun, der Herbst ist da und mit ihm die Blässe. Lena hört, wie die Haustür zufällt. Sie schielt zu den Fenstern, da ist niemand. Vielleicht sind alle in der Küche. Vielleicht sieht sie niemand. Vielleicht ist sie gerade jetzt unsichtbar. Vielleicht gibt es sie gar nicht.

»Also, so habe ich das nicht gemeint, ich dachte nur, wenn du vielleicht Fertiggerichte brauchst und ich ...«

Lena hebt ihr kleines, rotnasiges Gesicht zu Conny. Schlägt ihre kurzen Arme um seine Taille und küsst ihn. Ohne zu zögern. Conny ist erstarrt, überrascht, dann lässt er langsam seine Hände in Lenas Nacken gleiten. Hält ihren Kopf. Stützt sie. Sie schmeckt nach Lakritz. Er schmeckt nach Menthol. Kühle Lippen. Lena hebt ihre Arme und legt sie um Connys Hals. Sie will Nähe. Sie ist unsichtbar. Das, was sie jetzt macht, wird nicht gern gesehen. Das gibt es nicht. Am besten gut aufpassen. Connys Zunge ist so weich. So vorsichtig. Lena dagegen küsst hitzig und schnell.

Plötzlich ein helles, blendendes Licht. Ein Auto fährt vorbei. Loser Schotter und auf den Weg gewehte Äste knistern. Lena wacht auf. Wird sichtbar. Nimmt schnell ihre Arme von Connys warmem Hals und wischt sich den Mund mit dem Handrücken ab. Schaut nach, ob eines der Kinder am Fenster steht und glotzt. Niemand.

»Ja, gib mir doch deine Handynummer.«

Conny lacht. Ein wenig peinlich berührt. Wühlt in der Tasche und holt eine Visitenkarte heraus.

»Okay. Und ruf mich einfach an. Wann du willst. Vergiss das nicht. Wann du willst. Ich komme sofort, Lena.«

»Gut.«

Lena steckt die Karte in die hintere Tasche ihrer Jeans, spürt, wie ihre Wangen zu glühen anfangen, und geht rückwärts auf ihr Grundstück. Winkt Conny vorsichtig zu, der an seinem Eisauto steht, das Kinn von lila Lippenstift verschmiert.

Åsa schüttet etwas Wasser auf den Untersetzer. Hört, wie die trockene Erde es aufsaugt. Adam hat vergessen, die Blumen zu gießen, als sie weg war.

»Lena, ich verstehe wirklich, dass das jetzt anstrengend ist für dich, aber ich komme doch morgen zurück.«

»Versprich mir das! Ich kann einfach nicht mehr, Mama weint die ganze Zeit, und ich weiß nicht, wie ich ... Ich bin doch auch traurig!«

»Versprochen. Ich komme. Kann Robert nicht mal ein paar Tage zu Hause bleiben?«

»Nein, jetzt im Spätherbst ist doch immer am meisten los, alle wollen ihre Autos reparieren lassen, und außerdem wäre es anstrengender, wenn er auch noch zu Hause wäre.«

»Und Marie?«

»Die will nicht. Aber sie macht einiges auf dem Hof. Neulich Abend hat eine Kuh gekalbt, und ... na ja ...«

Åsa klemmt sich das Telefon zwischen Kinn und Schulter und pflückt gleichzeitig ein paar verwelkte Blätter von ihren Pflanzen. Jeden Tag kümmert sie sich um die Pflanzen, reibt ihre Blätter ab, besprüht sie ein wenig mit Wasser, dreht sie. Åsa steckt den Finger in die Erde, um zu fühlen, wie feucht sie ist. Trocken. Wie kann Adam mit dem Gießen so nachlässig sein, wo er doch weiß, wie gründlich sie damit ist? Lena am anderen Ende klingt erhitzt.

»Aber du kommst doch morgen, oder? Versprichst du mir das?«

»Ja, morgen. Spätestens um vier. Ich werde nur mein Büro einpacken und vielleicht etwas putzen, dann fahre ich los.«

»Wie lange bleibst du?«

»Weiß nicht. Aber ich nehme etwas Arbeit mit, dann kann ich bestimmt eine Woche bleiben.«

»Gut. Wenn du nur kommst. Wie lief es denn mit dem Typen vom Bestattungsinstitut?«

»Gut, denke ich. Irgendwie war es etwas unwirklich, in so einer Umgebung über Papa zu reden, aber trotzdem. Ich habe einen Eichensarg genommen, der in Ochsenblutrot gestrichen wird. Denkst du nicht auch, dass Papa das gewollt hätte? Dieselbe Farbe wie Solvändan. Oder ist das dann zu viel?«

»Nein, das wird schön. Soll er auch weiße Ecken haben, wie das Haus?«

»Findest du?«

»Nee ... das würde wohl doof aussehen.«

»Glaube ich auch. Und als Deko ganz gewöhnliche Gartenblumen, Kapuzinerkresse, Kornblumen und Ringelblumen, nichts Extravagantes, das hätte Papa nicht gemocht. Ich habe Allan angerufen, der wird Ziehharmonika spielen, und seine Tochter wird ›Du bist der Einzige‹ von Lill Lindfors singen. Das war doch sein Lieblingslied.«

Åsa presst die Lippen aufeinander, um das Weinen aufzuhalten, das sie überkommt. Die Tomatenpflanzen am Küchenfenster sind riesig, sie atmet den leicht säuerlichen Geruch ein und versucht, stattdessen an Tomaten zu denken. Rote, sonnenwarme Tomaten. Tomaten sind gut. Hmm, lecker Tomaten. Tomaten ... rot wie die Liebe. Wie Papa ... Du bist der Einzige. Papas Lieblingslied. Ringelblumen und Kornblumen. Papas Blumen, die Mama immer zu seinem Geburtstag für ihn gepflückt hat. Sie schluckt. Zurück mit euch, ihr blöden Tränen. Zurück.

»*Nicht* an den Ohren ziehen!«, brüllt Lena in den Hörer, und Åsa schreckt so zusammen, dass die Tränen sich in Luft auflösen.

»Mein Gott, das ist doch ein Hund und keine Werkzeugkiste! Ja, gut, Åsa. Gibt es hinterher auch so eine kleine Feier?«

»Kajsa macht Sandwichtorten. Wir treffen uns nach der Beerdigung im Gemeindehaus. Ich habe gedacht, wir nehmen den kleinen Saal, das Ganze sollte nicht zu groß werden, was meinst du?«

Åsa schluckt wieder. Kajsas Sandwichtorten. Bei jedem Geburtstag, jeder Hochzeit, bei der Abiturfeier und bei der Konfirmation. Aber niemals bei einer Beerdigung. Bis jetzt.

»*Nein!* Nicht schon wieder die Kaninchen! Engla!«

»Okay, vielleicht legen wir besser auf, wir sehen uns dann morgen.«

»Verdammt, jetzt sind wieder überall Kaninchenköttel! Ja, wir sehen uns morgen. Tschüs. *Englaaa!*«

Åsa knipst vorsichtig drei Tomaten ab, die halbwegs orangerot und immer noch etwas hart sind. Riecht an ihnen. Sie wird sie auf der Spüle ausreifen lassen.

Das Bestattungsinstitut. Åsa hat gleich versprochen, dass sie sich um alles kümmern werde. Organisieren, bezahlen, schön machen. Alles. Mama soll an gar nichts denken müssen.

Sie wird die Dinge organisieren. Organisieren, organisieren, auf die Reihe bringen. Aber fühlen?

Sie will nicht daran denken, dass Papa angerufen und um Hilfe gebeten hat. Es war ihm so zuwider, um Hilfe zu bitten. Die Nachbarn mussten manchmal regelrecht mit Gewalt bei den Kühen einbrechen, um ihn bisweilen abzulösen, damit er mal eine Pause machte.

Warum ist sie nicht hingefahren? Weil sie Arbeit zu erledigen hatte. Genau. Und es kurz vor dem Eisprung war. Ein Besuch auf Solvändan hätte bedeuten können, dass es kein Kind geben würde. Jetzt wird es kein Kind geben, und es gibt auch keinen Papa mehr. Und das Problem mit dem Computer hat Åsa, als sie in Solvändan war, in fünf Minuten gelöst. Da war Papa aber schon tot.

Nicht nachdenken. Åsa will nicht denken. An den Hof. Diesen großen, schönen, ochsenblutroten Hof. Im Schatten des Waldes, aber mit herrlicher Aussicht über Wiesen und Felder. Wie wird ihre Mutter da noch weiter wohnen können? Die Tiere versorgen, den Grund und Boden, die Wirtschaft und die Maschinen?

Nein, nicht nachdenken. Weg mit den Gedanken! Gibt es nichts mehr, was sie organisieren könnte?

Etwas zu schwungvoll reißt sie ihren Putzschrank auf, zerrt alle Putzmittel, Scheuerbürsten, Eimer und Feudel heraus. Fahrig und viel zu schnell schüttet sie Seife in den Eimer, hinein mit dem warmen Wasser, geht das nicht schneller, jetzt mach schon! Den Eimer füllen! Ich muss den Boden feudeln!, denkt sie. Als wäre sie krank. Als wäre ihr Körper sterbenskrank, und die Therapie wäre es, feudeln zu dürfen. Etwas tun. Anpacken. Nicht denken.

Feste feudeln. Die Fliesen in der Küche werden in beiden Richtungen gewienert, vor und zurück, vor und zurück. Ihr wird warm.

Weg mit der nassen Wollstrickjacke. Sie wirft sie auf den Küchentisch und feudelt sich voran. Ins Esszimmer. Das immer leer steht. Wofür hat man ein leeres Esszimmer? Was für ein Mensch ist sie bloß? Da wohnt sie in Schwedens teuerster Stadt und hat lauter leere Zimmer. Unbelebte Räume. Räume ohne Sinn. Sie sollte alle diese Zimmer mit Asylanten bevölkern. Sich nützlich machen!

Sie zieht sich auch noch das T-Shirt aus und feudelt wie

besessen weiter. Sie legt sich auf die Knie und scheuert unsichtbare Flecken weg. Das walnussbraun geölte Parkett kriegt fast helle Flecken davon. Weg mit den Jeans. Sie bleibt mit den nassen Strümpfen kleben, weg mit allem. In Unterhosen feudelt sie sich in das große Badezimmer. Versetzt der Toilette einen Schlag. Weg mit den Gedanken. Weg! Was haben Åsas Leben und eine Toilette gemeinsam? Nun, beide sind beschissen. Ha. Ha. Oder beide tragen kein Leben in sich, man kann es auch so ausdrücken.

Åsa fährt mit der Klobürste tief ins Klo, rauf und runter, rauf und runter.

»Was machst du denn da?«

Erstaunt und fast ein wenig ängstlich schaut Adam ins Badezimmer. Er sieht Åsa, nur mit einer hellblauen Unterhose bekleidet, auf dem Fußboden knien und die Toilette mit der Klobürste traktieren.

»Ich putze. Es ist so furchtbar dreckig hier.«

»Ist es gar nicht ...«

»Doch, das ist es! Die Wohnung ist zu groß! Das ist doch ein Witz mit so einer Wohnung. Ein schlechter Witz. Das ist doch völlig asozial, mitten in der Stadt auf zweihundert Quadratmetern zu wohnen. Ich mag die Stadt nicht. Du? Willst du hier wohnen? Willst du das? So, wie es hier ist?«

»Na ja, ich finde es ...«

»Aber wenn wir unsere Kinderpläne aufgeben, dann können wir doch auch umziehen, oder?«

»Ich habe nicht gesagt, dass wir unsere Kinderpläne aufgeben sollen, ich habe nur gesagt, dass ...«

»Ich weiß, was du gesagt hast! Du wolltest dich scheiden lassen! Oder?«

»Nein, das habe ich wirklich nicht gesagt!«

»Ach nee, und was hast du dann gesagt? Dass der Kinderwunsch alles kaputt macht. Das hast du gesagt.«

Åsa klammert sich an die eingebaute Mosaikbadewanne und versucht aufzustehen. Ihr Körper zittert. Adam sieht, wie ihre Beine wackeln. Ohne die Strümpfe auszuziehen, platscht er in das unter Wasser gesetzte Badezimmer und packt Åsas Hand. Biegt sie auf und wirft die Klobürste weg.

Etwas unbeholfen hebt er Åsa hoch und schleppt sie aus dem Badezimmer. Sie hält ihre Hände ganz fest um seinen Nacken und schlingt die Beine um seine Taille. Die schmale, dünne Taille.

Zärtlich schiebt Adam sein Gesicht in Åsas Haare. Seine Arme fangen an zu zittern. Verdammt. Es wäre schön, wenn er sie stundenlang so halten könnte. Einfach nur halten und umarmen. Aber jetzt zittern seine Arme. Computerarme sind nicht sonderlich muskulös. Mit steifen Beinen stolpert Adam zum Wohnzimmersofa, versucht sich mit Åsa auf dem Arm vorzubeugen, aber elegant ist das nicht gerade. Er lässt sie los. Von etwas zu weit oben. Mit einem dumpfen Geräusch landet sie zwischen den Kissen und Irenes gestrickter Decke. In ihren nassen Unterhosen. Sie hat zornig rote Wangen, und das Haar klebt ihr auf der Stirn.

Adam betrachtet sie. Sie ist so klein. Schmaler Körper. Aber stark. Wie ein winziges Handy, kaum zu sehen. Aber trotzdem voller Power. So muss es sein, so wie jetzt. Na ja, vielleicht nicht ganz so wie jetzt, wenn Åsa hysterisch, traurig und verzweifelt die Wohnung fast kaputt feudelt. Aber so wie jetzt ... dass sie fast nackt da liegt, mit nassen Unterhosen und ohne diesen fordernden Blick. Ohne dieses Baby auf der Netzhaut. Ohne all die Erwartungen an Adam, die er nicht erfüllen kann.

Adam beugt sich vor. Nimmt die Brille ab, wirft sie aufs Parkett. Küsst Åsa. Ganz leicht auf den Mund. Dann weiter unten. Kühle Lippen wandern über ihren Bauch. Åsa hat nur eine einzige Sache im Kopf. Dass es bis zum Eisprung noch etwas dauert und dass dies eine völlig unnötige Aktion ist.

11

Gekochtes Rindfleisch, braune Soße, Kartoffeln und Gelee. Wie immer zu Hause. Immer Fleisch. Immer Kartoffeln. Immer braune Soße. Mal Gelee, mal auch selbstgemachtes Preiselbeerkompott.

»Das war lecker, Mama.«

Åsa wischt sich den Mund ab.

»Ich weiß nicht ... ich schmecke gar nichts. Das ist Maja 8, nicht besonders sehnig, Papa hat sie geschlachtet, kurz bevor ... er gestorben ist ...«

Irenes bereits rot glänzende Nase muss noch einmal schniefen. Es war eine sehr schweigsame Mahlzeit. Marie, Åsa, Lena und Irene sitzen im großen Esszimmer um den weiß gestrichenen Tisch, der sonst nur an Weihnachten, bei großen Familienessen oder Geburtstagen benutzt wird. Immer wenn alle zusammen zu Besuch kamen, haben Irene und Rolf im Esszimmer gedeckt. So auch dieses Mal. Allerdings ohne Festtagsstimmung. Marie hat versucht, Servietten zu falten, etwas knubbelige Schwäne, Åsa hat Kerzen angezündet und ein sauberes Tischtuch aufgelegt.

Ansonsten ist es still und leer. Nur das Ticken der alten Uhr, ein Erbstück mit Bauernmalerei, durchbricht die Stille.

Im Winter wird die Heizung im Esszimmer ausgedreht. Wieso sollte man ein Zimmer heizen, das nicht gebraucht wird?

Lena nimmt noch einen Schluck Milch. Sie sieht fertig aus. »Ist mit der Beerdigung alles klar, Åsa?«

»Ja, ihr müsst euch um nichts kümmern. Ich dachte, ich könnte mal erzählen, was da so geplant ...«

»Nein, ich will nichts hören. Hab keine Lust, unnötig zu leiden, ich lasse es auf mich zukommen«, sagt Irene und erhebt sich müde von ihrem Stuhl. Sie hängt die Decke, mit der sie ihre Beine warm gehalten hat, über die Stuhllehne und fängt an, abzudecken. Es geht langsam. Dieses Flinke, was Irene immer ausgemacht hat, ist verschwunden.

Was heißt hier: Ich will nichts hören? Åsa versucht, die Tränen zurückzuhalten, sie ist gekränkt. Da hat sie mehrere Stunden in verschiedenen Bestattungsinstituten verbracht, um etwas richtig Schönes zu finden, nicht die üblichen langweiligen Rosen, kein gewöhnlicher Sarg in lackierter Fichte, und nun will die Mutter nicht unnötig leiden. Åsa schiebt ihren Stuhl etwas zu kräftig zurück und fängt an, die Töpfe hinauszutragen.

Marie nickt ihr zu. »Stell alles einfach in die Küche, ich spüle nachher.«

Mit einem schwerfälligen Satz klettert Otto auf Maries Schoß. Marie schüttelt ihre Haarmähne.

»Glaubst du, sie packt das alles?«

Lena schaut ihre große Schwester müde an.

»Was heißt denn packen? Dass ihr Mann tot ist und sie allein mit einem ganzen Milchhof dasteht? Also, ich weiß ja nicht.«

»Hallo? Jetzt motz mich mal nicht an.«

»Ich motze nicht! Aber warum stellst du auch so bescheuerte Fragen? Natürlich wird sie das nicht packen! Aber du willst ja nur, dass ich sage, alles wird sich regeln, das wird schon. Arbeite du ruhig in Stockholm, na klar! Fühl dich bloß nicht verpflichtet, hab einfach deinen Spaß und mach lieber Party.«

»Verdammt, was bist du bissig! Wer hat denn freigenommen, was? Ich bin schließlich hier, oder?«

Marie trinkt wütend die letzte Milch aus ihrem Glas. Lena starrt aus dem Fenster. Aber draußen ist es dunkel, und so starrt sie direkt in ihr eigenes Spiegelbild. Sieht ihr verkniffenes Gesicht. Sie sieht aus, als gehörte sie irgendwo eingeliefert. Mein Gott. Sie starrt die Uhr an. Die Zeit tickt weiter.

Marie flüstert, damit man sie in der Küche, wo Åsa und Irene klappern, nicht hört: »Das denkst du also? Dass ich die ganze Zeit nur feiere? Dann verabschiede dich mal von deinen Phantasien. Ich schufte wie ein verdammtes Tier! Das ist so, als hätte man sieben Milchhöfe, und zwar nachts!«

»Und was glaubst du, wie es ist, vier Kinder zu haben? Das ist, als hätte man dreihundert vollgemistete Kühe, und zwar rund um die Uhr!«

»Aber warum hast du dann so viele Kinder? Es gibt schließlich Verhütungsmittel! Ein Paket Kondome kostet fünfzig Kronen! Sollst du mir jetzt plötzlich leid tun, weil du Kinder hast?«

»Ach ja, und warum arbeitest du in dieser Kneipe, wenn es da so schreeecklich anstrengend ist?«

»Weil ich Geld brauche! Ich habe nämlich *keinen* Mann, der mich finanziert, wie gewisse andere hier.«

»Er finanziert mich nicht, ich arbeite auch!«

»Aha, und euer Haus bezahlt ihr von deinem Halbtagsjob im Supermarkt ab, oder was?«

»Nein, aber ...«

Irene räuspert sich und lehnt sich müde an eine der Flügeltüren zum Esszimmer.

»Marie, jetzt streite doch nicht rum. Ich gehe schlafen.«

Schweigend beißt sich Marie auf die Lippen, um nichts zu erwidern. Sie hat doch gar nicht rumgestritten. Schnell einen Snus unter die Oberlippe. Aus der Küche hört man Åsa laut scheppernd die Märtyrerin am Spülbecken geben.

Doch dann sieht sie Irene mit ihrer graubleichen Haut, den glanzlosen Augen und der hoffnungslosen Haltung in der Türöffnung stehen, und da möchte sie sie einfach nur umarmen. Aber das fällt ihr schwer. Als würde Irene es nicht wollen und als würde sie das auch nicht können.

Irene macht auf dem Absatz kehrt, um in den oberen Stock zu gehen. Ach, verdammt. Marie schubst Otto vom Schoß und will eben aufstehen, um ihre Mutter zu umarmen, als Åsa aus der Küche auftaucht. Sie öffnet ihre Arme. Mama lehnt ihren Kopf an Åsas Schulter und schließt die Augen. Åsa streichelt den Rücken ihrer Mutter.

Kleine Mama. Åsa hat nicht übel Lust, sie einfach hochzuheben. Ihre Mutter auf den Arm zu nehmen, sie die Treppe hinaufzutragen und vorsichtig ins Bett zu legen, sie zuzudecken und vielleicht etwas zu singen. Oder einfach nur ihre Hand zu halten. Vielleicht zu ihr zu kriechen. Ihren kleinen Körper zu wärmen. Auf Papas Seite in dem Bett zu liegen, damit es dort nicht so unbarmherzig leer ist. Mama hat immer noch nicht die Bettwäsche gewechselt. Sein Geruch ist noch dort. Ruht im Kopfkissen. Seine Haare. Der Geruch von seinen Haaren ist da und verschwindet immer mehr von Tag zu Tag. »Es ist doch erst halb sieben. Willst du nicht noch ein wenig bei uns sitzen?«

»Nein ... ich kann nicht ...«

»Sicher?«

Irene nickt müde.

»Schlaf gut, Mama.«

»Danke, mein Liebes, danke ...«

Irene zieht die Strickjacke über die Schultern und sieht zu Lena.

»Fährst du heute Abend nach Hause?«

»Ja. Åsa, könntest du nicht mit zu mir nach Hause kommen?«

»Heute Abend?«

»Ja.«

»Brauchst du Hilfe mit irgendetwas?«

»Ich weiß nicht. Ich ...«

»Wenn es nichts Superwichtiges ist, dann würde ich lieber hier bei Mama bleiben.«

»Na gut ... okay.«

»Gute Nacht, Mama«, sagt Åsa. »Schlaf gut und denk nicht an all das, was Arbeit macht, ich werde hier sein und dir helfen.«

»Das ist gut, Åsa, wie lieb von dir. Vergesst nicht, die Kerzen auszumachen, Mädchen.«

Zögerlich tastet sich Irene die Treppe hinauf. Marie flüstert Åsa zu: »Ich habe doch gesagt, dass *ich* spülen werde.«

»Aber du bist nicht gekommen.«

»Was heißt hier gekommen! Ich habe hier gesessen und mit Lena geredet! Es stirbt ja wohl niemand davon, wenn der Abwasch ein paar Minuten steht.«

»Ja, aber du weißt doch, wie Mama ist. Wenn man es nicht sofort angeht, dann fängt sie an zu spülen. Und das sollte sie jetzt nicht tun müssen, finde ich!«

»Das finde ich auch! Ich hätte ja gespült, und deshalb tust du mir nicht leid, wenn du jetzt gespült hast. Es ist deine Entscheidung, Åsa. Aber das ist so typisch. Ich habe hier fast eine Woche lang den ganzen Hof geschmissen, aber das sieht Mama gar nicht. Dann kommst du her, und sofort fängt sie an zu jaulen, wie lieb du bist. Wie immer. Das macht mich so verdammt müde.«

»Aber ich habe auch das Gefühl, als würde ich alles alleine machen! Die Beerdigung! Was glaubt ihr eigentlich, wie viel Spaß das macht? Mit irgendeinem Typen dazusitzen und über Papa zu reden? Über seine Lieblingslieder nachzudenken und den Sarg und das Essen und …«

»Wer hat dich denn darum gebeten? Du reißt doch alles an dich! Ich kann durchaus auch mit einem Bestattungsfritzen reden! Scheiß drauf zu spülen, scheiß drauf, die Beerdigung zu planen, lass andere das machen …«

»Jetzt haltet ihr beide einfach mal den Rand!«, ruft Lena und steht vom Tisch auf. »Was soll das heißen, Åsa macht alles? Was machst du denn, Åsa? Was so furchtbar anstrengend ist? Ein bisschen spülen? Ich spüle jeden verdammten Tag! Ihr seid in Stockholm und lebt so weiter wie immer. Ich bin aber immer noch hier, und nichts ist wie immer, Mama ist die ganze Zeit bei mir gewesen! Und ihr streitet euch um ein bisschen Spülen. Hört doch auf! Ihr seid so verwöhnt! Das wart ihr schon immer. Ihr seid einfach abgehauen und habt mich zu Hause gelassen. Glaubt ihr denn, ich hätte nach Stockholm gehen und Barkeeperin werden können? Nein! Denn der Platz war ja schon besetzt. Der einzige Platz, der noch frei war, war der hier zu Hause. Und hör mal zu, Åsa, wo du doch so gern Kinder möchtest. Ich habe Kinder! Warum bist du nicht einfach gekommen? Warum hast du dir die Kinder nicht mal für ein Wochenende ausgeliehen und hast was Nettes mit ihnen unternommen? Nein, du hast nur in deiner verdammten Riesenwohnung gesessen und gejammert, während es hier Kinder gibt, die ihre Tante gebrauchen könnten! Schäm dich, kann ich da nur sagen. Schäm dich! Und du, Marie … Du hast doch nur deine verdammte Bar. Alles andere ist dir scheißegal. Papa hat immer nur von dir geredet, hat dich in den Himmel gehoben. Und dafür musstest du gar nichts tun, außer dir einen Silikonbusen anzuschaffen und Drinks zu mixen. Ich habe ihm immer geholfen, aber niemals ein Dankeschön von ihm gehört. Nein, ich war ja gewissermaßen selbstverständlich. Wie immer. Also beschwert euch nicht! Keine von euch!«

Lena schnieft, und die Tränen kullern.

»Ich fahr jetzt.«

Lena marschiert mit steifem Rücken aus dem Esszimmer. Marie und Åsa sehen sich an.

»Ist vielleicht doch besser, wenn ich mit Lena mitkomme«, sagt Åsa.

12

Cujo! Cujo? Ist das nicht der aus dem Film? Ein großer, widerlicher, gruseliger Bernhardiner, der sich über eine Familie hermacht? Cujo? Wo ist sie denn bloß?

Åsa setzt sich ein wenig auf und tätschelt dem Riesenköter den enormen Kopf. Rosa Spielsachen über das ganze Zimmer verteilt. Eimer, Körbe, Kisten, Schubladen, alles proppenvoll mit Spielsachen. Auch der Fußboden. Barbies mit Kurzhaarschnitt, Bären mit Windeln, Schminkpuppen, die von altem Puder ganz grau im Gesicht sind, Stockbetten. Lena!

Sie ist bei Lena. Cujo ist Vincent. Natürlich. Im unteren Bett schläft Vilda. Ihr blondes, dünnes Haar ist wie ein struppiger Fächer über das Kissen ausgebreitet. Die Wangen noch warm vom Schlaf. Der Daumen im Mund.

Aus dem oberen Bett ragt Englas Bein.

Åsa lässt sich wieder auf ihre Matratze vor dem Etagenbett sinken. Comicbettwäsche mit einem riesigen, hässlich grünen Monster. Die Sonne scheint ins Fenster und wärmt ihr Gesicht. Ein warmer Strahl, der sich wie eine Lammfelldecke über die Wangen legt. Sonne? Wollte Lena nicht alle schon um sieben Uhr wecken?

Åsa setzt sich auf und schaut auf die Uhr. Halb neun. Halb neun!

Im ganzen Haus ist es, abgesehen von dem sabberigen Atem des hungrigen Hundes, unnatürlich still. Es war Lena gestern so wichtig gewesen, dass alle rechtzeitig ins Bett gingen. Noch vor zehn Uhr waren sogar Åsa und Robert im Bett. Lena war sehr erregt, verschwitzt und gehetzt gewesen.

Aber als alle in ihren Betten lagen, hat sie lange bei ihren

Kindern gesessen. Hat sie gestreichelt und geküsst. Hat ihnen süße Worte zugeflüstert. Fast so wie früher. Erst der Stress. Als Josefine noch fernsehen wollte und überhaupt keine Lust hatte, ins Bett zu gehen, ist Lena fast ausgeflippt. Dabei war es gerade erst neun Uhr – welcher Teenager geht denn so früh ins Bett? Und als endlich alle mit einigermaßen sauberen Händen und geputzten Zähnen im Bett lagen, da überfiel Lena die große Zärtlichkeit.

Aber nun ist es halb neun morgens, und alle scheinen tief und fest zu schlafen. Åsa hebt vorsichtig die Comicdecke und schleicht zum Schlafzimmer von Lena und Robert. Ob sie verschlafen haben?

Sie steigt über Wäscheberge und Kaninchen. Schaut vorsichtig ins Schlafzimmer. Leer. Keine Lena, kein Robert. Wo zum Teufel …

Schnell läuft sie die kleine Dachbodentreppe hinauf und öffnet die Tür zu Josefines Zimmer einen Spalt weit. Es ist stockdunkel, ein großes schwarzes Stück Stoff ist vor das Fenster genagelt. Ein schwaches Atmen ist zu hören. Also … Die Treppe wieder runter und in Hampus' Zimmer. Der Kleine liegt in Bob-der-Baumeister-Bettwäsche mit einem Plüsch-Stitch im Arm. Im Erdgeschoss hüpfen ein paar Kaninchen lahm herum. Zwei Katzen springen von ihren Schlafplätzen auf und jagen laut jammernd zu den leeren Fressnäpfen. Mit aufforderndem Blick stupsen sie ihre Nasen an die Packung mit Trockenfutter. Åsa schüttet ein wenig davon in die Näpfe, und sie fangen sofort an, es in sich hineinzuschlingen.

Wo ist Lena? Auf dem Tisch stehen Reste vom Abendessen. Offenbar hat Robert für die Kinder Makkaroni gemacht und … und ja, irgendetwas hat er auch gebraten. Benutzte Teller, Gläser und auf dem Wachstuch festgetrocknete Makkaroni. Und ein Brief. Ein weißer Umschlag steht an eine Milchpackung gelehnt, »Robert« steht darauf. Er scheint ihn nicht gesehen zu haben, als er heute früh gegangen ist.

Åsa denkt kurz nach, und dann nimmt sie eines der ketchuproten Messer und schlitzt den Umschlag auf.

Robert, ich weine, während ich das hier schreibe. Es fällt mir nicht leicht. Aber ich habe keine andere Wahl. Ich muss gehen. Ich halte es nicht länger aus, ich will einfach nur sterben. Aber ich kann nicht sterben. Ich habe vier Kinder, da darf man nicht sterben. Aber ich weiß auch nicht, wie ich es schaffen soll weiterzuleben. Ich muss es versuchen. Es gibt viele Gründe, warum ich gehe. Vor allem ist es wohl meine einzige Alternative. Robert, alles ist so finster! Verstehst du das? Ich sehe nichts mehr außer einem großen schwarzen Loch! Ich muss mich retten!

Jetzt musst du dich um alles kümmern. Um deine Kinder, um dein Haus. Du musst dafür sorgen, dass sich jemand anders um deine Firma kümmert. Oder dafür sorgen, dass sich jemand anders um deine Kinder kümmert. Du entscheidest. Nein, es fällt mir nicht leicht. Ich liebe meine Kinder. Vielleicht liebe ich dich, ich weiß es nicht. Aber ich habe das Gefühl, als wäre ich alleinerziehend. Als ob immer alle Verantwortung auf mir ruhen würde. Ich habe in der letzten Zeit um Hilfe gerufen, ich habe aufgehört zu waschen, zu spülen, und zu Hause ist es ganz schrecklich geworden. Alles, was du gemacht hast, war, Fanny anzurufen. Die hierhergekommen ist und die Videofilme falsch nach dem Alphabet sortiert hat.

Jetzt höre ich auf, um Hilfe zu rufen, jetzt gehe ich. Der Teufel hole dich, wenn du dich nicht ordentlich um unsere Kinder kümmerst! Ich weiß nicht, was aus uns beiden werden wird, vielleicht weißt du es auch nicht. Darüber muss ich nachdenken. Aber ich lebe lieber richtig allein als allein mit dir. Dann weiß ich wenigstens, woran ich bin.

Ich lasse von mir hören. Sag den Kindern, dass ich sie liebe. Jeden Abend!

PS: Vilda hat am Mittwoch Schulausflug – mit Proviant. Engla hat dienstags und donnerstags Sport, vergiss das Handtuch nicht. Josefine soll ihre Hausaufgaben machen, nicht schwänzen und nicht bei Fredrik übernachten. Die Tagesstätte von Hampus macht um 17.30 Uhr zu. Du musst ihn pünktlich abholen, sonst gibt es Ärger.

Lena

Mein Gott. Åsa betrachtet noch einmal den Brief. Die krakelige Handschrift. Krakelig und Zeile für Zeile immer kleiner werdend. Und schief. Sie muss es eilig gehabt haben. Sollten deshalb alle schon schlafen gehen? Musste sie einen Zug erreichen? Ein Flugzeug? Aber … wie …

»Verdammt! Warum hat mich niemand geweckt?«

Josefines heisere Stimme schallt durch das Haus. Schnell stopft Åsa den Brief in die Makkaronischachtel und fängt an, die festgeklebten Teller vom Tischtuch zu lösen.

»Wie – abgehauen?«, brüllt Marie ins Telefon.

»Sie ist abgehauen. Offenbar hat sie eine Tasche gepackt und ist irgendwohin gefahren. Ich weiß es nicht!«

»Wie jetzt? Sie hat alle ihre Kinder zurückgelassen?«

»Ja. Aber die haben ja auch noch einen Vater.«

Marie lehnt sich an die ochsenblutrote Scheunenwand und raucht. Das morgendliche Melken ist erledigt, zusammen mit den Aushilfen ging das richtig flott. Frühstück intus, und wenn man je eine Zigarette verdient hat, dann ist dies der richtige Augenblick.

Am anderen Ende der Leitung marschiert Åsa mit ihrem Handy auf Roberts Tankstelle zu, den Brief in der Jackentasche. Die Kinder hat sie mit etwas Frühstück im Bauch in Tagesstätte und Schule abgeliefert. Den Blick auf die Tankstelle gerichtet, nimmt sie das Telefon ans andere Ohr.

»Egal, jedenfalls ist sie abgehauen, und ich weiß nicht, wohin. Sie geht nicht ans Telefon. Was sollen wir tun?«

»Was heißt hier wir? Ich werde in ein paar Stunden in die Stadt zurückfahren, das werde ich tun. Ich habe diese Woche wirklich meinen Teil erledigt.«

»Aber du kannst Mama doch nicht alleinlassen.«

»Was heißt hier alleinlassen? Du solltest doch herkommen!«

»Aber jetzt ist Lena abgehauen, und ich kann doch die Kinder nicht ...«

»Die haben doch ihren *Vater*, das hast du eben selbst gesagt! Der kann ja wohl auch mal etwas Verantwortung übernehmen. Oder was denkst du? Dass die Kinder verhungern, wenn er sich mal um den ganzen Mist kümmert?«

»Nein, also ... Robert hat doch seinen Laden, der kann nicht von einem Augenblick auf den nächsten alles stehen und liegen lassen, und für die Kinder ist es ein Trauma, dass Lena einfach abgehauen ist. Mein Gott, wie soll ich denen das erklären?«

»Sag einfach, dass sie in Urlaub ist und bald wieder nach Hause kommt.«

»Ja, ich glaube, so was Ähnliches habe ich auch gesagt ...«

»Also, ich muss auf jeden Fall heute Abend nach Hause, wenn ich noch länger von der Arbeit wegbleibe, dann übernimmt irgendeine Halbwüchsige meinen Job.«

»Das heißt, du haust einfach ab?«

»Was Lena kann, kann ich auch. Der Hof liegt doch nicht in meiner Verantwortung. Ich habe mein eigenes Leben.«

»Jetzt bist du aber egoistisch, Marie. Lena war total am Ende! Und du hast doch wohl das verdammte Recht, mal freizunehmen! Und was heißt eigentlich, nicht deine Verantwortung? Wann übernimmst du denn Verantwortung?«

»Ich will aber nicht!«

»Dann nimm Mama mit.«

»In die Stadt?«

»Ja.«

»Machst du Witze? Die kommt ja schon auf Entzug, wenn sie zum Coop nach Redäng fährt.«

»Nimm sie mit! Dann helfe ich Robert und den Kindern. Ich kann ein bisschen abends arbeiten, das geht schon. Eine Woche zumindest.«

»Nein, nein, nein, das geht nicht.«

»Hör mal zu, Marie.«

Åsa bleibt stehen. Lehnt sich an einen Gartenzaun und schubbert mit den Schuhen über den Asphalt. Noch fünfzig Meter bis zu Roberts Tankstelle. Åsa atmet heftig, ein und aus. Jetzt ganz ruhig. Ganz ruhig. Nicht schreien, nur erklären.

»Du bist immer abgehauen. Immer! Aus der Zeit, als wir klein waren, erinnere ich mich hauptsächlich an deinen Rücken. Ehrlich! Deinen Rücken, wenn du wegläufst, dich drückst. Aber diesmal drückst du dich nicht, hörst du? Jetzt kümmerst du dich um Mama! Das geht nicht anders. Ich helfe Lenas Kindern, du hilfst Mama. Dann kommt Lena zurück, Mama geht es besser, und alles wird wieder gut.«

»Wieder gut? Ich ahne schon, wie es werden wird. Ich werde wieder nach Solvändan ziehen und eine verdammte Milchbäuerin werden, oder Mama wird in eine kleine Einzimmerwohnung in Uppsala ziehen und kreuzunglücklich sein. Verdammte Scheiße! Es wird nicht wieder gut! Papa ist tot, und das war's!«

Marie drückt das Gespräch weg. Schmeißt die Kippe auf den gefrorenen Misthaufen und zündet sich im selben Atemzug eine neue an. Drei schnelle, tiefe Züge. Tief runter in die Lungen.

Warum musstest du sterben, Papa? Hättest du nicht im Auto am Steuer sitzen können, mit Mama neben dir, als du diesen Herzinfarkt bekommen hast? Dass ihr wenigstens gemeinsam hättet sterben können? Damit Mama nicht allein bleibt? So verdammt allein?

Marie tritt fest gegen die Stallwand, von drinnen antworten muhend ein paar Kühe. Kalt ist es auch. Dieser verdammte Overall. Rolfs dünner Melkoverall. Mit steifen Fingern versucht sie, die Knöpfe über der Brust zu schließen, aber sie poppen andauernd wieder auf. Was ist denn das hier für eine Scheiße? Können die nicht mal passende Melkoveralls für Silikontitten nähen? Sie tritt ein letztes Mal gegen die Stallwand und stiefelt dann wütend zum Wohnhaus.

Wie lange hat sie wohl geschlafen? Lena schaut auf ihr Handy. Halb zwölf. Dann muss sie … dreizehn Stunden geschlafen haben. Sie schließt wieder die Augen. Sie könnte leicht weitere dreizehn Stunden schlafen. Und noch mal. Und noch mal.

Sie hat noch immer ihre Kleider an. Die dicke Kapuzenjacke, die Regenjacke, die Jogginghosen und die Baumwollsocken. Sie reibt die Füße gegeneinander, ein klein wenig kommt der Kreislauf in Gang. Träge zieht sie die Decke bis zum Kinn und schaut sich mit halb zusammengekniffenen Augen im Zimmer um. Die Rollos sind dunkelblau, sodass der ganze Raum in einem gedämpften Schimmer liegt. Ein typisches Jungenzimmer. Stahlrohrbett, Hockeyshirts an die Wand genagelt, kleine Wimpel von den örtlichen Hockeymannschaften, an der Wand entlang eine Pyramide aus Coladosen, stapelweise Comics unter dem Bett, auf dem Schreibtisch ein Computer, Kopfhörer und massenhaft Spiele. Lena schließt wieder die Augen.

Es war nicht leicht gestern. Sie war alles so leid, die Kinder, die Tiere, Robert und dann dieses Haus, das niemals sauber wird. So abgrundtief und grausam leid.

Aber als sie den Kindern Gute Nacht sagte, als sie deren süße Gerüche einsog, ein wenig muffig, aber süß. Als sie ihre Gerüche verspürte, da wurde alles so schwer. Als sie ihre kleinen, rauen Herbstwangen streichelte. Das Glitzern in ihren Augen, als sie sich noch einmal auf ihre Bettkante setzte und nicht gleich wieder runterlief, weil endlich Abend war und sie eine Weile ihre Ruhe haben und mittelmäßige Fernsehserien schauen wollte.

Hampus, der davon erzählte, dass sie jetzt in der Tagesstätte Südschwedischunterricht hätten. Er muss gehört haben, wie Josefine vom Englischunterricht erzählte, und dann wollte er natürlich auch eine Sprache lernen. Eben Südschwedisch. Vilda, die das Alphabet vor und zurück aufsagte. Josefine wollte nicht reden, sondern drehte sich schweigend zur Wand und war sauer, weil sie sich nicht die Wiederholung von »Superstar« ansehen durfte. Engla, die still und feierlich berichtete, dass Gott zu ihr gesagt habe, sie müsse viermal täglich beten, sonst wäre er böse auf sie. Spricht sie wirklich mit Gott? Lena hatte es nicht bemerkt, sie hatte gar nichts bemerkt. Hatte einfach nur gekämpft. Aber jetzt mag sie nicht mehr kämpfen. Jetzt will sie nur noch schlafen.

Von jedem ihrer Kinder hat sie ein Kleidungsstück mitgenommen. Erst hat sie von den wenigen sauberen Kleidern welche eingepackt. Aber die rochen ja nur nach Waschmittel und nicht nach ihren eigenen wunderbaren Kindern. Also hat sie in der Schmutzwäsche auf dem Sofa gewühlt. Hat Vildas rosafarbenen Pullover eingepackt, Englas Latzhose mit den Grasflecken auf den Knien, Hampus' winzigen Schlafanzug und Josefines Handballhemd. Von Roberts Wäsche hat sie nichts mitgenommen.

Sie muss nachdenken. Über das Leben. Worauf läuft es hinaus? Wie soll es weitergehen? Wie wird es ausgehen? Also, noch vor dem Tod. Wie wird es ausgehen, ehe es ganz vorbei ist? Die Kinder ... Mein Gott. Sie hat ihre Kinder verlassen! Was sie wohl gerade machen? Angenommen, Robert hat den Brief nicht gesehen? Bestimmt hat er das nicht. Deshalb wollte sie ja, dass Åsa bei ihnen übernachtet. Åsa übersieht nichts. Åsa wird sie in die Tagesstätte und in die Schule bringen. Åsa wird mit Robert reden. Die Kinder mögen Åsa. Die Kinder mögen ... die Kinder ...

Und dann schläft sie wieder ein. Fällt in einen schwarzen, tiefen und ruhigen Schlaf.

»Mama?«

Marie klopft Irene vorsichtig auf die Schulter. Sie schläft in dem braunen Fernsehsessel. Unregelmäßige Atemzüge. Gar nicht so harmonisch, wie Irene sonst immer schlief. Irene mit all ihren Gesichtscremes, ein Relikt aus ihrer Zeit als Friseurin. Gesichtswasser mit Rosenduft, Reinigungscremes, Nachtcremes, Faltencremes, Handcremes, Fußspray, Glätteisen und verschiedene Arten von Zerstäubern. Der Schrank im oberen Bad ist riesig und bis auf wenige Quadratzentimeter, die für Rolfs Deo und sein Aftershave reserviert waren, mit Irenes Sachen vollgestellt.

Marie betrachtet die Haut ihrer Mutter. Wie feines, weiches Nappaleder. Schwach goldbraun, feine Falten, die Wangen gerötet, aber eingesunken. Eigentlich wollte Mama eine Herbstdiät machen. Nun, das ist ihr immerhin gelungen. In den Wochen seit Rolfs Tod hat sie bestimmt zehn Kilo verloren. Die Trauer verbrennt das Fett besser als alle Diäten der Welt.

»Mama?«

Irene zuckt zusammen, starrt erst ein wenig blind um sich und entdeckt dann Marie. Frisch geduscht nach dem Melken, ungeschminkt, das lange blonde Haar zu einem feuchten Knoten mitten auf dem Kopf geschlungen (das gibt ein besonders gutes Volumen, wenn man ihn später aufmacht), Rolfs alte, kükengelbe fusselige Jogginghose (mit der sie ihn immer aufgezogen haben: wer trägt schon eine kükengelbe Jogginghose mit der Aufschrift »London, Paris, New York, Borgholm« – die heißesten Städte der Welt auf der coolsten Hose der Welt?) und ein enges rosafarbenes T-Shirt mit dem Aufdruck »Don't fuck with the bitch« über der Brust.

»Oje, wie spät ist es? Habe ich lange geschlafen?«

»Weiß nicht, ein paar Stunden vielleicht.«

»Und wie lief es mit dem Melken?«

»Gut. Majvor 23 hat vielleicht eine Mastitis. Das Kälbchen von Sigbritt 27 ist jetzt bei den anderen Kälbern, das ging ganz prima. Aber Sigbritt ist ein wenig unruhig. Sieben Kühe sind brünstig, ich werde sie heute Abend inseminieren. Ansonsten ist alles wie immer. Die Aushilfen kümmern sich um das meiste.«

»Ach, was wird nur aus dem Hof, Marie, was wird nur ... mein Gott.«

Irene drückt die Handflächen aufs Gesicht. Verharrt so eine Weile. Als würde sie versuchen, Kraft zu schöpfen. Sie angelt ein steifes Taschentuch aus der Tasche und schnäuzt sich.

»Auch die Sache mit dem Hof macht mir solchen Kummer. Nicht nur das mit Papa. Am meisten natürlich das mit Papa, aber auch der Hof. Ich kann mir nicht leisten, jemanden einzustellen, und ich kann auch nicht für mehrere Jahre Aushilfen bestellen, und die Hilfe der Nachbarn kann ich ja auch nicht ewig beanspruchen. Mein Gott.«

»Das wird schon, Mama. Wir haben die Aushilfen ja verlängert, die hast du jetzt bist zur Beerdigung und noch ein paar Wochen darüber hinaus. Dann wird sich schon alles regeln, denk einfach nicht daran. Uns wird schon was einfallen.«

»Aber wie soll es denn gehen, Marie, Liebes? Willst du etwa wieder hier arbeiten? Nein, das kann ich mir nicht denken. Und Åsa hat nicht das Händchen für diese Arbeit, dazu ist sie nicht kräftig genug. Und Lena hat genug mit den Kindern und Robert, nein, das geht nicht. Mein Gott.«

»Apropos Lena. Åsa hat mich gerade angerufen.«

»Ja, wollte sie nicht herkommen?«

»Doch, aber ... sieht so aus, als sei Lena abgehauen.«

»Nein. Was?«

»Also, irgendwohin abgehauen. Åsa hat einen Brief gefunden, sieht nicht so aus, als käme sie zurück. Sie sei alles so leid und würde es nicht mehr packen.«

»Abgehauen? Wohin denn?«

»Keine Ahnung. Davon hat sie nichts geschrieben.«

»Ja, aber ... mein Gott ... Die Kinder, wie soll es denn mit den Kindern gehen, und jetzt, wo ich nicht mithelfen kann ... Sie kann doch nicht einfach abhauen, das ist doch verrückt.«

Irene legt ihr Gesicht in die Hände. Kein Weinen. Nur ein stilles Jammern. Oje, oje. Über Kinder, Enkelkinder, Kühe und den Hof. Und über Rolf. Marie streichelt ihrer Mutter ein wenig unbeholfen über die Schultern. Massiert sie. Massieren ist leichter als umarmen. Massieren ist aktiv, man tut etwas, steht nicht nur da und ... und umarmt jemanden. Marie beginnt, die Schultern ihrer Mutter zu kneten. Irene entspannt sich ein wenig. Lehnt ihren Kopf an die Lehne des Sessels. Im Massieren war Marie schon immer gut. Sie hat lange, starke Finger. Mit ausreichend Druck. Irenes Muskeln fühlen sich wie Ziegelsteine an. Hart, stumm, tot. Marie rollt sie in ihren Händen. Irene lächelt ein wenig. Marie knetet weiter. Ihre Hände wandern zu Irenes Kopf hinauf. Mit ihren langen Nägeln massiert sie ihre Kopfhaut.

»Komm doch mit mir nach Hause.«

»Was? Nach Stockholm?«

Irene reißt die Augen auf. Wow, die erste direkte Reaktion seit Rolfs Tod. Das ist immerhin etwas.

»Ja, wäre das nicht schön? Die Aushilfen können sich doch um den Hof kümmern, und du kommst mit mir nach Hause. Ich arbeite schließlich nur nachts, dann können wir tagsüber etwas unternehmen oder es einfach nur ruhig angehen lassen. Ich kann dich massieren und ein bisschen kochen.«

»Kochen? Du?«

»Nein, aber ich kann vielleicht was Leckeres holen. Von irgendeinem Restaurant.«

»Das ist eine schöne Idee, Marie, aber ich weiß nicht recht. Ich weiß gar nichts. Irgendwie ist mir alles egal. Ich kann zu Hause sein oder auf dem Mond, es kümmert mich nicht. Deine kleine Wohnung ist nicht besser oder schlechter als alles andere …«

»Dann kommst du mit mir. Ich entscheide das.«

13

Vor drei Tagen ist Lena weggegangen. Seine Frau. Die Frau, die ein kleines, albernes, aber sehr süßes Krönchen auf dem Kopf hatte, als sie heirateten. Die ihm Liebe schwor, bis dass der Tod euch scheidet. Deren Hand er gehalten hat, als sie ihre drei gemeinsamen Kinder gebar. Die zu versorgen er sich den Arsch aufgerissen hat. Als Lena eine Veranda wollte, hat er eine Veranda gebaut. Als Lena ein drittes Kind mit ihm wollte, ja, da hat er auch das erledigt. Er liebt sie schließlich!

Und dann haut sie ab. Einfach so. Weg ist sie. Wohin? Wie lange? Warum? Worauf soll man sich jetzt einrichten? Ein ganz neues Leben oder nur ein Wochenende ohne Lena? Wie, zum Teufel, soll man …

Sie wird zurückkommen! Sie kann ja gar nicht anders. Das geht einfach nicht. Eine Woche, und dann steht sie wieder in der Tür. Er wird nett zu ihr sein. Ihr verzeihen und nett sein. Kein vorwurfsvolles Wort wird ihm über die Lippen kommen. Er wird einfach nur in dem frisch geputzten Haus stehen, die Wäsche gewaschen und zusammengelegt und die Kinder satt, und sagen: »Willkommen zu Hause, Liebling!«

Keine Bitterkeit. Oder …

Robert sieht aus dem Fenster, das zur Tankstelle hinausgeht. Zwei Plastikblumen, die niemals welken, sondern nur in ihren weißen Plastikvasen vor sich hin stauben. Eine alberne Uhr in Form eines alten Volvo Duett. Tragisch hässliche Gardinen. Hingen die nicht schon da, als er die Tanke gekauft hat? Verdammt. *Verdammt!* Man kann doch einen Menschen, den man geheiratet hat, nicht einfach verlassen. Nicht einfach gehen und ihn mit allen Kindern und Kaninchen und dem ganzen Mist alleinlassen! Als Lenas Seite des Bettes heute Morgen leer war, da wollte er es nicht begreifen. Er dachte, sie hätte sich zu Vilda ins Bett gelegt und sie nach einem Albtraum oder so getröstet. Er ahnte ja nicht, dass sie abgehauen war. Ihn alleingelassen hatte.

Ob er etwas kaputt hauen sollte? Macht man das? Oder schreit man laut und heult wie ein Wahnsinniger? Was macht man, wenn man verlassen wird? Sitzt man vielleicht einfach nur auf seinem Bürostuhl und starrt vor sich hin? Beißt die Zähne zusammen?

Es ist nicht nur Lenas Schuld, dass sie gegangen ist. Vielleicht hat Robert nicht ... gerade viel mitgeholfen. Vielleicht hätte er die Kinder etwas öfter in die Tagesstätte bringen sollen. Manchmal putzen und Wäsche aufhängen. Aber das alles ist so ... so unendlich öde, und sie macht es so viel besser als er.

Irgendjemand muss doch wissen, wo sie ist. Åsa? Aber Lena geht nicht ran, wenn sie auf ihrem Handy anrufen. Geht gar nicht ans Telefon. Robert sinkt ein Stück tiefer in seinen Bürostuhl. Er starrt vor sich hin. Vergisst zu blinzeln. Die Augen werden trocken. Knochentrocken. Blinzel, blinzel. Ja, da ist etwas Flüssigkeit in den Augen. Sie wird zurückkommen. Sie liebt ihn. Sie liebt die Kinder. Kopf hoch, verdammt noch mal.

Robert schlägt sich mit seinen großen, öligen Händen entschlossen auf die Knie. Und dann sitzt er doch wieder nur da. Dreht auf dem Bürostuhl ein wenig hin und her.

Åsa macht es übrigens verdammt gut. In zwei Tagen hatte sie das ganze Haus aufgeräumt. Die Wäsche nach Farben sortiert und dann gewaschen. Tag und Nacht dröhnen Waschmaschine und Trockner unten aus dem Keller. Die Haare der Kinder sind gekämmt. Josefine hat neue Sportklamotten bekommen: eine schicke Sporthose und richtig tolle Schuhe. Und für die Kleinen hat sie ein paar Spielsachen gekauft und offenbar erzählt, die seien von Lena. Großzügig. Wirklich stilvoll und nett. Wenn Åsa nicht gewesen wäre ... nein, das kann man sich nicht einmal vorstellen.

Manchmal ist es schon ein wenig komisch. Mit ihr allein zu sein. Nicht völlig entspannt. Aber die Situation ist ja sowieso gespannt wie ein Flitzebogen. Wo Lena Hals über Kopf verschwunden ist. Doch es gibt da noch eine andere Spannung. Åsa ist nett. Wenn sie so im Haus herumwirtschaftet und mit den Kindern spielt und dann vor ihm steht, wenn er nach Hause kommt, und ihr stilles Lächeln lächelt, dann ist er ... dankbar. Und froh, obwohl er traurig ist.

Wie kann Lena nur einfach so abhauen? Verdammt noch mal, was ist denn los mit ihr, dass sie einfach nur verschwindet, ohne auch zu sagen, wohin? Warum in aller Welt hat sie nicht gesagt, dass sie nicht mehr kann und dass sie völlig am Ende ist? Da hätte man doch was tun können! Die Kinder sind völlig durch den Wind. Erst der Opa, und jetzt irgendwie auch noch die Mama.

Die Kinder glauben, Lena sei auf Mallorca und ruhe sich nur ein wenig aus. Vielleicht stimmt das ja auch. Wahrscheinlich sogar. Das Geld für die Badrenovierung ist nämlich weg, vielleicht hat sie sich davon eine Charterreise gekauft. Aber das wird er ihr niemals zum Vorwurf machen. Niemals. Und vielleicht ist es gar nicht mal so schlecht. Lena kann sich im Sonnenstuhl auf einer Ferieninsel ausruhen, Åsa darf ein wenig Mama spielen und das Haus in Topform bringen. Wenn Lena nur nichts zustößt. Wenn sie nur nach Hause kommt.

Und wenn Lena wiederkommt, dann sind alle ausgeruht. Wenn Lena wiederkommt, wird Robert mehr mithelfen.

Robert steht auf und geht in die Werkstatt, um sich mal den Renault anzuschauen.

»Frühstück!«

Conny klopft vorsichtig an der Tür, macht sie einen Spalt auf und schaut in das Jungenzimmer. Lena liegt wie eine kleine, nein, wie eine große Kohlroulade im Bett. Zumindest hat sie jetzt ihre Kleider ausgezogen und liegt in Connys altem Schlafanzug unter der Decke. Schläft fest. Den vierten Tag schon. Leise tappt Conny zum Bett, stellt das Tablett auf den Nachttisch und setzt sich auf die Bettkante.

»Lena? Du musst mal was essen.«

Als wäre sie ein kleines Tier, ein sehr, sehr lichtscheuer Maulwurf mit zitternder Nase, öffnet sie ein Auge einen Spalt weit. Das andere ist völlig zu. Das kleine Auge fixiert Conny. Sie lächelt und fängt an, auch das andere aufzumachen.

»Sieh mal! Guten Morgen, es ist gleich elf Uhr.«

Lena streckt sich in der Kohlroulade. Wackelt ein wenig mit den Zehen, macht Arme und Beine lang, sodass es knackt. Die Kinder. Sie sitzen in der Ecke ihres Augapfels und winken ihr zu, sowie sie wach wird. Manchmal weinen sie da drinnen im Augapfel, manchmal spielen sie mit Robert Monopoly, und es geht ihnen gut, aber die meiste Zeit sehen sie einfach nur unendlich traurig aus.

»Selber Guten Morgen. Kriege ich wieder Frühstück ans Bett?«

»Ja, wenn Lena nicht zum Frühstück kommt, dann muss das Frühstück zu Lena kommen. Dasselbe gilt für Mittagessen, Abendbrot und Kaffee.«

Conny lächelt breit mit seinem großzügigen Mund. Unter all den rascheligen Eismannjacken ist er sehr dünn. Mager. Munter wie ein Junge, aber trotzdem ein Mann. Vorsichtig stellt er ihr das Tablett auf den Schoß und schiebt ihr ein Brot rüber. Lena lächelt müde.

»Warum bist du so nett zu mir?«

Sie zwängt ihren rechten Arm aus der Kohlroulade und nimmt sich eins der Käsebrote mit Paprikaringen drauf. Rein mit dem Brot in die Kohlroulade. Der Maulwurf will seine Beute in Abgeschiedenheit zu sich nehmen.

»Warum nicht?«

»Aber du kennst mich doch gar nicht.«

»Und du kennst mich auch nicht.«

»Hör mal, du bist richtig nett.«

»Vielleicht. Und du bist müde.«

»Hmm.«

»Und ich habe zu dir gesagt, dass du anrufen kannst, wann du willst, und genau das hast du getan.«

Lena nimmt einen großen Bissen von dem Brot, streckt sich nach der Kaffeetasse und nimmt einen Schluck. Dampfend, stark und süß. Ja, sie hat ihn angerufen. Am Abend. Als alle im Bett waren. Nachdem sie alle ihre Kinder geküsst hatte. Dafür gesorgt hatte, dass Åsa da war, und dann den Brief geschrieben hatte. Das war auf eine seltsame und zugleich rebellische Art schön. Anstatt Roberts Makkaroni-Abendessen aufzuräumen, einfach nur einen Brief zu schreiben, ihn an die Milchpackung zu lehnen, die niemand in den Kühlschrank gestellt hatte, und dann abzuhauen. Nicht spülen, nicht sauer sein, einfach abhauen.

Und da hat sie Conny angerufen. Es gab niemand anders. Mama? Nein. Stina vom ICA? Nein. Camilla oder Bettan? Zwei geschwätzige Freundinnen? Nein. Und er hatte gesagt, dass sie ihn immer anrufen könne. Das hat sonst niemand gesagt. Und Conny zögerte nicht. Er ist einfach gekommen. Nicht mit dem Eisauto, sondern in einem alten, beigefarbenen Saab.

Sie ist den Kiesweg herunter bis zur Straße gegangen, hat Conny zugenickt und ihr eigenes Haus betrachtet, das hinter ihr immer kleiner wurde. Das war nicht rebellisch schön. Das war schrecklich. Die Kinder, die sie im letzten halben Jahr versucht hat, so oft wie möglich loszuwerden. Denen sie nicht mehr zuhören konnte, die sie nicht mehr umarmen wollte, die sie gestört haben, wenn sie mit offenem Mund kauten und das Essen mit den Fingern anstatt mit dem Besteck in sich hineinschaufelten, Kinder, die ihre Kleider einfach nur hinwerfen, ohne sie je wieder aufzuheben, Kinder, die sie am liebsten schlafend in ihren Betten haben wollte – zu denen wäre sie am liebsten zurückgerannt. Sie wollte die Tür des alten Saab aufreißen und nach Hause laufen. In Vildas Bett kriechen und ihren knochigen kleinen Körper an ihrem spüren.

Aber das hat sie nicht gemacht. Sie ist nirgendwohin gerannt. Sie ist einfach nur eingeschlafen. Im Auto. Als sei sie plötzlich apathisch geworden. Ist ein klein wenig aufgewacht, als Conny die Autotür aufgemacht und ihr in sein kleines Haus geholfen hat. Dann – alles schwarz.

Lena nimmt noch einen Schluck von dem heißen Kaffee mit viel zu viel Zucker drin.

»Wann kommt dein Sohn nach Hause? Ich meine, ich kann doch nicht die ganze Zeit hier herumliegen.«

»Er kommt erst nächste Woche. Und Elin auch. Das ist kein Problem, das kriegen wir schon hin.«

Lena lächelt dankbar. Nimmt noch einen Biss vom Käsebrot. Kaut ruhig. Mein Gott, wann hat sie eigentlich das letzte Mal in Ruhe gekaut? Das muss irgendwann Anfang der Neunzigerjahre gewesen sein, ehe sie Josefine bekam.

Die Kinder. Vier Tage ist es her, seit sie gefahren ist. So lange war sie noch nie von ihnen getrennt. Nicht einmal von Josefine. Lena sieht ihr Handy ausgeschaltet auf einem Comicheft liegen. Wie viele SMS wohl eingegangen sind? Wie viele Nachrichten sind wohl auf ihrer Mailbox? Nein, das geht nicht. Sie schafft es jetzt nicht, die Nachrichten abzuhören. Noch ist ja Åsa da. Eine Woche wollte sie auf Solvändan sein, da kann sie die Kinder mit hinnehmen, und dann können sie und Irene …

Noch ist es kein Problem. Aber wenn Åsa wieder nach Stockholm gefahren ist und Robert alles allein hinkriegen muss, dann könnte es Probleme geben. Aber er muss das tun, muss es hinkriegen! Er muss erschöpft aus der Werkstatt kommen und dann gleich anfangen zu kochen. Und nach dem Essen muss er spülen, nach dem Spülen werden die Kinder ferngesehen haben, und dann müssen sie sofort ins Bett. Alle müssen sie geputzte Zähne und saubere

Popos haben, Schlafanzüge anhaben und ins Bett gebracht werden. Wenn sie schlafen, kann er eine Maschine Wäsche anwerfen, Josefine bei den Hausaufgaben helfen und darf dann vor der Wiederholung irgendeiner Anwaltsserie einschlafen. Um sieben Stunden später aufzuwachen und alles wieder von vorne zu beginnen. Der arme Robert ...

Nein! Falsch gedacht, falsch gedacht, falsch gedacht! Er muss einem nicht leidtun. Er hat zehn Jahre lang ein verdammtes Luxusleben geführt. Konnte ohne Ende an seinen Autos rumschrauben, konnte auftauchen, wann immer er wollte, kriegte was zu essen, durfte die Kleider in den Wäschekorb schmeißen und dann ganz entspannt schlafen.

Arme Lena. Nein, dumme Lena. Dumme Lena, die nicht schon vorher abgehauen ist. Oder die nicht hätte abhauen müssen, wenn sie Robert in Sachen Haushalt gedrillt hätte. Was glauben die Männer eigentlich? Dass es reicht, einfach nur Sperma zu versprühen, und dann zur Arbeit gehen, um zurückzukommen, wenn es Zeit für die nächste Befruchtung ist? *Nein!*

Lena drückt aus reiner Wut auch noch das andere Käsebrot in sich hinein. Conny gießt ihr noch etwas Kaffee nach. Lächelt sein breites Lächeln und fährt sich ein paarmal mit der Hand durch das kurz geschnittene Haar.

»Okay. Gut ... ich muss jetzt los und aus dem Lager in der Stadt etwas Eis holen. Willst du mitkommen?«

Lena schüttelt den Kopf. Conny sitzt eine kleine Weile da, denkt nach, streicht Lena leicht über die Wange, betrachtet sie forschend, nimmt dann das Tablett und steht auf.

»Gut, dann fahre ich jetzt. Wir sehen uns heute Abend. Ich komme so gegen acht, denke ich. Abendessen bringe ich mit.«

Lena winkt ein wenig aus ihrer Kohlroulade, dreht sich um, sieht die Kinder auf ihrer Netzhaut mit Robert Monopoly spielen und schläft tief und fest ein.

Åsa steht im Keller und starrt verwirrt auf die Kühltruhe. Ein riesiges Gerät. Sieht aus wie ein protziger Amischlitten, pistaziengrün. Aber irgendetwas stimmt mit dieser Kühltruhe nicht. Sie ist völlig überfüllt. So voll, dass der Deckel nicht richtig schließt, und es ragen massenhaft Eiskartons heraus mit Eis am Stiel, Unmengen von Piggelineis, Eistüten, Eistorten und … etwas, was einmal Eis war, jetzt aber zu einer undefinierbaren Masse zusammengeschmolzen ist.

Warum hat Lena die ganze Kühltruhe voller Eis? Mehr Eis, als diese Truhe fassen kann?

Åsa geht in die Garage, klettert über alle Kisten und staubigen Sachen und findet schließlich unter der Werkbank eine schwarze Rolle Plastikmüllsäcke. Mit Handschuhen an den Händen wirft sie einen Karton nach dem anderen in die Tüte. Geschmolzenes und schlecht gewordenes Eis. Nogger, Eisboote, Drakulaeis, Bomben, Eistorten … es will kein Ende nehmen. Hatte sie irgendein Fest geplant? Oder ist das eine Art von Psychose? Das muss ja richtig viel Geld gekostet haben, und das, wo sie finanziell nicht so gut gestellt sind.

Ganz unten in der Truhe ist das Eis immer noch gefroren. Åsa stapelt die restlichen Kartons auf dem Boden der Truhe und schließt den Deckel richtig. Bindet den Müllsack zu. Sie muss Robert nach dem Eis fragen, er wird es schon wissen. Mit klappernden Holzschuhen schleppt sie den Müllsack die Kellertreppe hinauf.

Was hat sie geputzt! Es war so dermaßen dreckig, dass es richtig Spaß gemacht hat. Wenn man staubsaugt und es von dem ganzen Dreck nur so im Rohr rasselt, macht Putzen Spaß. Und außerdem musste sie nicht nachdenken. In diesen vier Tagen hat sie überhaupt nicht nachgedacht. Sie hat nicht an ihren Kinderwunsch gedacht, nicht an ihren Vater, nicht an ihren Job, nicht an ihre Mutter, nicht einmal an Adam hat sie gedacht. Sie hat einfach nur geputzt. Gesaugt, Wäsche zusammengelegt, gescheuert, gewischt, gespült, gewaschen, gekocht. Mit dem Körper gearbeitet.

Sie ist nach Uppsala gefahren und hat Kindersachen gekauft. Körbe voller Kleider bei H & M. Sie hat mit den ganzen Kinderklamotten in der Kassenschlange gestanden, als wäre sie eine Mutter. Als würde sie Kleider für ihre eigenen Kinder einkaufen. Die Kassiererin hat sie angeschaut und etwas davon geredet, dass die Kinder im Herbst so viel wachsen und dass man daran denken solle, Winteroveralls zu kaufen, denn im Nu sei der Winter da, und Åsa hat zustimmend genickt. Alle haben gedacht, sie würde für ihre eigenen Kinder einkaufen, sie hat nicht kinderlos ausgesehen, sondern wie die Mutter von vier Kindern. Eine Siegerin – keine Verliererin mit Zykluskalender. Sie hat es genossen, die viel zu kurzen Hosen und verwaschenen Pullover auszusortieren und die neuen Jeans, die Sportklamotten, die kleinen weißen Blusen, denen sie nicht widerstehen konnte, die neuen Strümpfe und die Unterhosen mit kleinen Fröschen drauf in die frisch geputzten Schränke zu legen.

Sie hat kaputtes Spielzeug weggeworfen und die Bettwäsche gewaschen. Hat die Erde der Zimmerpflanzen gewechselt, sie gedüngt und mit Stecken hochgebunden. Eine anständige Schließvorrichtung für den Kaninchenstall gebastelt, sodass Engla die Tiere nicht mehr ins Haus lassen kann. Und sie hat gekocht! Und das, wo Åsa sich sonst mit Dosensuppe begnügt. Nachdem sie Lenas altes Hauswirtschaftsbuch studiert hat, hat sie Essenslisten geschrieben. Den Kühlschrank mit Aufschnitt, riesigen Orangensafttüten, Joghurt, Fleisch und Käse befüllt. Als sie den Großeinkauf beim Coop gemacht hat, hat sich auch niemand gewundert. Sie hatte eine Familie, das konnte man doch sehen, wenn man nur in den supervollen Einkaufswagen geschaut hat. Es war wunderbar. Einfach nur mit praktischen Dingen zu arbeiten.

Ein klein wenig war ihr auch unwohl dabei, weil sie Robert so viel geholfen hat. Das hat sich Lena sicher nicht so gedacht. Dass sie abhaut, und ihre große Schwester macht stattdessen die Wäsche. Der Sinn der ganzen Aktion war ja, dass Robert anfängt zu waschen. Ja, ja. Åsa betrachtet das als Eingewöhnungsphase. Sie legt mal den Sumpf trocken und hinterlässt ein funktionierendes Zuhause, sodass Robert es zu Anfang ein wenig leichter hat. Damit die Kinder nicht zu kurz kommen. Er wird schon noch putzen, kochen und Kleider zusammenlegen müssen, seine Zeit wird kommen. In ein paar Tagen.

Åsa könnte sich gut vorstellen, Hausfrau zu sein. Von ihren Millionen zu leben und sich nur um ihre Kinder zu kümmern. Aber erst muss sie dafür sorgen, welche zu kriegen. Der Eisprung naht. Sie muss nach Hause. Nach Hause zu Adam.

Robert glaubt, dass Lena bald nach Hause kommt. Åsa bezweifelt das. Man spürt es irgendwie, dass sie richtig weg ist und nicht nur eine kleine Charterreise unternimmt. Wie oft hat Åsa sie nicht auf dem Handy angerufen. Zwanzigmal bestimmt. Keine Antwort. Sie hat ihr SMSe geschickt und gedacht, dass es Lena dann vielleicht leichterfallen würde zu antworten. Nein, keine Antwort. Aber Lena muss doch von sich hören lassen. Das geht gar nicht anders.

Åsa geht in den Garten hinaus und wirft die Mülltüte in ihr Auto. Wenn sie schon dabei ist, kann sie genauso gut eine Runde zum Müllplatz drehen.

Es war gar kein gutes Gefühl, Irene zu Hause zurückzulassen. Auf dem Sofa mit der amerikanischen Flaggendecke über den Beinen, dem Leopardenkissen im Nacken, Otto unter dem Arm und dem Fernseher vor der Nase. Auf dem Tisch hatte Maria eine Vesuvio aus Rockys Pizzeria, eine halbe Flasche Rotwein und etwas Käse aufgedeckt. Irene hatte sie nur angestarrt. Als wäre sie ein kleiner Marsmensch und zum ersten Mal auf Erdenbesuch. Diese bleiche, kleine Mama in dem großen, plüschigen Puffsofa. Und das Ölgemälde über dem Kopf. Led Zeppelin im Central Park 1972. Ein richtiges Kleinod, an das Marie über einen alten Roadie in der Bar rangekommen ist. Über Irenes sorgfältig gefärbtem kleinen Kopf sieht es überhaupt nicht so cool und strahlend aus wie sonst. Eigentlich sieht es ziemlich verkehrt aus. Irene auch. Verkehrt.

Marie hat Irene mehrere Male gezeigt, wie die Fernbedienung funktioniert, auf welchen Sendern alte Filme laufen, die Mama sicher gefallen würden. Aber Irene hat nicht zugehört. Sie hielt die Fernbedienung freundlich in der Hand, aber mehr war es nicht. Und so saß sie da, als Marie sie allein gelassen hat.

Was für eine beschissene Idee. Was für eine richtig verdammte Scheißidee, die Mutter von Solvändan mitzunehmen und sie in einer Einzimmerwohnung mit Schlafecke und Puffsofa auf Södermalm abzusetzen.

Marie radelt schneller. Es ist glatt. Der ganze Regen, der vorgestern runtergeschüttet kam, ist zu Eis gefroren. Sie wäre besser mit Schlittschuhen zur Arbeit gefahren. Und jetzt muss Marie zur Arbeit. Gestern war es offenbar das reine Elend. Sie hat ein paar Tage freigenommen. Wie alle anderen auch.

Doch wenn andere freinehmen, läuft trotzdem alles wie geschmiert. Marie schmeißt ihre Bar im Schlaf, wenn sie nur ein paar Aushilfen hat, die die Drecksarbeit machen. Dann kriegt sie das meiste allein hin, auch wenn es anstrengend ist. Man muss nur einen Gang höher schalten. Aber wenn Marie mal spontan ein paar Tage freinimmt, kracht der ganze Laden zusammen.

Gestern waren Linus, eine Aushilfe und Lisa allein in der Bar. Mein Gott, was hat Linus sich angestrengt, um noch zusätzliches Personal zu kriegen, aber vergeblich. Man kann also sagen, dass er praktisch den ganzen Job alleine gemacht hat. Lisa hat die meiste Zeit hinter dem Tresen gestanden und Pfefferminzmus und fette Limettenscheiben hergestellt. Die Aushilfe hat sich angestrengt, aber Linus hatte die ganze Zeit eine Person zu wenig. Die Kasse war schlecht gemacht, in der Bar oben standen noch leere Bierkisten, das Eis war nicht nachgefüllt, die Gläser schlampig in den Schrank gestellt, und um ein Haar hätte Marie telefonisch gekündigt. Nur die Müdigkeit hat sie davon abgehalten.

Eine deprimierte Mutter, eine entlaufene Schwester, ein toter Vater und dann auch noch arbeitslos, das wäre zu viel. Auch wenn ihr Gehalt nicht so toll ist wie die achtundzwanzigtausend von Lisa!

Marie tritt in die Pedale. Bringt sich auf dem letzten Stück zum Club auf vierzig Stundenkilometer. Rutscht in den Eingang und schließt ihr Fahrrad schnell an einem der kalten Fallrohre fest.

Sie ist richtig wütend.

14

»Lecker, Åsa. Wirklich!«

Robert schiebt den Teller von sich und wischt sich den Mund mit etwas Küchenpapier ab. Pasta Carbonara. Laut Hauswirtschaftsbuch leicht zuzubereiten. Den Schinken knusprig braten, Nudeln kochen, ein Eigelb und geriebenen Parmesankäse, dazu ein netter Rohkostsalat. Voilà. Vielleicht nicht ganz so lecker für Robert, der das Ganze erst drei Stunden nach der Zubereitung in der Mikrowelle aufgewärmt bekam. Aber dennoch.

Die Kinder schlafen schon, Åsa hat ihnen eine gefälschte Postkarte vorgelesen. Sie hat Lenas Handschrift nachgemacht und von schönen Badestränden geschrieben, und Mama sehnt sich nach euch und weiß nicht, wann sie nach Hause kommt, aber sie sollen es sich alle einfach nur gut gehen lassen. Eine Lüge. Ja. Aber Åsa kann nicht anders. Sie kann den Kindern nicht ins Gesicht sehen und ihnen sagen, dass ihre Mutter einfach abgehauen ist. Nicht einmal Josefine, die ihr die Mallorca-Geschichte nicht so richtig abzukaufen scheint.

Robert sieht auf. »Du hast es wirklich schön gemacht hier zu Hause. Ich möchte dir sagen, dass ich das wirklich sehr, sehr schätze.«

»Ist doch klar, dass ich dir und den Kindern helfe. Aber übermorgen fahre ich. Das weißt du, oder?«

»Na ja …«

Åsa steht auf und fängt an abzudecken. Robert reibt sich die Augen mit seinen schwarzen Fingerspitzen. Davon wird er schmutzig unter den Augen und sieht plötzlich sehr müde aus.

»Mein Gott, und was ist, wenn sie nicht nach Hause

kommt? Ich habe die ganze Zeit gedacht, na ja, wenn du fährst, dann kommt Lena.«

»An deiner Stelle würde ich nicht damit rechnen.«

Robert reibt sich noch mehr die Augen. Jetzt sieht er nicht nur müde aus, sondern eher schlimm krank. Er fährt sich mit den kräftigen Händen durchs Haar.

»Ich weiß nur nicht, wie das funktionieren soll. Wie ich es auch drehe und wende, kriege ich es nicht zusammen. Die Tanke muss laufen, ich muss da sein, und die Kinder brauchen Essen und alles und müssen ... Das geht nicht! Verdammt. Sag mal ehrlich, weißt du wirklich nicht, wo sie ist? Wenn du es weißt, musst du es mir sagen!«

»Wenn ich es wüsste, würde ich es dir sagen, versprochen. Ich habe keine Ahnung. Ich habe sie tausendmal angerufen, aber sie geht nicht ran.«

»Ich weiß. Ich habe es auch versucht. Zweitausend Mal.«

»Aber ich habe das Gefühl ... als würde sie eine Weile weg sein. Bestimmt kommt sie zurück, aber es wird wohl seine Zeit dauern. Ich glaube, dass du das hier hinkriegst, Robert.«

»Wie denn? Wie denn, zum Teufel?«

Åsa setzt sich an die Tisch. Sie streicht Robert leicht über den Arm. Seinen kräftigen, blond behaarten Unterarm. Robert sieht ihre Hand an. So klein und sanft. Computerfinger. Keine trockenen Stellen oder Schwielen. Er erinnert sich an diese Hände. Wie sie seine eigenen Hände wegschoben, als er als hitziger Vierzehnjähriger unter ihren Pullover wollte. Åsa legt ihre Hand zurück auf ihr eigenes Bein. Bohrt ihren Blick in Roberts.

»Versuch rationell vorzugehen. Krieg raus, wie viel ihr jeden Monat braucht. Für Haus, Essen, Strom und so weiter. Und dann vergleich es mit dem, was du als Gehalt aus deiner Tanke ziehst. Vielleicht gibt es Sachen, die du verkaufen oder reduzieren kannst. Zum Beispiel hast du eine Reihe von Autos, die du nicht benutzt. Verkauf sie! Kleider für die Kinder brauchst du eine Weile nicht zu kaufen, das habe ich erledigt, und das kann ich auch weiterhin machen ... Das macht mir einfach Spaß. Dann ersparst du dir ein paar Ausgaben. Verlass dich auf die Jungs auf der Tanke. Geh jeden Tag Punkt fünf Uhr nach Hause, und wenn du das tust, dann ergibt sich der Rest von selbst. Fanny kann ja vielleicht ein wenig putzen.«

»Um fünf Uhr nach Hause ... jeden Tag? Nein, das geht einfach nicht.«

»Warum nicht?«

»Weil ... Wer soll dann all die Autos reparieren, die wir bis fünf Uhr nicht geschafft haben?«

»Vielleicht einer deiner Angestellten? Oder du musst einfach mal sagen, dass du keine Aufträge mehr annehmen kannst. Es klingt doch auch gut, wenn man so gefragt ist!«

»Oder faul ... Ich bin der Beste von uns dreien, und wenn was schiefläuft, dann leidet unser Ruf darunter, und dann sind wir erledigt.«

»Glaube ich nicht.«

»Glaube ich aber doch!«

»Aber ich glaube es nicht. Du hast die einzige Tankstelle weit und breit, die Leute gehen doch nicht woandershin, nur weil einmal eine Kleinigkeit nicht klappt. Dazu sind sie zu faul. Und du hast einen guten Ruf!«

»Åsa, du begreifst das nicht. Davon verstehst du nichts.«

»Jetzt hör aber auf. Ich glaube, du verstehst hier was nicht. Man kann doch nicht jeden Abend bis zehn arbeiten, das ist doch absurd.«

Robert reibt sich wieder fest das Gesicht. Åsa steht auf und fängt an, den Tisch abzuwischen. Robert hebt seine Hände, damit sie überallhin kommen kann. Sein Geruch. Robert hat noch dasselbe Aftershave wie in der Oberstufe. Wenn sie die Augen schließt und den Geruch einsaugt, dann sieht sie immer sein Jungenzimmer vor sich. Und dass er so klein war. Er war irgendwie nicht richtig ausgewachsen. Klein, aber muskulös. Das ist er eigentlich immer noch. Also, klein. Nicht mehr so muskulös. Er ist nie richtig ausgewachsen. Weder mental noch körperlich. Aber er ist immer noch nett. Und süß. Auf seine rußige Tankstellenart.

Åsa spült den Wischlappen aus, riecht ein wenig daran, konstatiert einen säuerlichen Geruch und schmeißt ihn in die Mülltonne.

»Warum habt ihr eigentlich so viel Eis im Keller?«

»Eis? Wieso?«

»Ich war im Keller unten, und da quoll das Eis nur so aus der Tiefkühltruhe. Ich musste fast alles wegwerfen. Hattet ihr ein Fest oder so was geplant?«

»Ein Fest? Nein. Soll das heißen, dass die ganze Kühltruhe voller Eis war?«

»Mehr als voll.«

»Ach ja? Seltsam. Ich muss mal die Kinder fragen, vielleicht hatte es was mit der Schule zu tun. Aber wer kann das gekauft haben? Wir haben doch gar nicht so viel Geld ...«

Robert erhebt sich schwerfällig, streckt sich, der Pullover wandert hoch und entblößt einen Bauch mit blonden Haaren. Um ihn schwebt der Geruch von Benzin und diesem Aftershave. Åsa lehnt sich an die Spüle und schaut zu Robert. Sie muss innerlich lachen. Wie seltsam. Dass sie vor hundert Jahren mal ein Paar waren. Die Computer-Åsa und der Tankstellen-Robert. Kein Wunder, dass es in die Brüche ging, noch ehe es richtig angefangen hatte. Robert, der immer nur knutschen oder Fußball spielen wollte. Åsa, die am liebsten drinnen saß und versuchte, neue Codes für den Computer zu erfinden.

Åsa versinkt in Gedanken. Sie schwebt auf und davon in ihr kleines Zimmer auf Solvändan. Der schöne, riesige Computer, der wie eine Königskrone auf dem kleinen Schreibtisch thronte, den Rolf ihr getischlert hatte.

Robert streicht ihr ein wenig über die Schulter und lacht. Als hätte er ihre Gedanken gelesen.

»Jetzt stell dir vor, du hast schon mal in demselben Bett gelegen wie dieser Luxusbody! Was für ein Glückspilz du bist.« Robert grinst selbstkritisch und tätschelt sich den runden Bauch, der ein klein wenig zittert.

Åsa wacht auf, beugt sich verlegen hinunter und bindet die Mülltüte zusammen. Robert nimmt ihr die Tüte aus der Hand und wandert gemächlich zur Tür. Während er sich die Stiefel anzieht, ruft er in Richtung Küche: »Das heißt, du verlässt uns übermorgen?«

»Das muss ich.«

»Aber dann lade ich dich morgen Abend zum Essen ein. Wann kriegen die Kinder denn Hunger?«

»Na ja, so gegen halb sieben?«

»Dann essen wir morgen Abend um halb sieben. Ich hole etwas Fleisch bei Irene und Rolf. Oder bei Irene, besser gesagt.«

Lena hat ihre Mailbox abgehört. Massenhaft Nachrichten von Robert. Robert weint. Robert ist total wütend, Robert fleht, Robert weint wieder, Robert gleichgültig, Robert gemein, Robert zuckersüß. Massenhaft Nachrichten von Åsa. Ein paar halbherzige von Marie. Ein paar besorgte von Mama. Und dann eine letzte. Von Vilda. Vildas kleine Stimme. Die fragte, ob Lena es auch schön habe auf Mallorca. Ob sie ihr vielleicht eine schöne Kette mitbringen könne. Und dann: »Ich hab dich lieb, tschüs.« Da geht es nicht mehr. Lena wählt die Nummer von Åsa.

Åsa ist sofort nach dem ersten Klingeln am Telefon. Sobald sie die Stimme ihrer Schwester hört, fängt Lena an zu weinen. Sie sieht Åsa vor sich. In ihrem eigenen Zuhause. Mit ihren Kindern. Wie sie ihnen Gutenachtgeschichten vorliest, Essen kocht und … die Tränen laufen.

Aber Åsa versteht sie. Also hat sie erzählt. Ruhig. Wie gut alles läuft. Dass sie den Kindern Kleider gekauft, geputzt und aufgeräumt habe, die Tür zum Kaninchenstall repariert und dass Lena nach Hause kommen könne, alles sei jetzt in Ordnung.

Lena weint. Åsa will wissen, wo sie sei, damit sie die Kinder und Robert beruhigen könne. Gute Idee. Beruhigen. Lena hat ein wenig erzählt. Dass sie bei einem Freund wohnen würde, dass es nicht schlimm sei, dass sie nur allein sein und nachdenken müsse. Dass Robert lernen müsse, Vater zu sein. Dann legt sie auf und schaltet das Handy wieder aus.

Sechs Tage ist sie von zu Hause weg gewesen. Fünf Tage lang hat sie geschlafen, am sechsten ist sie aufgewacht.

Wie hat sie fünf Tage schlafen können? Fünf ganze Tage und Nächte? Manchmal hatte sie einen schwachen kleinen Traum von Papa. Rolf und die Kinder waren die Einzigen, die in ihrem Unterbewusstsein aufgetaucht sind.

Conny hat dreimal täglich vorsichtig angeklopft, ist mit dem Tablett hereingekommen und hat ein wenig geplaudert. Dann ist er wieder gegangen. Hat immer die Tür hinter sich zugemacht. Niemals irgendwelche Forderungen gestellt. Gestern lagen sogar ein paar frisch gewaschene Kleider auf ihrer Bettkante.

Conny. Ein Engel ohne Flügel. Aber mit Eis. Ein Engel ohne Heiligenschein. Aber mit einem großen Herzen, das da unter der neonfarbenen Rascheljacke schlägt. Vielleicht hat er ja doch ein paar Flügel darunter?

Lena streckt sich im Bett aus. Zieht die blaue Sternendecke ein wenig hoch und bohrt sich in das knisternde Daunenkissen. In ein paar Tagen kommen Connys Kinder nach Hause. Da kann sie nicht länger hier im Bett des Sohnes liegen. Dann wird er hier liegen und Comics lesen. Conny hat was davon gesagt, dass Lena ins Gästehäuschen draußen im Garten ziehen könne, aber … das fühlt sich nicht richtig an. Er hat zwei Kinder. Er hat ein eigenes Leben. Lena kann nicht einfach mit ihrer Angst hier einziehen und sich ein Nest bauen. Sie muss es lösen. Muss es selbst lösen. Conny ist zu nett. Er würde ihr niemals das

Gästehäuschen und ein tägliches Abendessen verweigern. Sie sollte ... Wenn sie noch ein klein wenig schläft ...

Sanft schließt sie die Augen. Nicht so schlagartig wie vorher. Jetzt ist es, als würde jemand an den Lidern ziehen und sie wieder aufmachen wollen. Die Kinder. Hampus, Vilda, Engla und Josefine. Sie zerren an ihren Augenlidern und schreien: »Du kannst nicht von zu Hause abhauen, um dann nur zu schlafen! Jetzt steh auf und tu was. Schlaf nicht, Mama. Schlaf nicht!«

Lena macht die Augen wieder auf. Der Körper ist ein wenig leichter, als ob wenigstens ein paar der Bleigewichte von ihm abgefallen wären. Die Kinder. Sie muss nach Hause zu ihren Kindern. Nicht jetzt, aber bald. Sobald sie richtig nachgedacht hat.

Langsam richtet sie sich auf, schlägt die Decke zurück und setzt sich schwankend auf die Bettkante. Tippt mit den Zehen auf den Boden, schwankt noch ein wenig. Zieht sich den Helly-Hansen-Pullover heran, der am Fußende liegt, und zieht ihn sich langsam über den Kopf. Runter mit den Füßen auf den Boden. Zeit für etwas Action.

Es ist still im Haus.

Conny muss mit dem Eisauto unterwegs sein. Eine ganze Woche hat sie in diesem Haus gelegen, hat aber keine Ahnung, wo sie eigentlich ist. Ein Bungalow. Ordentlich. Sauber. Laminatfußboden. Die Spüle glänzt, auf dem Küchentisch steht nur Lenas Frühstückstablett. Blümchengardinen, Tisch und Küchenstühle in klar lackierter Kiefer, ein kleiner Kerzenleuchter. Ein Wohnzimmer mit himmelblauem Ecksofa aus Wildleder, ein Glastisch, ein Orientteppich, ein paar Grünpflanzen, eine Obstschale mit zwei Orangen, ein Gemälde mit einem Boot am Strand, ein paar Zeitungen. Das Mädchenzimmer. Die Tapete hat eine rosafarbene Borte mit Ballerinas. Connys Zimmer. Ein riesiges Doppelbett, ordentlich gemacht. Zwei Zierkissen. Schränke mit Spiegeltüren. Rollos halb heruntergezogen. Toilette und Dusche.

Es ist eine richtige Luxusdusche. Mit massenhaft Löchern in den Wänden, aus denen irgendwelche Massagestrahlen spritzen. Lena schielt auf die Duschkabine. Soll sie die vielleicht mal ausprobieren? Eine Dusche wäre jetzt sicher erfrischend. Vorsichtig zieht sie sich aus und klettert in das Duschwunder.

Siebzehn verschiedene Knöpfe. Sie will doch nur duschen, auf welchen soll sie jetzt drücken? Ach, egal, sie drückt einfach alle Knöpfe, die sie finden kann. Die Dusche fängt an zu rasseln, zu husten, zu blinken und zu zittern. Dann sprüht es los. Aus allen Löchern düst das Wasser mit voller Macht, und Musik kommt auch noch.

Lena hält sich krampfhaft an einem der Griffe fest, setzt sich auf den eingebauten Hocker und lässt sich vom Wasser bespritzen. Erfrischend ist stark untertrieben. Die Dusche hat eine ganz eigene Wirkung auf Lena. Sie entscheidet sich, ihr eigenes Leben in die Hand zu nehmen. Sie wird aufhören, sich von Conny füttern zu lassen, und stattdessen mal ihn füttern. Sie wird sich richtig bei ihm bedanken. Ein richtig gutes Abendessen kochen. Sie ist eine Frau in den besten Jahren. Etwas muss sich ändern, und zwar jetzt. Ihr Leben muss einen U-Turn nehmen. Und den muss sie selbst hinkriegen.

»Lisa! Ab mit den Bierkästen in den Keller, und zwar dalli! Das geht so nicht, verdammt!«, brüllt Marie.

Lisa macht in der kleinen Küche gerade eine kleine Pause. Wovon eigentlich? Hat sie nicht sowieso Dauerpause? Verdammte Rotznase.

Marie tritt ein wenig zu fest an die Wand, verdammt, die Zehen tun weh. Verdammte Scheiße. Zwei Tage lang macht Lisa in der Küche schon Pause, und Irene sitzt zu Hause auf dem Puffsofa, starrt in die Gegend und beklagt sich, dass es nur Fertigessen gibt. Derweil hat Marie tausend Drinks gemixt und hat tausend Vorschläge gemacht, was Irene und sie zusammen unternehmen könnten. Alles von Museum (Shit, wann war Marie das letzte Mal im Museum? Sicher irgendeine Glasbläserei im Freilichtmuseum, als sie zehn war) bis zu einem gaaanz langsamen Spaziergang am Södermälarstrand entlang.

Derselbe Blick von Lisa wie von Irene. Mausetot und verständnislos. Sie kann Lisa nicht länger in der Bar haben. Und sie kann Mama nicht länger auf dem Puffsofa sitzen haben. Zu Hause bei Marie sieht Irene noch bleicher aus als in ihrem Fernsehsessel auf Solvändan, wenn das überhaupt möglich ist.

Verdammt, verdammt, verdammt. Marie knotet die kleine pinkfarbene Schürze besonders fest um ihre Taille, rückt ihre Titten zurecht und macht weiter. Der Schweiß läuft ihr herab.

»Drei große Bier und einen doppelten Jack Daniel's!«

»Kommt sofort!«

»Vier White Russian, doppelte!«

»Werden an den Tisch gebracht. Fünf Minuten!«

»Fünf Weizen!«

»Moment, mein Süßer.«

»Ein großes Bier.«

»Fünfzig Kronen.«

»Bitte mix mir einen Drink, was du willst, aber nicht so scharf. Oder doch, aber nicht zu lasch!«

»Komm wieder, wenn du fertig überlegt hast, mein Lieber.«

»Fünfzehn Lakritzshots für die Bräute da hinten in der Ecke!«

»Macht siebenhundertneunzig Kronen für das komplette Tablett.«

»*Hallo!* Jetzt stehe ich hier bald eine Viertelstunde, verdammt noch mal, bin ich denn unsichtbar? Schieb mir mal einen Gin Tonic rüber, aber flott.«

Marie rennt zwischen Eiseimer, Spülbecken, Kühlschrank, Bierkästen und Shaker hin und her, spuckt einen Snus aus, rein mit einem neuen, schüttelt die Mähne, zieht das T-Shirt runter. Eiseimer, Trinkgeld in die Schürzentasche, Lappen ins Spülbecken, Kühlschrank, Bierkasten. Verdammt! Was macht Lisa eigentlich? Wie lange will sie noch Pause machen?

Die Musik dröhnt. »Born To Be Wild«. Erster Samstag des Monats. Zahltag. Die Gäste saufen wie die Gestörten. Wahnsinniges Gedränge. Starke Gerüche. Schweiß, Parfüm, Leder, Shampoo, Haare, Körper, Alkohol.

Marie winkt Linus zu, dass er ihre Seite der Bar auch übernehmen soll. Hilflos hebt der die Arme, er schafft ja kaum seine eigene Ecke, aber Marie signalisiert ihm, dass sie jetzt in die Küche gehen und Lisa erdrosseln wird, und da lächelt Linus breit und legt den Turbogang ein. Der Turbogang unterscheidet den Profi vom Weichei. Aus lauter Wut drückt sich Marie noch einen Snus unter die Oberlippe, jetzt hat sie zwei Portionen da stecken, etwas zusätzliche Kraft. Mit voller Power drängelt sie sich in die kleine Küche. Lisa sieht von ihrer Zeitung auf. Marie bohrt den Blick in ihren.

»Du bist gekündigt. Verschwinde von hier.«

Lisa sieht sie mit Kuhaugen an. »Was?«

Marie beugt sich über sie und brüllt: »Du bist gekündigt! Fahr zur Hölle, tschüs!«

»Ich habe ein Recht auf eine Pause, das steht im Vertrag.«

»Und seit wann hat der Vertrag etwas mit der Wirklichkeit zu tun? Du hast keine Pause, du sollst hier abhauen. Und zwar *jetzt*!«

»Du bist nicht mein Chef, das ist Papa.«

Lisa blättert weiter in ihrer Zeitung. Ein wenig zittrig allerdings.

»Doch, natürlich bin ich dein Chef. Ich bin dein Barchef, und ich kann ein rotznäsiges Kind, das am ersten Samstag im Monat hier sitzt und Tratschzeitungen liest, nicht gebrauchen. Also verpiss dich!«

Marie reißt Lisas Jacke, Schal und Handschuhe vom Haken an der Wand. Wirft sie Lisa mit Verve zu.

»Hau ab, verdammt noch mal, ehe ich dir eine klebe.«

»Ich werde Papa anrufen.«

»Ja, tu das ruhig. Ist mir scheißegal. Hallo? Ist da jemand, dem das was ausmacht?«

Marie ruft theatralisch zur Bar hinaus. Natürlich macht das niemandem was aus.

»Ruf ruhig an!«

»Ja, das werde ich tun, denn du hast hier nicht das Sagen.«

Lisa holt ihr Handy raus und fängt an, auf den Knöpfen herumzudrücken. Wütend geht Marie auf den Hof hinaus. Verdammt, ist das kalt. Und eisig. Wie eine Kobra spuckt sie ihre beiden Snus aus, zieht eine Zigarette aus der Hosentasche und zündet sie an. Sie zittert. Nicht vor Kälte, sondern vor Wut. Verdammte kleine Scheißrotznase, verdammte Pissratte. Scheiße. Jetzt ruft sie ihren kleinen Papi an. Vlatko. Den Papi mit dem schlechten Gewissen. Für wen wird er eintreten? Für seine Tochter oder seine Barkeeperin?

»*Scheißeee!*«, brüllt Marie mit voller Kraft, sodass es zwischen den umliegenden Häusern widerhallt. Sie tritt auf ein paar herbstbleiche Büsche ein, doch darunter sind Eisflecken, und Marie rutscht aus. Landet auf dem Steißbein (aua!), die Zigarette fest im Griff. Die wird nicht losgelassen.

»*Scheiße!!*«

Wie ein wackliges Bambi steht sie auf, bürstet alte Gestrüppreste von der engen Lederhose. Jetzt hat sie die Wahl. Standrechtliche Erschießung oder den Scheißladen mit erhobenem Kopf verlassen.

Sich einen Vortrag von Vlatko anhören und Lisas widerlich selbstherrliche Miene sehen müssen. Weiterhin mit Lisa zusammenarbeiten müssen. Weiterhin Vlatko als Chef haben. Weiter als unterbezahlte Leibeigene arbeiten. Oder … oder einfach abhauen. Jetzt sofort. Die Jacke nehmen und gehen. Dann kann Lisa Papilein erklären, warum die Barkeeperin gekündigt hat, dann muss sie Rede und Antwort stehen. Gar nicht so schlecht das Gefühl.

Linus in der Scheiße sitzen lassen. Das fühlt sich nicht so gut an. Aber Linus wird schon klarkommen. Dann wird er eben Barkeeper und kriegt vielleicht einen Tausender zusätzlich im Monat. Und Marie? Wohin soll sie gehen? Direkt zum Arbeitsamt und sich zu irgendeinem Computerkurs anmelden? Oder in irgendeine andere Bar gehen und dort schuften? Oder ...

Scheißegal. Jede Alternative ist besser als eine Belehrung von Vlatko im glänzenden Gangsteroutfit. Und an Lisa würde sie sich am Ende doch nur unglücklich machen. Lebenslängliche Freiheitsstrafe ist auch nicht verlockend.

Marie bläst den letzten Rauch aus und schnippt die Kippe weg. Sieht zu den ganzen Häusern hoch. Zu den Fenstern. Die sie so gut kennt. Mit rasselnden Silberarmreifen plustert sie ihre Haare auf, etwas tiefroten Lippenstift auf die Lippen und einen, nein, zwei Snus unter die Oberlippe. Und dann geht sie. Rein in die Küche, packt sich ihren Kunstpelz mit Leopardenmuster. Lächelt Lisa zu, die telefoniert.

»Richte deinem kleinen Papi aus, dass ich jetzt kündige.«

»Was?«

Marie beugt sich vor und ruft ins Telefon: *»Richte deinem kleinen Papi aus, dass Marie jetzt kündigt und dass er zur Hölle fahren soll!«*

»Was?«

Lisa sieht ihr wie ein Vogeljunges nach.

Marie! Verdammt, was ist sie cool! Zu hundert Prozent! Sie drängt sich raus zur Bar, winkt Linus.

»Ich hab gekündigt, jetzt wirst du Barkeeper, mein Süßer! Viel Glück!«

Linus schaut ihr nach, während er einen Milchdrink in den Shaker tut. Marie sendet ihm einen Handkuss und wirft ihm die Barschlüssel zu. Wie eine Königin im Leopardenfell schreitet sie durch die langhaarige Volksmenge. Hinaus in die Stille und die Kälte.

15

»Wann kommt Mama nach Hausäää?«

Vilda hängt an den hinteren Jeanstaschen von Robert, der gerade den Ofen öffnet, um das Kartoffelgratin hineinzustellen.

»Ich weiß nicht, hab ich doch gesagt. Sie ist unterwegs und ruht sich ein wenig aus.«

»Wieso ruht sie sich aus?«

Vilda krabbelt wie ein flinker kleiner Affe an Roberts Rücken hoch. Stemmt die Hacken in seine Waden und zieht sich hoch. Die Arme schlingt sie um seinen Hals und die mageren Beine um seine Taille. Robert kickt die Ofenklappe mit dem Fuß zu.

»Na ja, sie ruht sich aus. Vielleicht liegt sie in einem Bett und denkt nach, ich weiß es nicht.«

»Ist sie tot?«

»Nein, nein, aber sie ist traurig darüber, dass Opa tot ist. So ist es wahrscheinlich. Sie liegt in irgendeinem gemütlichen Hotel und denkt an Opa, und wenn sie fertig ist, kommt sie nach Hause! Und bis dahin kommen wir doch gut klar, oder?«

»Aber Åsa fährt morgen weg.«

»Ja, aber ich bin doch da!«

»Bist du gar nicht.«

»Bin ich doch.«

»Bist du gar nicht. Du bist weg. Du bist immer wäääg! Du kannst keine Kinder versorgen, hat die Mama gesagt!«

»Ja, ja, aber wir kriegen das schon hin. Wir kriegen das alles hin.«

Robert setzt Vilda auf den Fußboden. Ein sauberer Fußboden. Ohne Kaninchenköttel. Das neue Schloss für den

Kaninchenstall war genau das, was die Familie brauchte. Keines der kleinen Kinder kriegt es auf, und das Haus ist sauber.

Gestern ist er an Solvändan vorbeigefahren, um Fleisch zu holen. Alles war öde und leer. Robert vermisst seinen Schwiegervater. Seinen unendlich netten, warmherzigen Schwiegerpapa. Irene vermisst er auch. Sie ist mit Rolf zusammen verschwunden. Und Lena. Die ist auch verschwunden. Vermisst er sie? Vielleicht. Vielleicht auch nicht. Schwer zu sagen, ob er Lena vermisst oder ob er hauptsächlich schockiert darüber ist, dass sie weg ist. Wenn man mal ganz ehrlich ist, dann ist doch alles besser geworden, seit sie verschwunden ist. Oder besser gesagt, alles ist besser geworden, seit Åsa zu ihnen gekommen ist. Sie hat alles geregelt und scheint auch noch Spaß dabei gehabt zu haben. Wenn Robert gegessen hat, was sie gekocht hatte, dann hat sie dagesessen und ihn beobachtet, darauf gewartet, dass er sagt, wie es ihm schmeckt. Gar nicht verbittert, sondern einfach fröhlich. Fröhlicher, als er Lena und auch Åsa seit Langem gesehen hat.

In den letzten Jahren ist ihm Åsa so grau vorgekommen, aber jetzt scheint sie zu strahlen. Wie das ganze Haus. Die Kinder vielleicht nicht. Sie vermissen Lena. Vilda ist wahnsinnig anstrengend. Wütend auf alles. Traurig. Das merkt er schon. Und man muss kein Psychologe sein, um sich das zu denken. Er selbst ist ja auch verletzt. Warum ruft seine Frau Åsa an, aber nicht ihn? Warum ist das Telefon immer ausgeschaltet, wenn er anruft? Immer. Soll er das persönlich nehmen? Soll er denken, dass sie sich scheiden lassen will? Er kapiert es nicht. Kann die Signale nicht deuten. Und sie sendet ja auch gar keine Signale!

Lena. Er erinnert sich noch an sie, ganz am Anfang. Als sie meistens in ihrem Zimmer draußen auf Solvändan geschlafen haben. Ihr Lachen, nicht unbedingt schön, eher wie ein Schwarm Möwen, aber trotzdem. Sie hat gelacht.

Und die kleine Josefine, die er überall herumgetragen hat, als ob sie sein eigenes Kind wäre.

Robert schneidet dicke Scheiben von dem Fleisch ab. Blutiges Rindfleisch. Eines seiner Lieblingsessen, seit er denken kann, und jetzt, da er mit einer Bauerstochter verheiratet ist, kann er es essen, wann immer er möchte, und zwar kostenlos. Gebratenes Fleisch und Kartoffelauflauf. Roberts Paradeessen. Das einzige, was er kann, abgesehen von Makkaroni mit freier Auswahl an Fertigsoßen.

»Gibt es jetzt Essen?«

Engla kommt mit Springseil und Pippi-Langstrumpf-Perücke in die Küche gehüpft.

»Ist gleich so weit. Sag mal, weißt du eigentlich, warum die ganze Kühltruhe voller Eis ist?«

»Mama hat massig Eis gekauft.«

»Echt? Und warum?«

»Weiß nicht. Aber sie hat massenhaft von dem Eistypen gekauft.«

»Von Mehmet?«

»Nein, ein neuer. Er hatte weiße Haare! So wie das Eis, ha, ha.«

»Und wie oft hat Mama Eis gekauft?«

»Andauernd. Manchmal jeden Tag! Wir durften so viel essen, wie wir wollten. Das Clownseis mit der Kaugumminase ist am besten. Das will ich zum Nachtisch!«

Engla hüpft ins Wohnzimmer. Jeden Tag? Sie hat jeden Tag Eis gekauft? Von einem neuen weißhaarigen Eismann? Wovon hat sie das nur bezahlt?

Das Geld für die Badrenovierung. Vielleicht ist es doch nicht für irgendeine Charterreise draufgegangen. Vielleicht ist es direkt in die Kühltruhe gewandert? Robert verspürt einen ziehenden Schmerz im Bauch. Wie ein akutes Magengeschwür. Er legt das blutige Messer zur Seite und setzt sich hin. Hat Lena vielleicht mit dem Eistypen gepoppt? Mit einem verdammten Eisverkäufer? War das vielleicht alles nur Gerede, dass es »so anstrengend« sei? Will sie in Wirklichkeit einfach in aller Ruhe ihren Eisverkäufer ficken? Ist es das?

Oder … oder war sie so unglücklich, dass sie aus Kummer angefangen hat, Eis zu essen? Die ganze Zeit? Oder wollte sie einfach die Kinder ruhigstellen? Ihnen immer und zu jeder Zeit das Eis geben können, das sie gerade wollten? Oder vögelt sie doch den Eistypen? Nein … Nicht Lena. Lena hat in der letzten Zeit nicht gerade Lust auf Sex gehabt. Es muss Bestechung sein. Bestechungseis. Robert steht wieder auf und schneidet weiter das Fleisch in dicke Scheiben.

»Hallo?«

Ein kalter Windhauch wirbelt aus dem Flur in die Küche. Das ist Åsa, die nach Hause kommt. Sie hat den ganzen Nachmittag auf dem Hof verbracht. War einfach nur dort. Ist durch die stillen, kühlen Räume gegangen. Hat auf dem Klo gesessen und in der Zeitungskiste neben der Toilette eine alte Zeitung gefunden. Auf das Datum geschaut und festgestellt, dass Papa sie gekauft haben muss. Versucht, nachzufühlen, was Rolf gedacht haben mag, als er die Zeitung gelesen hat. Hat probiert, in Rolf hineinzukriechen. Geweint hat sie auch. Als sie in Rolfs und Irenes Schlafzimmer war. Unter Rolfs Bett lagen seine Hanteln und ein paar warme, pistaziengrüne hässliche Strümpfe. Diese Strümpfe. Mit denen auf dem Schoß weinte sie. Weinte und weinte und weinte. Legte sich auf seine Seite des Bettes. Schnupperte an seinem Kissen. Ein ganz schwacher Duft von Rolfs Rasierwasser. Wenn sie den Kopf richtig tief ins Kissen bohrte, dann war der Geruch da. Aber er verflog immer mehr.

Rolfs letzter Seufzer. Die Strümpfe hat sie mitgenommen. Dann hat sie die Bettwäsche gewechselt. Die schmutzige in die Waschmaschine geworfen. Irene soll zu frischen Laken, in ein frisches Haus und ein neues … ein neues Leben zurückkehren. Oder nein, erst die Beerdigung, dann das neue Leben. Wie das auch immer aussehen wird.

»Ich bin jetzt zu Hause!«

Åsa schleudert die Gummistiefel von den Füßen und hängt die dicke Jacke auf den Haken. Es riecht nach sahnigem Kartoffelauflauf.

Conny betrachtet Lena. Sieht ihr tief in die Augen. Lächelt vorsichtig. Streicht eine Haarsträhne beiseite, die ihr in den Mund geraten ist. Das kitzelt. Lena kichert ein wenig. Sie liegen da. Im breiten Doppelbett, auf der Tagesdecke. Zwei flackernde Kerzen im Fenster, ansonsten nur die schwere Novemberdunkelheit.

Als Conny am Abend nach Hause kam, war das Essen fertig. Er sah aus wie ein kleiner Vogel. Den Schnabel weit aufgerissen. Dann schnell sein breites Lächeln. Lena in aufrechter Lage zu sehen, wohlriechend, mit offenen Haaren und ohne den alten Helly-Hansen-Pullover, das war durchaus eine Überraschung.

Nach der Dusche hat sie ihren trägen Körper gezwungen, sich ordentlich anzuziehen. Dann hat sie vor dem kleinen Bungalow gestanden und nach rechts und links gestarrt. Wo zum Teufel war sie bloß? Nur kleine Ziegelhäuser, wohin sie auch schaute. Kleine Bungalows auf fast ebenso kleinen quadratischen Rasenflächen. In welcher Richtung lag wohl das Zentrum, das dieser kleine Ort hoffentlich besaß? Erst ist sie nach links gelaufen, doch da kamen immer weniger Bungalows und immer mehr Wald. Am Ende war nur noch Wald auf beiden Seiten der Straße. Sie drehte um und ging in die andere Richtung. Wald, Wald, Feld, Wald, Bungalows, zweistöckige Häuser, Schule, Kirche, und ja, da gab es ein winzig kleines Zentrum. Aber immer noch größer als das von Braby.

Ein kleiner ICA-Supermarkt. Mit diesen Kaugummiautomaten. Lenas erster Gedanke war, für jedes der Kinder ein großes Kaugummi zu kaufen, aber nein ... Ein noch kleinerer Blumenladen, in dem Lena einen Strauß Rosen kaufte. Blumen sind eigentlich was Unnötiges, unnötig und viel zu teuer, sonst kauft sie nie Blumen. Aber jetzt. Jetzt war es Zeit für einen Strauß gelber Rosen.

Eine Bank gab es auch und eine winzige Bäckerei, die sich den Laden mit einer mickrigen Trabwetten-Annahmestelle teilte. Es war ungewohnt, draußen zu sein. Sich zu bewegen. Die Kälte im Gesicht zu spüren. Denn es war richtig kalt geworden. Innerhalb einer Woche echter Frost. Die roten Blätter lagen wie steife Herzen auf dem Boden. Als der Herbstwind sie packte, fiel es ihr schwer, das Gleichgewicht zu halten.

Kerzen, Rindfleisch, Kartoffeln, Knoblauch, Tomaten, zwei Bier, gelbe Rosen, Sahne und einen kleinen Zettel hat sie ins Haus zurückgetragen. Auf dem Zettel stand die Nummer einer Frau, die offenbar ein Zimmer in ihrem Haus zu vermieten hatte. Gut zu wissen. Bald würden Connys Kinder kommen. Sie musste diese Frau anrufen.

Gebratenes Fleisch mit Kartoffelauflauf. Roberts Lieblingsessen. Das müsste bei Conny eigentlich auch funktionieren.

Und es hat funktioniert. Er hat ganz viel gegessen. Eine Portion nach der anderen. Hat zwitschernd gefragt, wie es Lena geht, hat erzählt, welches Eis er verkauft hat, hat gefragt, was Lena denkt, ob sie sich nach ihren Kindern sehnt, war fürsorglich, und ja, er sah rundum glücklich aus.

Er hat den Rest von seinem Bier getrunken und dann Lenas Hände ergriffen. Da ist Lena das Herz in die Hose gerutscht. Die ganze Stimmung hatte etwas von einem Heiratsantrag, die Kerze, die Rosen …

Robert hat um ihre Hand angehalten, nachdem sie eines späten Abends im Stora Svansjön geschwommen waren. Josefine schlief sicher bei Irene und Rolf auf Solvändan, und Lena war mit Robert und dem Traktor zum See gefahren. Warme Sonne, obwohl es schon spät am Abend war. Baden ohne Badeanzüge. Das süße, weiche Wasser an ihren nackten Körpern. Küsse mit seewasserkühlen Lippen zwischen feuchten Badelaken. Und da. Damals. Hat Robert um ihre Hand angehalten. Nackt und mit einem vom kalten Wasser winzig kleinen Pimmel hat er auf den Klippen gekniet und sie gefragt, ob sie, Lena, ihn heiraten wolle. Gebrüllt hat sie. *Jaaa!* Dann sind sie noch einmal schwimmen gegangen, und dann, nach dem lauwarmen Bad, haben sie auf dem Berg miteinander geschlafen und sind mit dem Traktor nach Hause gefahren. Sie erinnert sich noch an den schönen, tiefen Schlaf im kleinen Mädchenzimmer mit Josefine zwischen ihnen beiden. Und um vier Uhr hieß es wieder aufstehen und melken. Trotz des wenigen Schlafes war sie ganz frisch gewesen. Noch nie hatte sie mit so viel Freude gemolken.

Eigentlich würde sie jetzt gern Robert anrufen. Fragen, wie es den Kindern geht, wie es überhaupt geht. Aber sie weiß es ganz genau. Wenn er sagen würde, dass es anstrengend sei, dass die Kinder jeden Abend weinten, nein, dann würde sie sofort nach Hause fahren. Und wieder in dem alten Sumpf versacken. Dann würde sich nichts verändern. Nein, sie redet mit Åsa, und die kann mit Robert reden. Das ist die einzige Methode.

Aber Conny hat zwischen Rosen und Kartoffelauflauf nicht um ihre Hand angehalten. Er hat ihr als Nachtisch eine Massage angeboten. Anscheinend hat er in den Achtzigerjahren mal als Masseur gearbeitet.

»Den Pullover musst du wohl ausziehen, sonst komme ich nicht richtig ran.«

Sie ist scheu, vierunddreißig Jahre alt und scheu. Umständlich wurstelt sie sich aus dem Pullover, lässt den BH aber an. Sie legt sich auf den Bauch. Die kühle, kunstseidene Tagesdecke an ihrer nackten Haut. Eine Massage. Lena und Conny. Ganz allein in seinem kleinen Haus. Im Hintergrund singt irgendeine Sängerin aus dem CD-Spieler etwas Ruhiges und Heiseres. Kerzen. Saubere Körper. Wonach sie sich heimlich schon lange gesehnt hat. Was sie vor sich gesehen hat, als sie an dem Abend auf dem Sofa gelegen und es sich selbst besorgt hat. Was sie auf der Zunge gespürt hat, als sie die halb aufgetaute Marzipantorte gegessen hat. Conny. Mit seinen weißen Haaren. Mit den weißen Zähnen. Seine Freundlichkeit, seine Fürsorge und sein Eisauto.

Die Kinder. Robert. Zu Hause sitzt Robert und kämpft. Weiß nicht, wo sie ist. Vielleicht weinen die Kinder. Nein, jetzt sollten sie schon schlafen, nicht weinen. Jetzt schlafen sie in ihren Betten. Ob sie alle im großen Bett schlafen? Bestimmt tun sie das. Vielleicht schläft Robert unten im Stockbett.

Conny schiebt Lenas Haare von ihrem Rücken. Das kitzelt. Es ist lange her, dass jemand sie so berührt hat. Jemand, der nicht unter sieben Jahre alt ist und kleine, klebrige Hände hat. Sondern ein erwachsener Mann. Conny hakt den BH auf, sodass er zu beiden Seiten ihres Rückens herunterfällt. Die Kinder verschwinden aus Lenas Gedanken, und vor ihr inneres Auge treten zwei unrasierte, buschige Achselhöhlen. Dazu zwei unrasierte Waden, mit leicht struppigen Oberschenkeln daran.

Conny verstreicht Eukalyptusöl auf seinen Händen, reibt sie aneinander und drückt dann die Handflächen auf Lenas Rücken. Ganz warme Hände. Fast heiß von diesem Öl. Feste Hände. Die drücken, pressen, ziehen und ein bisschen klapsen. Ihr wird warm. Warm auf diese besondere Art. Eine süße, kribbelige Wärme, die sich über ihren Körper schlängelt. Lust! Das ist Lust! Lena hat Lust, sich einfach umzudrehen, BH und Hose von sich zu werfen, die ganze Tagesdecke aus dem Fenster zu schmeißen und ihn einfach zu vernaschen. Conny zu vernaschen.

Was macht sie da eigentlich? Macht ein intimes Candle-Light-Dinner für einen Mann, den sie kaum kennt. Liegt in seinem Doppelbett mit plüschigen Zierkissen und kriegt eine Massage, und das halbnackt. Hört seinen schweren Atem. Seine Hände, die sie zu den Hüften und zum Hohlkreuz hinunter massieren. Hoffnungsvolle Hände. Hände, die mehr können. Mehr als nur massieren. Die hinunter zu ihren unrasierten intimsten Teilen wollen.

Conny. Nett, lieb, ein feiner Kerl, sommersprossig und sicherlich der beste Mann der Welt. Federleichte Lippen auf ihrem Rücken, warmer Atem. Zarte Küsse. Die ihr Rückgrat hinunterwandern. Die Kinder, Robert, Zärtlichkeiten, Schmerzen, unrasierte Waden, ein Kuss ins Hohlkreuz, die Kinder, die Kinder, die Kinder, noch ein Kuss, die Kinder, die Oberschenkel ... Er streichelt ihre Oberschenkel, weich und dann hart, die Kinder, pfeif auf die Kinder, die Kinder haben mit dem hier nichts zu tun, Kinder sind Kinder, Conny ist Conny, allmählich fühlt es sich richtig gut an. Robert hat sich das alles selbst vorzuwerfen, Robert hat seine Chancen gehabt.

Conny küsst ihren Nacken. Saugt ein wenig an ihrem Ohrläppchen. Unendlich zart fasst er an ihre eine Schulter und dreht sie um. Sie fällt auf den Rücken, der BH gleitet wie Wasser von ihr ab. Connys Haut, im Lichtschein ganz golden. Sein großer Mund. Jetzt beugt er sich hinunter. Jetzt! Jetzt nähern sich seine Lippen den ihren. Verdammt! Seit Anfang der Neunzigerjahre hat sie niemand anders geküsst als Robert! Connys Lippen an Lenas. Ein weicher Kuss auf jede Wange. Verdammt! Jetzt hält sie die federleichten Küsse nicht mehr aus, jetzt ist dieses leichte Kribbeln in ein dumpfes Knurren übergegangen, und jetzt will sie es nicht mehr federleicht. Jetzt will sie Sex haben! *Sex! Sie will Sex! Und zwar sofort!*

Ungeniert schubst sie Conny weg und drückt ihn auf den Rücken. Schnell setzt sie sich auf ihn, fummelt an seinem Gürtel herum, küsst ihn atemlos und gierig. Conny liegt selig auf dem Rücken und lächelt. Während Lena Conny die Jeans herunterzieht, befreit sie sich gleichzeitig aus ihrer Jogginghose, packt Connys Hände und zeigt ihm, wo sie die haben will. Auf ihrem Körper. Auf ihren gierigen Brüsten. Jetzt. Sie hat nur noch Unterhosen an. Weg damit. Weg. Auf und davon. Sie landen auf einer kleinen roten Lampe mit Samtschirm, und der rote Schein der Lampe verdunkelt sich ein klein wenig.

»Du hast gekündigt?«

»Ja.«

»Mein Mädchen, du kannst doch nicht einfach kündigen!«

»Aber ich hatte doch keine Wahl! Entweder rausgeschmissen werden oder selbst kündigen. Und da fühlt es sich verdammt viel besser an, selbst zu kündigen. Finde ich. Ein bisschen Stolz habe ich schon noch!«

»Manchmal bist du so verantwortungslos, ich verstehe das nicht. Ich begreife nicht, warum du so geworden bist. Wie willst du dich jetzt versorgen? Die Miete bezahlen und das Essen und alles? Marie ... das war keine gute Idee.«

Irene rückt ihre Brille zurecht, ein so gut wie ungelesener Krimi liegt auf ihrem Bauch. Marie nimmt einen großen Schluck von ihrem Kaffee. Es ist zwei Uhr nachts, Marie sitzt auf der Bettkante, Irene liegt im Bett, mit ihrem rosa Nachthemd mit Eiffelturm drauf, einem Geschenk von Åsa aus Paris. Marie zieht ein wenig an ihren Stulpen. Was ist eigentlich passiert?

Sie hat sich aufgeführt wie eine verdammte Halbwüchsige. Marie, die Dramaqueen. Einfach so zu kündigen. Bei einer Bar, in der sie fast zwei Jahrzehnte gearbeitet hat. Ein Club, den sie immer geliebt hat. Saugute Musik. Saucoole Gäste. Gute Lage zu ihrer Wohnung. Ihre Wohnung kostet viertausendfünfhundert Kröten im Monat. Essen ... Essen kann billig sein. Kartoffelsuppe ist gut.

Nein, das war vielleicht doch keine so gute Idee. Was für Möglichkeiten hat sie jetzt?

Sie hat nie bei irgendeiner Gewerkschaft eingezahlt. Arbeitslosengeld ist für faule Dummköpfe, hat sie immer gefunden. Das war vielleicht auch nicht so klug. Also gibt es für sie von dort nichts zu holen. Nichts. In einer neuen

Bar anfangen. Ja, sie könnte morgen schon einen schicken Job haben. Aber vielleicht nicht gleich als Barchefin, sondern als gewöhnliche Barkeeperin. Unter der Fuchtel von einem anderen Idioten. Vielleicht in irgendeinem Club, in dem sie ausschließlich Musik aus den Achtzigern oder Soul oder irgendeinen anderen Scheiß spielen. Nein, da würde sie einen akuten Hirnschaden kriegen. Ein ganzer Abend mit Alphaville. Das geht gar nicht.

Oder eine komplette Umschulung machen? Jede Menge Studiendarlehen aufnehmen und Architektin oder Ingenieurin werden? Danke bestens. Die Wohnung für achttausend untervermieten und Mama mit dem Hof helfen? Einen anderen Bauern kennenlernen, schnell noch ein paar Kinder kriegen und für den Rest des Lebens Höllenqualen leiden?

Und dann Irenes Blick. Dieser verletzte, unendlich traurige Blick. Marie kennt ihn. Hat ihn schon gesehen. Hat ihn zehn Jahre lang jeden Tag gesehen. Wenn Marie verschlafen hat, wenn sie geschwänzt hat, wenn Marie hinter dem Silo geraucht hat, wenn Marie hinter dem Silo rumgeknutscht hat, wenn sie hinter dem Silo rumgeknutscht *und* geraucht hat. Als Marie von zu Hause weggezogen ist, als sie angefangen hat, in einer Bar zu arbeiten, als sie nach Stockholm gezogen ist. Was sie auch tut, immer dieser traurige Blick. Fast nie harte Worte, aber das ist auch gar nicht nötig. Nein, danke, die Botschaft kommt trotzdem an, kein Problem. Die Info, dass Marie hoffnungslos, nachlässig, schlampig und nicht reif genug ist, Verantwortung zu übernehmen.

Was weiß denn Irene schon davon, verdammt? Hat sie je versucht zu begreifen, was Marie eigentlich macht? Wir können ja schließlich nicht alle Bauern sein! Man braucht auch Barkeeper. Es können nicht alle dasselbe Leben führen. Verdammt! Marie atmet heftiger. Hyperventiliert fast.

Irene schiebt die Lesebrille auf die Nasenspitze und sieht Marie forschend an. »Wie geht es dir?«

»Gut. Schon in Ordnung. Ich gehe raus und laufe ein bisschen.«

»Jetzt? Es ist mitten in der Nacht!«

»Ja, aber ich muss raus.«

»Denk doch an all die Vergewaltiger und Räuber!«

»Glaub mir, Mama, wenn heute Abend jemand versucht, mich zu überfallen, dann kann der einem leid tun. Verdammt, der würde vielleicht was abkriegen!«

Irene sieht mit etwas übertrieben besorgter Miene zu Marie. Verflixtes Kind, mit dem man nur so schwer reden kann. Wie immer. Haut einfach ab. Wenn etwas anstrengend wird, nix wie weg. Kündigen oder joggen gehen, immer auf der Flucht. Irene lehnt sich wieder in das Kissen, zieht die Decke bis zum Kinn hoch und betrachtet müde ihre Tochter.

Sie würde gern ihre Hand ausstrecken. Die Decke anheben und Marie einladen, zu ihr in die Wärme zu kriechen. Sie festhalten, ihr über das gefärbte struppige Haar streichen und sagen, dass alles gut wird. Dass sie natürlich nicht arbeiten muss, wo die Leute blöd zu ihr sind, dass sie ihr nur das Beste wünscht.

Aber die Decke bleibt liegen. Irene schweigt. Maries Bockigkeit hält sie ab. Als ob Irene ihrer eigenen Tochter nicht ein wenig Wärme in all der Bockigkeit gönnen könnte. Mein Gott, eine Frau über vierzig, die bockig ist. Was ist das denn? Irene sieht doch, dass Marie traurig ist, dass sie um Verständnis bettelt. Wärme! Warum kann sie ihr die nicht einfach geben? Diese wilde, unkontrollierte Frau ist doch ihre eigene Tochter.

Marie schlägt auf ihren Oberschenkel, Otto kommt mit der Leine im Maul angelaufen und wedelt eifrig mit dem Schwanz. Irene macht den Mund auf, um all die zärtlichen Dinge zu sagen, die sie fühlt, aber heraus kommt: »Kannst du mich morgen nach Hause bringen? Ich muss nach Hause.«

»Klar. Kein Problem.«

»Vielleicht kannst du ja mit mir nach Solvändan kommen und bis zur Beerdigung bleiben, jetzt, wo du keinen Job mehr hast, meine ich.«

»Weiß nicht. Mal sehen.«

»Da gibt es doch nicht viel zu sehen. Du bist jetzt arbeitslos.«

»Ja, schon ...«

»Ach, tut mir leid, das habe ich nicht so gemeint, aber du hast doch keinen Job, und auf dem Hof ist so viel zu tun, und ...«

»Ich weiß es noch nicht, Mama! Hör auf zu jammern. Ich fahre dich nach Hause, damit du nicht mehr in dieser widerlichen Wohnung bei deiner anstrengenden Tochter hocken musst. Kein Problem. Du wirst nach Hause kommen! Aber du bestimmst nicht über mich.«

Marie zieht ihre graue Kapuzenjacke, Mütze und Halstuch an, zieht die Stulpen hoch und schnürt ihre Joggingschuhe. Handschuhe und Gewichte für die Hände. Und dann raus. Raus, raus, raus. Otto muss sich richtig beeilen.

Die Nacht ist klar. Es ist kalt wie sonst was. Die Sterne kann man wegen des vielen Lichts in der Stadt nicht sehen. Aber zu Hause in Solvändan würden sie kristallklar funkeln. Eine dünne Schicht Puderschnee auf dem Boden. Stoff geben. Und dann immer schneller. Nach Långholmen, an den schlafenden Häusern in der Hornsgatan vorbei und all den dunklen Geschäften und einem geöffneten türkischen Imbiss, vor dem die Schlange bis auf die Straße geht.

Schnell. Auf die Straße hüpfen, um einer betrunkenen Mädchengang auszuweichen. Knie hochziehen, zwischen ein paar Taxis hindurchkreuzen. Rennen. Blutgeschmack. Über die kleine Brücke. Ins Wasser spucken. An den Schiffen entlanglaufen, die mit ihren Wintermützen an Land liegen. Sie sind wie gestrandete Wale. Große Wale, die auf kleinen Gestellen ausruhen. In den Holzbooten knackt es, und in ihren Schneegewändern heult es.

Hinauf in den Wald. Marie tritt an die Bäume, an denen sie vorbeiläuft. Und wieder auf die kleine Brücke. Sie kann verdammt gut laufen. Bis zum Umfallen. Otto keucht, er ist ein wenig müde. Sie läuft zurück ins Stadtzentrum, nach Gamla Stan, wieder hoch nach Söder. Otto bleibt zurück. Marie zerrt an der Leine. Jetzt komm schon, Hund!

Irene will, dass sie mit nach Solvändan kommt. Sie soll da bleiben und bis zur Beerdigung auf sie aufpassen. Sich um sie kümmern. Den leeren Platz ausfüllen, den Rolf hinterlassen hat. Mama Gesellschaft leisten.

Nein! Nicht zurück auf den Hof. Das geht nicht! Da ist es so still, so einsam, die Einsamkeit ist zu schlimm. Man denkt zu viel. Da wird man verrückt. Mama will, dass sie bleibt, bis Papa begraben ist. Ist das zu viel verlangt? Ja, das ist es.

Sie bleibt bei Rolfs altem Volvo stehen, der direkt vor ihrem Eingang an der Högbergsgatan parkt. Eine dünne Schneeschicht liegt auf der Motorhaube. Papas alter Volvo. Marie kriegt keine Luft mehr. Lehnt sich schwer gegen das Auto. Versucht, ruhig durchzuatmen.

Noch eine Woche bis zur Beerdigung. Okay. Sie bleibt eine Woche bei Irene auf dem Hof. Keine Sekunde länger. Nach der Sandwichtorte fährt sie wieder nach Hause.

Marie dehnt ihre Muskeln noch ein bisschen und läuft dann durch das nächtlich stille Treppenhaus hinauf in ihre Wohnung.

16

»Ich weiß auch nicht, wie alles so schiefgehen konnte. Zu Anfang hatten wir es richtig gut miteinander, und dann immerhin noch gut. Aber jetzt, vielleicht das letzte Jahr oder die letzten beiden Jahre, da hat Lena mich, ja, irgendwie weggeschoben. Als würde sie unter einer Glasglocke leben, kann man das so sagen? Wenn ich daran denke, dann ist es, als wären wir mehrere Jahre gar nicht zusammen gewesen. Als würden wir bloß zusammenwohnen, nicht mehr als das. Und du und Adam? Geht es euch gut?«

Robert lehnt sich zurück und gießt sich noch etwas Rotwein ein. Zieht die Beine hoch und macht es sich auf dem Sofa bequem. Åsa schiebt sich ein Kissen unter den Kopf und stellt ihr Weinglas auf den Fußboden neben sich. Sie liegt auf dem weichen Teppich. Wie viele Gläser Wein haben sie eigentlich schon getrunken?

Der Abend hat völlig nüchtern angefangen. Roberts sahniges Gratin mit massenhaft Knoblauch, mürbes und blutiges Fleisch vom Hof, irgendein halbwelker Salat mit Fertigdressing. Die Kinder haben gegessen, Åsa und Robert haben über alles Mögliche geredet, dann kam irgendein Spieleprogramm im Fernsehen, das die Kinder anschauen wollten. Robert und Åsa haben auch ferngesehen. Noch etwas mehr Wein getrunken. Åsa hat richtig viel Wein getrunken, wie sie es seit Jahren nicht getan hat. Weil das die Fruchtbarkeit beeinträchtigen könnte. Höchstens ein Glas, das war ihr Mantra gewesen.

Aber jetzt. Scheißegal. Es wird ja doch keine Babys geben. Völlig egal, was sie isst, trinkt oder redet, ob sie sich anstrengt oder nicht, es wird keine Kinder geben! Da kann man sich an einem Samstagabend gut und gerne mal die Kante geben, das ist wohl kaum zu viel verlangt.

Dann gab es einen Spielfilm. »Top Gun«. Åsa hat ihn zum vierten Mal in ihrem Leben gesehen. Die Kleinen schliefen einer nach dem anderen ein. Josefine radelte zu einer Freundin, um dort zu übernachten. Robert machte noch eine Flasche auf. Åsa trank in großen Schlucken. Es war guter Wein, und er verbreitete eine angenehme Wärme.

Die Kinder wurden nach oben ins Bett getragen, der Fernseher wurde ausgeschaltet, die Stereoanlage angemacht und ein paar Kerzen, die ganz hinten in der Serviettenschublade lagen, angezündet. Robert setzte sich aufs Sofa, Åsa auf den Fußboden, ja, und dann wurde wohl die dritte Flasche aufgemacht.

Jetzt liegt Robert auf dem Sofa. In Jogginghose, Strickjacke, weißem T-Shirt, mit rotweinblauen Lippen und trotz der abendlichen Dusche mit Schmutzrändern an den Fingernägeln. Åsa nimmt noch einen Schluck Wein.

»Ach, doch, uns geht es gut.«

»Jetzt mal ehrlich. Ich sage ja auch, wie es ist.«

»Tja, es ist ... ich weiß nicht. Etwas steif vielleicht.«

»Steif?«

»Na ja, da ist ja die Sache mit dem Kinderkriegen. Alles konzentriert sich so darauf, zu bestimmten Zeiten Sex zu haben. Das wird irgendwie total unspontan, und das überträgt sich sozusagen auf alles.«

»Klingt anstrengend. Lena und ich hatten zwar nicht dieses Kinderproblem, wir waren aber auch nicht sonderlich spontan. Mein Gott, in der letzten Zeit haben wir überhaupt nicht mehr miteinander geschlafen.«

»Auch anstrengend.«

»Tja, ich habe am Ende kaum mehr an Sex gedacht. Aber liebst du Adam denn?«

»Ja, das schon. Vielleicht mehr, wie er früher war, als wir uns kennengelernt haben. Nicht wie jetzt. Oder doch, ich liebe ihn jetzt auch, aber unsere ganze Beziehung … Ach, ich hab keine Lust, darüber zu reden.«

Åsa nimmt noch einen Schluck Wein. Wunderbar. Einfach mal den Kinderwunsch ausschalten. Vielleicht sollte sie sich auch noch eine Zigarette anzünden. Es gibt doch sowieso keine Logik im Leben. Man kann jahrelang Möhren knabbern, um dann doch Magenkrebs zu kriegen, und jemand anders drückt Heroin, wird aber trotzdem schwanger.

Robert da oben auf dem Sofa faltet die Hände hinter dem Kopf. »Okay. Lass uns von was anderem reden. Hm, was anderes. Okay! Was findest du am schönsten an dir?«

»Keine Ahnung. Ich sehe mich ja nicht so.«

»Aber du musst doch irgendetwas sagen können! Deine Augen, deinen Hintern, deine Haare, oder was? Wenn du dich für Adam besonders schön machen willst, worauf konzentrierst du dich dann?«

Meine Eileiter, denkt Åsa, meine Eileiter sind das Einzige, was ich für Adam aufpoliere.

»Ach, weiß nicht. Und du? Sag du zuerst. Worauf bist du an dir am stolzesten?«

»Hm …« Robert nimmt einen großen Schluck Wein, schaut an die Decke und denkt ein wenig nach. »Als ich jung war, vermutlich der Body, aber das ist nicht mehr so, ha ha … Worauf bin ich am stolzesten? Ich glaube, auf meine Augen. Zumindest erwähnen die Leute das, wenn sie mir was Nettes sagen wollen. Die sind blau, und außerdem habe ich sehr lange Wimpern. Also, ich nehme die Augen. Jetzt bist du dran!«

Åsa versucht nachzudenken. So richtig. Geht ihren Körper und ihr Gesicht durch, um herauszufinden, was daran schön sein könnte. Die Augen … nein, das sind ja nur ganz gewöhnliche Augen. Die Schultern vielleicht, die sind zumindest … nein. Der Mund? Zu klein … Der Bauch, die Nase, die Beine, die Zehen, der Bauchnabel, die Hände … nein.

»Ich weiß nicht, Robert. Kannst du es nicht sagen?«

»Aber ich habe es doch schon gesagt!«

»Ich meine, was an mir am schönsten ist.«

»An dir? Okay.«

Robert legt sich auf die Seite und betrachtet sie. Åsa, die auf dem Fußboden liegt, mit zwei Kissen unter dem Kopf, auch sie hat rotweinblaue Lippen und Rolfs alte Strümpfe an den Füßen. Robert lächelt sie an.

»Okay. Deine Lippen sind superschön. Sehr groß, ohne fleischig zu sein, wenn du weißt, was ich meine. Vor allem weich, und außerdem haben sie so eine schöne Farbe. Rosa sind sie, oder? Und deine grünen Augen. Die sind hübsch. Dein Körper ist auch schön! Sag mal ehrlich, wie kannst du so durchtrainiert sein, ohne dich zu bewegen? Du sitzt doch die ganze Zeit nur an deinem PC und hast trotzdem so einen hübschen Körper. Der ist ... also, der ist wirklich sexy. Du bist insgesamt hübsch, wenn ich es mir recht überlege. Aber das warst du ja schon immer.«

»Ach was, ich bin immer so ein bisschen omamäßig gewesen.«

»Ja, aber omamäßig auf eine hübsche und sexy Art, ha, ha. Jetzt musst du was über mich sagen!«

Wärme. Wärme im Körper von dem Wein. Von dem, was Robert gesagt hat. Als er dalag und sie angesehen hat. Sonst findet sie es eher unangenehm, wenn jemand sie betrachtet. Aber jetzt nicht. Nicht jetzt, mit dem Wein im Blut. Und mit Robert. Ihrem Schwager. Das ist ungefährlich. Da kann nichts passieren.

Åsa schüttet den letzten Wein aus ihrem Glas in sich hinein, sinkt etwas theatralisch in ihre Kissen und fixiert Robert mit ihrem an diesem Abend offenbar besonders grünen und sexy Blick. Sexy Augen? Hatte sie die früher auch schon? Einen sexy Körper?

Adam hat ihr tausendmal gesagt, dass sie schön und wunderbar ist, aber nicht so, wie Robert es gesagt hat. Sexy. Das hat Adam nie gesagt. Nicht einfach so. Åsa streckt ihre sexy Beine aus und winkt ein wenig mit ihren sexy Zehen.

»Robert … am hübschesten an dir ist, dass du ein … dass du einfach ein Mann bist. Du bist wie ein Halbwüchsiger, allerdings im Körper eines Mannes. Du kannst Jogginghosen so tragen, dass sie richtig schick aussehen, obwohl es doch nur Jogginghosen sind. Und …«

Und in dem Moment wird es Åsa klar. Ihr wird klar, dass sie ihrem Schwager gerade sehr intime Dinge sagt.

»Ja, du bist ganz einfach süß.«

Åsa versucht, die letzten Tropfen aus dem bereits leeren Weinglas aufzulecken. Robert schiebt ihr die Weinflasche rüber, sie füllt ihr Glas erneut. Åsa grinst. Sie ist besoffen. Ihre Lippen werden taub und der Körper schwer oder sehr leicht, je nachdem. Robert grinst auch.

»Nein, nein, so leicht kommst du mir nicht davon. Du musst Details nennen, nicht nur, dass ich in Jogginghosen gut aussehe und wie ein Halbstarker bin. Das ist ja nicht grade ein Kompliment. Schließlich bin ich jetzt ein Mann! Ein richtiger Kerl! Sei mal ganz ehrlich. Mein Gott, wir machen hier doch nichts Verbotenes! Nachher kann ich ja sagen, was ich an Adam sexy finde, kein Problem. Jetzt sag!«

»Okay. Du hast einen netten Hintern, hübsche O-Beine, einen durchtrainierten Oberkörper, und ja, du hast wirklich schöne Augen. Und Wimpern! Das war's!«

»Siehst du. Das ging doch gut. Und war gar nicht schlimm. Danke übrigens für die Komplimente.«

»Das waren keine Komplimente, ich bin schließlich genötigt worden.« Åsa lächelt ein wenig und trinkt noch mehr Wein. Robert tippt mit seinem Zeh an ihren und lacht.

»Erinnerst du dich noch an unseren ersten Kuss? Den auf dem Schulfest?«

»Nein.«

»Doch, natürlich! Erzähl mir nichts, das war dein erster Kuss, so was vergisst man doch nicht!«

»Okay, ich erinnere mich.«

»Und als wir in deinem Zimmer geknutscht haben.«

»Mhm …«

»Du warst gut im Küssen, das weiß ich noch. Vorsichtig, aber trotzdem scharf drauf. Oder?«

»Ja, vielleicht. Weiß nicht.«

»Ich erinnere mich ganz genau. Du hattest so einen grünen Wollpullover an. Ziemlich eng anliegend. Da konnte man nur schwer mit den Händen drunterkommen. Ja, verdammt, der war eng.«

Ja, das war er. Åsa erinnert sich. Sie und Robert. In ihrem schmalen, knarrenden Bett. Robert war so heiß. Er wollte so viel. Wollte mit seinen Händen überallhin. Unter den Pullover, in die Hose, unter die Strümpfe, wenn er nur immer drunterkommen konnte. Der Pullover war eine bewusste Wahl gewesen. Er war eng. Stimmt. Und Åsa hätte eigentlich gewollt. Hatte sich nach seinen Händen gesehnt. Aber dann auch wieder nicht. Sie hatte Angst davor. Wenn es nicht bei den Händen bliebe. Wenn er noch mehr gewollt hätte. Also hat sie gleich Nein gesagt. Wie das wohl gewesen wäre, wenn sie Ja gesagt hätte? Wenn sie ihn hineingelassen hätte? Åsa erinnert sich, sie lächelt.

»Du hast ziemlich doll nach Lagerfeld gerochen, diesem süßlichen Duft«, meint Åsa.

»Stimmt, das habe ich immer noch, obwohl ich mir heute nicht mehr unbedingt drei Liter aufsprühe. Als das Parfüm auf den Markt kam, hieß es ja, das sei ein richtiger Magnet für Mädels. Wenn man nur Lagerfeld drauf hätte, dann würde alles andere von selbst laufen. Ich erinnere mich noch an eine Party, auf der zwei Mädchen waren, die beschlossen hatten, nur mit einem rumzumachen, der Lagerfeld aufgelegt hatte. Nach dem Abend hatte jeder Typ in der Schule dieses Parfüm.«

»Ich mochte es. Mag es immer noch. Wie ein Mädchenparfüm, aber für Jungs. Was hatte ich denn? Date Isabelle! Das roch wie eine Tüte Süßigkeiten!«

»Du hast gut gerochen. Das tust du immer noch.«

»Ha ha! Mein Gott, Date Isabelle hat richtig gestunken. Rieche ich etwa immer noch so? Willst du damit sagen, ich stinke?«

»Nein, ich finde, du riechst gut. Von selbst oder wie man das nennt.«

»Von selbst? Wie meinst du das?«

»Dein Körper. Der hat nach ... Vanille gerochen. So habe ich das in Erinnerung. Warte mal. Ich muss mal riechen!«

Jetzt kommt Leben in Robert, er richtet sich auf und rutscht auf den Fußboden. Die Jogginghose rutscht ein wenig herunter und hängt auf den Hüften. Er lächelt verschmitzt, kriecht näher und setzt sich dicht neben Åsa, nimmt ihre Hand in seine und führt sie zur Nase. Als würde er an einem Jahrgangswein schnüffeln. Oder an einer kleinen Huflattichblüte.

»Doch, du riechst wirklich nach Vanille. Merkst du das nicht selbst?«

Åsa riecht an ihrer eigenen Hand. Sie merkt gar nichts. Außer Roberts Lagerfeld und dem leichten Weinatem. Den Wein spürt sie in ihrem ganzen Körper. Als ob sie betäubt wäre. Alle Gedanken verschwinden. Mama, Papa, Adam, Lena, Lenas Kinder, Åsas ungeborene kleine Kinder, das alles scheint weit weg zu sein. Als ob es sie alle gar nicht gäbe.

Robert dagegen ist nah. Seine großen, kräftigen Hände mit den schmutzigen Fingernägeln. Die Jogginghose, die leicht ganz herunterrutschen könnte. Seine nackten Füße. Süß war er schon immer. Nicht ganz ihr Stil, aber süß. Einfach ein Mann. Nicht mehr und nicht weniger. Kein besonders herausragender Kopf, aber ein warmes Herz und ein starker Körper. Niemand, mit dem man dasitzen und über das Leben reden kann, aber vielleicht ...

Robert hält immer noch Åsas Hand. Streichelt sie leicht. Was machen sie da eigentlich? Roberts Augen. Mit den langen schwarzen Wimpern und den feinen Fältchen darunter. Sie hört seinen tiefen Atem. Ihrer ist auch tief. Als ob sie außer Atem wäre.

Was heißt es eigentlich, jemanden zu betrügen? Ist es Betrug, seinen eigenen Wünschen zu folgen? Einmal etwas zu tun, was ganz ohne Bedeutung ist und in dem Augenblick einfach nur schön? Als würde man warm duschen, obwohl man vor Kurzem erst gebadet hat, einfach nur, weil man gern duscht. Ist es Betrug, sich zu dem Mann seiner Schwester hingezogen zu fühlen? Wenn die Schwester ihn verlassen hat? Wenn sie abgehauen ist und sich um nichts kümmert? Ist es Betrug, seinem eigenen Mann untreu zu sein? Dem Mann, dem man ewige Treue gelobt hat? Oder ist es der größere Betrug, sich niemals, niemals ein Stück Schokolade von der teuersten Sorte zu gönnen?

Åsa sieht das Schokoladenstück ganz deutlich vor sich, dreht sich schnell zu Robert herum und küsst ihn. Ein langer, ein sehr langer Kuss. Sie packt sein dichtes Haar und presst ihre Nase an seinen Hals. Saugt den Geruch ein. Diesen Geruch, der ihn schon immer umgab. Spürt,wie sich seine Hände unter ihren Pullover arbeiten, der nicht mehr so eng ist wie früher. Seine Hände an ihrer Brust. Küsse, die nie enden. Wie lange küssen sie sich? Stundenlang? Ein paar Minuten? Sanfte Küsse, lange Küsse, federleichte Lippen, die sich nur kurz berühren. Zungen. Atem. Ihre Hände, die eifrig nach seinem Hosenbund suchen. Finden ihn, suchen weiter in den weißen Boxershorts. Hände. Überall Hände. Weg mit den Kleidern. Einfach weg damit.

Robert und Åsa begeben sich in das Jahr 1985, sie liegen auf dem Teppich wie keuchende, küssende Teenager. Als wäre alles nur ein Traum, ein Spiel und nicht wirklich.

Ein stilles Frühstück. Conny kaut seine Brote sehr gründlich. Die Kieferknochen bewegen sich in gleichmäßigem Takt, wie bei einer wiederkäuenden Kreatur. Lena hat den

Teebeutel sicherlich hundertfünfundzwanzig Mal in das lauwarme Wasser getaucht, nur um etwas zu tun zu haben.

»Und was hast du heute vor?«

»Arbeiten.«

»In welche Gegend fährst du?«

»Liljekullen, Hallen und Braby.«

Lena taucht den Teebeutel zum hundertsechsundzwanzigsten Mal ein. Wickelt ihn um den Löffel und presst den letzten Teesaft heraus. Connys Blick ist irgendwo weit weg auf dem novembergrauen, menschenleeren Spielplatz vor dem Fenster.

Sie ist frisch geduscht. Das ist eine von Lenas neuen Regeln in ihrem Leben. Den Stil wahren und regelmäßig duschen. Hat sie das nicht mal im Fernsehen gehört? Dass es ein Zeichen für Depression ist, wenn man aufhört, sich zu waschen? Dann muss Duschen ja als Zeichen für Gesundheit gedeutet werden. Lena – jetzt ein gesunder Mensch!

Conny nimmt noch einen Bissen von seinem Brot und kaut langsam. Lena betrachtet ihn hinter ihrer Teetasse. Connys offenes Gesicht, dieses flachsblonde Haar und all die Sommersprossen.

Es war so furchtbar anstrengend gestern. Nachdem sie miteinander geschlafen hatten, wäre Zeit für ein Nachspiel gewesen, wenn man so ganz dicht beieinander liegt, sich in die Augen schaut und all die sanften schönen Dinge sagt, die man in der Hitze der Leidenschaft nicht zu erwähnen geschafft hat. Und gerade da, ausgerechnet da fing Lena an zu weinen.

Mit Conny zu schlafen, ging gut. Ja, das ging sogar richtig, richtig gut. Ihr Kopf war leer gewesen. Weder die Kinder noch Robert hatten da dringesessen und Aufmerksamkeit verlangt. Sie hatte einfach im Hier und Jetzt gelebt und sich etwas gegönnt. Aber dann. Als das Feuerwerk verglommen war, da wurde es anstrengend. Vilda, Hampus, Engla und Josefine hockten ganz oben auf Connys Schrank und schauten auf sie herab. Hast du uns dafür verlassen?, haben sie gefragt. Um mit einem Eisverkäufer zu schlafen? Und sie selbst fragte sich, ob sie wirklich auf diese Weise zu sich selbst finden würde? Indem sie Sex mit Conny hatte?

Connys glatt rasierte Wangen, die an ihrer Brust ruhten, ein wenig mit ihren Fingern spielten, ihren weichen Bauch streichelten. Conny, der in der Dunkelheit lächelte, ein zusätzliches Kissen unter Lenas Kopf legte und anfing, über die Zukunft nachzudenken. Laut darüber phantasierte, wie sie zusammenleben und einander lieben würden, und ja, dass dies vielleicht der Beginn vom Rest ihres Lebens sei, wie schön es doch sei, dass sie einander begegnet seien, und wie glücklich er sei, dass sie ihn in jener Nacht, als sie so traurig gewesen war, angerufen habe. Solche Dinge.

Erst hat sie versucht, so zu tun, als sei es Robert, der da neben ihr lag und ihr all die schönen Komplimente machte. Das hat nicht geklappt. Es war nicht Robert, es roch nicht nach Robert und klang wirklich nicht nach Robert. Da musste sie die Zähne zusammenbeißen. Einfach zusammenbeißen und nicht anfangen zu weinen. All das anhören, was Conny hervorsprudelte, freundlich lächeln und dann einfach nur schlafen. Vielleicht würde es sich am nächsten Tag besser anfühlen.

Auch das ging nicht. Wie sehr Lena auch die Zähne zusammenbiss, kamen doch die Tränen. Sie versuchte zu gähnen, Müdigkeit vorzuschützen, Tränen der Müdigkeit aus den Augenwinkeln zu wischen. Conny lachte, weil sie schon um halb elf so träge war, und das, wo er sie so gern zu einer weiteren netten Runde eingeladen hätte. Und als das mit der zweiten Runde aufkam, da liefen so viele Tränen, dass keine Müdigkeit der Welt diesen Fluss hätte erklären können.

Okay. Dann hatten sie und Conny dagelegen, nackt zwischen frisch gewaschener Bettwäsche und Zierkissen. Lena weinte, Conny tröstete sie, wusste aber nicht so recht, wie.

Lena versuchte zu erklären, dass sie ihn wirklich gernhabe, aber allein sein müsse. Also, rein physisch allein sein, um nachzudenken. Dass sie keinen neuen Mann brauche. Dass es ihr leidtue, wenn sie die falschen Signale ausgesendet habe. Dass sie bedauere, mit ihm geschlafen zu haben, weil sie es eigentlich nicht hätte tun dürfen. Dass es wirklich superschön gewesen sei, kuschlig und warm, aber nein.

Conny hörte auf, sie zu trösten. Es ist schwer, jemanden zu trösten, der traurig ist, weil er gerade mit einem geschlafen hat. Conny weinte nicht, er starrte zur Decke und kam sich vor wie ein Idiot. Oder er fühlte sich verschaukelt. Verschaukelt von dieser Frau, die so viel Eis von ihm gekauft hatte, ihm so viele Hinweise und lange verheißungsvolle Blicke gesandt hatte. Die ihm Hoffnungen gemacht hatte. In die er sich verliebt hatte. In diese kleine Frau mit dem scheuen Lächeln und dem festen Blick. Wie hatte er nur so blöd sein können? Eine Frau, die von ihrem Mann und ihren Kindern abhaut? Wie könnten sie eine gemeinsame Zukunft haben? Was hatte er eigentlich geglaubt? Dass sie einfach bei ihm bleiben und nie mehr nach Braby zurückkehren würde?

Also fühlte sich Conny wie der schlimmste Mensch der Welt, und da fing er wieder an, Lena zu trösten, bat um Verzeihung und sagte, dass er sie verstehe. Obwohl er in Wirklichkeit nichts verstand. So waren sie am Ende eingeschlafen. Salzig von Lenas Tränen, verschwitzt vom Sex und belastet von der ganzen Situation.

Lena nimmt einen Schluck von ihrem lauwarmen Tee.

»Ich habe gerade eine Frau angerufen, die Gerda Larsson heißt. Sie vermietet ein Zimmer. Dann bist du mich los. Deine Kinder werden ja auch bald wiederkommen.«

Jetzt hört Conny auf, aus dem Fenster zu starren. Er versucht zu lächeln. Lena zuzulächeln. Verzeihend zu lächeln. Er fühlt sich betrogen. Als er zu Lena hineinging, als sie da im Zimmer seines Sohnes schlief, als er ihr drei Mahlzeiten am Tag brachte, da tat er das doch, weil er verliebt war.

Weil er hoffte, dass sie ihn, sobald sie aufwachte, mit offenen Armen in Empfang nehmen würde.

Natürlich ist er verletzt. Als sie miteinander geschlafen haben, da fühlte sich das so innig an. Als gäbe es gar keinen Zweifel. Aber den gab es eben doch.

Beide sitzen sie in ihren Sesseln. Irene in einem weichen, schwarzen und Marie in Rolfs kariertem, durchgesessenem Sessel, der wie ein großer, zerzauster Schaukelstuhl vor und zurück schaukelt.

Sie schauen sich eine Fernsehserie an, »Glamour«. Die tausendste Folge. Mindestens. Jemand hat mit einem Feuerwehrmann geschlafen, der seinerseits seine verstorbene alkoholkranke Modelfrau betrauert, die in Wirklichkeit gar nicht tot ist, sondern nur abgehauen. So ungefähr. Irene sieht nicht hin, sie hat die Augen geschlossen. Es ist zwei Uhr nachmittags, und sie schläft. Um diese Uhrzeit saß sie sonst über der Buchhaltung, oder sie hat mit den Typen vom Milchlaster geplaudert oder ein Paar Socken gestopft oder vielleicht mit Rolf »Mittagsschlaf« gehalten. Aber sie hat nie mit offenem Mund vor dem Fernseher geschlafen.

Marie steht auf und geht in die Küche. Sie macht den Kühlschrank auf und starrt auf die leeren Fächer. Ketchup, Senf, ein halbes Glas Pesto, eine Kanne Milch, etwas Butter und zwei Päckchen eingetrocknete alte Hefe. Noch vier Tage bis zur Beerdigung. Noch eine Woche, dann gehen die Aushilfen wieder. Noch eine Woche. Jemand muss neue Aushilfen herantelefonieren. Vielleicht kann Åsa einspringen? Keine Chance, dass Irene in einer Woche den Hof wird verwalten können. Sie muss Mama zum Psychologen schicken. Und sie muss beim Arbeitsamt anrufen. Sich für einen Computerkurs oder so anmelden. Verdammt. Da ist die hektische Atmung wieder.

Was hat sie sich eigentlich dabei gedacht? Einfach zu kündigen! Sie macht den deprimierenden Kühlschrank zu. Wandert planlos durchs Haus. Dann geht sie in Mamas

Nähzimmer. Stoffe, Knöpfe, Garn und Bänder auf Haken, die Nähmaschine auf dem kleinen Tisch. Wo Mama, als Marie noch klein war, fast jeden Abend saß. Da hat sie Overalls geflickt, Kleider genäht, einen Schal gehäkelt. Mamas Zimmer. So ruhig und sanft, der Duft von Stoff und Lavendelsäckchen.

Weiter ins Esszimmer mit dem großen Tisch, der tickenden Uhr, dem kühlen Fußboden. Ins Gästezimmer mit dem Doppelbett, auf dem Mamas weiße gehäkelte Tagesdecke liegt, mit den kleinen Noppen drauf, die wie Brustwarzen aussehen. Oder vielleicht wie winzig kleine raureifweiße Himbeeren. Auch da ist es kalt.

Weiter. In Papas Büro. Der ausladende Ledersessel, gerahmte Fotos von den Töchtern und den Lieblingskühen. Ja, Rolf hat alle seine Kühe fotografiert. Hat ihr Fell aufgebürstet, das Euter eingeschmiert, bis es glänzte, und sie vor Irenes Rosenbeeten fotografiert. Er war der festen Überzeugung, dass Kühe vor rosa Rosen am schönsten aussehen. Das Bücherregal mit den ganzen Ordnern. Ein riesiger Computer. Geruch von Rauch. Papageruch. Rolf durfte nur in seinem Zimmer oder außerhalb des Hauses rauchen.

Marie macht die Tür hinter sich zu und lässt sich in den kalten Ledersessel fallen. Macht die oberste Schreibtischschublade auf und findet die Zigaretten. Das Feuerzeug in Form einer Kuh, die Feuer gibt, wenn man sie auf den Bauch drückt, liegt gleich daneben. Sie zündet sich eine Zigarette an und nimmt einen tiefen Lungenzug, legt die Füße auf den Schreibtisch. Sie hat immer noch nicht geweint. Nicht eine Träne. Die Trauer liegt wie ein Stein im Magen und scheuert, mehr nicht.

Seltsam. War Papa nicht mehr als ein Stein? Doch, das war er. Er war der Mount Everest. Jetzt geht Maries Atem wieder schneller. Sie legt den Kopf zurück und versucht, langsamer zu atmen. Vielleicht sollte sie auch sich selbst zum Psychologen schicken. Wenn sie nicht arbeitslos wäre. Erst einen Job finden, dann einen Psychologen.

Die ganzen Ordner mit der Verwaltung des Hofs. Marie hat es nie geschafft, das alles zu lernen. Åsa und Lena können jeden beliebigen Ordner aufmachen und verstehen sofort, was da steht und was zu machen ist. Abhaken, was abgehakt werden muss, und bestellen, was bestellt werden muss. Nicht so Marie.

Sie weiß, wie man richtig schnell Drinks mixt. Wie man es schafft, dass die Leute sich in der Bar wohlfühlen. Marie kann wie eine Göttin tanzen, wenn sie gut drauf ist. Genau das richtige Lied für eben diesen Moment an der Bar zu finden, ist auch etwas, das sie vollständig beherrscht. Mit dem Alltag in der Bar kennt sie sich aus. Und mit Hunden. Frau um die vierzig, die sich prima mit Bars und Hunden auskennt, sucht Job, wo man nicht früh aufstehen muss und keine dummen Tussen um sich herum hat.

Ein Foto von Marie. Braun gebrannt, in kurzen Jeansshorts, kleinem T-Shirt, dunkelblondem Pagenschnitt. Sie sitzt auf Maikens breitem Kuhrücken. Wie alt kann sie da gewesen sein? Vierzehn? Zwölf? Papa muss auf der Lauer gelegen haben, um dieses Foto zu machen, wo sie einmal in der Nähe von Kühen war und gleichzeitig gelächelt hat. Und nicht schon auf der Flucht, weit weg von Solvändan.

Lena und Josefine. Josefine erst ein paar Jahre alt, oder ist sie da noch ein Baby? Marie sieht keinen Unterschied. Lena ist immer noch ein Teenager. Sowohl sie als auch Josefine haben auf dem Foto einen Milchbart.

Åsa. Mit dicker Brille und Zahnspange Arm in Arm mit Mama und einer riesigen Wanne Herzkirschen vor den Füßen.

Mama und Papa. Irene und Rolf, wie sie vom Steg springen, beide in der Luft erstarrt, Papa mit weit offenem Mund und verrückten Kuhaugen. Irene mit zusammengekniffenen Augen. Jung.

Hier hat Rolf gesessen. Als er noch lebte. Und hat seine Familie betrachtet, geraucht und die Finanzen geordnet. Die Familie sieht so harmonisch aus. Alle halten zusammen und sind sich einig. Die Fotos deuten darauf hin. Glücklich, gesund und immer mit einer Kuh dabei.

Aber das stimmt nicht. Ihre Familie ist wie eine ausgeflockte Soße. Mit einzelnen Flocken, die hin und her schwimmen. Kleinen einzelnen Flocken.

Marie nimmt einen letzten Zug, macht das Fenster auf und wirft die Kippe hinaus. Dann geht sie weiter durchs Haus. Sie steigt die Treppe hoch. Åsas Zimmer. Lenas Zimmer. Maries Zimmer. Alle eiskalt. Das Badezimmer, das Elternschlafzimmer, das Spielzimmer (das jetzt nur noch ein Zimmer ist, ganz ohne Spiel), der große begehbare Kleiderschrank, den sie früher so gruselig fand, und der Balkon.

Marie geht ins Elternschlafzimmer und setzt sich auf Rolfs Seite des Bettes. Es ist frisch bezogen. Unberührt. Nur ein schwacher Duft von Waschmittel. Kein Rolf-Geruch mehr. Rolf liebte die Aussicht vom Bett aus. Den ganzen Stall konnte er von dort aus sehen. Manchmal öffnete er das Fenster und brüllte seinen Kühen liebevoll zu: »Moggiii, Moggiii, Moggiii!« Dann hörte man die Tiere von drinnen zur Antwort muhen: »Rolf, Rolf, Rolf«.

Jetzt rennt Otto da draußen herum und bellt fröhlich. Die Aushilfen kommen zum Abendmelken. Ach, verdammt. Marie steht auf, öffnet Rolfs Schrank, zieht einen seiner alten Overalls heraus und einen warmen Pullover. Lieber raus und melken, als in einem leeren Haus zu sitzen, zu hyperventilieren und an den psychologischen Notdienst zu denken.

17

Vom Zentrum aus geht es ein paar Hundert Meter auf einem kleinen Weg in den Wald. Am Ende des Pfades, zwischen schwindelerregend hohen Tannen, steht ein kleines Haus, über dessen Dach verträumt die Schneeflocken dahinsegeln. Ein windschiefes Haus mit weiß gestrichenen Holzpaneelen, im Sommer sicher bezaubernd. Lena kann all die Blumen und Obstbäume erahnen, die jetzt in Winterruhe unter dem dünnen Puderschnee liegen. Ist in so einer winzigen Hütte denn Platz für zwei Leute?

Ihre Nase tropft ein wenig, und Lena wischt sie mit dem Handschuh ab. Eine kleine Treppe führt auf die mit Raureif überzogene Glasveranda, auf der die Geranien in ihren Töpfen auf den Frühling und neue Knospen warten. Lena geht auf den Eingang zu, den Rucksack mit den Kleidern der Kinder und etwas Wäsche für sich selbst auf dem Rücken, die etwas zu dünne Jacke am Körper.

Noch ehe sie dort ist, geht die Verandatür einen Spalt weit auf. »Lena?«

»Ja.«

»Kommen Sie schnell in die Wärme.«

In die Wärme. Lena legt Schuhe, Jacke und Rucksack in der kühlen Veranda ab. Gerda Larsson packt die Jacke auf die kleine Bank, die auch als Kleiderkiste dient. Ihre grauen Haare erinnern an dünne Spinnweben. Wie alt sie wohl ist? In ihrem Gesicht sind nur Falten. Es gibt keine einzige glatte Stelle im ganzen Gesicht. Eine sprechende Rosine.

»So. Ist das alles?«

»Ja.«

»Dann kriegen Sie jetzt einen Kaffee.«

Die Decke ist so niedrig, dass Lena sich ducken muss. Sie betreten eine winzig kleine Diele. Von dort aus kommt man entweder in die Küche oder in ein kleines Schlafzimmer oder in ein noch kleineres Schlafzimmer, eine Abstellkammer mit Bett. Wie ein Puppenhaus. Seifengeruch. Rote Steppdecken auf den schiefen Kiefernholzbetten. Überall auf den Fußböden Flickenteppiche. Innenfenster gegen die Kälte. In der Küche wird die Luft vom Blubbern des Kaffees erfüllt. Ein richtiger Holzofen, knisternd und heiß.

»Setzen Sie sich. Etwas Milch in den Kaffee?«

»Ja, gerne.«

»Zucker?«

»Ja, gerne.«

»Und vielleicht einen kleinen Schuss?«

»Ja, gerne.

»Eine Zimtschnecke?«

»Ja, gerne.«

»Ich denke, wir werden gut miteinander auskommen.«

Gerda Larsson macht den Schrank auf, holt ein Kännchen Milch heraus, Zuckerstücke in einer kleinen Kupferdose, einen kleinen Korb mit Zimtschnecken und eine echte Flasche Jack Daniel's. Die Flasche wirkt zwischen all den kleinen Dingen etwas überdimensioniert. Eine kleine Oma, eine kleine Küche und eine riesige Flasche Rock 'n' Roll-Whiskey.

Lena schaut sich um. Legt die Hände gegen den Holzofen, um sich etwas zusätzliche Wärme zu erschleichen. Beobachtet die alte Frau, die leicht und mit geschickter Hand Kaffee in Lenas Tasse gießt.

»Warum vermieten Sie ein Zimmer?«

»Warum wollen Sie etwas mieten?«

Gerda Larsson lächelt, sodass ihr Gesicht fast noch faltiger wird, gibt etwas Milch in Lenas Tasse und krönt das Ganze mit einem Schuss Whiskey.

»Ich brauche ein Zimmer, um ... weil ich einen Ort zum Leben brauche.«

»Wo niemand Sie kennt?«

»So ungefähr.«

»Sind Sie kriminell?«

»Kriminell? Nein, ich bin nur … verwirrt. Ich habe vier Kinder, einen Mann und alles, aber ich war am Ende. Jetzt muss ich überlegen, wie es weitergehen soll.«

»Das kann ich gut verstehen. Und ich vermiete, weil ich ganz einfach ein Zimmer übrig habe. Ich kann doch nicht hier sitzen und massenhaft Platz für mich allein haben, wenn andere Leute auf der Straße wohnen. Eine Zimtschnecke gefällig?«

Lena nimmt eine Schnecke aus dem Korb. Soll sie sich ein vierzig Quadratmeter kleines Hexenhaus mit einer alten sprechenden Rosine teilen, die Jack Daniel's trinkt? Ja. Es ist ja nicht für immer.

Bis Weihnachten. Bis dann muss Lena ihr Lebensrätsel gelöst haben. Es kann nicht angehen, dass sie Weihnachten ohne ihre Kinder feiert. Hier zwischen all den Kiefern scheint die Zeit stillzustehen. Das passt gut. In einer Zeitkapsel zu sitzen und nur nachzudenken. Als würde die Zeit nicht davonticken. Als würden die Kinder sie nicht vermissen, weil auch deren Zeit eingefroren ist und erst auftaut, wenn Lena nach Hause kommt.

In ein paar Tagen wird Rolf begraben. Papa. Um 9 Uhr 45 in der Kirche von Braby. Dann Sandwichtorte im kleinen Saal des Gemeindehauses. Zum Begräbnis muss sie gehen. Das muss sein.

Raus mit dem Mist! Marie drückt das alte Stahlrohrgestell durchs Fenster, versetzt ihm einen letzten Stoß und sieht das Bett runtersausen. Es hat was, alte große Möbel wegzuschmeißen und zuzusehen, wie sie auf dem Boden zerschellen.

Da kann sie genauso gut auch den alten Ikea-Schreibtisch rausschmeißen. Marie tritt mehrmals fest dagegen. Schließlich ist nur noch ein kleiner Haufen Sperrholz übrig, den man bündeln kann. Raus mit dem Mist, ab in die gefrorenen Brennnesseln unter dem Fenster, wo schon das Bett, der schäbige Billardtisch, Maries alter Gesichtsbräuner, kaputte Lampen, Kinderbetten und Autoreifen liegen. Außerdem Aktenordner und eine riesige goldene Lampe, die Marie mal in New York gekauft hat, aber zu Hause angekommen schon nicht mehr leiden mochte.

»Breaking the Law! Breaking the Law!«, singt Judas Priest dröhnend oder, besser gesagt, rasselnd aus dem kleinen Kassettenrecorder. Es ist der alte von Marie. Unter dem Bett in ihrem Mädchenzimmer hat sie einen ganzen Karton mit richtig geilen Hardrockkassetten gefunden. Judas Priest – es gibt nichts Besseres, wenn man die unbewohnten Seitenflügel des Hauses ausräumen will.

Marie setzt sich auf einen der kaputten Stühle, die sie noch nicht rausgeworfen hat. Versucht, die Knöpfe über der Brust zu schließen, aber das misslingt wie immer. Vermutlich wird sie doch noch ihre Mutter bitten müssen, den Overall zu ändern.

Marie dreht den kleinen Kassettenrekorder lauter, zündet sich eine Zigarette an und lehnt sich ans Fenster. Sie sieht Irene ganz, ganz langsam mit Otto in den Wald gehen. Wenigstens bewegt sie sich ein wenig.

Die beiden Seitenflügel sind richtig groß. Sie müssen mindestens einhundert Quadratmeter groß sein. Und dann gibt es ja noch die Garage! Nachdem sie die ganzen alten defekten Traktoren rausgeschafft hat und Rolfs antike Motorräder, die niemand mehr fahren wird, ist ihr erst aufgefallen, wie gigantisch die Garage ist. Und sie hat sogar einen Dachboden! Sicherlich dreihundert Quadratmeter Grundfläche. Hohe Decke. Fünf, sechs Meter vielleicht.

Marie lehnt sich noch weiter aus dem Fenster und betrachtet die Garage. Sie sieht aus wie eine gewöhnliche Scheune, nur vielleicht etwas stärker heruntergekommen. Ziemlich kleine Fenster, aber dafür ziemlich viele. Was für Konzerte man hier machen könnte! Eine richtige coole

Location. Abgesehen davon, dass nebenan zweihundert Kühe stehen, die von der Lautstärke einen Milchstau kriegen würden. Welch ein Anblick! Fünfhundert Hardrocker, die zur Musik einer richtig harten Band in der Garage Headbanging machen.

Morgen wird Papa begraben. Marie will etwas ihm zu Ehren tun, indem sie hier aufräumt und all das wegwirft, was er selbst nicht geschafft hat, über sich gebracht hat oder bereit war, wegzubringen.

Traktoren, die kaum noch einen Meter fahren können, ohne keuchend ihren Geist aufzugeben. Die alten abgelegten Möbel von Marie und ihren Schwestern, die seit Langem schon vor sich hin modern und verrotten. Zeug. Massenhaft Zeug.

Marie dreht sich um und bläst den Rauch in den kleinen, netten Raum, in dem sie jetzt steht. Ohne den ganzen Plunder ist es ein schönes Zimmer. Ein offener Kamin in der Mitte der langen Wand und zwei zierliche Sprossenfenster.

Marie nimmt einen letzten Zug, bevor sie die Kippe und den klapprigen Stuhl raus in die Brennnesseln befördert.

»Ist bei der Beerdigung Schwarz angesagt?«

»Nein, du kannst anziehen, was du willst.«

»Was wirst du anziehen?«

»Weiß nicht. Irgendwas Rotes, denke ich.«

Åsa faltet ihren langen roten Wollrock in die Tasche. Kein Schwarz. Nicht auf Papas Beerdigung. Rot. Wie die Liebe. Das ist die richtige Farbe. Rolfs Farbe.

Åsa tut ihren Schlafanzug dazu. Den dicken. Auf Solvändan ist es kalt wie sonst was. Adam wirft sein einziges Jackett, das dunkelblaue, über den Schlafanzug in die Tasche. Åsa faltet es und drückt es ordentlich hinein. Adam sieht Åsa nachdenklich an.

»Sollen wir unsere Wanderstiefel mitnehmen? Glaubst du, wir haben Zeit, ein wenig in den Wald zu gehen?«

»Weiß nicht …«

»Ich nehme sie mal sicherheitshalber mit. Soll ich deine auch einpacken?«

Adam verschwindet aus dem Schlafzimmer in die Diele, wo er lautstark im Einbauschrank wühlt.

Åsa lässt sich schwer aufs große Doppelbett fallen und streicht über die weiche Tagesdecke. Adam. Ich liebe dich. Ich liebe dich, Adam. Du bist der schönste der Welt, Adam. Deine Hände, dein Hals, dein rotes Wuschelhaar, deine Wanderstiefel, dein hässliches blaues Jackett. Ich liebe dich.

Sie will nicht daran denken. Es einfach vergessen, wegwischen. Aber sowie sie die Augen schließt, sieht sie Robert vor sich. Mit nacktem Oberkörper und halb geschlossenen Augen. Sie sieht ihre eigenen Hände in seinem Haar, auf seinem Rücken, ihre Nägel, die sich in seine Pobacken graben. Sie blinzelt. Weg mit den Bildern. Die sind eklig.

Die Tränen laufen. Weg damit. Wenn jetzt Adam kommt und fragt, warum sie weint? Ach, ich weine, weil ich mit meinem Schwager geschlafen habe. Verstehst du? Ich war zum ersten Mal in meinem Leben untreu. Ich habe das Gelöbnis gebrochen! Ich habe dich betrogen!

Nein, die Tränen wollen nicht aufhören zu laufen. Adam ruft fröhlich, dass er ihre Wanderstiefel ganz hinten im Schrank gefunden habe. Åsa wischt die Tränen weg, aber sie laufen weiter.

Adam taucht mit den Wanderstiefeln in der Hand auf.

»Sag mal … bist du traurig?«

»Nee, schon gut, kein Problem. Wie schön, dass du die Wanderstiefel gefunden hast. Super!«

Mit verzweifelter Fröhlichkeit schießt Åsa vom Bett hoch und läuft zur Küche.

»Ich suche eben eine passende Plastiktüte!«

Die Tränen wollen einfach nicht aufhören zu laufen. Sie tropfen zwischen die Plastiktüten. Alles ist verschwommen, sie sieht nichts. Wäscht sich schnell das Gesicht am Wasserhahn in der Küche. Klopft ein wenig auf die Augenlider. Adam folgt ihr in die Küche, zieht die Augenbrauen zusammen und beugt sich vor.

»He, mein Herz. Wir schaffen das schon. Zusammen. Du und ich. Okay?«

Åsa umarmt ihn ganz fest. Bohrt ihre rotzige Nase in seine Halskuhle und schnuppert. Adams Geruch. Schweigend streichelt er ihren Rücken. Gibt ihr ein wenig von seiner Kraft. Küsst sie leicht auf die Wange. Ja, sie ist traurig wegen morgen. Und wegen gestern. Und weil sie heute Abend zum Hof fahren werden. Mama und Marie sehen werden. Robert und die Kinder. Vielleicht werden sie Lena sehen. Wenn sie kommt. Und Åsa muss ihnen allen in die Augen sehen, während sie Adams Hand hält. Ja, sie ist traurig wegen morgen.

18

Erst wenige Tage ist es her, dass Åsa das ganze Haus geputzt und alle Wäsche zusammengelegt hat, die man überhaupt zusammenlegen konnte. Jetzt ist wieder alles schmutzig. Verdammt.

Robert checkt schnell sein Handy, während er gleichzeitig versucht, den Stecker vom Bügeleisen einzustecken. Nein, keine Nachrichten. Nicht ein Mucks von Åsa. Nicht ein Pieps von Lena. Verdammt. Das war so komisch mit Åsa. Sie hat angefangen. Er hätte niemals den ersten Schritt gemacht, auch wenn er schon ein wenig scharf war. Sie hat ihn geküsst, mit Zunge und allem. Sie hat ihn auf den Boden gedrückt und angefangen, seine Strickjacke aufzuknöpfen. Na, und dann war es natürlich nicht so einfach, wieder aufzuhören. Also haben sie miteinander geschlafen. Danach haben sie sich ganz leicht und nett geküsst und sind eingeschlafen. Oder er zumindest.

Denn am nächsten Morgen ist er auf dem Wohnzimmerteppich aufgewacht, mit den Hosen auf Kniehöhe und drei hungrigen Kindern über sich. Drei kleine Kinder, die fragten, warum er einen nackten Hintern habe, ob er auf dem Weg vom Klo eingeschlafen sei oder ob er in Ohnmacht gefallen sei, und dann wollten sie wissen, wo Åsa sei und ob sie sich einen Film ausleihen dürften. Ja, wo war Åsa?

Sie war weg. Es war ihm schon klar, dass das, was sie getan hatten, nicht gerade gut gewesen war. Am liebsten würde er noch vor der Beerdigung mit ihr reden, aber sie geht nicht ans Handy. Ach ja.

Es ist sowieso alles zum Teufel, ein bisschen mehr oder weniger Hölle macht auch keinen Unterschied. Die Kinder werden immer als Letzte aus der Tagesstätte geholt, dann essen sie Nudeln vor dem Fernseher, die gemütlichen Insbettbringmomente fallen weg, weil Robert so gestresst ist und einfach nur will, dass alle schlafen, und in der Werkstatt stehen fünfzehn halbfertige Autos. LENAAA! Komm nach HAUSEEE!

Das Bügelbrett steht ziemlich wacklig da, als Robert ganz schnell sein Hemd und die Kleider der Mädchen bügeln will. Åsa hat ihnen neue Kleider gekauft, extra für die Beerdigung, und sogar einen kleinen Anzug für Hampus, den der aber niemals anziehen wird. Er wird seinen Opa im Spiderman-Schlafanzug zur letzten Ruhe geleiten. Scheißegal.

»Ich will, dass Mama jetzt nach Hause kommt.«

»Ich auch, Vilda, aber im Moment ist es gerade ein bisschen eilig, du weißt doch, dass wir zur Kirche müssen und Opa tschüs sagen, und …«

»Ich will nicht! Ich will nicht! Ich will nicht! Ich will, dass Mama nach Hause kommt! Ich bin wüüütend!«

Mit steifem Körper wirft sich Vilda auf das Doppelbett der Eltern und tritt wie verrückt um sich. Derweil baut sich Hampus in der Tür auf, die Arme in die Seiten gestützt und mit einem sehr bestimmten Gesichtsausdruck.

»Ich bin nicht Anzug, ich bin Spiderman.«

»Okay, es ist okay.«

»Außerdem hat Engla in der Küche Essiggurken ausgekippt.«

»Aha. Okay. Gut. Oder nein, meine ich. Ich komme!«

»Ich bin wüüütend!«

Vilda tritt fast psychotisch um sich. Robert bügelt so hektisch, dass die Kleider steife Falten kriegen.

»Hör mal, Vilda, Mama kommt schon nach Hause, wir müssen uns nur ein wenig gedulden. Sie kommt schon. Und so lange geht es uns doch auch ganz gut, oder nicht?«

»NEEEEIIIIN!«

Josefine steckt den Kopf herein. »Ich nehme Bella mit.«

»Was? Nein, keine Freundinnen auf der Beerdigung, wir wollen doch unter uns sein.«

»Natürlich nehme ich Bella mit! Wenn Mama nicht da ist, dann nehme ich Bella mit. Sie kommt mit!«

»Okay, okay, dann nimm Bella mit.«

Josefine wickelt ein Handtuch um die nassen Haare und verschwindet.

»Mamaaa!«

Jetzt weint Vilda auch noch. Robert stellt das Bügeleisen ab und nimmt seine Tochter. Sie leistet Widerstand. Er umarmt sie. Sie kämpft. Mit aller Kraft schafft Robert es, Vilda zu sich zu drehen. Er hält sie so fest, dass sie gar nicht strampeln kann. Am Ende gibt sie nach. Ihr Körper wird weich. Sie umarmt ihn auch ein wenig. Schnieft, schluchzt.

»Ich vermisse Mama auch, mein Liebes. Aber bis sie wiederkommt, müssen wir uns gegenseitig helfen. Du weißt ja, ich bin ganz gut in Autos, aber du musst mir zeigen, wie man Kinder versorgt und so.«

»Papa, es qualmt.«

»Ja, draußen ist es kalt, da kann es schon mal so aussehen, als würde es qualmen.«

Robert ist stolz auf die pädagogische Stimme, die er sich eben zugelegt hat. Die sollte er öfter anwenden, das klingt ganz so, als würde er interessiert zuhören.

»Es qualmt vom Bügeleisen!«

Verdammt, das Bügeleisen! Robert hebt das rauchende Bügeleisen hoch und erkennt, dass er gerade ein sehr originelles Muster auf Vildas neues Kleid fabriziert hat.

Still schleicht sich Lena in die Kirche. Noch zwei Stunden bis zur Beerdigung. Es ist früh am Morgen. Der Küster wischt den Boden. Lena zieht sich die Mütze über die eine Gesichtshälfte und hofft, dass er sie nicht wiedererkennen wird.

Ohne den Blick zu heben, wischt er gründlich weiter.

»Gestern war Konfirmation. Was die alles auf den Boden fallen lassen! Als wären sie im Kino und nicht in einem Gotteshaus.«

»Stimmt, das ist echt nicht so toll. Ja, also ... mein Papa wird heute beerdigt. Das klingt jetzt vielleicht komisch, aber kann ich vielleicht irgendwo sitzen, wo man mich nicht sieht? Es ist etwas schwierig ...«

»Kein Wunder, dass du dich verstecken willst. Wo du Robert und die Kinder verlassen hast. Ja, was ist nur mit den Menschen los! Aber du wirst schon deine Gründe haben, mein Mädchen.«

»Ja, die habe ich.«

Lena nimmt die Mütze ab und hält sie in der Hand wie eine Bittstellerin. Sie wirft einen verstohlenen Blick nach vorn. Kresse, Kornblumen und Calendula ringeln sich über dem ochsenblutroten Sarg. Åsa hat gute Arbeit geleistet. Lena will gerade vorgehen und den Sarg ein wenig streicheln, als der Küster sich theatralisch räuspert.

»Komm mal her, Lena, ich zeige dir, wo du sitzen kannst.«

Er geht eine Treppe hinauf zur Orgel, und Lena folgt ihm. Oben zeigt er auf einen durchgesessenen Samtsessel in einer dunklen Ecke.

»Hier habe ich schon oft gesessen. Du hörst alles, was der Pfarrer zu sagen hat, und wenn du ein wenig sehen willst, dann musst du nur hier durch den Vorhang schauen, siehst du?«

»Danke. Und ich werde auch bald wieder nach Hause kommen.«

»Ja, ja. Die Wege des Herrn sind unergründlich.«

Der Küster steigt langsam die Treppe hinunter und wischt weiter die Reste der wilden Konfirmation weg. Lena klopft den kleinen Sessel ein wenig ab, überall sind Krümel. Hat der Küster hier gesessen und Kekse gefuttert, während er Hochzeiten und Beerdigungen mitverfolgt hat? Wahrscheinlich.

Sie setzt sich. Legt Handschuhe und Mütze beiseite und knöpft ihre Jacke auf. Es war schon etwas stressig, durch Braby zu radeln. Am Sonntagmorgen ist es hier immer ruhig, eigentlich eher wie ausgestorben, und ausgerechnet da ist sie auf Gerda Larssons mittelalterlichem Fahrrad durch den Ort gequietscht. Um sieben Uhr morgens. Dann hat sie ein paar Stunden auf einer Bank auf dem kleinen Kirchhof gesessen und hat den Küster mit seinem Moped die Einfahrt hinaufknattern sehen.

Von Gerda Larsson bis nach Braby mit dem Fahrrad. Das waren sicherlich dreißig Kilometer.

Hundertfünfundzwanzig Kronen in der Woche will Gerda Larsson für das Zimmer, Frühstück inklusive. Wasser wird von der Pumpe an der Straße geholt, ein paar Hühner legen morgens Eier. Es ist ganz still in dem niedlichen, kleinen Haus. Nur der Wind heult um die Dachrinnen. Gerda hat ihr ganzes Leben in diesem Haus gewohnt. In der kleinen Kammer ist sie geboren, und da will sie auch sterben, das hat sie beschlossen. Sie hat einen Sohn, aber der wohnt in Göteborg und ist auch schon uralt. Lena hat angeboten, Holz für den Ofen und die Kachelöfen zu hacken. Es hat Spaß gemacht, da zu stehen und einfach nur Holz zu hacken. Schwitzen, die Holzkloben zerteilen und eine Menge Mist aus dem Körper herauszuschaffen. Und als sie dann am Abend in dem schmalen Bett in der kleinen Kammer lag, ein flackerndes Licht am Fenster, die Kleider der Kinder unter dem Kissen und die Decke bis zur Nasenspitze hochgezogen, da hatte sie eine Vision.

Fünf Postkarten hat sie auf den Weg gebracht, jeweils eine für Josefine, Vilda, Engla, Hampus und Robert. Sie hat geschrieben, dass es ihr gut gehe (nicht wirklich wahr), dass sie zu Weihnachten nach Hause kommen werde (das muss einfach wahr sein), dass sie sich keine Sorgen machen sollten und dass sie sie lieb hat. Der letzte Satz fehlt allerdings auf Roberts Karte.

Und dann ist es so weit. Nur noch fünf Minuten, bis die Beerdigung anfängt. Irene wie in Trance, in moosgrünem langen Strickkleid, schwarzem Mantel und frisch geföhntem Haar mit kleiner Hardrocktolle, da Marie sie geföhnt hat. Marie in schwarzer Lederhose, schwarzen hochhackigen Schnürstiefeln, kurzem Kunstpelz mit Leopardenmuster, die Haare lang und offen. Robert rosig, frisch geduscht und mit einem Blick, der nach Lena sucht, die Arme um Engla, Hampus und Vilda gelegt. Josefine und Bella, beide schon weinend mit aufgelöstem Makeup. Åsa in einem roten langen Wollrock, Adam in seinem blauen Jackett und Hochwasserjeans.

Keiner weiß so recht, was er sagen soll. Der unabwendbare Tod wabert ihnen durch die Kirchentür entgegen. Da drinnen liegt er, Rolf, mausetot. In seinem besten Anzug. Dem Ausgehanzug. Åsa und Marie wollten ihm den grünen Overall anziehen, aber das wollte Irene nicht. Wenn man auf seine letzte Reise geht, dann sollte man gut gekleidet sein.

Es wird geräuspert und gehustet, und es werden kleine freundliche Worte gesagt, man stellt Fragen im Flüsterton, ob man gut hergekommen sei und ob jemand noch Taschentücher brauche. Jetzt gilt es nur, diese Veranstaltung zu überleben. Den, den man liebt, ein letztes Mal zu sehen, den Sarg zu küssen, der Musik zu lauschen und zu versuchen, das ganze Szenario nicht mit diesem lauten Weinen zu übertönen, das in der Brust schmerzt und reißt.

Der Küster öffnet die Türen. Der Sarg thront ganz vorn in der Kirche. Der Pfarrer lächelt ihnen milde zu, und Lena blickt durch den Vorhang hindurch nach unten. Oh, mein Gott, da sitzen sie. Josefine, ihre kleine, große Josefine, wie sie weint! Gib ihr doch noch ein Taschentuch, Robert, denkt Lena. Siehst du nicht, dass sie eines braucht! Und Hampus? Soll der allein ganz außen in der Bank sitzen? In seinem Spidermananzug? Mein Herzchen. Engla. Sie sieht ganz verweint aus. Vermisst sie vielleicht ihre Mutter? Und

Vilda? Weint sie nachts nach ihr? Kriecht sie rüber und legt sich in ihr leeres Bett, nuckelt an ihrem Daumen? Oh, mein Gott, was hat sie nur getan? Lena beißt sich auf die Hand. Unterdrückt das laute Weinen mit ihrer Jacke und versucht, tiefer in den Sessel zu kriechen.

Robert. Was empfindet sie für ihn? Ein einziges großes, schwarzes Nichts. Weder Liebe noch Überdruss oder Wut. Einfach nichts.

Und da liegt Rolf in seinem Sarg. Doch die Tränen, die in Lenas Jacke fließen, gelten nicht ihm. Nicht in diesem Moment. Sie gelten Engla, Hampus, Vilda und Josefine. Und ihr selbst.

Auf der Sandwichtorte steht »Geliebter Rolf« in Krabbenbuchstaben. Entweder ist Kajsa ein Tortengenie, oder sie ist völlig durchgeknallt. Wie kann man nur auf die Idee kommen, einen Namen mit Krabben zu schreiben?

Marie ascht in den Wind. Sieht die kleinen Flöckchen davonfliegen, den kleinen grasbewachsenen Hügel hinunter, zur Straße und dann weiter zum Zentrum von Braby. Im Gemeindehaus ist es kühl. Der Hausmeister hatte so schön mit gefalteten Servietten eingedeckt, aber er hatte vergessen, die Heizung anzuwerfen. Also haben sie in dicken, raschelnden Jacken dagesessen und Kajsas Sandwichtorte gegessen. Schweigend, steif, mit roten Nasenspitzen und verkühlt. Als ob nicht nur Rolf gestorben wäre, sondern die ganze Familie. Der Einzige, der redete, war Adam, und das, wo er sonst kaum etwas sagt. Er hat sogar eine Rede gehalten. Hat mit dem Löffel ein wenig an sein Glas geschlagen. In der Stille klang es, als würde ein ganzes Porzellanservice zu Boden geschmettert.

Adam erzählte sanft und ruhig, was Rolf ihm bedeutet hat. Wie gern er es gehabt hat, wenn der Schwiegervater ihn mitgenommen und ihm seinen Wald, seinen Hof und seine Tiere gezeigt hat. Wie geborgen sich Adam immer bei Rolf gefühlt habe, und immer willkommen. Eine ganz klassische Trauerrede. Nett. Nichts zu lachen, aber fröhliches Gelächter ist ja auch nicht gerade typisch für Beerdigungen. Es heißt ja, dass nach dem feierlichen Teil in der Kirche manchmal eine etwas ausgelassene Stimmung aufkommen könne, doch nein, das trifft auf Rolfs Beerdigungskaffee nicht zu. Tot. Kalt. Und still.

Marie nimmt noch einen Zug und bläst Rauchringe, die zum Dorfzentrum hinunterfliegen.

Was war nur mit Åsa los? Als ob sie plötzlich streng gläubige Muslima geworden wäre und niemandem mehr in die Augen schauen könnte, hatte sie sich in eine Art roten Jacken-Kaftan gewickelt. Wahrscheinlich trauert sie. Auf ihre Weise. Marie trauert knochentrocken, Åsa trauert in ihre Jacke gewickelt und mit niedergeschlagenem Blick.

»Ich mache nur einen kleinen Spaziergang, ist das in Ordnung?«

Adam sieht Åsa fragend an und legt den Arm um ihre Schultern. Åsa zieht die Jacke fester um sich, Gott, wie kalt es ist in diesem leeren, widerhallenden Raum.

»Natürlich. Wir fahren in ungefähr einer Stunde nach Hause zu Mama.«

Adam nickt, streicht Åsa ein letztes Mal über die Schultern, zieht seine Fjällrävenjacke an und stiefelt davon. Åsa sieht sich um. Linoleumfußboden aus den Siebzigerjahren in einem grünen, schlangenartigen Muster. Orangebraune, leicht durchsichtige Synthetikgardinen, drei nebeneinandergestellte Tische, Stahlrohrstühle mit braunen Plastikpolstern und, abgesehen von einem wenig kunstvollen Aquarell, das die Kirche von Braby zeigt, absolut nichts an den Wänden.

Die Kinder sitzen auf dem Fußboden und spielen mit den Geschenken, die Åsa ihnen mitgebracht hat. Filzstifte, Zeichenblöcke, süße kleine Radiergummis mit Erdbeerduft. Was für nette Kinder. Wie konnte Lena sie nur verlassen? Geschieht ihr nur recht, dass ... Nein.

Bella und Josefine sind abgezogen. Irene sitzt mit einer Wolldecke um die Schultern auf einem der Stühle, sie schläft fast. Marie sitzt neben ihr und macht Smalltalk. Lena ist nicht gekommen. Wie kann man nur nicht zur Beerdigung des eigenen Vaters erscheinen? Dabei hat sie selbst gut reden! Wie kann man nur mit dem Mann seiner Schwester schlafen! Das kann man sich fragen.

Eigentlich könnte sie eine Weile aufs Klo gehen, dann ist das schon mal erledigt. Sie muss zwar nicht, aber da kann sie auf jeden Fall ein wenig in Ruhe dasitzen und den finnischen Warnhinweis auf dem Heizkörper lesen.

Als Åsa gerade die Klinke runterdrücken will, wird die Tür von innen geöffnet. Robert. Er hat wahrscheinlich auch nur in Ruhe dasitzen und den finnischen Warnhinweis lesen wollen. Sie ist ihm aus dem Weg gegangen. Ihr Plan war ja, ganz normal aufzutreten. Hallo sagen, sich umarmen, fragen, was die Kinder machen, dann über Papa weinen und Sandwichtorte essen. Aber das Normale ist einfach nicht passiert. Als Robert mit den netten Kindern auftauchte, da ging das einfach nicht mehr. Er war wie ein großes, schwarzes, abgrundtief schlechtes Gewissen in Person. Als Adam hinging und Robert umarmte, da hätte Åsa fast gekotzt. Sie musste die Hände vor den Mund halten, damit das Frühstück nicht über den ganzen Friedhof spritzte.

»Hallo.«

Robert lächelt etwas fragend.

»Hallihallo.«

Åsa packt die Klinke und versucht, sich so schnell wie möglich an ihm vorbeizuschieben, aber Robert schafft es, sich zusammen mit ihr in den Raum zu drängen. Er nimmt Åsas Hand und schließt die Tür hinter ihnen beiden. Åsa wickelt die Jacke um sich und hat die Arme krampfhaft vor der Brust verschränkt. Robert versucht noch mal ein wenig zu lächeln, fährt sich nervös mit der Hand durchs Haar.

»Also ... Was wir gemacht haben, das war nicht so toll, was?«

»Nein, das war ziemlich daneben.«

»Ja. Ich wollte nur sagen, dass ...«

»Flüstern! Du musst flüstern.«

Åsa merkt, wie die Übelkeit sie wieder überkommt. Robert senkt die Stimme.

»Wollte nur sagen, dass keiner das hier erfahren wird. Ich sage nichts zu niemandem, und du auch nicht. Und dann ist es ja nicht weiter schlimm, oder? Keiner weiß etwas, keinem wird es schlecht gehen.«

«Was, ist es etwa kein Problem, nur weil man es nicht laut ausspricht? Du hast schließlich mit der Schwester deiner Frau geschlafen!«

»Ja, aber sie hat mich ja verlassen, verdammt! Du dagegen bist verheiratet und schläfst trotzdem mit dem Mann deiner Schwester. Du hast angefangen.«

»Nein, das habe ich nicht.«

»Doch, natürlich hast du das. Du hast angefangen, mich zu küssen.«

»Flüster gefälligst! Oder hör einfach auf, rede nicht mehr davon! Ich will das nicht!«

»Okay, okay, okay.«

Robert rückt seinen Schlips zurecht, um irgendwas zu tun zu haben. Åsa vergräbt die Hände in ihrer Jacke. Der Ventilator surrt. Wie konnte sie nur mit ihm schlafen? Wie konnte sie überhaupt nur im Entferntesten scharf auf ihn sein? Ein Automechaniker mit Bauchansatz und schmutzigen Fingern. Wie konnte sie mit ihm schlafen, anstatt einfach mit dem Auto nach Hause zu Adam und seinen gefühlvollen Händen zu fahren und stattdessen mit ihm zu schlafen? Es lag natürlich am Wein. Wie konnte sie nur fast zwei Flaschen Wein trinken? Wäre sie an dem Abend nüchtern gewesen, dann würde sie heute nie, nie, nie auf diesem Klo stehen. Keine Chance. Robert streicht Åsa ein wenig unbeholfen über die Schulter, und sie zuckt zusammen, als hätte er ihr einen Faustschlag versetzt.

»Hör mal, Åsa, wir können doch Freunde bleiben. Du magst doch die Kinder, und sie sehnen sich nach dir.«

»Wie läuft es denn so zu Hause?«

»Ich weiß nicht, aber allmählich werde ich misstrauisch. Ob sie vielleicht mit einem anderen Typen abgehauen ist? Was meinst du?«

»Ich weiß nicht, keine Ahnung, aber ich mache mir keine Sorgen. Sie wird wieder auftauchen. Wie geht es denn den Kindern?«

»Na ja, sie vermissen Lena natürlich. Ich koche ekliges Essen und wasche die falschen Kleider und hole sie zu spät ab und lese die Bücher zu schnell, und nichts mache ich richtig. Die Werkstatt funktioniert auch nicht. Die Jungs sind so viel Verantwortung nicht gewohnt. Kannst du nicht mal ein Wochenende kommen und ein bisschen mit den Kindern zusammen sein?«

»Bei dir zu Hause? Nein, das geht nicht. Nicht jetzt.«

Stimmen vor der Toilette. Marie und Irene sind auf dem Weg zum Auto. Marie wird noch eine letzte Nacht auf dem Hof übernachten. Åsa und Adam ebenfalls. Morgen ist Alltag. Dann wird alles wieder normal werden. Rolf ist begraben, wird nie wieder zurückkommen, und dann muss das Leben weitergehen. Beziehungsweise weiterrutschen, weiterwirbeln, weiterschleichen oder was auch immer.

19

Wie oft hat sie Papa als Erwachsene eigentlich getroffen? Sie hatten hauptsächlich so eine Festtagsbeziehung. An Geburtstagen, um Weihnachten herum und dann irgendwann im Sommer draußen auf Solvändan. In der Zeit dazwischen hat Marie nie mal den Bus genommen und ist nach Hause gefahren. Und Rolf ist nie mit dem Mähdrescher nach Stockholm gefahren. Warum ist sie nicht nach Hause gefahren?

Nur für einen Abend, zum Essen? Nur um mit dem nettesten Papa der Welt dazusitzen und »Jeopardy« anzuschauen, den Nachbarn etwas mit der Ernte zu helfen oder bei der Stallarbeit einzuspringen. Wäre das so anstrengend gewesen? Einmal im Vierteljahr zu melken, den Stall auszuspritzen und die Tiere zu füttern? Das ist doch wie ihre andere Arbeit auch, nur dass es nicht um Rocker, sondern um Kühe geht. Einer so durstig und laut wie die anderen.

Papa, den sie liebt. Liebte. Papa, der ihr beigebracht hat, wie man beim Mau-Mau schummelt. Papa, der den Gepäckträger festgehalten hat, als sie den großen Kiesweg entlangschwankte. Papa, der sie hinter dem Silo beim Sex mit Tony entdeckt hat. Und der ihr noch am selben Nachmittag Kondome in die Hand drückte. Deren Verfallsdatum schon ein halbes Jahr überschritten war. Marie kannte die schon aus der Schublade in Papas Nachttisch. Sie weiß nicht, welche Verhütungsmittel Mama und Papa benutzt haben, aber Gummis waren es jedenfalls nicht, denn die lagen in der obersten Schublade und trockneten vor sich hin. Papa, der …

»Wie ist es für dich? Soll ich lieber aufhören?«

Der hübsche Staffan schaut zwischen Maries Brüsten auf. Sie streicht ihm über das lange, braune Haar, das wie ein Fächer über seinen Rücken ausgebreitet ist. Die buschigen Koteletten an den Schläfen. Warum hat sie ihm eine SMS geschickt? Was hat sie sich dabei eigentlich gedacht? Dass er ihr ganzes Gefühl von Einsamkeit wegpoppen könnte? Dieses Loch, das so bodenlos ist? Die völlig trockenen Augen? Warum kann sie nicht weinen?

»Hallo? Marie?«

Staffan rappelt sich auf, bettet seinen Kopf neben den von Marie und schiebt eine Haarsträhne hinter ihr Ohr. Streicht mit dem Zeigefinger über ihre Wange.

»Ich denke an meinen Vater.«

»Das verstehe ich.«

»So richtig Spaß kann man wohl heute nicht mit mir haben.«

»Das ist schon okay. Ich verstehe das. Du bist schließlich traurig.«

»Das ist es ja, was so komisch ist. Dass ... ich es nicht weiß. Es ist, als wollte ich weinen und schreien, aber ... Aber das ist irgendwie nicht drin bei mir. Mein Vater war ja nicht gerade blutjung, als er gestorben ist. Er hatte drei Töchter und eine Frau, in die er noch immer superverliebt war. Und dann kriegt er einen Herzinfarkt und stirbt mitten bei der Arbeit. Ich meine ... Das ist doch eigentlich gar nicht so schlecht, oder?«

»Vielleicht ... Ich weiß es nicht.«

»Oder ist das ganz schlimm? Zu sterben, ehe man siebzig ist, einfach so, Knall auf Fall? Man atmet, und alles ist wie immer, und auf einmal ist man weg, peng, einfach so, und nichts ist mehr wie vorher.«

»Vielleicht ...«

»Ich habe das Gefühl, als würde ich mehr an mich selbst als an meinen Vater denken. An mein Leben. Wenn ich jetzt einfach verschwinden würde. Mausetot mit einem White Russian in der Hand hinter irgendeinem Bartresen. Das wäre doch irgendwie ... enttäuschend.«

»Aber du bist doch erst vierzig, da sind es ja noch ein paar Jahre bis siebzig.«

»Ja, aber ich kann, auch wenn ich siebzig bin, in einer Bar stehen und mich über kleine Tussen ärgern, die Limetten schneiden. Und dann dort sterben. Das wäre doch auch enttäuschend. Nun hatte mein Vater ja seinen Hof und Mama und uns und all die Tiere. Was habe ich?«

»Die hier ...«

Staffan streichelt Maries Habachtbrüste. Die Titten, die sogar dann stehen, wenn Marie eine Brücke macht.

»Die hier? Die gehören ja nicht mir! Die hat der Chirurg festgeklebt, und ich habe dafür bezahlt.«

»Ich weiß, das war nur ein Witz. Tut mir leid.«

»Aber kapierst du nicht? Ich habe gar nichts!«

»Was redest du denn? Du hast massenhaft. Du bist die beste Barkeeperin der Stadt, du hast einen Hund, eine Wohnung, Kumpel.«

»Ach was, ich habe gar nichts.«

»Du bist einfach nur traurig wegen deinem Papa. Aber eigentlich magst du dein Leben doch.«

»Wenn ich jetzt einfach sterben würde? Verdammte Scheiße.«

Marie starrt an die Decke, verfolgt ihren Ventilator mit den Augen. Immer im Kreis, rundherum, rundherum. Staffan legt seinen Kopf auf den Arm, er weiß nicht so richtig, was er sagen soll. Marie und er sind eher Kumpel. Keine Freunde. Rückenwindkumpel. Wenn sie Rückenwind haben, läuft alles super. Aber wenn der Wind mal richtig von vorn kommt, nein ... Sie sind wirklich keine echten Freunde. Er sieht sie an. Maries Profil. Die Stupsnase, die Fältchen unter den Augen, die exakt gezupften Augenbrauen, das etwas verlaufene Makeup, die solariumsgebräunte Haut. Sie ist hübsch. Hübsch auf diese etwas verlebte Art. Und energisch.

Staffan kennt die energische Marie. Die Drinks mixen und die Leute gleichzeitig zum Teufel schicken kann. Die eine gewöhnliche Barschürze gefährlich sexy aussehen lassen kann. Die säuft wie ein ganzer Kerl, raucht wie ein Pirat und liebt wie das Bauernmädchen, das sie früher einmal war. Aber jetzt ... Hier neben ihm liegt kein Pirat. Und es war auch keine Traumfrau, mit der er versucht hat, Sex zu haben. Das war hauptsächlich ein Körper, der still dalag und abwesend den Deckenventilator betrachtet hat.

»Vielleicht sollte ich gehen. Was meinst du? Möchtest du, dass ich bleibe?«

Marie wendet das Gesicht Staffan zu. Sieht seinen angstvollen kleinen Scheißerblick. Ach, wie ungern er bleiben möchte. Ach, wie er nur weg will von ihr. Weg, weg, weg. Lieber für irgendeinen norwegischen Hardrocker Verstärker schleppen.

Klar, er ist immer noch hübsch und kann so gut wie kein zweiter Lederhosen tragen. Aber was ist er sonst noch? Ein Symbol für Maries ganzes Leben. Er ist ... nichts. Jemand, der kommt und geht, nimmt, was er kriegen kann, und tschüs. Noch so eine Festtagsbeziehung. Nur dass sie sich vielleicht nicht an Weihnachten treffen, sondern auf anderen Festen. Niemand, den sie anrufen würde, wenn es richtig brennt. Wen würde sie denn dann anrufen? Linus? Lena? Åsa?

Papa vielleicht. Nein. Niemanden. Sie würde sich an niemanden wenden. Sie würde zur Arbeit gehen, die Lautstärke hochdrehen und einfach loslegen. Loslegen, egal, womit.

»Nein, du kannst gehen. Geh ruhig.«

»Okay. Ich fahre jetzt ein paar Wochen nach Norwegen. Aber vielleicht sehen wir uns danach?«

»Klar.«

Staffan zieht Unterhose und Lederhose an, macht den Gürtel zu, zwängt sich in sein weißes T-Shirt, bindet die Haare zu einem Pferdeschwanz, Strümpfe an, Lederweste, Boots, und dann beugt er sich zu Marie herab. Küsst sie leicht auf die Lippen. Lächelt etwas steif.

»Wir hören uns!«

»Ja, ja, und jetzt ab mit dir.«

Die Boots klappern zum Eingang. Die Tür wird geöffnet und wenig später zugezogen. Getrappel im Treppenhaus. Die Haustür unten fällt zu. Stille.

Marie zieht ihre schwarze Augenmaske über, steckt ein paar Ohrenstöpsel ein, klopft mit der Hand aufs Bett, sodass Otto hochspringt, und dann liegt sie da in der völligen Dunkelheit und Stille. Als ob sie tot wäre. Allerdings mit einem laut schlagenden Herzen.

»Ja, hier Conny.«

»Hallo, hier ist Lena.«

Lena steht draußen auf der Straße, ein Stück vom Hexenhaus entfernt. Das Handy hat drinnen in der Hütte keinen Empfang. Es ist Nachmittag, und Lena steht im Windschatten unter den riesigen Nadelbäumen. Kalte Windböen ziehen wie ein unruhiges Rudel Wölfe über den Wald hinweg, aber da unten im Schutz der Bäume ist es ruhig.

»Ach so, hallo.«

»Ich wollte nur hören, wie es dir geht. Unser Abschied neulich war ja ein bisschen komisch.«

»Ehrlich gesagt, geht es mir schlecht.«

»Oh. Das tut mir leid, ich hätte …«

»Nein, das ist nicht deine Schuld. Ich habe Fieber und zittere am ganzen Körper.«

»Brauchst du Hilfe?«

»Nee, die Kinder kümmern sich um mich.«

»Und deine Arbeit? Hast du jemanden, der für dich fahren kann?«

»Weiß nicht. Ich habe überlegt, trotzdem zu fahren, es ist ja bald Weihnachten, und ich brauche das Geld. Werde mich wohl mit Aspirin vollstopfen müssen oder so.«

»Nein! Bleib liegen. Ich kann fahren! Du hast mir geholfen, jetzt will ich dir helfen. So funktioniert das. Ich fahre, und du kriegst das Geld. Punkt. Wo steht das Auto?«

»Bist du sicher?«

»Absolut. Ich habe mein ganzes Leben Traktoren und Pick-ups gefahren. Ein Eisauto ist eine meiner leichtesten Übungen. Welche Tour fährst du grade?«

»Rösjön und Ekbacka. Nichts Besonderes, du fährst einfach nach der Karte, spielst in jedem Viertel den Erkennungsjingle ab, am liebsten mehrmals. Ja, und dann verkaufst du die Sachen, nimmst Geld ein und fährst wieder nach Hause. Ich sag den Kindern, dass sie den Schlüssel ins Handschuhfach legen sollen und …«

»Jetzt schlaf erst mal, Conny, ich kümmere mich darum.«

Lena läuft zum Haus zurück, um sich etwas wärmere Kleider zu holen und Gerda Larsson Bescheid zu sagen. Wie schön, etwas zurückgeben zu können. Schön, helfen zu können!

Nur noch zwei Wochen bis Weihnachten. Das letzte Weihnachten zu Hause war die Pest. All das, was sie sonst so gern gemacht hat – Weihnachtskarten mit den Kindern malen, Marzipankartoffeln rollen, das Haus dekorieren –, all das war nur noch grässlich und scheißanstrengend. Ob sie schon die Weihnachtssterne aufgehängt haben? Hoffentlich hat Robert nicht vergessen, Adventskalender zu kaufen.

Lena zieht sich die Mütze über die Ohren und springt auf das alte Fahrrad ihrer Vermieterin. Schneeflocken und Wind peitschen ihr ins Gesicht, als sie zu Connys Haus strampelt. Die Wangen brennen ihr. Es ist nicht weit zu Conny. Vielleicht fünf Minuten mit einem alten, klapprigen Fahrrad. Das taubenblaue Eisauto steht in der Auffahrt. Lena lehnt das Fahrrad an die Hauswand und springt ins Auto. Sucht nach dem Schlüssel im Handschuhfach und kriegt den Motor in Gang. Es brummelt unter der Motorhaube, und ein schwacher Benzingeruch breitet sich in der Fahrerkabine aus. In einem kleinen Tassenhalter steht Connys Kaffeetasse, und auf dem Boden liegt eine Thermoskanne. Die Zeitung von gestern auf dem Beifahrersitz.

Vielleicht hätte es etwas werden können mit Conny. In einem anderen Leben, zu einer anderen Zeit. Lena betrachtet die Thermoskanne, seufzt und legt den Rückwärtsgang ein.

Dichtes Schneetreiben. Die Scheibenwischer huschen über die Scheibe. Kalt ist es auch, obwohl sie die Heizung voll aufgedreht hat.

Wer zum Teufel kauft bei solchem Wetter Eis? Da will man doch viel lieber warme Zimtschnecken und heiße Schokolade als eine große Waffel Eis. Und warum werden per Auto eigentlich nur Eis und tiefgefrorene Fast-Food-Gerichte angeliefert und nicht ganz normales leckeres und vollwertiges Essen?

Lena denkt an all die Mütter, die sich wie blöd abrackern, damit die Kinder rechtzeitig in die Schule kommen, und die dann nach ihrer Arbeit noch den Haushalt machen und kochen müssen – wie schön wäre es, wenn ein Lieferwagen mit fertig gekochtem, gesundem Bioessen vorbeikäme! Keine fetten Pizzen, kein asiatisches Schnellessen, sondern vollwertige Mahlzeiten, die man seinen Kindern gern vorsetzt.

Lena fährt in Richtung Rösjön. Versucht, Abstand zum nächsten Wagen zu halten, denn es ist ziemlich glatt. Bioessen auf Rädern – warum ist auf diese Idee noch niemand gekommen? Wenn es in Lenas Viertel so etwas gegeben hätte, dann wäre sie vielleicht nicht von zu Hause weggelaufen.

Lena weiß, was in dem Eis drin ist, das sie gerade durch die Gegend fährt. Als sie in Conny verliebt war, oder wie man das nun nennen möchte, da hat sie zu Hause im Sessel gesessen und die Inhaltsstoffe auf den Eispackungen gelesen, als handelte es sich um codierte Nachrichten von Mister Eismann himself. Niemals war Biosahne oder Eier von freilaufenden Hühnern drin. Keine biodynamisch angebauten Erdbeeren. Nur eine Menge künstlicher Kram.

Von Rolf und Irene hat Lena gelernt, wie wichtig es ist, sich um die Natur zu kümmern. Kein Fleisch zu kaufen, das von der anderen Seite des Erdballs stammt, kein gespritztes Gemüse zu essen. Dass das Einfache häufig das Beste ist. Keine großen Verrenkungen. Erdbeeren und frische Sahne. Frisches Fleisch vom Hof und neue Kartoffeln aus dem Acker. Was könnte besser sein?

Bioeis mit Sahne aus der Gegend. Beeren aus dem Wald. Und das Ganze wird in einem hübschen Auto geliefert. Mit angenehmer Musik. Ohne diesen Psychosen hervorrufenden nervigen Eisjingle. Bioessen auf Rädern mit Fleisch von Tieren, die artgerecht gehalten werden und die in der Umgebung aufgewachsen sind, Soßen mit Biosahne, Bio-Gemüse als Beilage. Gute schwedische Hausmannskost. Gulasch, Kohlrouladen, Kalbfleisch in Dill, Hackbraten. Alles in preiswerten Familienpackungen. Oder auch in kleinen Portionen für alleinstehende Rentner, wie der Küster von Braby! Der würde doch bestimmt eine kleine Portion Kohlrouladen kaufen, wenn sie mit ihrem Bioessenwagen bei ihm vorbeikäme.

Jetzt ist sie in Rösjön angekommen. Lena drückt den Knopf, mit dem sie den Jingle auslöst, und wartet auf die Kunden. Vielleicht sollte die Fahrerin des Bioessenwagens auch schön angezogen sein. Ein frisch gestärktes Hemd, vielleicht mit einem aufgestickten Emblem. Ein paar Rentner kommen vorbei, schauen schnell über die Eiskarte und marschieren weiter. Weder Colaeis in Hundeform noch das Gespenstereis haben sie angemacht. Wer weiß, vielleicht hätten sie zugeschlagen, wenn es zwei Portionen Frikadellen mit Zwiebeln gegeben hätte? Lena erinnert sich daran, wie erleichtert sie war, als Conny ihnen die riesige Tüte mit Minihamburgern gab. Es waren kleine und eigentlich ziemlich eklige Hamburger mit geschmacklosem Fleisch, aber trotzdem sättigend! Und die hat sie direkt vor der eigenen Tür gekriegt, sie musste nur ins Haus gehen und sie in die Mikrowelle schieben. Angenommen, sie hätte stattdessen eine große Portion selbstgemachter, saftiger Lasagne bekommen? Wie viel glücklicher wäre sie dann gewesen?

Lena hat das Gefühl, als würde es sie unter den Füßen kitzeln. Als wollte sie einfach losrennen. Ein unerträgliches Jucken. Kann es so ... so einfach sein?

Soll sie Bioessenfahrerin werden? Bioessen ausfahren. Bioessen kochen. Wer könnte denn kochen?

Lena? Oder Irene? Und wer wird das Auto fahren? Man kann sich ja nicht einfach in die Küche stellen und drauflos kochen, den Volvo schön bunt lackieren und dann losfahren. Vermutlich muss man vorher ein Gewerbe anmelden, eine Menge Papierkrieg hinter sich bringen. Ob man das bei der Polizei beantragen muss?

Das Kitzeln unter den Fußsohlen nimmt ein klein wenig ab. Aber es ist trotzdem zu spüren.

Was für eine hartnäckige Magenverstimmung. Åsa lehnt sich wieder in die Kissen. Schließt die Augen. Wenn sie gerade gespuckt hat, dann geht es eine Weile. Aber dann, nach nur einer halben Stunde, ist die Übelkeit wieder da. Seit fünf Tagen ist es schon so. Adam kocht ihr milde Hühnersuppe, backt saftiges Brot. Wärmt Punsch, was auch immer, aber es hat alles denselben Effekt: Åsas Kopf über der Kloschüssel. Pfirsiche allerdings gehen sehr gut. Aber Mitte Dezember sind die relativ selten. Adam hat es geschafft, in der Markthalle am Hötorget ein halbes Kilo ziemlich holziger und trockener Exemplare zu ergattern. Åsa hat sie alle in sich reingestopft. Hat drei Stunden geschlafen, und erst wieder gespuckt, als sie der Geruch von Adams Fischgratin aus der Küche erreichte.

Sie setzt ihre Brille auf und schaut aus dem Schlafzimmerfenster. Es ist erst vier Uhr, aber die Dunkelheit liegt schon wie ein heruntergezogener Samtvorhang da. Kleine Schneeflocken flattern gegen das Fenster. Die Weihnachtssterne verbreiten einen harmonischen orangefarbenen Schein. Sie hört Adam in der Küche klappern. Der Arme. Wahrscheinlich versucht er irgendetwas zu kochen, was sie bei sich behalten kann.

Åsa zwingt sich aus dem Bett. Findet auf dem Fußboden ein paar Wollsocken, zieht sie über und stellt sich auf das knarzende Parkett. Ein sehr soziales Parkett. Es möchte reden, sowie man die Füße darauf setzt.

Seit fünf Tagen hat sie nicht gearbeitet. Sobald Adam mit dem Computer ins Schlafzimmer kam, musste sie aufs Klo rennen und spucken. Nicht essen, nicht arbeiten. Nur spucken. Und wenn sie nicht spuckt, dann sieht sie Robert vor sich. Robert und sie selbst in verschiedenen Stellungen, und dann würde sie am liebsten schon wieder spucken. Mit anderen Worten: Sie spuckt die ganze Zeit.

Adam hilft ihr. Die Jobs, die Åsa nicht machen konnte, hat er für sie erledigt. Muss er denn die ganze Zeit so verdammt verständnisvoll und nett sein? Als wüsste er, was passiert ist. Als würde er absichtlich so richtig arbeiten, um Åsas schlechtes Gewissen zu füttern. Aber er ist einfach nur ein guter Ehemann, der Hühnersuppe kocht und seiner Frau hilft, wenn es ihr schlecht geht.

Adam öffnet eine Dose mit eingelegten Pfirsichen. Legt die leicht orangefarbenen, glatten Hälften in eine Schale und stellt sie auf den Tisch. Åsa betrachtet sie skeptisch. Adam spült die leere Dose aus und legt sie in den Recyclingmüll.

»Das war das Einzige in Richtung Pfirsiche, was ich finden konnte.«

»Schon okay, der gute Wille zählt.«

Åsa schiebt die Schale von sich. Schaut aus dem Küchenfenster. Der Schnee fällt jetzt noch dichter.

»Sollen wir über Weihnachten zu Mama nach Solvändan fahren?«

»Ja, das können wir machen.«

»Ich muss ihr helfen. Bei der Weihnachtsbäckerei. Sie ist so furchtbar traurig. Vielleicht können wir in einer Woche hinfahren, dann können wir Tannen schlagen und den Stall schmücken. Das hat Papa immer gemacht.«

»Kein Problem.«

Adam lehnt sich über die Tischkante. Betrachtet Åsas bleiches, grünliches Gesicht und lacht ein wenig in sich hinein.

»Du, sag mal, hast du eigentlich schon mal daran gedacht, wie es einem geht, wenn man schwang...«

»Aber ich kann doch keine Kinder kriegen!«

»Vielleicht kannst du das sehr wohl. Solltest du jetzt nicht eigentlich deine Tage haben?«

»Nein ... Doch ... Vielleicht vor ein paar Tagen.«

»Haben wir nicht um den Eisprung herum miteinander geschlafen?«

»Doch.«

»Vielleicht solltest du einen Schwangerschaftstest machen. Eine Magenverstimmung hält nämlich nicht fünf Tage nonstop an.«

Adam grinst breit. Åsa merkt, wie auch ihre Mundwinkel nach oben wandern. Sie schauen sich blöde kichernd an. Adam mit seiner breiten, schwarzen Brille. Åsa mit ihrer dünnen, fast unsichtbaren Brille. Adam steht auf.

»Ich laufe schnell zur Apothcke!«

Rasch küsst er Åsa auf die Wange, läuft in die Diele, reißt seine Jacke vom Haken und schließt die Tür fest hinter sich.

Natürlich ist sie schwanger. Nichts im Körper ist so wie immer. Wenn sie es sich mal genau überlegt.

Die ganzen Gerüche. Gebratenes Essen, gekochtes Essen, Spülmittel, Adams Körpergeruch, alles stinkt. Ihre Brüste spannen ein wenig. Wie damals, als sie in der vierten Klasse war und anfing, Brüste zu kriegen. Dieselbe Empfindlichkeit. Und dann die fette Übelkeit. Natürlich ist sie schwanger. Dass sie noch nicht daran gedacht hat.

Ha! Sie funktioniert! Åsa funktioniert, eines ihrer Eier ist herausgesprungen, durch den Eileiter gewandert, ist befruchtet worden und hat sich in der Gebärmutter eingenistet. Eines von Adams gesunden Spermien hat zu ihrem Ei gefunden, und jetzt hat sie einen kleinen Sohn oder eine Tochter im Bauch.

Adams und ihr kleines Baby. Wahrscheinlich ein Baby mit ziemlich schlechten Augen.

Åsa verzieht den Mund und streichelt ganz zärtlich ihren kleinen Bauch. Zieht die Jogginghosen ein wenig herunter und betrachtet ihren mageren, nach innen gewölbten Bauch. Eine ganz neue Wärme zieht durch ihren Körper. Wie damals, als sie noch klein war und zum Vergnügungspark Gröna Lund durfte. Als sie direkt vor dem Eingang stand und all die Karussells sah und einfach wusste, jetzt gleich wird es Zuckerwatte geben und ich darf Geisterbahn fahren – und jetzt gleich gehe ich hinein!

Erwartungsfroh. Etwas gruselig und sehr feierlich. Am liebsten würde Åsa gleich jemanden anrufen! Sie muss den Mädels im Forum davon erzählen! Muss Irene anrufen! Ach, jetzt hat sie etwas, worüber sie sich freuen kann, vielleicht kann dieses Baby das Weihnachtsfest retten!

Adam und sie haben vor dem Eisprung miteinander geschlafen. Auf dem Sofa. Nachdem sie so furchtbar wütend geputzt hatte. Sie wollte keinen Sex, denn es würde ja doch kein Kind geben. Aber es ist tatsächlich eines entstanden.

Oder? Vielleicht doch nicht? Vielleicht ist aus ihrem Sex gar kein Kind geworden? Vielleicht sind Adams Spermien doch nicht zu Åsas Ei gelangt und haben es befruchtet?

Mein Gott.

Plötzlich hat Åsa das Gefühl, an einer Felskante zu stehen. Jemand hält sie locker am Pullover, aber sie hängt über der Kante und kann jeden Moment hinunterstürzen.

Wann hat sie mit Robert geschlafen? Etwa sieben Tage später. Direkt nach dem Eisprung. Oder war es mittendrin?

Als ob jemand plötzlich das Küchenfenster geöffnet hätte. Als ob ein eiskalter Tornado sich durch ihren Körper gepresst hätte. Eine Eishacke.

Åsa stürzt auf die Toilette und übergibt sich.

Aha. Mal sehen. Kaltmamsell im Royal – nix für sie. Erfahrene Bedienung für das Touristenlokal Gondolen gesucht – auch nicht gerade das Richtige. Pizzabäckerin – auf keinen Fall.

Barkeeper im Lip. Lip? Wo liegt das denn? Nein, das ist diese kleine versnobte Bar auf der Sigtunagatan! Nie im Leben. Neu eröffnetes Restaurant mit Bar in der Innenstadt von Visby sucht erfahrenen Barkeeper. Visby auf Gotland. Auf einer Insel wohnen? Auf keinen Fall.

Das Handy klingelt. Marie schaut auf das Display.

»Hallo, Mama.«

»Hallo.«

Marie schiebt das Anzeigenblatt vom Bett und zieht die Decke über sich. Auch Otto kriecht unter die Decke und drückt seinen muskulösen haarigen Körper an Maries Bauch.

»Wie geht es dir?«

»Es ist so einsam hier, Marie. Und jetzt, wo alles vorbei ist, wird es noch einsamer. Ich sitze einfach nur herum. Bin bei den Kühen draußen und kümmere mich um sie, und dann sitze ich herum. Es ist erster Advent, und ich habe noch kein Safrangebäck oder Pfefferkuchen gebacken, habe kein Tannengrün reingeholt oder überhaupt mal einen Weihnachtsstern aufgehängt. Nichts. Ist ja auch egal, weil ich doch sowieso alleine bin.«

»Aber du musst es dir doch auch ein bisschen schön machen.«

»Ach nein, das muss ich nicht.«

»Okay. Und wie läuft es mit den Aushilfen? Åsa hat sie doch für einen weiteren Monat bezahlt. Funktioniert das?«

»Ja, schon. Aber die Kühe vermissen Rolf. Der ganze Hof vermisst ihn. Oh Gott, wie ich ihn vermisse. Ich bin jetzt bei allem allein, verstehst du, Marie? Bei allem! Nicht einmal der Kaffee schmeckt mir. Es ist so leer.«

Irene fängt an zu weinen. Marie würde am liebsten

auflegen. Das Gespräch wegdrücken, und Schluss mit dem Weinen.

»Aha, ja ... aber ... Kannst du nicht mal Robert und die Kinder besuchen?«

»Schon ... Aber da vermisse ich bloß Lena. Übrigens habe ich eine Karte von ihr bekommen. Das war wirklich lieb von ihr.«

»Lieb? Na gut, vielleicht. Was hat sie denn geschrieben?«

»Dass sie auf der Beerdigung war und dass ich mir keine Sorgen machen soll.«

»Sie war auf der Beerdigung? Aha, immerhin. Na, das ist ja gut.«

»Ich frage mich, wo sie wohl steckt. Kommst du bald nach Hause?«

»Ich *bin* zu Hause, Mama. Aber an Weihnachten komme ich zu dir auf den Hof.«

»Weihnachten, das ist ja noch ewig hin. Åsa schafft es auch nicht. Da muss ich wohl allein hier herumsitzen. Du verstehst doch, dass mir hier einsam zumute ist, oder?«

»Natürlich. Aber ich habe mein Leben hier.«

»Ja, dein Leben ...«

»Was?«

»Was soll ich nur machen?«

»Komm doch her! Oder fahr zu Robert. Der kann garantiert Hilfe gebrauchen.«

»Ich kann niemandem helfen, ich kann ja nicht mal mehr Safrangebäck backen.«

»Doch, das kannst du bestimmt, Mama.«

»Nein, ich hab das Gefühl, als wäre alle Kraft zu Ende.«

»Deine Kraft ist nicht zu Ende. Du bist traurig, das ist es. Das wird schon wieder.«

»Und du selbst? Hast du einen Job gefunden?«

»Nein. Nichts, was ich machen möchte.«

»Aber du kannst jetzt nicht wählerisch sein. In deiner Situation. Da musst du wohl jeden Job nehmen, der kommt, oder?«

»Was heißt das, jeden Job, der kommt? Glaubst du, ich möchte putzen gehen? Auf keinen Fall, ich bin Barkeeperin. Ich hatte vorher den besten Job der Welt, und da habe ich eben gewisse Ansprüche.«

»Aber warum hast du denn gekündigt, wenn du den besten Job der Welt hattest?«

»Weil ich leider auch den schlechtesten Chef der Welt hatte! Jetzt schimpf doch nicht mit mir, Mama! Hilf mir lieber.«

»Komm her und hilf mir mit dem Hof, dann helfe ich dir auch. Wenn jemand hier bei mir ist, dann raffe ich mich wenigstens auf, etwas zu kochen oder vielleicht Safrangebäck zu backen. Es ist doch das Alleinsein, das so schrecklich ist.«

»Mama, ich bin kein Bauer. Leider. Jetzt muss ich hinter ein paar Jobs hertelefonieren. Ich meld mich!«

Ottos ruhige Atemzüge an ihrem Körper. Maries eigene Atmung, gehetzt, oberflächlich. Sie sieht sich in der Wohnung um. Das rote Puffsofa. Das Led-Zeppelin-Bild, ihr riesiger Fernsehapparat mit Dolby-Surround-System, ihre protzige Stereoanlage, ihre CDs, ihr breites, extraweiches Bett mit Leopardendecke. That's it. Das ist Maries Leben. Eine gemietete Einzimmerwohnung in der Högbergsgatan, eine Menge Platten und ein Puffsofa. Eine Küche mit zu wenig Gewürzen im Schrank und immer trockenem Brot.

Sie ist zweiundvierzig, bald ist Weihnachten, und es gibt niemanden, der auf sie wartet. Kein Liebster, der ihr etwas schenken will, keine Arbeit, zu der sie gehen kann, keine Freunde, die auf sie rechnen, kein gemütliches Heim, das sie wärmt. Sie hat einen Hund. Der sie liebt oder zumindest abhängig von ihr ist. Und eine Mutter auf einem einsamen Hof. Die weint und es zum ersten Mal nicht fertigbringt, Weihnachtsgebäck zu backen.

Der Stein. Dieser Stein, der in den Eingeweiden herumpoltert. Der kämpft, um sich durch die Luftröhre zu zwängen. Er verkantet sich, drückt die Luftröhre zu. Marie packt sich an den Hals. Die Luft! Wohin ist die Luft verschwunden? Sie kann nicht atmen. Der Stein hat sich mitten in der Luftröhre festgesetzt. Marie schlägt sich fest mit den Fäusten auf die Brust. Keine Luft. Marie macht den Mund weit auf, es kommt nichts heraus. Keine Luft, kein Laut, nichts. Sie schlägt sich wieder auf die Brust, voller Panik. Immer fester. Jetzt passiert etwas. Marie macht den Mund weiter auf. Wie ein großes, leeres Loch. Ein Brüllen. Ein Brüllen ist auf dem Weg nach draußen. ARRRGGGHHH!

Der Stein fliegt raus. Zerschlägt an dem Led-Zeppelin-Bild. Marie schreit. Weiß nicht, wohin sie schauen soll, wie sie sich bewegen soll, ihr ganzer Körper ist ein einziger Krampf, nur dieser Schrei, der sich bewegt.

AAARRRGGGAAA!!!

Otto stürzt sich aus dem Bett und rennt in die Küche, legt sich zitternd unter den Tisch. Da sind Tränen. Da kommen sie! Sie tropfen nicht, sie laufen nicht. Sie schießen nur so hervor. Heben sich aus ihrem Innern und laufen an ihren Wangen herunter. Sie steht auf allen vieren. Im Bett. Immer noch schreit sie. Als würde sie gebären. Einen Angststein gebären.

Mit dem Hintern nach oben lehnt sie sich vor. Ihre Leopardendecke wird ganz nass. Der Schrei verstummt allmählich. Dann kommen nur noch Tränen. Eimerweise.

20

Gleich ist es zwei Uhr nachmittags, und Lena liegt in ihrem schmalen Bett mit der roten Tagesdecke. Vor dem kleinen Fenster segeln Schneeflocken herab, und der winzig kleine Garten ruht in einem weißen Kleid. Obwohl es früh am Nachmittag ist, wird es langsam schon dunkel, drinnen im Kiefernwald ist es düster. In der Küche sitzt Gerda Larsson. Sie trinkt Kaffee, löst Kreuzworträtsel und hört Schlagersendungen im Radio. Eine stille alte Frau. Redet nicht viel, was Lena angenehm findet. Als würde sie allein hier wohnen. Das Zimmer hat sie bis Neujahr gemietet. Bis dahin muss sich etwas finden.

Mit trockenen Augen sieht Lena aus dem Fenster in den schummerigen Nadelwald. Was ist denn schiefgegangen mit ihr und Robert? Wann genau hat das innere Erdbeben angefangen, Signale auszusenden? War es, als Hampus auf die Welt kam? Als plötzlich so viele Wickelkinder im Haus waren, dass ein paar Stunden Nachtschlaf bei ihr ganz oben auf der Wunschliste standen? Oder war es, als Robert zum hundertfünfunddreißigsten Mal vergaß, die Waschmaschine auszuräumen? Oder war es, als Lena mal wieder um Hilfe beim Abspülen bat und diese Hilfe stattdessen vor der Sportschau endete? Oder war es, als sie plötzlich ein schlechtes Gewissen bekam, wenn Robert Arbeitszeit dafür opfern musste, um auf seine eigenen Kinder aufzupassen? Robert fühlte sich nämlich nicht zuständig für die Kinder. Die Tanke gehörte zu seinen Aufgaben, aber die Kinder nicht, die waren Lenas Baustelle.

Da irgendwo. Genau da tut es weh. Lena hat um Hilfe gerufen, vielleicht nicht wie eine Wahnsinnige, aber sie hat doch gerufen. Aber Robert hat sie nicht gehört. Und Lena hat nicht reagiert auf seine suchenden Hände, die nachts im Bett zwischen Nachthemd und Laken nach ihrem Körper tasteten, versucht haben, sie zu streicheln, während sie die Augen fest zugekniffen und so getan hat, als würde sie mit zusammengepressten Knien schlafen. Sex kann er vergessen, hat sie gedacht, solange er der Meinung ist, er sei nicht zuständig für die gemeinsamen Kinder.

Robert. Wo er ihr früher doch nur mit seinem sonnenglitzerndem Blick zulächeln musste, dass sie schon ihr ganzes Selbst wie eine kleine lustvolle Butterblume entfaltete. Er musste nur seine Hand ausstrecken, und schon war Lena da und hat sie ergriffen. Sie hat ihn geliebt. Als gäbe es keinen anderen. Hat sich immer für ihn schön gemacht. Essen gekocht, das er mochte. Ihn geliebt. Mit ihm geschlafen … Au. Es tut weh, wenn sie daran denkt. Im Herzen.

Lena legt beide Hände auf ihr Herz. Liebt sie ihn immer noch? Ist da drinnen etwas, das immer noch seinen Namen ruft? Das in seine glitzernden Augen sehen will, das ihn bei sich haben will? Das nicht seine Lust wegschubsen, das ihn nicht bestrafen will? Ja. Ein klein wenig warm ist es schon noch. Eine sehr schwache Heizschlange liegt immer noch um ihr Herz gewickelt.

Sie müssen es versuchen! Sie dürfen nicht aufgeben. Die kleine Heizschlange wird es richten. Sie haben drei, ja, eigentlich vier Kinder zusammen. Sie können einander nicht verlassen. Tief drinnen liebt sie ihn doch. Obwohl er sie wirklich im Stich gelassen hat. VERDAMMT! Wie konnte er sie nur so im Stich lassen! Mit der Brotdose, die sie vorbereitet hat, zur Arbeit abhauen und sie einfach im Haus lassen?

Jetzt ist sie abgehauen. Hat ihn verlassen. Und die Kinder. Sie hat mit Conny geschlafen. Oje! Warum hat sie das nur getan? Es bedeutet ihr nichts. Robert soll es nicht erfahren. Okay, es war gut. Aber nicht so wie mit Robert. Nicht wie wenn man mit einem Menschen zusammen ist, den man liebt. Aber trotzdem schön.

Sie werden es wieder versuchen. Er soll noch eine Chance haben. Aber jetzt wird er an der kurzen Leine geführt. Lena will auch arbeiten. Auch eine Brotdose haben. Und die Kinder wollen Robert bei sich haben. Sie wissen es nur noch nicht. Sie haben vergessen, dass es tatsächlich anwesende Väter gibt, dass Väter einen auch ins Bett bringen und Haferbrei kochen können. Dass Papas nicht nur auf Tankstellen oder vor dem Fernseher existieren.

Aber sie kann nicht einfach wieder nach Hause ziehen. Nach Hause ziehen und verlangen, dass sich alles ändert. Sie muss einen Plan mitbringen, der die ganze Familie umfasst, von den Kaninchen bis zu Robert. Wie ein Pirat wird sie nach Hause kommen. Mit der Schatzkarte unter dem Arm, auf der mit einem Kreuz markiert ist, wo der Schatz vergraben liegt. Und dann werden sie graben. Zusammen. Nicht einzeln.

Lena greift nach dem blauen Ordner, der auf dem Nachttisch liegt. Sie war auf dem Gesundheitsamt, um herauszufinden, wie man einen Betrieb eröffnet, der mit Lebensmitteln handelt. Als sie da saß, klang es gar nicht so schwierig. Sie muss sich einen guten Namen für ihren Betrieb ausdenken, eine besondere Steuerkarte besorgen, aufschreiben, womit der Betrieb arbeiten wird, und dann anfangen. So ungefähr. Aber dann ging es um die Lebensmittel, die sie besorgen muss. Und das kommt ihr hier in dem kleinen Bett sehr kompliziert vor. Man muss eine lange Liste der Lieferanten führen, es gibt Gesundheitsinspekteure und EU-Richtlinien … Die Frau auf dem Amt redete und redete. Sie wollte ihr jede Menge Formulare und Broschüren schicken, und jetzt kommt es darauf an, dass Lena den Biss nicht verliert. Shit. Hilfe. Nein. Ja.

Ein Job. Eine eigene Firma. Noch vierzehn Tage bis Weihnachten. Vierzehn Tage, bis sie nach Hause kommen wird. Gut. Jetzt hat sie eine Deadline. In vierzehn Tagen muss sie die Situation im Griff haben. Bis dahin wird sie …

- alle Broschüren und Formulare lesen, die sie braucht, um einen eigenen Lebensmittelbetrieb aufzumachen. Es geht um ihre Zukunft, deshalb wird sie nicht schlampig sein oder schummeln, als handele es sich nur um eine Biologieklausur in der Schule. Jetzt oder nie.
- Wie wird das Unternehmen aussehen, das sie starten möchte? Es wird ein Betrieb sein, den sie selbst leiten kann, mit relativ flexiblen Arbeitszeiten und wo sie die Chefin ist. Sie wird Essen kochen, richtig gute Hausmannskost auf biologisch-ökologischer Basis. Dann wird sie herumfahren und gestressten Familien oder einsamen Rentnern ihr leckeres Bioessen verkaufen. Alle brauchen gutes Essen, aber nicht alle haben Zeit und Kraft, richtig zu kochen. Das ist die ganze Geschäftsidee. Dass das Essen an die Tür kommt. Vielleicht kann man es auch übers Internet bestellen.
- Geld! Wo zum Teufel soll sie das nötige Geld herkriegen? Sie muss die Geldfrage klären. Leihen? Klauen? Das Haus verkaufen? Gibt es noch eine andere Lösung? Denn Geld wird sie brauchen. Ohne Geld kein Lieferauto für ihr Bioessen auf Rädern.
- EU-Zuschüsse! Immer eine Quelle der Freude! Unbedingt beantragen! Dann gibt es zwar noch mehr Papiere und Broschüren, aber was soll's. Sie muss mehr Ordner kaufen!
- Ein guter Name. Es muss ihr ein richtig guter Name einfallen.
- Die Kinder. Die Kinder kommen zuerst. Sie müssten eigentlich ganz oben auf der Liste stehen, auf den Plätzen eins bis vier. Dann kommen die Kaninchen, der Hund, die Katzen, und dann Robert. Wenn Lena eine Arbeit hat, die sie mag, bei der sie ihre Arbeitszeiten selbst bestimmen kann und auch noch etwas Nützliches tut, wird sie glücklicher sein. Aber glück-

lich reicht nicht. Sie muss es auch schaffen. Doch sie wird es schaffen! Weil Robert sich nicht länger verdrücken kann. Irene. Vielleicht könnte sie auch Irene in ihre Liste aufnehmen. Sie ist einsam, Lena braucht Hilfe, die Kinder lieben ihre Großmutter. Die Gleichung scheint relativ einfach zu sein.

Lena umarmt ihren leeren Ordner und betrachtet ihre Füße, die unter der Decke hin und her wackeln. Als ob da zwei Menschen unter dem Rot der Tagesdecke tanzen würden. Zwei Menschen, die sich bemühen, den Takt zu halten. Da bewegt sich etwas im Kopf. Zwei Menschen. Mama und Papa. Irene und Rolf. Lena und Robert. Was hätte Rolf gesagt? Er war immer so furchtlos und hatte mehr Ideen, als er umsetzen konnte. Was hätte Rolf gesagt? Wenn er jetzt auf ihrer Bettkante in dem winzig kleinen Zimmer säße. Wenn er dasäße, seine groben Hände auf Lenas legte und sie mit seinen braunen Augen ansähe, was würde er da sagen?

»Lena, Liebes, zieh nach Hause. Verkauf dein Haus, verkauf Roberts Tankstelle, und zieh nach Solvändan, in einen der Seitenflügel. Da habt ihr alle Platz. Kümmer dich um die Kühe, dein Bioessen auf Rädern und die Kinder.«

Der Hof! Solvändan! Natürlich hätte Rolf gewollt, dass sie das Essen auf dem Hof kocht! Fleisch von eigenen Kühen. Die Soße aus echter Hofsahne! Kartoffeln aus dem Acker! Der Hof ist ja bereits auf Bio umgestellt, da gilt es nur zu schlachten und zu melken.

Lena setzt sich kerzengerade im Bett auf und schlägt sich vor Eifer auf die Knie. Als Rolf voriges Jahr großartige Unternehmerträume hegte und Tagungsräume auf dem Hof einrichten wollte, da hat er ja die Scheune schon ausgebaut. Er wollte die Räume an Firmen vermieten und endlich ein wenig Geld verdienen. Aber die Räume wurden nicht recht fertig, und es stehen immer noch Bretter und Schranktüren herum.

Das Leben hat dazwischengefunkt. Oder, besser gesagt, der Tod. Deshalb stehen die Räume völlig leer, Wand an Wand mit dem Stall. Räume, die noch nicht ihren Zweck erfüllen durften. Da kann sie ihre Großküche eröffnen! Robert muss die Tankstelle verkaufen, jetzt ist er mal dran, etwas aufzugeben. Und das Haus wird auch verkauft. Dann haben sie ein gutes Startkapital. Vielleicht nicht alles, was sie brauchen, aber es ist immerhin schon mal ein Anfang. Die Kinder werden sich so geborgen fühlen, wenn immer jemand zu Hause ist. Sie können mit dem Fahrrad in Lenas alte Schule fahren, und mit etwas Farbe werden die Flügelgebäude richtig hübsch werden. Klarer Fall!

Am liebsten würde Lena sofort jemanden anrufen und erzählen, dass sie das Rätsel ihres Lebens gelöst hat! Dass sie auf dem richtigen Weg ist. Aber sie hält sich zurück. Sie wird auf die Post morgen warten, auf all die aufregenden Broschüren und Formulare zur Lebensmittelbranche.

Und Robert muss Farbe bekennen. Wenn er jetzt für sie da ist, dann wird sie ihn nie wieder verlassen. Niemals.

Marie hält die Hand über die Augen. Ihr Handfläche ist ganz nass von den Tränen. Sie hat Bauchschmerzen. Nicht nur von der Trauer, sondern auch vom Muskelkater. So wie sie geweint hat, das ist, als hätte sie hundertfünfundzwanzig Situps hintereinander gemacht.

Vier Tage lang sind die Tränen gelaufen. Dazwischen gab es ein paar Pausen, wie um Atem zu schöpfen. Dann ist es wieder losgegangen. In der Dusche. Beim Joggen. Wenn sie Nudelsuppe kocht. Und wenn sie die verflixte Suppe isst, dann laufen die Tränen auch, aber so kommt wenigstens etwas Salz hinein. Wenn sie Musik hört. Wenn es still ist. Vor allem, wenn es still ist. Wenn sie nur Stimmen von draußen hört und zufriedenes Lärmen von den Nachbarn und die Geräusche von vorbeispazierenden Menschen unten auf der Straße.

Wie sie darauf gewartet hat. Auf diese Tränen. Sie haben

in ihrem Bauch gelegen und geklopft. Wie ein zorniges kleines Kind, das nicht weiterkommt. Das nur auf dem Fußboden liegt und alle zum Wahnsinn treibt. Und dann ist es gekommen. Der Anfang der großen Sintflut. Und das Marie, die immer Leute blöd gefunden hat, die in der Öffentlichkeit weinen. Zwischen allen Leuten stehen und heulen. Und jetzt geht sie selbst in die weihnachtlich geschmückte Martkhalle am Mariatorget, tut Tütensuppen und tiefgefrorene Singleportionen in ihren Einkaufskorb und weint. Es ist ihr völlig egal, dass die Leute sie anstarren. Sie joggt um Långholmen herum, und die Tränen sprühen nur so hinter ihr her. Sie trifft Nachbarn im Treppenhaus, weint, sagt hallo und geht in ihre Wohnung. Wie eine Gestörte. Wie eine richtige Gestörte.

Mama. Die Einzige, die ihr einfällt, ist Mama. Mama, der gegenüber sie stolz und geordnet erscheinen will. Mama, die nicht auf sie herabschauen soll. Marie will nur noch hier liegen und gerettet werden. Aber niemand rettet sie. Niemand. Sie ist ganz allein. Sie könnte jetzt genauso gut sterben. Niemand wird sie vermissen. Niemand wird sie finden. Niemand.

Ihr Atem bleibt wieder stehen. Sie kann nicht atmen! Die Luft kommt nicht raus, kommt nirgendwohin. Jetzt stirbt sie. Marie lässt sich nach hinten aufs Bett fallen. Starrt auf den Deckenventilator. Die Tränen laufen nur so. Sie schafft es nicht zu leben. Scheißegal. Mama. Mama muss kommen. Mit der Hand an der Kehle tastet sie nach ihrem Telefon neben dem Bett. Mama. Nummer wählen.

»Mama?«

»Marie?«

»Ich weiß nicht, ich ...«

»Marie? Weinst du?«

»Nein ... Ich hab nur gedacht ...«

»Ach, Marie, ich denke die ganze Zeit an Papa. Du ahnst gar nicht, wie einsam es hier auf dem Hof ohne ihn ist. Rolf *ist* einfach der Hof. Ich werde das nie packen, Marie. Ich weiß nicht, was ich tun soll.«

»Weiß auch nicht … Ich glaube, ich brauche Hilfe.«

»Ich kenne das Gefühl. Jetzt habe ich mehrere Tage am Stück geweint, ich schaffe das nicht mit Weihnachten, den Kühen und Lena und Papa. Es geht einfach nicht. Gestern habe ich den ganzen Tag im Bett gelegen. Ja, wir haben es gerade nicht leicht, Marie. So ist es.«

»Kannst du nicht herkommen und mich abholen?«

»Was sagst du? Ich verstehe dich nicht richtig? Du nuschelst so.«

»Komm und hol mich, Mama.«

»Ich weiß nicht, ob ich das schaffe. Papas Auto ist so widerspenstig, und jetzt mit all dem Schnee, ich weiß nicht. Und ich bin so am Ende, ich schaffe es ja kaum in die Küche, um einen Kaffee zu trinken.«

»Ich schaffe es auch nicht in die Küche.«

»Aber du hast es zumindest nicht so weit zur Küche wie ich. Wenn ich im Wohnzimmer sitze, dann muss ich erst durchs ganze Wohnzimmer und dann durch die kleine Diele, bevor ich in der Küche bin. Ich sollte so wohnen wie du. Ohne so viel Verantwortung und ohne so viele Zimmer, die man putzen muss.«

»Kannst du nicht herkommen und mich abholen, Mama?«

»Hör mal, Marie, wenn du herkommen willst, bist du jederzeit willkommen, aber ich kann mich so spät am Abend nicht noch auf den Weg machen. Kannst du nicht den Bus nehmen?«

Marie legt den Hörer auf die Brust. Merkt, wie sich ihr ganzes Gesicht zusammenzieht. Die Augen füllen sich mit brennenden Tränen, den Mund kann sie nicht mehr zumachen, sie kann nicht atmen, kann nichts sagen. Warum ist es so schwer? Warum kann sie nicht einfach weinen, schreien und ihrer Mama begreiflich machen, dass sie sich wirklich nicht bewegen kann? Dass sie einfach nicht mehr kann. Es sitzt so tief drinnen. Diese Hand auszustrecken. Völlig schutzlos. Die eigene Mutter um Hilfe bitten.

»Marie? Hallo?«

Irenes Stimme piepst fragend aus dem Hörer, der auf Maries lebloser Silikonbrust liegt.

»Marie? Bist du noch dran? Wie seltsam … Hallo?«

Mit letzter Kraft hebt Marie den Hörer an ihr Ohr. Sie weint. Schreit. Wie ein Tier. Wie eine kalbende Kuh.

»Marie? Bist du das?«

»Mama! Hol mich! Ich kann nicht mehr! Ich sterbe, Mama!«

»Oje, oje, oje … Marie? Hallo?«

Marie antwortet nicht. Den Hörer hat sie fallen lassen, die Zurückhaltung, den Verstand und alles andere ebenfalls. Der Hörer landet auf dem Tigerkissen. Irenes Stimme ist zu hören: »Liebling! Ich komme! Mama fährt jetzt los, ich komme, mein Herz!«

»Ich kann es kaum glauben. Da kämpft und arbeitet man und glaubt, dass etwas völlig unmöglich ist, und dann das! Plötzlich ist da ein Baby drin. Völlig ohne Vorwarnung!«

Adam hat seine dicke Brille abgenommen und sein Gesicht auf Åsas Bauch gelegt. Er küsst den Bauch, streichelt ihn so sanft mit seinen Fingerspitzen, dass es fast nicht spürbar ist.

»Bitte leg dich nicht so auf den Bauch, dann wird mir schlecht«, meint Åsa.

»Oh, das habe ich vergessen. Entschuldige.«

Überglücklich. So froh. So sonnig, wie er noch nie war. Eifrig, kindlich eifrig. Sie haben den Test gemacht. Und als Adam mit seinem breitesten Lachen dasaß und mit dem Teststäbchen winkte, da hätte Åsa am liebsten den Notarzt angerufen und wäre schnell zur Abtreibungsklinik gefahren. Oder sie wäre ins Auto gehüpft und in die Schweiz gefahren, um das Kind dort in aller Abgeschiedenheit zur Welt zu bringen und zu sehen, wem es ähnlich ist. Wenn es aussieht wie Adam, dann schnell wieder nach Hause mit dem Bündel, wenn es aber Roberts blaue Augen sind, die sie anblicken, dann ... ja ... was dann?

Und gleichzeitig ist sie so glücklich. So unendlich glücklich, dass da in ihr ein winzig kleines Leben wohnt. Dass sie funktioniert. Dass ihr Körper grünes Licht bekommen hat und als funktionierende Kinderblase offiziell anerkannt wurde. Dass sie Mutter sein wird. Jetzt hat sie ein Kind im Bauch. Ein Minikind, das in ihr lebt und macht, dass sie die ganze Zeit immer nur spucken will. Dieses Kind. Das in ihrer Phantasie die Lösung für alles war. Das war, wonach sie sich am meisten gesehnt hat. Das blinkende Licht da vorn. Wenn sie nur zu dem Licht kommen würde, dann würden sich schon Wärme und Geborgenheit einfinden.

Aber was macht man mit einem Kind im Bauch, das nicht vom eigenen Mann stammt? Ist man cool? Macht gute Miene zum bösen Spiel und turtelt mit seinem Mann herum und redet von möglichen Namen für das Kind und informiert sich über die Geburt und versucht einfach nur zu vergessen? Dass das Kind vielleicht von einem anderen ist. Oder sagt man jetzt, da einem der Mann, den man liebt, sanft über den Bauch streichelt, dass es vielleicht nicht sein Kind ist? Wie macht man so etwas?

Na ja, im Grunde ist es ja nicht schlimmer als das, was sie schon getan hat. Mit ihrem Schwager zu poppen und so ein Kind zu machen. Und wenn es nun wirklich Adams Kind ist? Vielleicht ist es so. Natürlich ist es so! Es muss einfach so sein. Wenn es Gott gibt, dann kann er doch nicht so böse sein, dass er einen einzigen Seitensprung, den ersten ihres Lebens, zur Katastrophe ihres Lebens werden lässt. Das hat sie ja wohl nicht verdient. Oder sie vielleicht, aber Adam nicht. Er hat doch nichts Böses getan! Warum sollte er bestraft werden?

Jetzt ist sie eine von denen, die alle schief anschauen. Eine von denen, die ihren Ehepartner betrügen. Die sich nur vom Körper leiten lassen und den Kopf abgeben. Wie konnte sie nur? Wie konnte sie Adam nur untreu sein? Sie liebt ihn doch! Sie haben nie Geheimnisse voreinander gehabt. Es herrschte immer Offenheit zwischen ihnen. So viel Offenheit, wie es nur geben kann. Und jetzt steht ein mammutgroßes Geheimnis zwischen ihnen. Ein haariges Biest, das sich nicht wegbegeben will. Ein Untreue-Mammut.

Adam. Er ist so schön. So unschuldig. So anständig. Er wird Papa werden. Das glaubt er jedenfalls. Oder stimmt das vielleicht gar nicht?

»Weinst du?«

Adam wischt eine Träne von Åsas Wange. Åsa versucht, glücklich auszusehen. Das klappt einigermaßen.

»Ich denke an Papa. Dass er das hier nicht erleben kann. Dass wir ein Kind haben werden. Irgendwie bin ich froh und traurig gleichzeitig.«

Das Letzte ist zumindest die Wahrheit. Adam öffnet seine Arme, und Åsa kriecht schniefend hinein. Deckel zu. Darauf kommt es jetzt an. Deckel drauf. Es ist Adams Kind. Was anderes gibt es nicht. Jetzt einfach vergessen. Vergessen, vergessen, vergessen, ganz hinten in den Schrank, zuschließen und den Schlüssel verschlucken.

21

»Hilf mir, Papa, ich krieg das Türchen nicht auf!«

Hampus zerrt und zieht am siebzehnten Türchen, doch es will nicht aufgehen. Mit einem einfachen Zahnstocher klappt Robert das Türchen auf, und Hampus reißt sofort den Kalender an sich und nimmt das Schokoladenstück heraus. Es ist frühmorgens, vor dem Schlafzimmerfenster ist noch alles schwarz. Sie liegen allesamt im großen Bett. Außer Josefine, die mit Bella in ihrem Zimmer schläft.

Hampus, Robert, Engla, Vilda und Vincent am Fußende. So liegen sie da. Engla und Vilda wechseln sich ab, wer neben Robert liegen darf, damit es nicht ungerecht zugeht. Wann immer Engla an der Reihe ist, neben ihrem Papa zu schlafen, ist Vilda abgrundtief unglücklich. Robert sitzt da mit einer Tochter, die nicht weint, aber gern nah bei ihm liegen will, und einer, die völlig außer sich ist vor Trauer, aber der er einfach deshalb nicht immer jeden Wunsch erfüllen kann. Dann darf Engla in seiner Achselhöhle liegen, während er Vilda den Rücken krault. Hampus und Vincent hingegen haben feste Plätze, die dem Jüngsten und dem Hund angemessen sind. Alle Kinder schmatzen. Vilda saugt schweigend an Schokoladenstück Nummer siebzehn, Engla hat ihres schon verschlungen, und Hampus schmatzt unter der Decke vor sich hin.

Einen Monat ist Lena jetzt weg. Ungefähr. Seit sie verschwunden ist, ist es seltsamerweise … einfacher geworden. Zu Anfang war es verdammt viel schwerer, aber jetzt nicht mehr. Kein Gemecker. Kein Genörgel. Kein anstrengender Hundeblick, niemand, der hofft, dass Robert eine Wäsche in die Maschine tut oder ein Kind ins Bett bringt. Lena war immer der Maßstab, sie hat die Regeln bestimmt.

Robert musste einfach mitmachen, oder er hat was falsch gemacht. Aber jetzt ist Robert der Maßstab! Jetzt hat er das Sagen, und das funktioniert verdammt gut! Er und die Kinder sind ein Team, und Robert ist der Mannschaftsführer. Seine Vatergefühle sind aufgeblüht und haben ihn völlig eingenommen.

Früher hat er wohl nicht richtig kapiert, dass das seine Kinder sind und wie wunderbar warm es sich anfühlt, wenn jemand einem völlig vertraut und findet, dass man die besten Brote macht und am besten riecht. Wenn die Kinder sich darum streiten, wer neben ihm schlafen darf. Früher war er immer zweite Wahl gewesen. Nie kamen die Kinder nach dem Essen zu ihm und wollten auf seinem Schoß sitzen. Nein, sie gingen immer zuerst zu Lena, und wenn da wirklich besetzt war, dann kamen sie vorsichtig zu ihm geschlichen. Vielleicht. Oder sie schmusten stattdessen mit Vincent. Ob Hund oder Papa, war ganz egal.

Doch jetzt wird er gewählt. Wieder und wieder. Gefühle, um die er bisher betrogen worden ist! Oder um die er sich selbst betrogen hat. Irgendjemand ist hier auf jeden Fall betrogen worden. Lena und er, alle beide. Oder nein. Eigentlich ist das nicht seine Schuld! Sie hat gesagt, das sei in Ordnung, sie würde sich gern um die Kinder und das Haus und alles kümmern. Danach hätte sie sich immer gesehnt. Wenn jemand so etwas sagt, dann glaubt man ihm doch, oder? Und dann, mitten im Leben, ist es plötzlich überhaupt nicht mehr so. Plötzlich will sie sich gar nicht mehr um die Kinder und die Wäsche kümmern. Und plötzlich ist man ein Schwein, ein Männerschwein, das niemals mit anfasst. Und alles fährt vor die Wand! Verdammt, er ist doch kein Psychologe oder Gedankenleser. Er ist ein ganz gewöhnlicher Typ mit einer Tankstelle!

Ja, und wenn es nicht mehr passt, dann haut sie einfach ab. Die Kinder waren völlig durch den Wind. Eine Mama verschwindet doch nicht einfach! Vilda ist total durchgedreht. Hampus und Engla ging es so einigermaßen, aber sie haben in Mamas Nachthemd geschlafen, und man durfte das Kopfkissen nicht neu beziehen, denn das roch nach Mama, fanden sie. Jetzt schickt sie wenigstens Postkarten. Die Kinder wissen, dass sie lebt und dass sie zu Weihnachten wiederkommen wird. Wie ein verdammtes Weihnachtsgeschenk.

Das Leben funktioniert einigermaßen. Die Jungs haben die Tanke ganz gut im Griff. Natürlich hat er viele Aufträge ablehnen müssen, das gibt weniger Geld und mehr Gemecker, aber schlimmer als vorher ist es auch nicht. Es hat ihn noch niemand erschossen. Er geht jeden Tag um fünf nach Hause, holt die Kinder von der Tagesstätte ab und kocht. Dann essen sie vor dem Fernseher, danach baden sie alle, und anschließend lesen sie Lenas Postkarten, und dann schlafen sie. Robert auch. Bis Josefine kommt und ihn weckt. Dann essen sie zusammen noch etwas, und Robert hört ein wenig zu, was sie gemacht hat und dass sie neue Klamotten zum Handballspielen braucht, die er sich nicht leisten kann, und dann schläft er vor irgendeinem alten Western ein und, ja, dann kommt ein neuer Tag. Alles ganz entspannt. Es ist so entspannt, weil das Genörgel fehlt und die ewigen Erwartungen.

Das Haus geschmückt haben sie auch. Die Kinder haben die Weihnachtskiste aus dem Keller geschleppt, sie wussten ganz genau, wann der erste Advent ist. Und jetzt ist das ganze Haus mit Weihnachtsdekoration überschüttet. Es erging auch eine deutliche Anweisung an ihn, Adventskalender zu kaufen. Noch eine knappe Woche bis Weihnachten. Alle werden auf Solvändan feiern.

»Papa, wir müssen jetzt aufstehen, guck mal, es ist gleich sieben.«

Vilda hält den Wecker zwei Zentimeter vor Roberts Nase. Robert küsst Vildas Hand, streichelt Engla die Wange, schiebt Vincent beiseite, nimmt Hampus auf den Arm und marschiert nackt mit ihm zur Toilette.

»Verdammte Scheiße, wie kann das so viel kosten, das kann doch nicht sein!«

Lena lässt sich auf den Stuhl fallen. Der ganze Tisch vor ihr ist mit Papier bedeckt, das nach irgendwelchen Kriterien sortiert ist. Die alte Küchenuhr tickt vertraut und gleichzeitig unruhig. Die Nachtwinde heulen vor den Fenstern, Gerda Larsson schläft in ihrem Zimmer, und Lena wacht in der Wärme vom Holzofen über ihr neues Leben. Müde nimmt sie eines der Papiere hoch.

Das Gesundheitsamt will, dass alle Fußböden in der Küche glatt sind, damit man sie leichter reinigen kann. Die Gewerkschaft will, dass alle Fußböden geriffelt sind, damit die Leute, die dort arbeiten, nicht ausrutschen. Eine richtige Belüftung ist ein Muss, und man muss ungefähr den halben Stall abreißen, um eine akzeptable Belüftung einzubauen. Das wird in jedem Fall ein paar Hunderttausend kosten. Eine vollwertige Küche mit Kühlschränken und Tiefkühltruhen und Becken und Ausgüssen und Abflüssen ... Insgesamt macht das sicher über eine Million. Was werden sie für ihr Haus kriegen? Dreihunderttausend? Es ist so heruntergekommen. Was würde sie kriegen, wenn Robert sie ausbezahlt, hundertfünfzigtausend? Und dann muss natürlich ein Auto gekauft werden, mit jeder Menge Kühlfächern, nein. Anderthalb Millionen wird sie schon für alles brauchen. Verdammt. Zum Teufel!

Wer leiht einer Mutter mit drei kleinen Kindern, die Bioessen auf Rädern verkaufen will, anderthalb Millionen? Und wie viele Jahrzehnte wird es dauern, bis dieses Geld zurückgezahlt wäre? *Verdammt!* Lena schiebt die Papiere auf den Fußboden und stützt den Kopf in die Hände. Verdammt, verdammt, verdammt. Da kann sie genauso gut wieder nach Hause ziehen. Ein bisschen beim ICA arbeiten, sich um die Kinder kümmern, die Knie zusammenpressen und sich damit zufrieden geben. Was glaubt sie eigentlich, wer sie ist? Anderthalb Millionen Kronen. Mein Gott. Kennt sie jemanden, der so viel Geld hat?

Der sanfte Schein der Petroleumlampe erhellt zaghaft das Zimmer. Zwei Himbeermuffins aus Gerda Larssons Kuchensortiment und eine Tasse Abendtee auf dem Tisch. Lena nimmt einen raschen Schluck. Sie seufzt erschöpft und betrachtet all die Papiere, die jetzt völlig unsortiert auf dem Flickenteppich liegen. Åsa. Bei der herrscht Ordnung. Åsa würde niemals ein kleines zugiges Zimmer aus dem Mittelalter mieten und ihre Papiere auf den Fußboden werfen.

Åsa … Åsa! Åsa kauft schließlich Wohnungen und versucht, ihre ganzen Millionen von Kronen zu investieren. Vielleicht könnte sie ja in ihre kleine Schwester investieren! Zumindest einen Teil. Aber wenn sie wirklich an Lenas Unternehmensidee glaubt, dann würde sie vielleicht was auf sie setzen wollen.

Lena nimmt einen großen Bissen von dem Muffin, setzt sich auf den Fußboden, räumt die Papiere zusammen, klappt den Ordner auf und schiebt sie hinein. Fragen kann man ja. Man kann es probieren, und wenn sie Nein sagt, dann akzeptiert sie das. Und wenn sie Ja sagt, dann geht es los!

Der Ordner muss bis Weihnachten fertig sein. Er muss topp in Schuss sein. Alles muss alphabetisch sortiert sein, sie muss ihre Analysen fertig haben, und das Ganze muss richtig profimäßig wirken. Damit Åsa sich traut, in sie zu investieren.

Der Name der Firma ist das Einzige, was Lena bisher hat. Im Grunde ein bisschen kindisch, als wollte man einen Roman schreiben, hätte schon mal einen Titel dafür und würde dann erst anfangen, über die Geschichte nachzudenken. Als ob der Name das Wichtigste wäre. Egal, einen Namen hat sie jedenfalls: *von mir für dich*, in Kleinbuchstaben. Hübsch. Und zumindest ein Anfang, naiv zwar, aber immerhin.

Marie knöpft den Overall über der Brust. Er sitzt perfekt. Irene hat elastische Stoffkeile eingesetzt, sodass jetzt sogar moderne Frauen mit großen Titten problemlos ausmisten können. Wieder ein Luxusproblem dieser Welt gelöst. Wie schön. Sie wickelt den Schal ein weiteres Mal um den Hals, es ist jetzt kalt, sogar im Stall mit all den warmen Tieren. Die Aushilfen und Marie kümmern sich um die Klauen der Kühe. Es ist gut, wenn das vor Weihnachten noch erledigt wird. Mit geübter Hand geleitet sie Rosa 32 an den Klauenpflegestand. Es ist wichtig, die Kuh ruhig zu halten, sodass sie nicht anfängt zu treten und zu wüten, denn dann machen sich die Tiere gegenseitig nervös, und es gibt ein bisschen zu viel Leben in der Bude. Marie kratzt Rosa 32 mit dem Rückenkratzer methodisch den Rücken, während einer der Aushilfsarbeiter den Klauenpflegestand mitsamt Kuh hochfährt, um die Hufe zu säubern. Noch neunzehn Kühe, dann gibt es im Büro Safrangebäck und Pfefferkuchen. Rosa 32 muht ein wenig fragend, Marie lehnt sich an sie und streicht ihr über das braunrote warme Fell.

Eben saß sie noch mit Tunnelblick in ihrer immer enger werdenden Stadtwohnung, und ganz hinten im Tunnel sah sie eine schimmernde Irene, widerkäuende Kühe und Solvändan. Da in der Högbergsgatan wurde plötzlich einfach alles schwarz. Als müsste sie sterben. Sie erinnert sich nur noch, dass Irene gekommen ist. Die hat Maries ohnehin schon ganz leeren Kühlschrank ausgeleert, schnell durchgesaugt und dann Maries von Angstschweiß nassen Körper in die Badewanne gesteckt. Maries Kopf massiert und sie in Rolfs alten, nach Papa riechenden Jogginganzug gesteckt, den sie von zu Hause mitgebracht hat.

Dann hat sie Marie ins Auto geschleift und angeschnallt, hat Otto in den Kofferraum gelockt und ist nach Hause gefahren. Der Schnee lag immer noch dicht, das Rotwild starrte blöde von den Wiesen, und ein paar Hasen huschten ängstlich über die Straße. Nach Hause. Sie war auf dem Weg nach Hause. Weg von der Einsamkeit. Dieser Einsamkeit, die sich nicht einsam anfühlte, in der sie aber in Wirklichkeit doch so gnadenlos allein war. Das Atmen kam wieder. Sie drehte die Scheibe herunter, sodass die eiskalten Winde ihre salzigen Wangen peitschten. Zwei Snus unter die Lippe. Das Gefühl von Leere, aber trotzdem voll.

Als Irene auf den Hof einbog und das Auto vor der Garage parkte, hörte das Weinen auf, und mit ihm die Angst und die Panik. Sie lösten sich einfach auf. Wie kann so etwas Dunkles einfach verschwinden? Als ob alle schwere Lasten noch in der Wohnung in der Högbergsgatan lägen. Berge von Anzeigenheften, der leere Kühlschrank, das leere Adressbuch. ... All das wartet. Es wird nach Weihnachten noch genauso aussehen. Doch es kann gern herumliegen und zustauben. Verschimmeln. Sich in Luft auflösen.

Marie öffnete die Autotür, stellte sich auf den Kiesweg und atmete den Frieden ein. Tiefe Atemzüge. So frisch, dass sie sogar dem Reflex, sich sofort eine Zigarette anzuzünden, widerstand und stattdessen schweigend an ihrem Doppelsnus sog. Otto wurde aus dem Kofferraum entlassen, Marie lehnte sich an das Auto und sah den Hund glücklich zum Stall rennen. Hier kann sie frei sein, im Moment jedenfalls. Frei, zwischen den Kühen herumzuhängen, sie zu melken, die Brunst zu kontrollieren, diejenigen, die weit genug sind, zu inseminieren, Milchproben zu nehmen, den Kalender für die folgenden Tage zu führen und dann einfach auszuruhen. Alle Ansprüche loslassen. Auch ihren eigenen Anspruch, das spaßigste Leben der Welt zu haben. Das kann ja nur schiefgehen.

Irene ließ Marie stehen und für sich allein nachdenken. Sie selbst verspürte eine neue Kraft. Eine Tochter in Not. Eine Tochter, die sie anruft und um Hilfe bittet. Eine Tochter, die schon etwas glücklicher aussieht, als sie nach Hause kommt, die auf dem Weg zum Hof still und dankbar im Auto sitzt. Dieses Eisen gilt es zu schmieden, solange es heiß ist. Irene machte sich sofort an das Safrangebäck.

Marie bringt Rosa in ihre Box zurück. Lockt Maja 8 mit sich, redet beruhigend auf sie ein, dass sie vor Weihnachten noch neue Schuhe bekommen wird, denn das müssen alle kleinen Kühe kriegen, neue Schuhe. Wenn ihr Leben doch so einfach wäre wie das einer Kuh. Man wird gemolken, man wird inseminiert, wenn es passt, man bringt ein bisschen Kälber zur Welt, kriegt ein paar Mal im Jahr neue Schuhe, wird gestreichelt und kriegt den Boden ausgemistet und hat doch ein feines Leben. Es gibt sicher auch nicht sonderlich viele Kühe, die darüber nachdenken, was sie mit ihrem Leben anfangen wollen. Ob sie auf einen anderen Bauernhof umziehen wollen, auf dem es vielleicht spannender zugeht. Ob sie zu viele oder zu wenige Kälber geboren haben, oder ob sie Hängeeuter mit Krampfadern haben.

Panisch blättert Åsa in ihrem Kalender vor und zurück. Menstruation am 14., Eisprung am … Nein. Wie sie auch rechnet, am Ende ist Adam nicht mit Sicherheit der Vater des Kindes. Und wie sie auch rechnet, steht es aber auch nicht fest, dass Robert es ist. Sie hat es geschafft, mit zwei Männern zu schlafen, mit dem einen vor, mit dem anderen direkt nach dem Eisprung. Und daraus ist ein Mensch entstanden. Ein Wesen. Das ein Herz hat, das pocht, eine dünne, gestreifte Nabelschnur von seinem eigenen winzig kleinen Nabel zu Åsas mildtätigem Mutterkuchen. Ein Leben. Ein Kind. Jemand, der wachsen wird, aus dem Bauch herauskommen wird, von ihrer Brust trinken wird, Müsli hassen und Frosties lieben wird, Mickymaus-Hefte abonnieren und heimlich Pornozeitschriften lesen wird, der über Mathearbeiten heulen und seinen ersten Kuss kriegen wird. Ein Leben. In ihrem Bauch. Åsa macht den obersten Knopf ihrer Jeans auf, damit das Kleine auch Platz hat.

Åsa fasst sich wieder an den Bauch. Es tut weh. Es zieht und brennt da drinnen. Als ob sich die Angst und das Kind dieselbe Fruchtblase teilen und aus derselben Nabelschnur ernährt würden.

Abtreibung ist keine Alternative. Jahrelang um ein Kind zu kämpfen und dann das Baby wegzumachen, wenn es endlich auftaucht, und dann vielleicht nie wieder schwanger zu werden. Nein, das ist keine Alternative. Das würde sie sich selbst nie verzeihen. Dann lieber ein Kind! Das Kind ist das Wichtigste. Soll sie Adam für das Kind opfern? Ihm die Wahrheit sagen und dann zusehen, wie er seine Sachen packt und aus ihrem Leben verschwindet? Verletzt und unendlich traurig und um sein erstes Kind betrogen? Und dann, wenn er weg ist, wird sich herausstellen, dass das Kind durchaus seines war. Der Schmerz, den sie ihm dann bereits zugefügt hat ... Kein Kind der Welt würde dieses Vertrauen wieder kitten können.

Sie sollte einfach Stillschweigen bewahren und alles weiterlaufen lassen. So tun, als wäre nichts, und hoffen, dass das Baby aussieht wie Adam. Keine Scheidung. Mama, Papa, Kind. Friede. Freude. Eierkuchen.

Aber es herrscht kein Friede. Im Grunde ist es die reinste Katastrophe. Nicht nur für Adam. Auch für Robert. Und Lena. Mein Gott, Lena ... Lena wird Tante ihres Geschwisterkindes, das außerdem noch ein Halbgeschwister ihrer eigenen Kinder ist.

Nein, jetzt muss sie wieder spucken. Adam hört ihr Würgen von der Toilette und kommt und legt eine kühle Hand auf ihre Stirn.

22

Otto keucht laut, er hat einen schweren Schlitten zu ziehen. Marie hat ihm das alte Ledergeschirr des seligen Hofhunds Karo angelegt, und jetzt muss der Södermalmrottweiler Otto mal zeigen, was in ihm steckt. Er zieht einen ganzen Schlitten mit Tannenreisig hinter sich her. Otto keucht sich durch den harschigen Schnee.

Die Birken entlang der Allee sollen mit Tannenreisig verkleidet werden. Das haben sie schon immer so gemacht. Rolf ist jeden Weihnachtsmorgen hingegangen und hat die Birken mit Reisig und roten Bändern geschmückt. Damit es, wenn seine Töchter im Lauf des Vormittags ankamen, wirklich Weihnachten war. Aber jetzt ruht Rolf auf einer der eiskalten Wolken über dem Hof, während Marie das Reisig fest an die Bäume bindet.

Minus zwölf Grad und Sonne. Wie auf einem Touristenfoto. »Sweden, the land of ice and sun.« Reisiggeschmückte Allee, ochsenblutroter Hof, Kerzen in den Fenstern. In jedem Kachelofen ein prasselndes Feuer, der Duft von Nelken und ein sanftes Köcheln der Angst. Klassische schwedische Weihnachten.

Gestern Abend hat Åsa angerufen und wirkte sehr verwirrt. Wollte wissen, ob Robert kommen würde, ob Lena von sich habe hören lassen und wie Weihnachten eigentlich laufen werde. Adam und sie hätten eigentlich vorgehabt, ein paar Tage früher zu kommen, aber Åsa habe eine Magenverstimmung, und dann ging es noch ewig um Robert und die Kinder. Åsa hat sich fast in eine Hysterie reingesteigert. Aber Marie wusste immer noch nicht definitiv, ob Robert auf dem Hof übernachten würde, und hat auch nicht verstanden, warum das so wichtig war. Dann rief

Robert an und fragte, ob Åsa kommen würde und ob Lena etwas von sich habe hören lassen, und wann er auftauchen solle. Marie hatte noch immer keine Ahnung, und Irene auch nicht.

In einem Punkt waren sich Marie und ihre Mutter einig, nämlich dass sie es hinkriegen würden, dieses Weihnachten. Denn immer nur »Glamour« zu glotzen und Milchreis direkt aus dem Plastikbecher zu essen, das würde die Trauer nur noch schlimmer machen. Es fühlte sich viel besser an, vor einem Teller mit lockerem, selbstgekochten Reisbrei mit Sahne zu sitzen und weinen zu dürfen.

Also nahm Marie den Pick-up, fuhr zum Coop und erledigte den Weihnachtseinkauf: Nelken, Orangen, Schokolade, Rotkohl, Grünkohl, Safran, Käse, Nüsse, Datteln, Hering, kleine Würstchen, Weihnachtsglögg und Bier. Irene ließ Lillemor 4 schlachten, rollte Fleischbällchen und bekam von den Nachbarn sogar einen guten Schweineschinken aus Roger 525. Als würde Rolf auf sie herablächeln und ihnen über die Schultern streichen, als sie buken oder Sahne schlugen. Als würde Rolf sie antreiben und ihnen in den Hintern kneifen.

Irene steht in der Küche und schiebt einen Kartoffel-Fischauflauf in den Ofen. Sie genießt das Gefühl, wieder etwas Kraft im Körper zu haben. Es ist ein Segen, dass Marie nach Hause gekommen ist. Seltsam, so vom Unglück des eigenen Kindes zu sprechen, aber nicht mehr allein zu sein und jemanden zu haben, der einen braucht, das hat ihr Wärme und Energie gegeben. Sogar genug Energie, um am Heiligabend die Haare auf Lockenwickler zu drehen! Natürlich wagt Irene nicht zu hoffen, aber dennoch hat Marie in den letzten Tagen ruhig gewirkt, fast harmonisch, was ein Adjektiv ist, das Irene noch niemals im Zusammenhang mit Marie genannt hat.

Der Hof. Irene hat versucht, nicht daran zu denken. Manchmal sind kleine Wohnungen in Uppsala vor ihrem inneren Auge vorbeigehuscht, aber sie hat sie verjagt, und zwar sofort. Natürlich geht es nicht. Es kostet ein Vermögen, die ganze Zeit Aushilfen dazuhaben. Åsa bezahlt zwar, aber wie lange noch? Und sich allein um all die Kühe, Kälber und den Hof zu kümmern, nein, das geht einfach nicht. Oh, was für unangenehme Gedanken, weg damit!

Heute kommt Lena nach Hause. Irene hat ihr Zimmer geheizt. Damit sie und die Kinder dort schlafen können. Robert vielleicht auch. Alles nicht ganz einfach mit Lenas Rückkehr, das begreift sie durchaus. Aber alte Lieblingsbettwäsche, gutes Weihnachtsessen und ein paar Bier können Wunder bewirken. Manchmal.

Marie bindet das rote Band fest um die letzte Birke. Alle vierundzwanzig Birken sind fertig verkleidet. Otto wird aus dem Geschirr entlassen und rennt erleichtert die Allee hinunter zum Hof. Marie spaziert hinterher. Sie sieht, wie Irene ihrem Hund aufmacht, ihm den Kopf tätschelt und ihn reinlässt.

Stille. Der Schnee dämpft die übliche Geräuschkulisse, sodass sie das Gefühl hat, als säße sie in einer mit Watte ausgekleideten Kiste. Eine Wattekiste mit freier Sicht. Marie biegt von der Allee ab und geht über den gefrorenen, schlafenden Acker zum Hof. Atmet die kühle Luft ein, sodass die Nasenlöcher zukleben. Jetzt einen Gin Tonic, das wäre was. Es ist ziemlich lange her, dass sie sich einen richtigen Drink gegönnt hat. Seltsam. Wie etwas, was so zum Alltag gehört hat, auf einmal verschwinden kann. Da hat sie nun ihr ganzes Erwachsenenleben immer mindestens einen Gin Tonic in der Hand gehabt, und jetzt steht sie mit doppelten Handschuhen da und hat das Gefühl, dass so ein Drink zwar ganz nett wäre, aber eigentlich gar nicht so wichtig ist. Der Harsch knistert unter ihren schweren Stiefeln.

Die Ruhe ist verräterisch. Schön in kleinen Dosen. Verzaubernd schön. Aber sie weiß, dass es ihr irgendwann zu still werden wird, am Ende klingelt es in den Ohren, und dann kommt die Panik angekrochen. Das ist der Moment, in dem man das Moped nimmt und egal wohin fährt, wenn nur ein wenig Bewegung reinkommt.

Aber trotzdem. Die Stille. Otto glücklich wie ein Welpe. Irene einigermaßen auf den Füßen. Vielleicht könnte sie ja ein paar Gin Tonics mixen, hier auf dem Hof. Ab und zu.

Dann könnte man die Hütte hier behalten, aber sich trotzdem was gönnen. Ein bisschen Stockholm-Feeling auf den Hof bringen. Denn Marie kann nicht in jeder x-beliebigen Kneipe arbeiten. Das hat sie gemerkt, als sie in den Anzeigen geblättert hat. In so einer verflixten Spießerkneipe stehen und Halbe ausschenken, das geht einfach nicht. Wenn schon, dann muss es das Rock'n'chock sein. In Stockholm gibt es nichts Besseres.

Aber sie wird niemals anklopfen und sich entschuldigen. Das wird sie Vlatko und seiner lahmarschigen Tochter im Leben nicht gönnen. Außerdem ist Linus ja jetzt Barchef geworden, und das bedeutet, dass Marie wieder unten anfangen müsste, und das wäre ein ganz großes No, no. Das Rock'n'chock ist eine Einbahnstraße. Und komischerweise fühlt sich das ganz okay an. Sie sieht sich nicht mehr an ihrem Platz hinter dem Tresen, wie sie mit Schweißflecken unter den Armen Drinks rausschiebt, ein bisschen mit dem hübschen Staffan poppt, den Hells-Angels-Typen über die Haare streicht ... Da ist ihr Gesicht plötzlich verschwommen. Sie braucht scharfe, deutliche Konturen.

Marie macht den obersten Knopf des Overalls auf und sieht über die verschneite Weite. All diese Äcker. Weizen und Roggen, unendlich. Äcker, Wälder, noch mehr Äcker. Tote Äcker, gegen Bezahlung aufgegeben.

Hultsfred. Wie groß ist wohl der Grund, auf dem das Festival dort stattfindet? Warum gibt es hier kein schönes Festival? In Mittelschweden? Ein richtig fettes Hardrockfestival. Mit Bands aus ganz Skandinavien. Richtig harte und coole Bands. Hier. Zwischen den Feldern. Platz für Zelte und Bühnen.

Die Hardrocker würden hier herpilgern. Diese faulen

Säcke? Na klar! Marie lacht laut über sich selbst, zieht eine Zigarette aus der Tasche und merkt, dass ein Gin Tonic jetzt immer noch richtig gut kommen würde. Ein eigenes Hardrockfestival. Haha, total verrückt. Aber so verdammt einfach. Bühnen aufbauen und ein paar Bands buchen. Und dann geht's los. Ein tiefer Zug. Marie lacht wieder, knöpft den Overall zu und geht über den verharschten Schnee zum Haus. Heiligabend wartet.

»Und was ist, wenn Lena auftaucht?«

»Aber das wäre doch eigentlich ganz nett. Oder?«

Adam schielt zu Åsa hinüber, die in ihrer großen Daunenjacke auf dem Beifahrersitz sitzt. Die Daunenjacke nimmt das halbe Auto ein und Åsa nur knapp ein Zehntel. Wie mager sie ist. Mager, bleich und traurig. Seit sie diesen Test gemacht haben. Seit sie gesehen haben, dass sie ihr Kind im Bauch trägt, ist sie vollkommen fertig. Adam versucht, sie zu verstehen. Versucht zu sehen, dass es ein Schock sein kann, wenn man plötzlich das bekommt, was man sich so lange ersehnt hat. Dass es schwer sein kann, mit all den Gefühlen nachzukommen, die man erwartet. Das ist Alltagspsychologie, die man gut annehmen kann.

Aber so? Dass sie nichts isst, nur spuckt, weint und sich unter der Decke versteckt, ihn um jeden Preis meidet, ihn erschrocken ansieht, wenn er versucht, sie freundlich zu streicheln. Von postnataler Depression hat er schon mal gehört, aber eine Schwangerschaftspsychose? Adam hat im Internet danach gesucht, aber nichts gefunden. Und dann ist sie auch noch so unruhig! Unglaublich wankelmütig.

Wie jetzt mit Weihnachten. Erst wollte Åsa, dass sie eine Woche vor Weihnachten fahren und helfen. Dann wollte sie gar nicht fahren, sondern hat gejammert, dass sie doch irgendwohin fliegen sollten, egal wohin. Von Jamaica hat sie geredet. Jamaica? Rastafaris, Hasch und Palmen? Nie zuvor hat sie dieses Land erwähnt. Und dann hat sie es sich anders überlegt, sie wollte, dass sie nach Solvändan fahren, aber nur an Heiligabend und am Tag danach wieder zurück. Sofort. Sie wollte sogar, dass Adam seine Eltern glücklich macht und sie besucht. Kommt ja gar nicht infrage, dass Adam sie jetzt allein lässt, wo sie in einer Art Hormonverwirrung durch die Gegend läuft. Wie beunruhigend. Sein Kind ist in ihrem Bauch, und es wäre wirklich kein gutes Gefühl, das Baby mit Åsa allein zu lassen.

»Es wäre überhaupt nicht gut, wenn Lena käme! Denk nur an die Kinder! Die wären ja völlig schockiert, nein, das wäre nicht gut. Sie würde allen Raum für sich beanspruchen! Weihnachten würde in den Hintergrund gedrängt, und alle würden die ganze Zeit nur von Lena reden.«

Åsa rückt nervös ihre Brille zurecht, bemerkt Barbros Lebensmittelladen am Straßenrand und weiß, dass sie in höchstens fünf Minuten da sein werden. Adam legt seine Hand auf ihren Oberschenkel.

»Sie werden nicht schockiert sein, sondern sich einfach freuen. Denk nicht weiter darüber nach. Wenn Lena jetzt kommt, dann ist das nur gut. Sie hat schließlich geschrieben, dass sie auftauchen wird, und dann wird sie es bestimmt tun. Robert ist ja auch da, du musst dich also nicht verantwortlich fühlen. Weihnachten wird nicht in Vergessenheit geraten.«

»Robert … Aber der bringt ja wohl nicht gerade die große Geborgenheit.«

»Hör mal, Åsa, ich weiß nicht recht, was mit dir los ist, aber wir werden doch nur ein wenig bei deiner Mutter sein, deshalb können wir das ganz entspannt sehen. Du hast keine Verantwortung für das alles, du kannst dich einfach zurücklehnen. Tu das.«

»Ich hab aber im Gefühl, dass es ganz und gar nicht gut werden wird.«

»Natürlich wird alles gut! Denk doch mal an unser kleines Baby, das ist sein erstes Weihnachten.«

»Rede nicht davon.«

Åsa starrt aus dem Fenster. Wie oft ist sie schon diese

Straße entlanggefahren. Larssons Schweinehof, Felder, Felder, Felder, alle weißen Felder und dann dahinten Solvändan. Das ochsenblutrote Haus mit den beiden schönen Flügeln, der Bauernhof und die riesige Garage, die sich über die Äcker erhebt. Die Allee, die zum Haus führt. Die Birken, die Papa immer mit Tannenreisig verkleidet hat. Aber … so ist es ja jetzt auch! Jemand hat die Birken mit roten, flatternden Bändern und Reisig eingekleidet. Die Bänder schwingen leicht im kalten Wind.

Åsa schluckt. Schluckt und schluckt. Papa. Papa, wenn du mich jetzt hörst. Wenn du meine Gedanken hörst. Hilf mir. Rette mich. Sag mir, was ich tun soll. Gib mir ein Zeichen, was auch immer.

»Wer geht denn da vorne?«

Adam zeigt auf einen Menschen, der mitten auf der Allee auf den Hof zumarschiert. Ein kleiner Mensch. Große braune Steppjacke, kurze breite Beine, die darunter hervorschauen. Jeans. Hohe Stiefel. Lena! Lena geht zum Haus. Sie ist hier.

»Das ist ja Lena!«

»Halt an!«

Adam tritt auf die Bremse. Åsa öffnet die Tür und kotzt in den glitzernden Neuschnee.

»Warum bleiben sie mitten auf der Allee stehen?«

Irene schaut durch die grüne Weihnachtsgardine mit den albernen Zwergen, die Brei mit Holzlöffeln essen. Sie presst ihre Nase ans Fenster.

»Ist das wirklich Lena, die da kommt? Ist sie das?«

»Ja, das ist sie, das siehst du doch. Solche kurzen, süßen Beine hat doch sonst niemand.«

Marie versucht, sich eine knallrote Glitzerstrumpfhose über ihre langen Beine zu ziehen, sie verdreht sich im Schritt, aber Marie gibt nicht auf. Irene starrt immer noch hinaus.

»Nein, dass sie endlich nach Hause kommt! An Weihnachten. Ach, was werden sich die Kinder freuen! Aber warum bleibt Åsas Auto mitten auf der Allee stehen? Was macht sie denn? Kannst du es sehen? Ob sie etwas verloren hat? Marie?«

»Komm, wir gehen einfach raus, lass die Gardine.«

Die Strumpfhose sitzt einigermaßen glatt, Marie rückt den kurzen Lederrock zurecht, fährt sich mit den Nägeln über die Kopfhaut, um die Frisur aufzulockern, und schiebt ihren Busen ein wenig hoch – eine Berufskrankheit.

»Komm, Mama!«

Marie schlüpft in ihre Stiefel und zieht die dicke Jacke über. Irene wirft sich eine der Weihnachtsdecken über die Schultern und geht auf den vereisten Hof hinaus. Marie schluckt nervös.

Lena sieht rosig aus. Frisch. Sie hat diesen gesunden Lena-Blick, den sie abgesehen vom letzten Jahr immer gehabt hat. Sie macht große Schritte vorwärts durch den Schnee. Solvändan. Zu Hause. So unglaublich schön, wenn die Wintersonne den Hof mit all ihren Strahlen streichelt. Tannenreisig an den Birken in der Allee. Wie immer.

Lena bleibt stehen, dreht ihr Gesicht zu den Baumkronen vor dem klarblauen Himmel. Sie atmet tief durch. Sie fühlt sich schon ein wenig zittrig und möchte doch gleichzeitig einfach auf eine Birke klettern und vor Glück schreien. Im ganzen Körper spürt sie, dass dies kein gewöhnlicher Heiligabend ist. Die Kinder. Sie wird ihre Kinder wiedersehen! Und Robert. Wie das wohl wird? Wenn sie die Kinder sieht. Wenn sie sie umarmt.

Der Schnee knarrt unter ihren Füßen. Jetzt sieht sie Mama und Marie auf der Treppe stehen. Sie stampfen vor Kälte mit den Füßen und winken. Sie hört ihre Stimmen durch den Wind.

»Haaallooo!«

Lena winkt fröhlich zurück und geht schneller. Das Unwohlsein lässt etwas nach. Irene kann nicht warten. Sie läuft fast, die Holzschuhe klappern, und die Decke flattert hinter ihr her. Über den Hof zur Allee. Auf ihre jüngste Tochter zu.

»Meine liebe Kleine. Wo warst du nur? Oje, oje, oje. Geliebtes kleines Mädchen. Was haben wir uns gesehnt nach dir! Du kannst doch nicht einfach so verschwinden. Aber jetzt bist du ja hier, da streiten wir uns nicht, jetzt bist du hier, mein Liebes. Wir streiten dann hinterher, haha.«

Irene weint vor Freude und legt die Decke um ihre lachende Tochter.

»Aber Mama, ich habe doch eine Jacke. Nimm du die Decke.«

»Ja, ja, aber ich habe mir gedacht, du hast einen weiten Weg hinter dir.«

»Ich bin mit dem Bus gekommen, ich bin also nicht die ganze Nacht durch den Schnee gestapft, falls du das gedacht hast, Mama.«

Lena sieht sich um, und das Fröhliche in ihrem Gesicht weicht einer erwartungsvollen Unruhe.

»Sind die Kinder schon da?«

»Nein, die kommen so gegen zwölf.«

Die Kinder. Sie kommen gegen zwölf. Um zwölf darf sie sie in ihre Arme schließen. Um zwölf.

»Das wird schon. Robert hat sich so gut um sie gekümmert. Mach dir keine Sorgen. Und sieh mal, da kommen Åsa und Adam.«

Irene hält Lenas Hand ganz fest. Sieht sie an, als könnte sie nicht richtig glauben, dass ihre Tochter zurückgekommen ist. Fast so, als würde Rolf plötzlich wie eine lebendige Schneeflocke vom Himmel fallen.

Åsa und Adam gleiten in das kleine Kiesrondell vor dem Haus. Sie winken Lena aus dem kleinen Sportwagen zu. Åsa wischt sich schnell den Mund mit einem Erfrischungstuch ab und nimmt sich ein Pfefferminzdrops.

Draußen steht Irene, die auf und ab hüpft, auf Lena zeigt und ihnen bedeutet, doch aus dem Auto zu steigen. Es fehlt nicht viel, und sie würde die Autotür aufreißen und sie auf den Hof zerren. Wie lange die brauchen!

Adam sieht besorgt zu Åsa.

»Ich finde es gut, dass sie hier ist«, sagt er. »Nimm sie in den Arm und denk nicht mehr an das, was passiert ist. Die Kinder werden froh sein, Robert wird froh sein, alles wird gut. Okay?«

Åsa nickt. Ja, alles wird gut. Ganz toll. Jetzt einfach lächeln und fröhlich sein. Fröhliche Weihnachten mit gutem Hering und saftigem Schinken und einem guten Bier und netten Geschenken. Åsa versucht ein Lächeln bei Adam, der es schnell erwidert, denn jede Gelegenheit muss genutzt werden.

»Was macht ihr denn noch da drin?«

Lena öffnet die Tür auf Åsas Seite, ihre braunen Augen glitzern, und die roten Wangen blenden Åsa. Lena sieht so gesund aus.

»Hallo, Lena. Bist du wirklich hier? Wie schön! Willkommen zurück!«

Åsa klettert mit ihrer riesigen Daunenjacke unbeholfen aus dem Auto. Lena umarmt sie fest. Lacht und umarmt sie. Åsa erwidert die Umarmung, kann aber nicht richtig lachen. Sie lächelt, so breit sie kann, bis das Lächeln im Gesicht stehen bleibt. Lena fährt mit ihren Händen durch Åsas Haare und steckt ein paar Strähnen hinter ihre Ohren.

»Wie geht es dir denn? Du siehst müde aus. Und du bist so dünn!«

Lena legt ihre Hände auf Åsas Schultern und betrachtet sie. Åsa sieht zu Adam und versucht, ganz natürlich und fröhlich auszusehen.

»Ich hatte mir den Magen verdorben. War ziemlich hartnäckig. Aber du siehst wenigstens gesund aus.«

»Ich bin ja auch gesund!«

»Aber … Wo warst du denn? Warum …«

»Ich habe nachgedacht. Und ich habe bei einer alten Frau ein paar Kilometer von Braby entfernt gewohnt und nachgedacht, richtig viel. Was ich mit meinem Leben machen werde. Mit meinem und dem von den Kindern und dem von Robert. Und ich habe ein vielversprechendes Zukunftsprojekt, über das ich unbedingt mit dir reden muss, vielleicht willst du ja mitmachen.«

Marie kommt in ihrem kurzen Lederrock angeschlendert. Umarmt Lena lange und fest. Weiß nicht so recht, was sie sagen soll. In heiklen Situationen weiß Marie nie, was sie sagen soll. Wenn man nicht einfach mal einen schnellen Witz machen kann. Also umarmt sie ihre kleine Schwester stattdessen. Lena lacht. Marie wacht auf und lockert die Umarmung ein wenig.

»Aha, die kleine Lena. Jetzt kommst du nach Hause, was? An Heiligabend wegen des Essens und der Geschenke, haha.«

Marie knufft Lena in die Seite, grinst fröhlich und packt sie an den Schultern. Das süße Parfüm, das Marie immer trägt, legt sich wie eine kleine Duftwolke um sie beide.

»Weißt du, ich verstehe ganz gut, warum du abgehauen bist. Ich meine nur, du musst es mir nicht erklären oder so, wenn du nicht willst ...«

»Danke, das ist schön.«

»Na ja, ich wollte es nur sagen. Alle haben sich so schrecklich viel Sorgen gemacht und gedacht, dass die Kinder eine Psychose kriegen und so, aber ich glaube, was du getan hast, war ganz richtig. Alle sind nämlich klargekommen, und Robert hat sich wirklich zusammengerissen, und ...«

Dann tätschelt Marie Åsa zur Begrüßung die Wange und sendet ihr einen besorgten Blick. So fertig hat sie ihre Schwester noch nie gesehen. Wie eine grauweiße Schale. Neben der rosenblühenden Lena sieht sie wie eine Tote aus.

Åsa tut so, als hätte sie wichtige Dinge aus dem Auto zu holen. Superwichtig. Weg von den besorgten Blicken, die auftauchen, sowie jemand sie sieht. Weg von Lena. Die hier einfach am Weihnachtstag mit übertrieben fröhlichem Blick erscheint und von einem vielversprechenden Zukunftsprojekt herumzwitschert. Als wäre nichts geschehen. Dabei ist doch jede Menge passiert! Sie hat ihre eigenen Kinder verlassen! Ihren Mann! War über einen Monat verschwunden – und dann kommt sie an Heiligabend einfach zu Hause angestiefelt und sieht so verdammt gesund und zufrieden aus. Beleidigt rupft Åsa die Tüten und Taschen aus dem winzigen Kofferraum.

Marie und Lena stehen Hand in Hand da und beobachten ihre Schwester, die eifrig in den Tiefen ihres Autos wühlt.

»Ah, da sind sie ja schon! Lena, die Kälbchen kommen!«

Irene zeigt eifrig auf den Pick-up, der dumpf zwischen den Birken in der Allee heranbrummt. Roberts Pick-up. Marie lässt Lena nicht los, sondern umarmt ihre Schultern besonders fest. Lena muss schlucken. Da kommen sie. Ihre Kinder. Ihr Mann. Ihre Familie. Jetzt. Jetzt, jetzt, jetzt. Ihr erster Reflex ist, einfach in den Wald zu rennen. Wie konnte sie nur ihre Kinder verlassen? Sie werden sie hassen. Sie werden es sie merken lassen. Es ist alles zu spät.

»Hampus und Engla, setzt euch mal auf eure Stühle, Mama kann ja gar nicht essen.«

»Ist schon in Ordnung, sie können gern hier sitzen, ich kann später essen. Ich bin auch gar nicht hungrig. Setzt euch nur, meine Süßen.«

Lena schnuppert an Hampus' Haaren, seinem blonden, etwas zotteligen Haarschopf, der im Nacken ein bisschen verfilzt ist. Engla drückt ihre Nase an Lenas Hals und schlingt ihre Arme ganz fest um sie, in der einen Hand ein Fleischbällchen und in der anderen Lenas Haarsträhne. Jetzt riechen ihre Haare vermutlich nach Bratfett, aber das macht nichts. Das macht gar nichts, sie lässt sich gern komplett mit Bratfett einschmieren, wenn sie nur ganz nah bei ihren Kindern sein kann. Jetzt merkt sie, wie sehr sie

sie vermisst hat. Wie hat sie sich nach ihnen gesehnt! Die kleine Vilda sitzt neben Robert. Starrt Lena an und sitzt demonstrativ bei Robert. Papa soll schneiden, Papa soll pusten, Papa soll was zu trinken eingießen, Papa soll den Schinken rüberreichen.

Die Kinder. Lena sah sie schon von weitem im Pickup sitzen, ihre kleinen Münder bewegten sich, und sie zeigten mit dem Finger: Mama ist da! Vielleicht würden sie sie doch nicht hassen. Nicht so sehr. Nur ein klein wenig. Robert hatte kaum angehalten, da hingen Engla, Josefine und Hampus schon an ihrem Hals. Ja, sogar Josefine. Ein Teenager, der sonst nie umarmt und geküsst werden wollte. Aber jetzt. Sie stand einfach da und wollte geküsst werden. Wie süß sie gerochen haben. Sie bemerkte das neue Waschmittel, das Robert ausgesucht haben muss. Ganz nach seinem Geschmack. Sonst rochen ihre Kinder nicht nach grünem Apfel. Lena hatte keine Ahnung, dass Robert das mochte. Wahrscheinlich wusste er es selbst auch nicht. Robert stieg mit Vilda auf dem Arm aus dem Auto. Vilda wollte nicht umarmt werden, wollte nicht aus dem Auto stürmen wie die anderen. Sie hielt sich ganz fest an Robert. Lena hätte sie am liebsten aus seinem Arm gerissen und in ihre eigenen Arme genommen, aber das wäre nicht gut gewesen. Sie muss warten.

Robert. Lena ist nicht darauf vorbereitet gewesen, wie es sein würde, ihn zu sehen. Sie hat nur an die Kinder gedacht. Wie warm und schön es sein würde, sie zu umarmen, bei ihnen zu sein, mit ihnen zu sprechen und alle ihre kleinen Wunden und neuen Haargummis zu bestaunen. Schwer, aber gleichzeitig auch leicht, ein ganzer Eimer voller Liebe, keine Zweifel, keine direkten Forderungen, einfach nur Liebe.

Aber jetzt stand Robert da. Mit einem wahnsinnig dreckigen Auto, mit drei sauberen kleinen Kindern und einem einigermaßen gut gekleideten Teenager. Robert in seiner grünen Hose, ungebügelt, aber immerhin. Die Haare luftig, frisch gewaschen und Vilda auf dem Arm. Vilda. So hat sie ihren Vater nie umarmt. So gierig, als wäre er eine rettende Boje. Früher war Robert höchstens ein alter, rostiger Anker. Niemand, der den Alltag vergoldet, aber der dafür sorgt, dass alles am Platz bleibt und nicht zu weit davonschwimmt.

Aber jetzt. Sie hat Hampus gehört, der auf der Toilette saß und nach Robert rief. »Paaapaaa«, hatte er gebrüllt, bis Robert hinging und ihm den kleinen schmutzigen Hintern abgeputzt hat. So hatte Lena das Wort »Papa« noch nie im Haus gehört. Niemals Papa, immer Mama. Immer, immer, immer, bis sie ganz bekloppt wurde.

Engla hatte eine Rotznase und rief nach Papa, obwohl sie doch wie festgewachsen auf Lenas Schoß saß. Die kleine Vilda. Immer die Gefühlvolle. Wie hatte sie Vilda nur verlassen können? Die kleine Vilda, die jede Nacht gekommen und ganz dicht an Lena herangekrochen war, das Haar ihrer Mutter um ihren Finger gewickelt hatte und geborgen eingeschlafen war. Erst dann fühlte sie sich geborgen. In ihrem eigenen Bett niemals. Die kleine Vilda, die manchmal fragt, ob Lena sie auch wirklich lieb hat, ob sie sie auch lieb haben würde, wenn sie nicht ihre Tochter wäre. Über so etwas würden die anderen drei niemals nachdenken.

Lena lächelt sie so sanft wie möglich an, versucht sie zu umarmen, aber sie wendet sich zu Robert. Drückt die Nase in seine nach Lagerfeld duftende Hemdbrust. Ein Trauma. Sie hat ihrem Kind ein Trauma versetzt. Aber sie hat ihren Kindern auch einen Papa gegeben. Da müssen sie erst ein Trauma erleiden, damit ihr Vater zu ihnen zurückfindet. Ein Trauma für alle Beteiligten. Robert. Sie hatte vergessen, dass es Gefühle für ihn gibt. Aber dort auf dem Kiesweg… Ihr spontanes Gefühl war, einfach hinzugehen und ihn zu umarmen. Zuzulassen, dass er sie umarmt. Aber das ging nicht. Er hat kein Signal gegeben, dass das in Ordnung wäre. Also lächelten sie sich nur an,

Robert hatte die Augenbrauen dabei etwas zusammengezogen.

Als Robert Lena da auf dem Kiesweg sah, verzog er keine Miene. Er konnte einfach nichts fühlen. Am liebsten hätte er losgeheult. Sich einfach in den Schnee gelegt und geflennt wie ein kleiner Junge. Er wollte Lena in den Arm nehmen, sie hochheben, sie küssen und ihr sagen, wie sehr er sich nach ihr gesehnt hatte. Aber das stimmte ja gar nicht. Er hatte sich gar nicht so sehr gesehnt. Zugleich hätte er ihr am liebsten eine runtergehauen, ihr dieses hoffnungsfrohe Lächeln aus dem Gesicht geschlagen. Wie konnte sie nur! Ihn verlassen. Die Kinder verlassen. Und dann zurückkommen und so verflucht zufrieden und ruhig aussehen.

Roberts glitzernde blaue Augen. Sie sehen traurig aus. Vielleicht hat sie ihn verloren. Vielleicht will er sie nicht zurückhaben. Vielleicht ... Nein, das nicht. Lena betrachtet ihn, wie er auf der anderen Seite des Tisches sitzt. Verletzt ist er. Aber er sieht ruhig aus, wenn auch sein Blick flackert und dem ihren nicht begegnen will. Sie hat ihn tief verletzt. Aber sie will ihn. Das fühlt sie ganz stark, wenn sie ihn sieht, wie er Vilda über den Rücken streicht und in ihr Ohr flüstert. Er ist genau der Mann, den sie wollte, und es ist einfach sexy, wenn einer Verantwortung für seine Kinder übernimmt.

»Glögg! Jetzt gibt es Glögg! Marie hat ihn gekocht, probiert nur!«

Irene lacht breit, natürlich und künstlich zugleich. Sie ist glücklich darüber, dass Lena zu Hause ist, und gleichzeitig abgrundtief traurig, dass es nicht Rolf war, der wie jedes Jahr das Tannenreisig in der Allee angebracht hat. Die Erwachsenen haben kleine rote Glöggbecher bekommen, auf dem Tisch stehen geschälte Mandeln und Rosinen. Schinken, Fleischbällchen, Hering, Rotkohl, Grünkohl, Würstchen, gekochte Eier mit handgepulten Krabben, Schweinefüße in Gelee und die Stippbrühe sind nach dem Abendessen langsam abgekühlt und kalt geworden.

Niemand hat nachgefragt. Doch, die Kinder haben Lena gefragt, wo sie gewesen ist. Bei einer alten Dame, hat sie geantwortet. Einer netten Dame, die sie bestimmt einmal besuchen werden. Ich habe mich ausgeruht. Ich habe an euch gedacht, und dann hatte ich auch ein paar neue Ideen. Ich bin wieder gesund und froh.

Nach ein paar Fragen zu Mallorca haben sich die Kinder damit zufriedengegeben. Ihre Schwestern, ihr Mann und die Mutter haben von den leckeren Fleischbällchen, dem gelungenen saftigen Schinken und den perfekt gekochten Kartoffeln geredet. Als würden sie auf etwas warten. Vielleicht warten sie darauf, dass Lena an ihr Glas schlägt und eine Rede hält. Dass sie erzählt, was sie in der Zwischenzeit gemacht hat. Sie werden sich ein wenig gedulden müssen, das kommt später. Jetzt will sie nur den Augenblick genießen.

»Komm, Åsa, trink etwas Glögg, du musst dich aufwärmen.«

»Nein danke, Mama, ist schon gut.«

»Was? Aber sonst liebst du doch Glögg! Geht es dir wirklich gut? Åsa?«

Marie nimmt einen Schluck von dem heißen und starken Punsch und sieht bei Irenes Frage erstaunt auf.

»Was? Du willst keinen Glögg? Ich will ja nicht angeben, aber der ist richtig gut geworden.«

»Nein, mir ist etwas schlecht.«

Åsa starrt auf den Tisch. Adam lacht verlegen. Irene betrachtet ihre Tochter. Die eingesunkenen Wangen, die müden Augen. Sie sieht wirklich erschöpft aus. Irene streicht ihrer kleinen großen Tochter übers Haar. Åsa versucht, tapfer zu lächeln, ohne zu weinen. Irene lächelt geheimnisvoll zurück.

»Liebling … bist du etwa schwanger?«

Schweigen. Sogar die Kinder starren Åsa gespannt an. Adam rückt seine beschlagene Brille zurecht, nippt an seinem Glögg und rührt nervös im Becher. Rot wird er auch.

»Du bist schwanger, Åsa! Ha! Ich wette darauf!«, ruft Marie. Sie steht auf, hält den Glöggbecher hoch und wedelt damit in Adams und Åsas Richtung. Adam sieht Åsa an und lächelt fragend. Åsa zupft an ihrer Weihnachtsserviette. Faltet sie zu einem ganz kleinen Viereck.

»Ja, ich bin schwanger.«

Åsas piepsige Stimme wird vom Jubel der Familie weggespült. Robert, Lena, die Kinder, Irene, Marie – sie alle schreien vor Freude. Sogar Vilda klatscht in die Hände. Robert pfeift anerkennend, und Lena steht auf. Unruhe, Spannung und Trauer verschwinden von einem Moment auf den anderen, und da steht nur noch eine jubelnde Familie.

Åsa kann nicht anders, als zu lachen und sich von der Freude der anderen mitreißen zu lassen. Sie sieht ihre Familie, die pfeift und klatscht und ihr Handküsse zuwirft. Sie lacht laut. Irene wischt sich eine Träne aus dem Augenwinkel.

»Was habe ich gesagt, mein Mädchen, am Ende kommt das richtige Sperma vorbei, genau wie bei den Kühen. So was kann durchaus eine Weile dauern, weißt du. Wann ist es denn so weit?«

»Weiß nicht. Ich habe gerade erst den Test gemacht.«

In diesem Moment klopft Lena mit einem Löffel an ihr Glas. Die fröhlichen Rufe und das Johlen legen sich. Schweigen. Marie setzt sich wieder, Åsa zupft nervös an ihrer Serviette, Adam putzt seine Brille, Irene strahlt, Robert kriegt alle Kinder auf den Schoß, als Lena aufsteht, und sie hält den Glöggbecher in der einen Hand, die andere ruht auf Josefines magerer Schulter.

»Meine liebe große Schwester. Dass du ein Kind im Bauch hast, das ist … das Beste, was passieren konnte. Wir wissen schließlich alle, wie ihr euch darum bemüht habt. Und für mich ist es unglaublich, zu euch allen nach Hause zu kommen und diese Nachricht zu hören.«

Zustimmendes Gemurmel um den Tisch.

»Und mir war klar, dass ihr irgendwann ein Kind kriegen würdet! Endlich kriegen meine Kinder einen Cousin oder eine Cousine. Ich will euch einfach nur von Herzen gratulieren. Und ich kann dir versichern, man spuckt zwar in den ersten Monaten, aber danach wirst du dick und froh. Und bei der Gelegenheit will ich auch noch sagen, wie dankbar ich bin, dass du Robert und den Kindern geholfen hast. Josefine hat mir von den neuen Sportsachen erzählt, und wie du bei uns geputzt und wirklich hart gearbeitet hast. Danke! Und wenn ihr jetzt euer kleines Baby bekommt, dann genügt ein Wink, und ich komme und helfe dir. Also, viel Glück! Und schließlich will ich auch dir danken, Robert. Weil du ... weil du alles hingekriegt hast. Vor allem aber herzlichen Glückwunsch, Adam und Åsa!«

Lena hebt ihren Becher und schaut zu Robert hinüber, der ein bisschen schief zurücklächelt. Was soll er auch tun? Erst verschwindet sie von einem Tag auf den anderen. In dem Monat, in dem sie weg war, musste Robert sein ganzes Leben verändern. Kinder anstelle von Lastautos waschen. Essen kochen, anstatt alte Wagen zu reparieren. Ein paar Postkarten haben sie bekommen, aber keine Hinweise darauf, wo sie wirklich war. Am Ende hat er erfahren, dass sie zu Weihnachten nach Hause kommen wird. Aber darauf verlassen hat er sich nicht.

Und dann steht sie einfach da. Mit dem frischen, offenen Blick von früher. Als wäre sie in einem Monat zehn Jahre jünger geworden. All das Graue und Müde ist weg. Übrig geblieben ist Lena. Seine Lena, so wie er sie kennt. Die er geliebt und umarmt hat, wegen der er eifersüchtig war, nach der er sich gesehnt hat. Um deren Hand er angehalten, die er geheiratet, mit der er Kinder bekommen hat und die vor einer Weile irgendwie verkümmert ist. Er will ihre Augenlider küssen und ihr erzählen, wie sehr er gerade sie vermisst hat.

»Habt ihr euch schon ein paar Namen ausgedacht?«

Irene umarmt Åsa und Adam und steckt ihren wohlfrisierten Kopf zwischen die beiden.

»Rolf und Irene wären doch zwei schöne Namen, haha. Na ja, aber Rolf muss er heißen, wenn es ein Junge wird, oder? Mit zweitem Namen zumindest. Oder woran habt ihr gedacht?«

»Wir haben es noch nicht geschafft, darüber nachzudenken.«

»Nein, es ging Åsa so schlecht, wir hatten genug damit zu tun.« Adam versucht zu reden, ohne Irenes gekräuselte Haare in den Mund zu kriegen.

»Victoria oder Carl Philip!«, ruft Engla von Lenas Schoß, auf den sie schnell wieder gehüpft ist.

»Volvo oder Prusseliese!«, ruft Hampus, der ebenfalls auf Lenas Schoß sitzt.

Josefine gibt ihm einen Schubs. »Lieber was Cooles, nicht so einen Allerweltsnamen!«

Robert rüttelt Vilda, die in seinen Arm gekrochen ist, liebevoll hin und her. »Was meinst du, Vilda?«

»Will ich nicht sagen.«

Vilda dreht ihr Gesicht an Roberts Brust. Robert küsst sanft ihre Stirn und streichelt ihr den Rücken.

Åsa steht so abrupt vom Tisch auf, dass die Glöggbecher scheppern. Sie legt ihre kleine zusammengefaltete Serviette auf den Teller und lächelt blass.

»Ich muss wohl mal raufgehen und mich ein wenig ausruhen.«

23

Dunkelheit senkt sich über den Hof. Die großen Lampen erleuchten das Rondell, ansonsten herrscht ausschließlich kompakte Dunkelheit, leises Schneerieseln und ein dumpfes Surren vom Silo. Robert, Vilda und Marie haben eben das letzte Melken für diesen Tag erledigt, alles sauber abgespritzt und die Tiere gefüttert. Adam wird gleich den letzten Glöggbecher gespült haben. Irene liegt auf Rolfs Betthälfte, schaut auf den kristallenen Sternenhimmel, in dem Rolf schwebt, und weint leise. Die Kinder und Lena drängen sich dicht vor dem Fernseher. Unter dem Weihnachtsbaum ist es leer, alles abgeräumt, mal abgesehen von Tannennadeln und ein paar Weihnachtskarten, die im Eifer des Gefechts nicht gelesen wurden. Neben dem Tannenbaum liegen Mengen von Geschenkpapier, Schleifen und aufgerissenen Schachteln.

Ja, auch dieses Jahr waren es wieder zu viele Geschenke. Irene hat jeden einzelnen Punkt auf der Liste der Kinder abgehakt, als wäre es keine Wunsch-, sondern eine Einkaufsliste. Åsa hat versucht, ihr schlechtes Gewissen dadurch zu betäuben, dass sie den Kindern Dinge gekauft hat, von denen sie nicht einmal wussten, dass sie sie sich wünschten, und dazu zu viele Päckchen für Adam. Marie hatte kein einziges Geschenk dabei. Ihr Geschenk an alle war, dass sie Glögg gekocht und die Allee geschmückt hat. Null Geld bedeutet null Weihnachtsgeschenke.

»Ich werde Vilda jetzt ins Bett bringen. Hampus und Engla, kommt ihr auch mit?«

Robert hält eine fast schlafende Vilda im Arm und nickt den anderen Kindern zu. Hampus packt Lenas weichen Bauch.

»Mama soll mich ins Bett bringen.«

»Robert?«

Lena sieht Robert fragend an, der ein wenig steif nickt. Sie küsst Josefine auf die Wange und steht mit zwei Kindern an der Hand vom Sofa auf. Die Kleinen quengeln, dass sie die Treppe hinaufgetragen werden möchten. Schnell rafft Josefine die Fernbedienung an sich, legt sich ein zusätzliches Kissen unter den Kopf, die Pralinenschachtel auf den Bauch und zappt zu MTV rüber.

Irene hat ihnen schon in Lenas altem Mädchenzimmer Betten gemacht. Hat das Sofa zu einem schönen Doppelbett ausgezogen, mit Lenas Lieblingsbettwäsche darauf, der grünen mit den weißen fliegenden Tauben. Bettwäsche, weich wie Kinderpopos. Millionenfach gewaschen, im Wind draußen auf dem Hof getrocknet oder unten in der Waschküche durch den Trockner gejagt.

Lenas Zimmer ist nicht sonderlich gemütlich. 1985 hat sie das Zimmer neu gestrichen, und zwar nach den damals absolut modernsten Farben. Glamour-Punk. Zwei Wände schockrosa, zwei schwarz. Inzwischen sieht es mehr aus wie ein alter, versiffter Probenkeller. Massenhaft Fotos an den Wänden. Josefine und Lena, beide sehr jung. Lena, die ihren dicken Bauch durch die Gegend trägt, Lena mit Josefine im Tragetuch auf dem Traktor, Lena und Klein-Josefine schlafend in der grünen Taubenbettwäsche. Dazu Lenas absolutes Lieblingsbild von Robert. Ein sommergebräunter Robert mit ausgeblichenem Haar, nacktem Oberkörper und sonnigfröhlich mit den Armen in der Luft, an denen Josefine baumelt und vor Lachen fast erstickt. Wie ein echtes Star-Poster.

»Papa ... Zähneputzen ...«, murmelt Vilda schläfrig von Roberts Schulter.

»Ist egal, wir putzen morgen extra gründlich.«

Vorsichtig lädt Robert Vilda auf dem Bett ab, zieht ihr die Strumpfhosen und die Unterhose aus und schiebt das etwas zu enge Kleid über ihren Kopf. Er wühlt in einer

Plastiktüte herum, findet ein Nachthemd und versucht, es dem schlafenden Kind überzuziehen. Lena denkt, dass sie zu Hause ja auch Rucksäcke und Taschen haben, aber sie schluckt den Satz runter. Sie erwähnt auch nicht, dass es Englas Nachthemd ist, das Robert gerade erfolgreich Vilda angezogen hat. Sie genießt einfach. Genießt, keine Verantwortung zu haben. Genießt zu sehen, wie Robert das tut, was sie sonst immer selbst hat machen müssen.

Lena sucht in Roberts Reisetüte, findet den Schlafanzug von Hampus und Vildas Nachthemd mit dem Bambi drauf. Engla lässt sich ohne Proteste im falschen Nachthemd ins Bett bringen, dann folgt Hampus mit seinem Spiderman-Schlafanzug.

»Geschichte …«, murmelt Hampus, während ihm die Augen zufallen.

»Liebling, jetzt ist es zu spät für eine Geschichte, aber ich lese dir morgen etwas vor.«

»Bist du morgen hier?« Engla macht die Augen auf und schaut mit vernebeltem Blick zu Lena.

»Ja. Ich werde jetzt nirgendwo mehr hinfahren, versprochen.«

Robert liegt ganz außen und hat seinen Arm um Vilda gelegt. Lena liegt mit Engla auf der anderen Seite und Hampus in der Mitte. Lena betrachtet sie. Streicht über Englas helle, dünne Zöpfchen. Legt die Hand in ihre Nackenbeuge. Spürt, wie die kleinen, klebrigen Füße von Hampus unter der Decke nach ihren Beinen suchen. Ah, klebrige Füße! Wie sie sich danach gesehnt hat!

Vilda atmet tief im Schlaf. Ihrer Mama den Rücken zugewandt, die Nase in Roberts Hemd vergraben und die Arme um ihn geschlungen. Lena kommt an sie nicht heran. Ihr Arm reicht nicht bis zu diesem verletzten kleinen Kind. Robert umarmt Vilda, legt den Kopf auf den Arm und sieht Lena an. Sie sehen sich in die Augen. Lächeln nicht, weinen nicht, schauen einfach nur.

»Ach ja, was ist eigentlich passiert?«, flüstert Robert.

»Ich weiß nicht genau, wo ich anfangen soll«, flüstert Lena zurück, während sie Englas Nackenhaare streichelt.

»Fang von vorne an.«

»Ich weiß nicht so recht, wo vorne ist.«

»Du bist weggegangen. Ich werde jetzt einfach hier liegen und zuhören. Nutz die Gelegenheit, denn morgen habe ich vielleicht nicht so gute Laune. Dann bin ich vielleicht sauwütend, weil du einfach abgehauen bist. Also, rede jetzt.«

Robert verschränkt die Arme hinter dem Kopf und macht es sich einigermaßen bequem.

Lena legt sich auf die Seite und stützt ihren Kopf auf.

»Okay. Ich habe Conny kennengelernt, den neuen Eisverkäufer. Wir sind nur Freunde. Er hat kapiert, wie anstrengend das alles für mich war, und ...«

»Aha, mit dem hast du also wenigstens geredet, damit er kapieren konnte, wie anstrengend das alles für dich war. Mir hast du ja kein Sterbenswörtchen davon gesagt.«

»Natürlich habe ich das! Während der ganzen Geburtstagsfeier von Hampus habe ich auf dem Klo gesessen und geheult und bin wie ein Wrack durch die Gegend gelaufen. Was hätte ich denn noch machen sollen? Hätte ich Schaum vor dem Mund haben und mit Messern herumfuchteln müssen?«

»Aber du hast nichts gesagt.«

»Gesagt! Muss ich mich mit einem Megaphon hinstellen und schreien, oder was? Genügt es nicht, völlig fertig zu sein?«

»Ja, ja, scheißegal. Mach weiter.«

Lena flüstert wieder. »Jedenfalls hat Conny begriffen, dass ich etwas tun musste. Denn es ging ja um mich! Wenn ich zu Hause geblieben wäre, dann wäre ich total unglücklich geworden. Vielleicht hätte ich das Haus angezündet oder mir das Leben genommen oder so. Ich war einfach total am Ende, als wäre nichts mehr in mir drin. Nichts, was noch etwas mit mir zu tun hatte. Also bin ich abgehauen. Um dieses alte Ich von mir wiederzufinden, verstehst du?«

»Und was hast du dann bei Conny gemacht?«

»Geschlafen. Die ersten fünf Tage habe ich nur geschlafen. Rund um die Uhr. Als ich aufwachte, war ich wieder aufgeladen, wie so ein Akku.«

Robert dreht sich zu Lena. Er flüstert auch.

»Und weißt du, was ich gemacht habe, während du deinen Psychoschlaf geschlafen hast? Ich hab mir verdammte Sorgen gemacht. Hab mich gefragt, wo du bist. Hab versucht, die Kinder zu trösten, die hysterisch waren.«

»Aber Åsa war doch da. Die hat dir doch geholfen.«

»Trotzdem. Ich hab mir Sorgen gemacht.«

»Ich hatte doch einen Zettel geschrieben, damit du dir keine Sorgen machen musst.«

»Ja, aber was ist denn schon so ein verdammter Zettel? Ich habe mich gefragt ...«

»Was hast du dich gefragt? Wer sich um die Tanke kümmern würde? Hast du dich das gefragt, oder hast du dich gefragt, wo *ich*, Lena, wohl war? Ob ich kalt oder traurig bin, oder wie es mir wohl geht? Oder hast du dir selbst leid getan?«

»Scheißegal. Erzähl weiter.«

Robert legt sich auf den Rücken und tut so, als würde er einen interessanten Fleck an der Decke betrachten.

»Ich war es so leid, völlig unwichtig zu sein. Ich will nicht mehr nur Hausfrau und Mutter sein, Robert. Ich will arbeiten. Mit etwas, was mir Spaß macht! Etwas, was zu mir passt. Oder was zu uns passt. Ich will, dass wir mehr ein Wir werden. Zusammen, verstehst du?«

»Kann sein.«

»Ich habe auch viel an Solvändan gedacht. Wer den Hof übernehmen wird. Mama wird es nicht alleine schaffen. Das ist einfach so.«

»Mag sein. Aber willst du jetzt den Hof übernehmen,

oder was? Dann wirst du ja weder Zeit für die Kinder haben, noch sonst was.«

»Nein, das kann ich nicht. Ich habe eine andere Idee. Aber es fühlt sich irgendwie komisch an, jetzt davon zu erzählen. Ich merke doch, dass du sauer auf mich bist. Vielleicht reden wir erst über uns und dann ...«

»Nein, sag nur. Sag, was du willst, und dann nehmen wir uns den Rest später vor.«

»Okay. Wenn ich mal träumen darf. So, wie ich will. Dann möchte ich, dass wir das Haus und die Tankstelle verkaufen ...«

»Die Tankstelle?«

»Ja, aber hör doch erst mal zu. Wir verkaufen alles. Ziehen in den einen Seitenflügel von Solvändan und starten ein eigenes Catering-Unternehmen. Wir kochen richtig gutes, vollwertiges ökologisches Essen, das wir im Ort herumfahren und verkaufen, und zwar an alle gestressten Familien, an alte Leute und berufstätige Singles. Gemeinsam mit Mama können wir die Kühe, die Kinder und die Firma versorgen. Vielleicht stellen wir noch jemanden ein für die Kühe, darüber müssten wir noch mal nachdenken. Wir wären immer für die Kinder da, wir könnten zusammenarbeiten, und der Hof kann auch erhalten bleiben.«

»Machst du Witze?«

»Nein. Ich meine es ernst. Zumindest kann es nicht so bleiben wie früher. Das geht einfach nicht, das wird dir doch klar sein.«

»Ich will auch nicht, dass es so bleibt wie früher, das meine ich nicht.«

»Was meinst du dann?«

»Das macht mich einfach so ... wütend. Du bist einen Monat weg, und dann kommst du zurück und willst alles umkrempeln! Habe ich das richtig verstanden? Jetzt sollen wir aus dem Haus ausziehen, meine Tanke verkaufen und Essen verkaufen? Und dieser Conny, wo ist der jetzt? Ist er nur dein sogenannter Freund? Und wenn du nur ein bisschen schlafen musstest, warum bist du dann nicht zu Irene gegangen? Hast du einen ganzen Monat bei dem Eisverkäufer gewohnt? Und ihr seid wirklich nur Freunde gewesen? Glaubst du, ich bin blöd, oder was? Warum sollte er sich auf so was einlassen?«

»Jetzt hör doch mit Conny auf! Ich habe nur ein paar Nächte dort geschlafen, danach habe ich ein Zimmer bei einer alten Dame gemietet. Vergiss ihn einfach! Und ich konnte nicht zu Mama ziehen, denn dann wärst du mit den Kindern gekommen, und da hätte ich nie alles so loslassen können. Das muss dir doch klar sein ... Auf keinen Fall aber können wir so weitermachen wie vorher.«

»Nein, das hat auch niemand gesagt. Gut, du willst dich also scheiden lassen.«

»Nein, das will ich nicht. Ich habe nur gesagt, dass wir gemeinsam etwas Neues versuchen sollten, denn wenn wir nichts verändern, dann weiß ich nicht, ob wir zusammenbleiben können. Ich ... ich liebe dich, Robert ... Aber du musst jetzt auf ein paar Sachen verzichten, so wie ich es früher getan habe.«

»Aber wer sagt denn, dass ich weitermachen will? Vielleicht will *ich* mich ja scheiden lassen?«

»Willst du das denn?«

Lena schluckt. Sieht Roberts große Hand mit den schmutzigen Fingernägeln auf Vildas Rücken. Lena will seine Hand haben. Sie will, dass die auf ihrem Rücken liegt. Sie will sich nicht scheiden lassen. Will nicht.

»Vielleicht wollte ich es«, flüstert Robert. »Nachdem du gerade abgehauen warst. Ich hatte irgendwie das Gefühl, als würde ich dich gar nicht so vermissen. Die Kinder und ich, das lief ganz gut. Es gab kein Genörgel, und die Kinder haben sich mir zugewandt, und ...«

»Aber das kann doch auch so bleiben, wenn wir zusammen sind. Das geht, Robert!«

»Ach, was weiß ich ... Ich merke ja schon jetzt, dass die

Kinder wieder … Aber als du heute hergekommen bist … Da warst du wieder so wie früher. Wie die Frau, in die ich mich verliebt habe.«

»Ich weiß … du auch. Du warst der Mann, den ich haben will. Als du da standest, mit den Kindern in ihren zerknitterten Kleidern. Das war schön.«

»Was heißt hier zerknittert, ich habe die Klamotten doch gebügelt!«

Lena unterdrückt ein Lächeln. »Okay, da habe ich mich wohl getäuscht. Aber was meinst du? Kriegen wir das hin? Ich weiß nicht.«

»Ich weiß es auch nicht.«

Ganz still liegen sie da. Über Roberts Wangen laufen Tränen. Kleine Tropfen der Trauer über seine harten Wangen. Sie gehören zusammen. Sie lieben sich. Lena streckt ihre Hand zu Robert aus, über alle Kinder hinweg. Wischt seine Tränen weg. Streichelt seine Wange, fährt mit dem Finger über seine Oberlippe, diese kussfreundlichen, vollen Lippen. Robert nimmt ihre Hand. Seine Finger schließen sich um Lenas kleine Hand.

Marie wirft sich noch eine Handvoll Nüsse in den Mund. Sie hat ziemlich lange keinen Alkohol getrunken, und der Glögg, den sie heute gemacht hatte, war ziemlich stark. Rein in den Magen und sofort in den Kopf. Fast zwanzig Jahre lang hat sie so gut wie jeden Abend was getrunken, und jetzt war sie drei Wochen lang trocken. Ohne auch nur darüber nachzudenken. Ohne sich mal schnell einen Drink zu mixen. Und schön war es, nach drei Wochen Ruhe etwas echten Bauernglögg zu trinken.

Der Kopf wird schön weich vom Alkohol, es öffnen sich neue, kleine Ecken, in die man hineinkriechen kann. Eine der Ecken ist die mit den wogenden Feldern um den Hof. Dieser ganze Grund und Boden ohne Bestimmung. Und mit dem Glögg, der in den Adern kitzelt, ist die Idee, ein Hardrockfestival zu arrangieren, vielleicht gar nicht so dumm.

Die Idee ist sogar ziemlich cool. Alles auf einmal. Musik, Menschen, Party. Allerdings nur kurze Zeit. Und dazwischen ein paar Termine, bei denen sie sich um Sponsoren und dergleichen kümmern muss. Ach, sie wird nur einen Abend im Rock'n'chock rumhängen müssen, um den halben Mitarbeiterstab zu akquirieren. Das Ganze ist irgendwie ziemlich verrückt. Aber sie sollte es einfach ausprobieren. Das Schlimmste, was passieren kann, ist, dass niemand zum Festival kommt. Da müsste sie den Bands allein zuhören. Ach Quatsch. Natürlich kommen Leute. Gute Musik zieht einfach Publikum an.

Marie legt die Decke über den Beinen zurecht und knackt noch eine große Walnuss. Rutscht ins alte Fernsehsofa hinein, lässt Josefine zwischen den Kanälen zappen und nippt ein wenig an ihrem nächsten Becher Glögg.

Und die Wohnung in der Högbergsgatan? Soll sie pendeln? Mal sehen, was ihre Mutter zu der Idee mit dem Hardrockfestival sagt. Es müsste allerdings hinten an der Grenze zu Hanssons Grund stattfinden, damit die Kühe nicht gestört werden. Eine Bar ließe sich ja in der Garage einrichten. Man kann im Wald zelten, und wenn der Wald nicht ausreicht, kann man immer noch auf die Wiesen ausweichen. Kein großes Problem. Das wird sich schon lösen lassen. Sie wird sich um Sponsoren kümmern. Einen Förderbeitrag vom Kulturamt kann sie sicher auch kriegen.

Åsa kommt wieder ins Wohnzimmer. Schweigend und blass sitzt sie in einem der Sessel und pickt in ihrem Milchreis herum. Marie schenkt sich Glögg nach. Josefines Augen kippen langsam weg, wie ein kleines Kind ist sie dabei, einzuschlafen, die Wange auf dem großen Rosenkissen.

Adam knackt noch eine Nuss. Sein ganzer langer Körper zittert, wenn er zudrückt. Die Brille hüpft ihm von der Nase, und die Haare bewegen sich. Marie grinst ein bisschen. Åsa und Adam, dass die ein Kind haben werden. Dass die überhaupt poppen können! Das ist doch ein Wunder!

Was das wohl für ein kleines Kind werden wird? Wahrscheinlich kurzsichtig. Mit Adams roten Haaren, haha. Schüchtern. Alles andere wäre das reine Wunder.

Müssten Adam und Åsa nicht eigentlich wie verrückt durchs Haus tanzen? Unerträglich glücklich sein und von Kinderzimmertapeten reden? Marie nimmt noch einen großen Schluck Glögg.

»Sagt mal, warum seid ihr eigentlich so komisch drauf? Ich kapier das nicht. Liegt das an irgendwelchen Hormonen, von denen ich keine Ahnung habe?«

Adam lächelt ein wenig nach innen gewandt und knackt zitternd eine Nuss, während Åsa methodisch ihren Milchreis löffelt. Und dann lächelt sie.

»Keine Sorge, bin einfach nur ein bisschen müde. Weißt du, wenn einem so übel ist und so.«

Åsa verstummt wieder und hört auf zu lächeln. Marie stellt ihren Glöggbecher auf den kühlen Holzboden.

»Aber ihr freut euch schon über das Kind, oder?«

»Ja! Natürlich. Ich bin superglücklich.«

Adam antwortet mit etwas zu vielen Nüssen im Mund.

»Und du, Åsa? Bist du auch glücklich?«

»Natürlich. Darauf haben wir doch so lange gewartet.«

»Gut. Cool.«

Åsa betrachtet ihre große Schwester und ihren Mann. Jetzt gilt es. Wenn sie nun das kleine, schöne Kind zur Welt bringen wird, das sie in sich trägt, dann muss sie glücklich wirken. Alles loslassen.

Es ist schiefgelaufen. Es ist höllisch schiefgelaufen. Aber sie ist schwanger. So hat sie es sich nicht einmal in ihren schlimmsten Albträumen vorstellen können. Aber jetzt gibt es ein kleines Leben in ihr. Soll sie jetzt dasitzen und heulen, bis das Kind erwachsen ist, oder soll sie einfach die Tatsachen des Lebens annehmen und ein wenig genießen? Åsa ist nicht gut im Genießen. Das war schon immer so. Sie ist gut im Arbeiten. Darin, sich anzustrengen und Ziele zu erreichen. Aber genießen? Nein.

Åsa schaut Adam verschmitzt an. »Adam, wie würdest du das Kind denn nennen? Hast du dir da schon Gedanken gemacht?«

»Nein, nicht direkt. Und du?«

»Ich fände Rolf schön, wenn es ein kleiner Junge wird.«

»Rolf?«

»Ja! Wie Papa.«

»Aber ist das nicht ein ziemlich unmoderner Name? Meinst du nicht, du wirst von den anderen Kindern gehänselt, wenn du Rolf heißt?

Marie lacht. »Ach, du kannst auch von den andern geärgert werden, wenn du Carl Gustaf heißt, wie der König. Rolf ist doch supercool. Na klar wird das Kind Rolf heißen.«

»Kann er nicht Percival heißen, nach meinem Opa?«

Adam grinst ein wenig, und Marie jubelt.

»Oh ja! Rolf Percival! Das klingt super!«

Adam und Marie lachen, und Åsa auch. Und wie sie lacht, von einem Ohr zum anderen. Adam lehnt sich zurück. Er sieht ein bisschen rosiger aus als vorher. Er hat gelacht. Das war schon lange her. Vom Kind reden und lachen. So muss es sein. Ein Kind und viel Lachen. Nicht ein Kind und Tränen, Tränen, Tränen.

»Aber mal im Ernst. Ich finde, Tim ist ein schöner Name. Was meinst du, Åsa?«

»Doch, Tim ist schön.«

»Oder vielleicht Hedda, wenn es ein Mädchen wird.«

»Hedda finde ich auch hübsch.«

Åsa versucht zu lachen. Versucht fröhlich zu sein. Ha, ha, ha. Das hat ungefähr dreißig Sekunden lang prima funktioniert. Gut, dann sind es ja nur noch vierundachtzig Jahre, bis sie als erschöpfte Schauspielerin einschlafen kann. Verdammt. Es geht nicht. Hier sitzen und lachen. Wann ist das Böse vorbei? Wann? Wann kommen Bauch und Herz ohne diesen Schmerz klar? Wann? Wie lange muss sie das ertragen?

Unerwartet brüsk schiebt Åsa den Reis von sich, wischt sich fest mit der Serviette den Mund ab. Ein steifes Lächeln für Adam und Marie.

»Ich ... Mir ist ein wenig übel. Ich lege mich besser wieder hin. Bis morgen.«

»Okay, schlaf gut.«

Marie winkt ein wenig schlapp vom Sofa, während Åsa mit raschen Schritten aus dem Esszimmer läuft, die Treppe hinauf, zum Schlafzimmer. Adams rosige Wangen sind wieder grau geworden. Mit langem Blick sieht Marie Åsa hinterher.

»Was ist denn los mit ihr? Weißt du das, Adam? Sie ist so gar nicht sie selbst.«

»Ich weiß auch nicht, was es sein könnte. Die Werte sind prima und alles, keine Ahnung.«

Adam stochert ein wenig in der Schale herum. Er würde gern die Åsa-Nuss knacken. Einen Nussknacker nehmen und einfach die Schale aufbrechen. Sehen, was drin ist. Was sie denkt. Was in ihr geschieht. Er hat das Gefühl, als wollte sie dieses Kind nicht haben. Dabei hat sie sich doch so sehr ein Kind gewünscht. Hat sich so sehr danach gesehnt. Marie streicht Adam ein wenig über den Arm.

»Wie seltsam. Wie geht es dir damit, Adam?«

»Ich weiß nicht. Ich sollte jetzt besser zu ihr gehen. Oder?«

»Ja, denke ich auch.«

Adam wandert in die obere Etage ab. Marie seufzt. Nimmt noch einen Schluck Glögg und eine Nuss, die sich erst beim zweiten Anlauf knacken lassen will. Aha! Sie sucht mit ihren langen Nägeln zwischen den Schalen. Zwei kleine Nüsse liegen da drin, eine Doppelnuss. Ein Glücksbringer.

Was für ein Heiligabend. Robert und Lena, die versucht haben, sich ganz normal zu benehmen. Åsa, die schweigend vor sich hingeglotzt hat. Jetzt ist sie nach Jahren endlich schwanger, und alles, was sie tut, ist vor sich hinglotzen. Sie schafft es ja nicht mal, entspannt zu lachen! Irene, die sich zusammenreißt. Marie hat es gesehen. Wie sie sich zusammengerissen hat und dann auf der Toilette oder beim Abwaschen geweint hat. Ihre Tränen lagen den ganzen Tag auf der Lauer, wie kleine Wasserballons unter den Augen.

Ein einziger erwachsener Mensch war relativ normal, und das war Marie. Wahrscheinlich zum ersten Mal. Früher war Weihnachten immer so eine anstrengende Verpflichtung. Etwas, das man durchleiden muss, um dann in die Stadt abdampfen oder sich ins Bett legen oder auf eine Weihnachtsparty gehen zu können. Doch in diesem Jahr musste Marie überhaupt nichts machen. Sie hat die Allee mit Tannenreisig geschmückt, die Kühe gemolken, ein wenig Schnee geschaufelt und Glögg gemacht. Nicht mehr. Und nun sitzt sie hier. Im Wohnzimmer. Ohne irgendetwas. Ohne Job, ohne Mann, ohne Freunde, aber zufriedener denn je.

Ob ihr die Doppelnuss wohl Glück bringen wird? Marie versucht, aus dem Fenster zu sehen. Aber draußen ist es dunkel, und alle Lichter im Haus bewirken, dass sie nur sich selbst sieht. Marie lächelt ihrem eigenen Spiegelbild zu. Schüttelt die lange Haarmähne, rückt ihren Busen zurecht und sagt laut: »Hiermit beschließe ich, ein Hardrockfestival auf die Beine zu stellen. Hier auf Solvändan. Wenn ich das schaffe, dann bringt mir das Ehre und einen ziemlich coolen Job, in dem ich meine eigene Chefin bin. Wenn nicht … Tja, dann bin ich wohl etwas Geld und Rückgrat los, aber schlimmer wird es auch nicht.«

Der Wald ist so dunkel. Tannen und Kiefern stehen dicht an dicht. Sie heulen und pfeifen vom Schneesturm, der sich eifrig einen Weg zum Haus bahnt. Solvändan thront majestätisch am Ende der Felder. Die Birken in der Allee schwanken im Wind. Ein paar der roten Bänder haben sich gelöst, sind weitergeflogen, das Reisig peitscht an die Birkenstämme. Einige wenige Lichter im Hauptgebäude sind an. Ein paar Weihnachtssterne und der eine oder andere Lichtbogen.

Irene liegt mit einer Decke über den Beinen auf Rolfs Seite des Betts. Sie ist weicher als ihre Seite. Rolfs Gewicht hat die Matratze eingelegen und eine sehr gemütliche Kuhle geschaffen. Jetzt ist es nicht mehr Rolfs Seite, sondern Irenes. Sie schläft jede Nacht dort. Na ja, wenn sie schläft. Zumindest liegt sie jede Nacht dort. Liegt da, wirft sich herum, starrt ins Dunkel, zählt die Minuten und denkt. Denkt an die Kühe im Stall. An die einhundert Milchkühe und die einhundert Kälbchen. Die sich auf sie verlassen und darauf, dass sie zweimal am Tag kommt und sie melkt, füttert, säubert, sie nach dem Brunstkalender inseminiert, ihre Euter massiert, wenn sie eine Mastitis haben, mit ihnen redet, mit ihnen schmust und dafür sorgt, dass sie gesund und zufrieden bleiben. Aber auf die Dauer wird Irene es nicht schaffen. Am Ende war es für sie und Rolf zusammen schon hart genug, allein hat sie keine Chance.

Die Mädchen wollen den Hof nicht übernehmen. Warum sollten sie auch? Sie führen ihr eigenes Leben. Das Leben auf dem Bauernhof ist nichts, wovon moderne Frauen träumen. Im Wald zu sitzen, ohne Geld, dafür mit massenhaft Verantwortung und nichts zurückzubekommen als Frieden, Ruhe und frische Luft. Aber wer schert sich schon noch um so etwas? Die Zeiten haben sich verändert. Tempo, Schwung und Stadtluft, da spielt die Musik. Ja, Epochen vergehen, so ist es einfach. Das Haus war jetzt hundertfünfzig Jahre in Familienbesitz, das muss reichen. Man darf nicht undankbar sein.

Die Schlafzimmertür öffnet sich einen Spalt. Marie steckt ihr vom Glögg erhitztes Gesicht herein. Irene dreht sich um, klopft mit der Hand auf die andere Seite des Bettes und versucht, die Tränen wegzulächeln.

»Hallo, Liebes.«

»Hallo. Darf ich reinkommen?«

»Tu das. Leg dich hierher.«

Irene hebt die Decke an, damit Marie darunterkriechen kann. Es ist ein wenig ungewohnt, mit seiner Mutter unter eine Decke zu kriechen. Aber der Wille ist da, bei ihnen beiden. Marie legt sich auf Irenes Seite des Bettes, schiebt ihre langen Beine unter die Decke und lässt den Kopf auf eines der Kissen sinken.

»Hast du geweint?«

»Ja, das hab ich wohl.«

»Wegen Papa?«

»Nicht direkt. Oder doch. Aber nicht nur.«

»Woran denkst du dann?«

»An den Hof. Wir werden ihn verkaufen.«

»Was?«

»Wir müssen den Hof verkaufen. So ist es nun mal.«

»Aber …«

Marie sucht in ihrem Kopf nach etwas, das sie sagen könnte. Sie findet nichts außer einem ganz kleinen Ziehen im Bauch, das im selben Moment auftauchte, als Irene »den Hof verkaufen« sagte. Als würde da ein kleines Männchen in ihrem Magen sitzen und sie von innen kneifen. Ganz fest. Wenn vor fünf Monaten jemand »den Hof verkaufen« gezischt hätte, dann hätte Marie den Daumen nach oben gedreht und darauf gehofft, etwas Kohle abzukriegen. Gejubelt, weil dieses ständige schlechte Gewissen, dass man mehr helfen müsste, mehr da sein müsste, endlich ein Ende hätte. Aber jetzt. Kein Daumen, kein Jubel, keine Hoffnung auf Geld.

Irene streicht Marie über die Wange. Mein Gott, das Mädchen sieht ja direkt etwas traurig aus.

»Es ist am besten so. Ich kann den Hof nicht allein versorgen, das ist ganz ausgeschlossen. Und ihr Mädchen habt euer eigenes Leben. Und du Arme, du hast dich hier ja noch nie sonderlich wohlgefühlt. Der Hof wäre nur ein einziges großes schlechtes Gewissen, und mit so etwas kann man nicht herumlaufen, das ist eine zu große Belastung.«

Mama lächelt ein wenig, während ihr die Tränen an

den Schläfen herunterkullern. Schweigend schaut sie wieder aus dem Fenster. Das Fenster mit der perfekten Aussicht über den Stall und Teile des Waldes. Man kann die Kühe rufen und gleichzeitig nach Rotwild Ausschau halten. Wenn man hinhorcht, kann man ein leises Muhen ahnen. Marie dreht sich zu Irene.

»Doch, ich habe mich hier wohlgefühlt.«

»Vielleicht. Aber du wolltest immer weg. Immer. Åsa und Lena haben wenigstens die Tiere gemocht, aber du wolltest immer in der Stadt sein. Jetzt kriegst du stattdessen etwas Geld. Wir kriegen sicher ein paar Millionen für den Hof.«

»Aber du wohnst doch hier, Mama.«

»Ich kann wegziehen. Vielleicht kann ich die Knechtstube bei Larssons mieten oder mir eine kleine Wohnung in Uppsala kaufen. Ins Theater gehen und so.«

Irene versucht, erwartungsfroh auszusehen.

»Aber du gehst doch gar nicht gern ins Theater. Ihr seid einmal hingegangen, und da seid ihr beide eingeschlafen.«

»Ja, aber trotzdem.«

»Verkauf den Hof nicht.«

»Aber Marie, Liebes, warum denn nicht?«

»Weil ich vielleicht ...«

»Du?«

»Ich habe eine Idee. Aber ich muss noch ein wenig darüber nachdenken.«

»Also Marie, wenn du den Hof wirklich haben willst, dann würde ich ihn dir auf der Stelle geben, aber ich kenne dich doch. Du würdest hier draußen verrückt werden, und außerdem müsstest du dann mit mir zusammen hier wohnen. Das würde dich auch verrückt machen, und jetzt widersprich nicht.«

»Würde ich nicht.«

»Natürlich würdest du das!«

»Vielleicht hat es mich früher verrückt gemacht, aber das ist nicht mehr so. Glaube ich.«

»Liebling. Ich habe schon mit Birgitta Vogel von der Handelsbank gesprochen, die kennst du doch. Sie hat Ja gesagt. Sie kümmert sich um alles. Sie meint, dass wir für den Hof inklusive Tiere und Grund drei Millionen kriegen könnten. Wenn wir das teilen, dann kannst du was Nettes machen, eine Reise oder so.«

»Aber ich will nicht verreisen, Mama. Ich will ankommen. Ich will ... ich will jetzt nicht mehr verreisen. Verkauf den Hof nicht.«

»Ich verstehe, dass es eine komische Vorstellung ist, du bist schließlich hier aufgewachsen, und da gibt es viele schöne Erinnerungen, und dann noch Papa. Doch so wird es am besten sein. Schlaf mal darüber.«

Irene wischt die Tränen weg, die jetzt über Maries Wangen laufen. Marie schließt die Augen. Verdammt. VERDAMMT! Wenn sie endlich mal eine Idee hat. Da geht sie schon wieder zum Teufel. Das ist ihre ganze Lebensgeschichte. Wenn sie etwas haben will, dann bekommt sie es nicht. Offenbar ist für sie nur vorgesehen, sich für andere zu schinden. Sie soll bloß nicht ankommen und glauben, dass sie ihr Scheißleben in irgendeiner Weise verändern kann. Nicht glauben, dass sie plötzlich nach Hause auf den Hof kommen kann, nachdem sie ihn jahrelang gemieden hat. Vergiss es.

Irene streichelt die wettergegerbten Wangen ihrer Tochter. Nicht wirklich vom Wetter gegerbt, sondern vom Feiern. Partygegerbt. Lange Nächte, viel Alkohol und Zigaretten in unendlichen Mengen. Braun ist sie. Das ganze Jahr über. Immer braun. Zuerst war es Make-up, dann ging sie ins Solarium, und jetzt gibt es etwas Neues, das man sich über den Körper sprüht und das einen sonnengebräunt aussehen lässt. Die kleine Marie mit den großen Brüsten.

Irene runzelt instinktiv die Stirn, wenn sie die Plastikspitzen sieht, die in Habachtstellung von Maries Brustkorb abstehen. Was sollte sie schon hier auf dem Hof machen? Sie ist viel zu wenig Frühaufsteherin, um sich um die Tiere zu kümmern, zu faul für die viele körperliche Arbeit und zu eitel, um nicht immer schnell ein paar Kleider einkaufen zu wollen. Sie drückt leicht mit ihren Fingern auf Maries Schläfen und massiert sie sanft.

Mamas zarte Finger, die ihren Gesichtslinien folgen. Die langen Nägel. Eine Bauersfrau mit langen, wohlmanikürten Nägeln. Ziemlich ungewöhnlich, da kommt ihre Friseurseele immer noch zum Tragen. Marie atmet tief durch. Die Bettschwere kommt. Die Kabel im Hirn, die anfangen, taub zu werden, und sich nach und nach abschalten. Der vertraute Geruch von Mamas Waschmittel im Kissen. Die Schwere im Kopf. Die ganzen Gerüche. Kerzen, Hyazinthen, der gepökelte Schinken, Safran. Mamas Handcreme. Der anregende Glögg, der sich in Dunkelheit verwandelt. Nächtliche Dunkelheit.

»Åsa?«

Adam starrt Åsas Rücken an und streicht ihr ein wenig darüber. Er ist es so leid. Er ist diesen Rücken so leid, der ihm immer zugewandt wird. Wenn er ihr gegenübersteht, dann bekommt er auch nur den Rücken zu sehen. Kein bisschen mehr. Er kann mit ihr reden, sie antwortet, aber er kriegt nur den Rücken zu sehen.

Åsa atmet tief in das Kissen. Da ist nur eine winzig kleine Kuhle im Kissen, die es ihr möglich macht zu atmen. Vor den Augenlidern flimmert es. Das geht so nicht weiter. Diese Geheimniskrämerei. Sie kann nicht lachen. Sie kann Lena nicht umarmen. Sie kann Robert nicht in die Augen sehen. Kommt mit Adams unbeholfener Nettigkeit nicht klar. Sie ist ein böser Mensch, und Adam ist dumm, wenn er das nicht sieht, sie nicht durchschaut. Åsa war noch nie gut darin, so zu tun, als ob. Weder im Guten noch im Schlechten. Dieses verdammte Kind, das sich in ihrem Bauch festgebissen hat und … alles zerstört! Wenn sie es doch nur auf den Misthaufen werfen könnte … Nein … Nicht das Baby. Nicht wegwerfen. Nicht dieses kleine, zerbrechliche Wesen, das da drinnen liegt und wächst und ein kleines Kind werden wird.

»Åsa? Du musst mit mir reden, so geht es nicht …«

»Ich weiß nicht, wer der Vater ist.«

Åsa dreht sich um. Verschwitzt. Die Haare kleben an der Stirn. Rotes Gesicht. Fiebrig.

»Was?«

Adam streichelt vorsichtig Åsas Oberschenkel, versucht, ihr in die Augen zu sehen. Åsa starrt durch alles hindurch. Starrt auf ihren alten Computer. Starrt auf die Weihnachtsblume. Starrt ins dunkle Fenster, starrt an die Wand, auf ihre Füße. Das Herz, oh Gott, es tut so weh. Es geht nicht. Sie kann es nicht sagen. Man kann so nicht mit dem Menschen umgehen, den man liebt. Man kann nicht, man darf nicht, es geht nicht. Wie soll sie es noch einmal sagen können? Die Worte sagen. Mit einem Messer in Adams Bauch schneiden, ihm eine Handgranate an den Kopf werfen, ihn töten. Sie wird ihn töten. Jetzt in diesem Moment. Sie kann nicht ein ganzes Leben so tun, als ob. Nicht mal weitere fünf Minuten. Dann lieber richtigen Schmerz, richtige Trauer als dieses Schreckliche in der Körpermitte.

Adam streicht über Åsas fieberheiße Stirn. Mit seiner kühlen, trockenen Hand. Åsa genießt es ein letztes Mal. Genießt ein letztes Mal, ein guter Mensch zu sein. Ein Mensch, dem man über die Stirn streicheln will, um den man sich kümmert. Ein letztes Mal von Adam geliebt werden. Ein letztes Mal. Die Tränen laufen nicht, sie stürzen hervor. Åsa wischt sie nicht weg. Hat keinen Sinn. Denn das hier kann man nicht wegwischen. Sie blinzelt. Zieht etwas Rotz hoch. Versucht zu atmen.

»Ich weiß nicht, wer der Vater ist.«

»Wessen Vater?«

Adam schaut Åsa verständnislos an. Mit zusammengezogenen Augenbrauen und immer noch dieser Freundlichkeit über dem Mund. Immer noch. Noch ein paar Sekunden.

»Der Vater von dem Baby.«

»Dem Baby?«

»Unserem Baby.«

»Was ist damit?«

Oh, mein Gott. Åsa versucht wieder zu atmen. Wie wenn man auf einen Vogel schießt. Einen kleinen Grauspatz. Mit einem Luftgewehr zielt. Kein Problem, man trifft ihn. Aber er stirbt nicht! Er ist nur verletzt. Den kleinen Spatz sehen, wie er mit den Flügeln flattert, nicht stirbt, nicht lebt, nur da auf dem Boden herumflattert. Dann muss man ihn erschlagen. Mit einem Stein. Wieder und wieder. Bis er aufhört herumzuflattern.

»Ich weiß nicht ... ob du der Vater von unserem Baby bist.«

Jetzt hört er. Jetzt ist es vorgedrungen. Nun hat sie zum letzten Mal mit dem Stein zugeschlagen. Jetzt ist er tot. Adam sagt nichts. Er bewegt sich nicht. Aber Åsa sieht, wie es in ihm arbeitet. Wie wilde Wellen ihn durchziehen. Die Information, die er erhalten hat, geht durch alle Kanäle. Was sie gesagt hat, was unmöglich ist, wird nun in ihm zu einer Möglichkeit umgewandelt.

»Aha. Und wer ist dann vielleicht der Vater?«

Immer noch ganz ruhig. Äußerlich. Ein wenig blasser im Gesicht.

»Das ist egal. Es war ein Fehler. Ich habe dich noch nie betrogen. Noch nie. Ich liebe dich am allermeisten von allen. Du bist der Schönste, der Beste, es war ein Fehler. Das Kind ist auf jeden Fall deines! Es kann von niemand anderem sein, das geht ...«

Åsa versucht, Adams Hände zu nehmen, ihn zu spüren, ihn nah zu sich zu holen, aber das geht nicht. Er wird gehen. Er geht jetzt. Jetzt verlässt er sie. Jetzt. Adam fährt sich mit seinen Händen durch das rote Haar. Wieder und wieder. Rauft sich die Haare. Steht auf. Er wimmert. Er wimmert. Weint nicht, schreit nicht. Wimmert.

Åsa weint laut heraus. Panisch.

»Adam! Verlass mich nicht! Du bist alles, begreifst du das? Es kann doch auch deines sein! Adam?«

»Wann ist es passiert? Wann?«

»So vor einem Monat ungefähr.«

»Aber mit wem? Ich begreife das nicht, du triffst doch niemanden. Ich begreife es nicht.«

»Robert.«

»Welcher Robert? Wir kennen doch keinen Robert. Welcher Robert denn?«

»Lenas Robert. Verzeih mir! Bitte!«

Ein verzagtes Klopfen an der Tür. Irenes Stimme von draußen.

»Hallo da drinnen? Ist alles in Ordnung? Braucht ihr Hilfe?«

Adam sieht Åsa an. Seine Brille ist beschlagen. Wäre das eine normale Situation, dann hätten sie darüber gelacht, dass er unmöglich etwas durch die Brille sehen kann. Aber nicht jetzt. Adam atmet heftig, er nimmt die Brille ab, putzt sie schnell am Pullover. Dann nimmt er seine Kapuzenjacke, die über dem Stuhl hängt, öffnet die Tür und geht hinaus.

24

Irene schlägt die Sahne, sieht in die Rührschüssel und gießt noch ein wenig aus der Kanne nach. Man braucht viel Sahne für den Milchreis, alles andere ist nebensächlich. Milchreis wird in Schweden ohnehin nur um Weihnachten herum gegessen, und da muss er so locker sein, wie es nur geht. In dem großen Topf blubbert es. Irene stellt die Sahne auf der Spüle ab und rührt um, damit der Brei nicht ansetzt.

Marie ist heute früh aufgestanden und hat den Aushilfen mit dem Melken geholfen. Völlig ohne Grund. Sie musste nicht, niemand hat sie darum gebeten, aber Irene hörte dennoch, wie sie morgens hinausschlich, Ottos erwartungsfrohes Bellen zum Schweigen brachte und sich mit der Taschenlampe den Weg zum Stall leuchtete.

Hinein mit der Sahne. Steif geschlagene Sahne, die in dem heißen Brei schmilzt und zu einem süßen Schaum wird.

Åsa, Marie und Lena sitzen um den großen Küchentisch. Hyazinthen und Weihnachtssterne als Dekoration und kleine Salz- und Pfefferstreuer in Form von Zwergen. Adam ist nachts gefahren. Hat ein Taxi nach Stockholm genommen. Ein Taxi! Mein Gott, da wäre es fast billiger gewesen, einen Autoverkäufer zu wecken, sich ein neues Auto zu kaufen und damit in die Hauptstadt zu fahren.

Robert ist heute Morgen gefahren. Mit den ganzen Kindern. Irene hat ihnen Brei gemacht, ehe sie losmussten. Robert und die Kinder sind jeden ersten Weihnachtstag bei Roberts Eltern, das war schon immer so. Eine Tradition. Auch wenn das Leben auf dem Kopf steht, sollte man an Traditionen festhalten. Irene stellt den schweren Topf auf den Tisch, nimmt den Deckel ab, steckt die Kelle hinein und wischt sich die Hände an der Schürze ab, die ein Muster aus Preiselbeerreisig trägt.

Åsas Augen sind kaum zu sehen. Die Augenlider sind geschwollen, und es sieht aus, als hätte sie zehn Runden in einem richtig harten Boxkampf mitgemacht. Marie hat Augenringe vom Glögg. Lena dagegen löffelt sich mit rosigen Wangen und gesundem Blick ein paar Löffel sahnigen Brei auf den Teller.

Es war schön gestern mit Robert. Schön. Traurig. Melancholisch. Etwas ist zwischen ihnen zu Ende gegangen. Aber etwas Neues hat begonnen. Am Morgen, als die Kinder nach unten gerannt waren, um Omas Weihnachtsbrei zu essen, verschwand die Mauer zwischen Robert und Lena. Sie lagen in der Wärme von ihren gemeinsamen Kindern, hielten einander an den Händen, arbeiteten sich immer mehr aufeinander zu, noch näher, ganz dicht heran, und dann küssten sie sich leicht. Robert hatte sie mit einem Blick angeschaut, den sie wiedererkannte. Ernst, aber mit einem leichten Grinsen. Die Lippen schmeckten so, wie sie sollten. Ein wenig Snus, Rasierwasser und Benzin.

Irene tut Åsa und Marie Brei auf. Schiebt ihnen Zucker, Zimt und die Milchkanne hin. Schinken, Senf und Weihnachtsknäcke. Åsa mustert ihren Brei. Beobachtet, wie die Milch hineintropft. Pitsch, pitsch, pitsch. Wie Regen. Wenn sie gestern die Kraft gehabt hätte, wäre sie weggelaufen. In den Wald gelaufen und einfach verschwunden. Vielleicht kann man so lange laufen, bis man sich in Luft auflöst? Aber sie hatte keine Kraft. Adam hat das Zimmer verlassen, nur sein Geruch lag noch eine Weile in der Luft. Die Geschenke, die er bekommen hatte, sind dageblieben, seine Wanderschuhe, ihre Reisetasche mit den Kleidern. Er hat nichts mitgenommen.

Irenes verwirrter Gesichtsausdruck, als Adam sich an ihr vorbeidrängte. Wie Irene Åsa streichelte, sie schüttelte, versuchte, sie zum Reden zu bringen, ein bisschen Wasser zu trinken. Åsa weinte nur. Weinte und schrie. Marie wachte auf. Gemeinsam trugen sie Åsa ins große Bett und betteten sie auf Irenes Seite, die jetzt niemandem mehr gehört. Marie wollte den Notarzt rufen, aber da schaffte Åsa es immerhin, den Kopf zu schütteln und mit den Händen zu wedeln. Kein Notarzt, kein Krankenhaus. Nur daliegen. Auf Mamas Seite im Bett.

Marie legte sich wieder hin. Irene kam mit einer Tasse Tee, in die sie Honig und Sahne gerührt hatte. Fütterte die weinende Åsa mit dem Löffel. Åsa nahm alle Liebe entgegen, die sie bekommen konnte. Brachte es nicht fertig, ihrer Mutter von der ganzen Sache zu erzählen. Eins nach dem andern.

In der Nacht, als Irene mit den Armen um Åsa geschlungen eingeschlafen war, umarmte Åsa ihren Bauch. Sie streichelte ihn, hielt ihn fest. Als ob der Bauch die Rettung wäre. Das einzige Licht. Das Baby im Bauch.

Es liegt ja da. Bekommt Tee, wenn sie Tee bekommt. Isst Brei, wenn sie Brei isst. Dabei ist es gerade mal so groß wie eine Kaulquappe.

Und als sie in der Nacht dalag, mit den Händen auf dem Bauch, von der Decke und dem zusätzlichen Lammfell gewärmt, in das Irene sie eingewickelt hatte, da wusste sie es auf einmal: Was auch immer mit Adam, Robert oder Lena passieren würde, dieses Kind würde doch da sein. Die ganze Sache war nicht die Schuld des Kindes. Es würde nicht bestraft werden. Es würde geboren werden. Irgendwann im Herbst, wenn die Spätsommersonne wärmt. Kälter als jetzt kann es nicht werden.

»Åsa, was ist gestern eigentlich geschehen? Ist dem Kind etwas passiert?«

Marie gießt Milch über ihren Brei und sieht zu ihrer Schwester, die schweigend in ihren Weihnachtsteller weint. Åsa schüttelt den Kopf und zuckt mit den Schultern. Sobald sie den Mund aufmachen würde, würde sie laut losheulen, also hat es keinen Sinn zu reden, weil sie doch keiner verstehen würde. Dann besser still dasitzen und Tränen in den Brei tropfen.

»Sie wird es uns erzählen, wenn sie kann. Jetzt lasst sie so lange in Ruhe.«

Irene schneidet ein paar Scheiben vom Schinken ab, macht ein Brot mit reichlich Butter, Schinken und Senf und schiebt es Åsa rüber.

»Auch wenn du traurig bist, mein Liebes, musst du essen. Du solltest nicht nur an dich selbst denken, sondern auch an das Kleine im Bauch.«

»Ich kapier hier irgendwas nicht. Ist Adam heute Nacht nach Hause gefahren?«

Lena sieht erst zu Åsa und dann zu Marie.

»Ja, sie haben sich in ihrem Zimmer gestritten, und dann ist Adam mit einem Taxi nach Hause gefahren.«

»Mit einem Taxi? Nach Stockholm?«

»Ja, oder wohin er nun gefahren ist.«

Lena und Marie werfen einen Seitenblick auf ihre Schwester, die mit zitternder Hand ihr Schinkenbrot nimmt, daran riecht und es wieder auf den Tisch legt. Irene klappert an der Spüle, füllt Wasser in Schüssel und Töpfe und spritzt gleichzeitig ein wenig Putzmittel auf den Herd. Vertraute Geräusche. Marie nimmt einen großen Bissen von ihrem Knäckebrot und gießt etwas Kaffee in Lenas leere Tasse nach.

»Und Robert und du? Wie ist es gelaufen? Alles okay?«

»Ja, ich glaube schon. Es hat sich gut angefühlt. Mal sehen, wie es weitergeht. Ich hatte fast den Eindruck, als würde unsere alte Liebe wieder zurückkehren, aber in einer neuen Verpackung.«

»Erzähl doch mal, was du dir ausgedacht hast, als du weg warst!«

Marie nimmt noch einen gierigen Bissen von ihrem Schinkenbrot, einen Schluck Kaffee und einen großen Löffel Brei. Gleichzeitig. Sie muss kämpfen, um alles im Mund zu behalten. Aber man wird so verdammt hungrig, wenn man im Stall war. Marie hat sich entschieden. Sie wird Irene beweisen, dass sie nicht mehr so ist wie früher. Dass sie die Dinge nicht leid wird. Dass sie durchaus um vier Uhr früh aufstehen und melken kann. Dass sie das Nachmittagsmelken auch übernehmen kann, wenn es nötig ist. Sie wird nicht klagen. Nur melken, melken, melken. Noch bevor Weihnachten vorbei ist und diese Person von der Handelsbank kommt, um die Quadratmeter auszuzählen.

»Ich habe mir überlegt, eine Art Lebensmittelfabrik aufzumachen. Hier. Auf dem Hof. Wenn das für dich okay ist, Mama.«

Lena sieht ihre Familie triumphierend an. Maria schluckt ihren großen Bissen runter. Åsa sieht von ihrem Brei auf. Irene erstarrt mit der Spülbürste in der einen und Stahlwolle in der anderen Hand.

»Was aufzumachen?«

»Eine Art Catering, wisst ihr? Es geht darum, richtig gutes Bioessen zu kochen und zu verkaufen. Fleisch und Milch haben wir ja bereits in Mengen, ökologische Eier kaufen wir von Agda und Frans, die Kartoffeln können wir selbst anbauen. Die Küche kommt in Papas alte Konferenzräume. Das Essen wird mit einem Lieferwagen ausgefahren, wie das Eisauto, das hier in der Gegend herumfährt. Vielleicht fahre ich sogar bis nach Stockholm, denn da sind sie ja völlig verrückt nach allem, was bio ist. Stellt euch all die Familien mit Kindern vor, die alleinerziehenden Mütter und Väter – die können dann direkt am Auto das Mittagessen kaufen. Vielleicht können sie es sogar im Internet bestellen oder Mahlzeiten abonnieren? Benzin brauchen wir übrigens nicht zu kaufen, wir können aus dem Kuhmist Biogas erzeugen. Mit dem Gas können wir außerdem das Haus heizen und die Großküche betreiben. Du kannst weiterhin hier wohnen, Mama. Die Kinder und ich und vielleicht auch Robert ziehen in einen der Flügel.«

Stille. Sogar der Puderschnee hört auf, am Fenster entlang zu rascheln. Die Kohlmeise bleibt mitten in einem Flügelschlag stehen. Lena lehnt sich zurück.

»Was sagt ihr dazu?«

Åsas Mund steht offen. Marie weiß nicht recht, was sie finden soll. Schließlich wollte sie doch hier auf dem Hof was Eigenes gründen, nicht gerade in der Scheune, aber trotzdem. Irene hat ihre Sorgenfalte über den Augen bekommen.

»Ach, mein Herzchen. Das klingt ja alles sehr schön und gut, aber ... aber das ist doch so viel Arbeit. Und Geld! Woher willst du das Geld nehmen? Ich habe ein bisschen Angst, dass du ... dass du enttäuscht sein wirst und dass es nicht so wird, wie du es dir vorgestellt hast. Es ist doch ein sehr ... ein richtig großes Projekt.«

Lena legt verärgert den Löffel in den Brei.

»Na klar ist das ein großes Projekt! Ich bin es leid, immer nur kleine Projekte zu haben. Einen bescheuerten Halbtagsjob beim ICA. Ich will endlich mal was schaffen! Klar, wenn es nicht klappt, dann werde ich natürlich enttäuscht sein. Aber das ist nicht schlimmer, als wenn man es nie probiert und verbittert wird.«

»Aber das Geld, mein Liebes. Willst du dir das von der Bank leihen?«

»Vielleicht. Wir werden wohl unser Haus verkaufen, und vielleicht wird Robert seine Tankstelle aufgeben müssen und in meiner Firma mitarbeiten. Wir werden sehen. Aber ehrlich gesagt habe ich an dich gedacht, Åsa. Das ist jetzt vielleicht nicht der richtige Zeitpunkt, es anzusprechen, aber wenn wir schon mal reden ... Du musst nichts sagen, aber ich dachte ... ich dachte, dass du vielleicht Lust hast, in die Sache zu investieren. Wenn du daran glaubst! Sonst nicht. Aber wenn du glaubst, dass es funktionieren könnte, dann ...«

»Jetzt aber still, Lena. Lass Åsa mal aus dem Spiel, du siehst doch, wie es ihr geht.«

Irene hebt den Zeigefinger, so wie man es bei richtig

kleinen und anstrengenden Kindern macht. Åsa räuspert sich.

»Ich bin dabei. Du kriegst Geld. Kein Problem.«

Jetzt erstarren wieder alle. Irene, die eben ihre Hände schützend auf Åsas Schultern legen wollte, hält mitten in der Bewegung inne. Marie hat sich zurückgelehnt, umklammert ihr Zigarettenpäckchen und starrt die anderen an. Lena scheint nicht wirklich zu begreifen, was da gerade geschieht.

»Wie? Einfach so? Willst du nicht meine Ordner und meine Kalkulationen und ...«

»Nein. Wie viel brauchst du?«

»Öh ... eine Million vielleicht? Aber wenn wir die Tanke verkaufen, würden siebenhunderttausend sicher auch reichen.«

»Okay. Ich verkaufe meine Einzimmerwohnung auf der Grevgatan. Kein Problem.«

Åsa spricht zwar mit Lena, doch sie starrt in ihren Brei. Ihre Tränen tropfen nicht mehr hinab, aber es ist noch lange nicht sonnig, nur weil der Regen aufgehört hat. Irene lässt ihre Hand besorgt auf Åsas liegen und versucht Blickkontakt mit ihr aufzunehmen.

»Åsa, ich finde, du solltest ein wenig über das Ganze nachdenken. Es ist doch ziemlich viel Geld, und ...«

»Ich habe nachgedacht. Sie kriegt das Geld.«

»Kriegt?«

Lena lächelt breit vor Glück, hält sich dann aber die Hand vor den Mund. Eigentlich ist das nicht ganz in Ordnung. Es ist, als würde man einen Schlafenden bitten, all sein Geld zu verschenken. Åsa ist in keiner Weise in Form, irgendwelche Beschlüsse zu fassen. Sie kann ja nicht einmal von ihrem Schinkenbrot abbeißen. Da sollte man vielleicht auch keine Million verschenken.

»Ja, du kriegst das Geld. Braucht sonst noch jemand was? Für diese Wohnung kriege ich sicher zweieinhalb Millionen. Sagt es einfach. Mama? Marie?«

Es ist seltsam still um den Tisch. Åsa schiebt den Teller weg. Geld? Wer schert sich schon darum? Hallo, schert sich jemand um Geld? Gut, denn Åsa tut es nicht. Geld spielt keine Rolle. Lena, und sie ganz besonders, kann all ihr Geld bekommen. Wenn sie sie nur nicht hasst. Lieber arm und geliebt als reich und gehasst.

Marie legt die Zigarettenschachtel auf die schreiend bunte Zwergentischdecke. Nimmt eine Zigarette raus, erntet einen bösen Blick von Irene und schiebt sie wieder hinein. Ihre kleine Schwester ist verrückt geworden. Die Sache ist doch vollkommen klar. Eben noch sitzt sie da und heult in ihren Brei, und im nächsten Moment wirft sie mit ihren Millionen um sich. Eigentlich sollte man den psychologischen Notdienst rufen, aber wenn sie unbedingt ihr Geld loswerden möchte … Marie richtet sich auf und schiebt ihre Alpengipfel vor.

»Ich würde gern ein Rockfestival gründen.«

»Aber was redest du denn da? Festival, wie denn das?«

Irene lehnt sich an die Spüle und nimmt einen hastigen Schluck von ihrem mittlerweile kalten Kaffee.

»Ein Hardrockfestival! Also, die ganzen brachliegenden Felder hier in der Umgebung und die von den Nachbarn auch, das ist doch eine Menge Boden, der nicht bestellt wird. Damit man irgendwelche mickrigen EU-Zuschüsse kriegt. Das ist doch eigentlich traurig! Ein Festival würde alles wieder zum Leben erwecken. Campingplatz, Musikbühnen, Party! Einmal im Jahr. Das könnte eine riesige Sache werden, und ich weiß, dass ich es hinkriegen würde!«

»Aber Marie, jetzt mach aber mal einen Punkt. Dann laufen hier eine Menge betrunkener Leute herum und hören laute Musik? Und die Kühe? Hast du an die schon gedacht? Nein, jetzt aber mal langsam.«

»Warum soll ich langsam machen? Und was ist mit Lena? Soll die nicht auch langsam machen? Verdammt, unser Hof liegt doch einige Kilometer weg, das stört doch die Tiere gar nicht, glaubst du etwa, ich hätte nicht daran gedacht? Wir könnten sogar etwas Geld damit verdienen.«

»Hardrock und Alkohol! Du bist hier auf dem Land, Marie!«

»Ja und? Was glaubst du denn, wo es am meisten Hardrock und Alkohol gibt? Im Stockholmer Szeneviertel, oder was? Nein, genau. Und wenn du …«

Åsa steht abrupt auf. »Ich muss jetzt raufgehen. Muss mich ein wenig ausruhen.«

Im Rentnerschritt verlässt sie die Küche und steigt die knarrende Treppe hinauf. Irene, Lena und Marie starren hinter ihr her und atmen erst wieder auf, als sie ihre Tür zuschlagen hören. Irene sinkt auf Åsas leeren Stuhl.

»Mein Gott, was ist denn nur passiert?«, meint Lena. »Ich kapiere gar nichts. Åsa hat doch noch nie etwas von ihrem Geld abgegeben. Zumindest nie so großzügig. Was ist heute Nacht eigentlich passiert? Mama, hat sie zu dir etwas gesagt?«

Ernst schaut sie Irene an, die sich nervös die Hände eincremt.

»Nein, nichts. Aber sie haben ziemlich gestritten, das habe ich gehört. Vielleicht hat Adam irgendwas gesagt oder getan, so traurig, wie sie ist. Aber Mädchen, ihr könnt ihr Geld nicht annehmen, nicht jetzt, nein, das geht einfach nicht, das wäre nicht richtig.«

»Stimmt, ist schon irgendwie komisch, aber wenn sie uns wirklich was abgeben will …«, meint Lena.

Marie sieht Irene verletzt an.

»Lena kann das Geld haben, denn die darf ja immer machen, was sie will. Oder? Aber ich, die dumme Marie mit ihren dummen Ideen, die soll mal ausfliegen und etwas reisen. Das würde allen sicher gut passen. Wenn ich ein paar Jahre nach Goa verschwinden würde, dann wärt ihr diese Idiotin wenigstens mal für eine Weile los.«

»Meine liebe Marie! Du musst doch verstehen, dass ich etwas Zeit zum Nachdenken brauche. Ich bin nicht so schnell, dazu wohne ich schon zu lange auf Solvändan, weißt du? Und du, Lena, willst eine ganze Lebensmittelfabrik bauen? Ich begreife gar nichts mehr. Was sind das nur für Träume? Marie, du kannst hier auf dem Land nicht leben, das weißt du doch.«

»Doch, wenn ich oft genug wegfahren kann. Wenn ich etwas tun kann, was mich begeistert, dann will ich mich wohl auch um die Kühe kümmern. Wenn ich eine Arbeit habe, die mit Party und Musik zu tun hat. Aber das scheint ja nicht erwünscht zu sein. Dann verkauf den Hof, Mama! Und zieh in eine Einzimmerwohnung bei Uppsala, tu das.«

»Marie, so habe ich es nicht gemeint. Ich glaube ganz bestimmt, dass du ein schönes Musikfestival machen könntest, aber ...«

Irene sieht von einer Tochter zur anderen. Marie mit ihrer langen, zotteligen Löwenmähne, in Rolfs altem Morgenmantel und mit einer nicht angezündeten Zigarette zwischen den Fingern. Lena mit ihren mittelblonden Spaghettihaaren, Roberts Jogginghose und einem grauen Kapuzenpullover. Ihre Töchter. Zwei davon. Die auf dem Hof leben wollen. Wenn Rolf das geahnt hätte. Sie wollen hier etwas aufbauen, sie wollen Solvändan behalten. Vielleicht werden sie hier glücklich. Nicht reich, nicht berühmt, aber glücklich. Für die Kühe wird sie Ohropax kaufen müssen.

»Aber ... wenn ihr nun eine Firma aufmacht, oder wie man das nun nennen soll, wer kümmert sich dann um die Kühe? Und die Kinder, wer versorgt die? Ihr werdet ja wohl kaum für Tiere, Kinder und eure Geschäfte Zeit haben.«

»Wenn das mit dem Bioessenservice gut läuft, können wir uns ja leisten, Leute einzustellen. Und mit den Kühen müssen wir uns abwechseln, das gehört dann einfach dazu. Das kriegen wir schon hin. Die Kinder ... die Kinder versorgen natürlich Robert und ich. Wenn er hier arbeitet, anstatt auf der Tanke, dann gewinnen wir viel. Und du könntest doch auch helfen, Mama? Sie zur Tagesstätte bringen und so?«

Lena nimmt einen letzten Löffel Brei und schiebt dann den Teller von sich. Irene zieht Åsas unangerührten Brei heran, tut etwas Zucker und Zimt hinein und nimmt sich einen Löffel. Lena fährt fort, den Blick unverwandt auf ihre Mutter gerichtet: »Josefine hat sicher nichts dagegen, sich etwas Geld dazuzuverdienen, und sie hat ein Händchen für Tiere. Da findet sich schon eine Lösung. Und wenn Marie auch hier ist, dann sind wir vier Erwachsene, das wird schon laufen.«

»Aber … ausgerechnet Hardrock. Du weißt doch, dass ich so was nicht mag.«

»Du musst ja nicht zum Festival gehen, du kannst das Wochenende doch irgendwo anders verbringen oder bei Åsa wohnen oder so. Das Festival selbst dauert doch nur ein paar Tage im Sommer. Den Rest der Zeit muss ich Bands zusammentrommeln und mich um die Kohle kümmern. Also, das wird hier im Ort sicher einigen Arbeit bringen. Der Junge von Vivian zum Beispiel, der könnte Bühnen bauen! Also, ich hatte noch nicht so viel Zeit, darüber nachzudenken, aber ich weiß, dass es funktionieren wird. Und auf jeden Fall Spaß machen wird.«

»Wir werden sehen, Marie. Darüber müssen wir noch genauer reden.«

Die Sonne fängt an, ins Küchenfenster zu scheinen. Der Schnee, der den ganzen Hof einrahmt, glitzert. Ein kleiner Dompfaff pickt gierig an dem gefrorenen weißen Fett, das Irene vors Fenster gehängt hat. Die Sonne wärmt. Sie scheint hinein ins Haus, zu den drei Frauen, die um den Tisch sitzen. Sie erweckt kleine Staubwolken in den Ecken zum Leben, glitzert im Spülwasser. Marie steckt sich die Zigarette in den Mund.

»Also, jetzt brauche ich eine Morgenzigarette, sonst schlafe ich ein. Ist Åsa raufgegangen und ins Bett, oder was?«

Irene wischt mit ihrer Serviette über den Tisch.

»Die kleine Åsa. Was ist nur los mit ihr? Ob wir Adam

anrufen sollten? Was meint ihr? Vielleicht erzählt er etwas, Åsa scheint ja nicht …«

»Wir können doch nicht einfach Adam anrufen. Vielleicht ist das alles superheikel.«

Marie schiebt ihre Füße mit den Wollsocken in Rolfs dicke Winterstiefel und zieht sich eine alte Strickmütze über den Haarschopf. Lena steht auf, nimmt ihren Teller, stellt ihn in die Spüle und sagt entschlossen: »Ich rufe Adam an. Damit wir es mal wissen.«

25

Marie zieht die Mütze noch etwas weiter über die Ohren. Gott, ist das kalt. Dürfte so um die fünfzehn Grad minus sein. Das Nikotin küsst die Wände ihrer Lungen und kitzelt auf dem Weg nach oben in der Luftröhre. Sie lehnt sich schwer an die ochsenblutrote Hauswand, während die Sonne versucht, ihr das verkühlte Gesicht zu wärmen.

Sie denkt an den Sommer. Wenn all der Schnee weggeschmolzen und der Huflattich verblüht ist und die Birken ihr Limettengrün gegen ein etwas tieferes Grün eingetauscht haben. Wenn das Seewasser wärmer geworden ist, die Schwalben hoch fliegen und die Kühe zum Grasen in den Wald gehen. Dann. Marie schließt die Augen und versucht, sich gegen die Eiseskälte zu wappnen. Dann wird es da hinten beim alten Rapsfeld eine große Bühne geben. Noch zwei kleinere an der Grenze zu den Nachbarn und vielleicht ein paar Barzelte etwas näher am Hof. Eine Campingwiese am Svansjön. Die harte Musik, der sanfte Sommer und all die netten Menschen. Das könnte funktionieren. Das könnte wirklich funktionieren. Wenn Åsa nicht in die Klapsmühle kommt, kann sie ja vielleicht Geld von ihr bekommen, oder sie muss selbst die Kohle ranschaffen. Ganz egal. Es geht trotzdem. Vielleicht erst im nächsten Sommer. Oder – wieso eigentlich nicht in diesem Sommer? Da sind doch noch sieben Monate hin.

Eine der Hofkatzen streicht um Maries Beine und sucht nach etwas Wärme. Marie nimmt einen letzten Zug von der Zigarette, schnippt die Kippe weg und nimmt die Katze auf den Arm.

»Und, was hat er gesagt?«

Marie steckt den Kopf in Rolfs Arbeitszimmer, wohin Lena sich verzogen hat, um zu telefonieren. Lena antwortet nicht. Sitzt nur totenbleich da und starrt vor sich hin. Alle Farbe und alles Glitzern in den Augen ist verschwunden, wie ausradiert.

»Mein Gott, was ist denn?«

Marie macht ein paar Schritte in das Büro und stopft das zerknüllte Zigarettenpäckchen in die hintere Tasche. Lena starrt ins Leere.

»Ich werde sie umbringen«, sagt sie schließlich, schießt auf Marie zu, schiebt sie beiseite und ist in vier großen Schritten durchs Esszimmer und auf der Treppe. Noch zwei Schritte, und sie poltert durch den oberen Stock. Marie hört sie wütend stampfen und Åsas Tür aufreißen. Sie streiten. Etwas fällt zu Boden. Was geht denn hier ab, verdammt? Marie läuft hinterher.

Lena reißt die Tür auf und schiebt mit einer einzigen Bewegung den Laptop vom Tisch. Tritt darauf. Wirft den Stuhl an die Wand, hebt ihn wieder auf und schmeißt ihn noch mal an die Wand.

»Verdammte Scheiße, was hast du nur gemacht? Du hast alles kaputt gemacht! Ist dir das klar? ALLES!«

Lena wirft sich aufs Bett, setzt sich auf den stummen, in eine Decke vergrabenen Körper und schlägt zu. Sie schlägt und schlägt und schlägt. Mit Fäusten und Handflächen. Hämmert, peitscht, knufft.

»Jetzt sag doch was! Du feige Sau! *Sag doch was!* Das traust du dich nicht, was?«

»Lena, Mensch! Hör auf. HÖR AUF, SAGE ICH!«

Marie packt Lenas fuchtelnde Arme und hält sie ganz fest. Zum Glück ist Marie stark und hat schon den einen oder anderen besoffenen Motorradrocker festgehalten. Aber einen Besoffenen festzuhalten ist etwas anderes, als eine Wahnsinnige zu packen. Als wollte man eine junge Kuh beim ersten Grasen auf der Weide festhalten. Unmöglich. Lena reißt sich los. Marie versucht wieder, sie festzuhalten. Es geht nicht. Lena hämmert auf Åsas Kopf ein. Kein Laut von dem Menschlein unter der Decke. Stille, Schweigen.

»Lena, jetzt hör doch auf, verdammt. HÖR AUF!«

Marie rennt aus dem Zimmer, steht im Türrahmen und brüllt die Treppe hinunter: »Mama! Hilfe! Komm schnell!«

In der Küche dudelt das Radio, und sie hört ihre Mutter mit dem Geschirr klappern.

»MAMAAA! MAMAMAMAMAAA!«

»Herzchen, was ist denn?«

Irene taucht in der Preiselbeerschürze auf und wischt sich die Hände an einem Handtuch ab. Schaut zu Marie, die sich mit wildem Blick und völlig zerzausten Haaren über das Treppengeländer beugt.

»Komm, Lena ist völlig durchgedreht!«

Marie rennt zurück in Åsas Zimmer. Irene steht immer noch unten im Flur.

»Aber, was redest du denn da …«

Mit voller Kraft rennt Irene jetzt die Treppe hinauf. Rein in Åsas Zimmer. Stolpert über den kaputten Computer und den Stuhl. Sieht, wie Marie versucht, Lena vom Bett zu zerren, während diese auf Åsas zugedecktem Körper sitzt und mit Händen und Füßen auf sie losgeht.

»Was ist das denn hier?«

Irene packt Lena an den Beinen und wirft sie auf den Boden. Ihre Bauernstärke reicht da gut aus. Wie ein Gummiball schießt Lena mit fuchtelnden Fäusten wieder hoch.

»Lena! Jetzt hör aber auf! Hörst du mich? Hör auf!«

Jeden Tag die Kühe zu melken, gibt Kraft. Eine zähe, starke Kraft. Irene greift Lenas Arme und packt ihr fest ins Haar. Dann verpasst sie ihr eine klatschende Ohrfeige mitten auf die Wange, die sofort leuchtend rot wird. Lena zuckt zusammen. Lässt locker. Irene hält immer noch ihr Haar ganz fest. Starrt der Tochter stur in die Augen, ohne den Blick zu senken. Die kleine, dünne Irene. Stark wie ein Ochse oder zwei.

»Lena. Jetzt beruhige dich doch. Hörst du mich? Ganz ruhig. Marie, stell den Stuhl wieder hin!«

Marie richtet den Stuhl wieder auf. Irene drückt Lena auf den Sitz.

»Und jetzt bleibst du hier schön sitzen. Wenn du dich bewegst, dann kriegst du es mit mir zu tun, ist das klar?«

Lena sitzt rot und verschwitzt auf dem Stuhl und keucht atemlos.

»Hast du mich verstanden?«

»Ja, ja.«

Marie fasst Lena fest an den Schultern. Streichelt sie ein klein wenig, während sie sie gleichzeitig auf den Sitz drückt. Was ist eigentlich passiert? Lena hat ihre Breischüssel auf die Spüle gestellt, ist ins Büro gegangen, um Adam anzurufen, und dann ... vielleicht nur drei Minuten später, ist sie völlig durchgedreht.

»Du musst mich nicht festhalten, ich habe mich schon beruhigt.«

Lena schüttelt die Schultern, um Maries Hände loszuwerden. Irene sitzt am Bett. Vorsichtig hebt sie die Decke hoch.

»Herzchen? Åsa? Alles in Ordnung?«

»Hoffentlich kriegt sie jetzt eine Fehlgeburt.«

»Lena! So etwas sagt man doch nicht! Mein Gott, du bist doch ein erwachsener Mensch, auch wenn es einem gerade nicht so vorkommt.«

»Schon okay.«

Åsa schlägt die Decke zurück, etwas Blut rinnt ihr aus der Nase. Sie stützt sich auf, und Irene schiebt ihr schnell ein paar Kissen in den Rücken. Åsa lehnt sich an Irene und trocknet das Blut mit dem Pulloverärmel ab.

»Kümmer dich nicht um mich, Mama. Nimm lieber Lena in den Arm. Ich habe mir das selbst zuzuschreiben.«

»Was?«

Irene schaut Åsa erstaunt an und sieht dann zur glühend roten, keuchenden Lena hinüber.

»Ich weiß nicht, ob ich lachen oder weinen soll. Aber jetzt kann ich nicht mehr. Jetzt erzählt ihr mir alles, oder ich gehe hinunter und spüle weiter. Das war heute einfach zu viel. Erst sollen große Summen verteilt und Fabriken gebaut und Festivals arrangiert werden, und dann geht ihr aufeinander los.«

»Das mit dem Geld gilt immer noch.«

Åsa wischt sich wieder die Nase ab, es will einfach nicht aufhören zu bluten. Schön mit dem Blut. Schön mit einem richtigen Schmerz. Schön, geschlagen zu werden.

»Ja, ist mir schon klar. Du willst dich freikaufen oder was? Das läuft nicht. Vergiss es.«

Keuchend starrt Lena Åsa an, die auf die Decke und ihre zitternden Hände sieht. Marie lehnt sich an die Wand und schiebt ihren Snus zurück, der während der Schlägerei fast herausgefallen wäre.

»Was heißt hier freikaufen? Mir darfst du gern Geld geben.«

»Sie hat ja auch nicht mit *deinem* Mann geschlafen.«

»Nee, ich habe ja auch keinen, das wäre also ziemlich schwer ...«

»Aber *ich* habe einen! Hatte ich zumindest! Kapiert? Åsa hat mit Robert gepoppt! Vielleicht ist das sein Kind. Adam und Åsa haben es schließlich jahrelang versucht, und dann fickt sie meinen Mann und wird sofort schwanger. Pfui Teufel.«

Irenes Schultern werden schwerer und schwerer. Sie birgt das Gesicht in den Händen.

»Ich kann nicht mehr. Das müsst ihr selbst lösen. Ich begreife nicht, was hier läuft, und ich glaube, ich will es auch gar nicht wissen. Irgendwie reicht mir das alles ohnehin schon. Papa ist tot, und ihr macht einfach so weiter! Haut von zu Hause ab, ohne eine Sekunde an etwas anderes als an euch selbst zu denken, schlaft mit dem falschen

Mann, kündigt euren Job. Pfui! Schämt euch, kann ich da nur sagen. Und dann kommt ihr her und wollt Fabriken bauen, oder ihr seid einfach nur sauer oder heult oder schlagt euch. Ich kann nicht mehr! Und ich mache das nicht mit!«

Irene stürmt raus und schlägt die Tür hinter sich zu. Die Schlafzimmertür geht auf und wird auch zugeschlagen. Dumpfes Schluchzen.

Marie wirft Åsa vom Schreibtisch eine Rolle Toilettenpapier zu. Mit zitternden Händen rollt Åsa etwas Papier ab und drückt es an die Nase. Lena muss einen Volltreffer gelandet haben, denn das Blut fließt nur so. Als Lena auf ihr saß und immer nur geschlagen hat. Da lag Åsa ganz still und ruhig unter der Decke und hat alles einfach nur entgegengenommen. Als sich die Fäuste in ihren Körper bohrten, als sie davon husten oder vor Schmerz zusammenzucken musste, fühlte sich das gut an.

Sie hätte sich gern zusammenschlagen lassen, das war ihr egal. Aber den kleinen Frosch im Bauch, den hat sie geschützt. Sie hat die Arme um den Bauch geschlungen und ein zusätzliches Kissen draufgelegt. Das Baby darf nicht sterben. Es ist unschuldig. Adam ist gestern zu schnell abgehauen. Es hat so furchtbar wehgetan, dass er einfach gegangen ist. Wenn er sie geschlagen hätte, sie angeschrien oder ihre Kleider verbrannt hätte, wenn er ihr Zimmer mit Benzin übergossen und angezündet hätte, was auch immer, das alles wäre besser gewesen. Aber dass er einfach nur gegangen ist und sie allein zurückgelassen hat. Als er ging, kam die Panik. In der Nacht war es, als hätte sie einen Mähdrescher in sich, der mit seinen messerscharfen Klauen herumfährt und sie von innen zerreißt. Jetzt ist der Mähdrescher weg. Inzwischen hat sie eher das Gefühl, als würde ein alter Traktor in ihrem Bauch herumfahren. Quietschend und knurrend.

»Du hast also mit Robert geschlafen, habe ich das richtig verstanden?«

Marie lehnt sich immer noch an die Wand, aber dieser coole Stil, der ihr sonst immer gelingt, ist wie weggeblasen. An der Wand dort steht eine schockierte Frau mittleren Alters und raucht hektisch. Und zwar im Haus, obwohl das eines von Irenes obersten Verboten ist.

»Ja. Aber Lena, es war nur ein Mal. Ein einziges Mal. Und wir hatten getrunken ...«

»Du hast getrunken? Und warum? Hattest du das alles geplant, oder was? Du standest kurz vor dem Eisprung, und da hast du dir gedacht, du füllst Robert mal ab, damit er dir zu einer Schwangerschaft verhilft. Ganz schön schlau, Åsa! Du bist gar nicht so verdammt naiv, wie du aussiehst. Da hast du aber Glück.«

»So war es nicht. Wir waren beide traurig. Glaube ich. Robert deinetwegen ... Er war richtig traurig deinetwegen, er hat dich vermisst und die ganze Zeit von dir geredet. Ich war traurig, weil ich nie ... nie schwanger wurde ... Und dann hatte Robert Wein gekauft, und dann ...«

»Wart ihr in unserem Bett?«

»Nein.«

»Wo wart ihr dann, zum Teufel?«

Lena will sich wieder erheben und auf ihre Schwester stürzen. Vor ihrem inneren Auge ziehen Bilder von Åsa und Robert vorbei, in irgendwelchen erotischen Stellungen ... Nein! Rasch verlässt Marie ihren Platz an der Wand, um Lena auf dem Stuhl zu halten. Åsa fährt stammelnd fort: »Wir waren ... im Wohnzimmer.«

»Pfui Teufel ... auf dem Sofa oder was?«

»Nein ... Auf dem Teppich. Aber ich bin direkt danach nach Hause gefahren! Robert ist eingeschlafen, und ich ...«

»Aha, das heißt, er ist gekommen. Der Arsch schläft ja immer sofort ein. Sein kleines Erkennungszeichen: Schläft sofort nach dem Erguss ein. Was für ein Loser, oder? Ach, wie nett, jetzt können wir ja unter Frauen über Roberts sexuelle Vorlieben reden!«

Marie hält Lenas Schultern immer noch ganz fest. Åsa steckt sich ein neues Papierknäuel unter die Nase.

»Lena ... Hör mal zu ... Wenn ich das hier ungeschehen machen könnte, dann würde ich das tun. Ich würde alles dafür geben, alles tun. Aber nun ist es so. Vielleicht ist es Roberts Kind, vielleicht das von Adam. Ich habe den Fehler meines Lebens gemacht, und mir ist schon klar, dass du mich dafür hassen wirst. Aber das Kind darfst du nicht hassen, es kann nichts dafür. Alles ist meine Schuld.«

»Und Roberts«, fügt Marie hinzu. Sie nimmt einen Zug von der Zigarette. »Du redest die ganze Zeit nur von deiner Schuld. Aber Robert war doch auch dabei, oder? Vielleicht ist es ja auch Roberts Kind. Weiß er davon?«

Åsa schließt die Augen.

»Nein.«

Lena zischt: »Mach dir keine Sorgen, ich werde schon mit ihm reden.«

Åsa schiebt vorsichtig einen Papierbausch ins Nasenloch. Lena hat von Marie eine Zigarette bekommen und sitzt jetzt da, hustet und pafft.

»Ich will dein verdammtes Geld nicht«, sagt Lena. Sie starrt aus dem Fenster. Sieht die Scheune. Da drin steht die fast fertige Küche, in der Robert und sie hätten Essen kochen können. Wo sie sich beide eine neue Zukunft hätten aufbauen können. Wenn Åsa ihnen diese Zukunft nicht genommen hätte ...

Der Rauch brennt im Hals. Sie hustet und wischt sich die Augen. Åsa wirft ihr die Papierrolle zu, aber Lena nimmt sie nicht. Dumpf schlägt sie auf dem Fußboden auf und rollt unters Bett.

»Wie konntest du nur so verdammt blöde sein? Wenn du nun schon mit meinem Mann bumsen musst, dann könntest du doch wenigstens ein Kondom benutzen! Jetzt hast du alles kaputt gemacht! Für mich, für die Kinder und Robert. Für dich und Adam. Für Mama. Für alle!«

»Ich weiß ... Es tut mir leid.«

»Verdammt.«

Lena steht auf, zieht den Stuhl zur Seite und verlässt den Raum. Geht die Treppe hinunter. Sucht zwischen Stiefeln und Jacken im Flur, flucht wieder, geht raus, knallt die Haustür hinter sich zu. Marie sieht sie durch das Fenster. Lena in Rolfs alter Jägerjacke, die über den Acker und in den Wald hinein marschiert. Die Beine stampfen wie Trommelschlägel über den gefrorenen Boden.

Marie lässt sich neben Åsa auf das Bett sinken. Nimmt Åsas Hand. Wie ein grätenloser, kalter und feuchter Fisch. Als hätte man Åsa das Skelett und das Blut entzogen und nur eine feuchtkalte Haut zurückgelassen. Wie traurig. Was für eine schrecklich, schrecklich traurige kleine Schwester. Marie kriecht näher an Åsa heran. Kriecht auf das Bett hinauf. Legt sich ganz dicht neben sie, mit ihrer Nase an Åsas Schulter. Schnuppert ein wenig an ihr. Ihre kleine Schwester.

Als Åsa geboren wurde, war Marie fünf Jahre alt. Sie erinnert sich kaum an das Leben vor Åsa. Wie es war, sie nicht in ihrer Nähe zu haben. Diese langweilige kleine Schwester, die überhaupt nicht so war, wie Marie sich Geschwister erträumt hatte. Die überhaupt nicht wild, verspielt oder abenteuerlich drauf war. Die immer nur vor sich hinbosseln wollte. Winzig kleine Perlen auf ganz dünne Drähte fädeln. Oder aufräumen. Die Kisten im Spielzimmer in Ordnung bringen, kleine Zettel schreiben und sie auf die Kisten kleben, um dann ganz genau zu wissen, was in welche Kiste gehörte. Nicht einmal die Pubertät konnte sie umwerfen, denn da kaufte sie sich einen Computer und verbrachte die meiste Zeit davor. Sie war niemals aus, um zu feiern, und hatte auch keinen Haufen Freundinnen auf dem Zimmer oder schlug über die Stränge. Nein, sie war fast immer allein im Zimmer, und fast immer lautlos. Die Stereoanlage auf niedrigster Lautstärke. Nicht wie Marie, die immer voll aufgedreht hat.

Und jetzt liegt sie hier. Ihre zahme, wohlorganisierte

Åsa, schwanger, vielleicht von ihrem Schwager. Marie kann nicht umhin zu lächeln. Sie mag ihre kleine Schwester. Jetzt vielleicht noch mehr, wo sie alles so entsetzlich falsch gemacht hat. Als wäre sie ein richtiger Mensch geworden, der manchmal auch von Leidenschaft und Gefühlen gelenkt wird. Nicht immer so verdammt kontrolliert. Menschlicher.

Marie senkt den Blick auf Åsas jetzt fast blaue Nase, die rote Oberlippe und die halb geschlossenen Augenlider. Åsa liegt da wie eine Tote. Die Arme neben dem Körper. Den Blick starr auf die Wand gerichtet. Das Haar in einem zerzausten Vogelnest mitten auf dem Kopf.

»Soll ich dich ein bisschen kämmen?«

Marie streicht über die Locken ihrer Schwester. Zieht die Finger durch die braunen, dicken Strähnen. Åsa zuckt fast unmerklich mit den Schultern. »Warte kurz.«

Marie springt aus dem Bett, schleicht sich in ihr Zimmer gleich nebenan und holt die große, weiche Haarbürste aus ihrer Waschtasche.

»Leg dich auf die Seite, dann komme ich auch hinten ran.«

Leise dreht sich Åsa um, das Gesicht zur Wand. Mit ihren langen Fingernägeln versucht Marie, eine von den Kletten in Åsas Haar auszukämmen. Sie bürstet vorsichtig.

»Åsa. Du sollst wissen, dass ich dich trotzdem mag. Vielleicht sogar noch mehr. Ich hab das Gefühl, als würde ich dich jetzt mehr lieben. Du bist ein wenig ... menschlicher. Ich verurteile dich nicht. Dass du es nur weißt. Shit happens. Frag mich, auf dem Gebiet bin ich Expertin. Ich weiß, wie das ist, wenn man etwas Unüberlegtes tut und wenn dann alles schiefgeht.«

Åsa schließt die Augen. Sie spürt Maries Nägel auf ihrer Kopfhaut. Dann macht sie die Augen zu und schläft ein. Einfach so. Während ihr das Blut und die Tränen das Kinn hinunterlaufen. Shit happens.

26

Beiß die Zähne zusammen. Beiß die Zähne zusammen, der Kinder wegen.

»Und als Papa Bär in sein großes Bett schaute und sah, dass dort jemand gelegen hatte, wurde er furchtbar wütend. Da sagte Papa Bär …«

Beiß die Zähne zusammen! Jetzt nicht weinen. Warte. Lies das Buch erst fertig. Lies es so lange, bis alle Bären ihre Betten, Stühle und Breischüsseln gesehen haben. Küss die Kinder. Streichle ihre Wangen. Lass dir erzählen, was heute bei der Oma alles los war, vielleicht haben sie Monopoly gespielt, vielleicht etwas Süßes und Knuspriges gebacken. Sag ihnen Gute Nacht. Geh die Treppe hinunter. Beiß die Zähne zusammen. Bis oben alle schlafen. Dann. Dann musst du nicht mehr die Zähne zusammenbeißen.

Lena ist nach Hause gelaufen. Den ganzen Weg von Solvändan bis zu ihrem Haus in Braby. Das Haus, in dem sie so lange nicht gewesen war. Dreißig Kilometer. Durch Wälder, über Äcker, an der Landstraße entlang. Sie ist gegangen. Wütend gegangen. Traurig gegangen. Beim Gehen in Gedanken versunken. Aber hauptsächlich traurig.

War das die Strafe dafür, dass sie weggelaufen ist? Hat sie gedacht, dass sie einfach abhauen könnte, ohne am Ende dafür bezahlen zu müssen? Hat sie gedacht, dass eine Mutter ihre Kinder einfach zu Hause beim Vater lassen und ein wenig für sich sein kann? Nein. Jetzt hat sie die Rechnung gekriegt. Die war hoch. Viel höher, als sie erwartet hatte.

Robert hatte ja keine Ahnung, wo Lena war. Ob sie überhaupt jemals wieder zurückkommen würde. Wenn er mit irgendeiner Frau Sex gehabt hätte … das hätte sie gerade noch schlucken können. Aber mit ihrer eigenen Schwester! Und vielleicht hat er sie sogar geschwängert! Das kann man nicht schlucken! Was hat er sich denn dabei gedacht? War das Gehirn überhaupt zugeschaltet? Oder war außer dem Schwanz alles andere abgeschaltet?

Und sie selbst? Sie hätte durchaus auch schwanger werden können. Als sie mit Conny geschlafen hat. Als sie ihrem Mann untreu war. Den sie sogar angelogen hat, als sie Conny einen »Freund« genannt hat. Ihr Gehirn war auch nicht zugeschaltet. Aber das mit Conny, das war ja nur … Das hatte doch keine Bedeutung!

Wie war es, als Robert mir Åsa geschlafen hat? War das aus Dankbarkeit, weil sie ihm geholfen hatte? Weil Åsa Bettwäsche zusammengelegt, Staub gesaugt, die Kinder ins Bett gebracht, ihnen Kleider gekauft, Essen gekocht, das Klo geschrubbt, die Schränke aufgeräumt hatte? Hat Robert sie deshalb gepoppt? Aus Dankbarkeit? Oder haben sie Mann und Frau gespielt? Mutter, Vater, Kind? Oder waren sie einfach besoffen und haben miteinander geschlafen, und das war's? Wie ein One-Night-Stand auf der Finnlandfähre?

Beiß die Zähne zusammen.

»Da sah der kleine Bär, dass in dem winzig kleinen Bett jemand lag! Mama, Mama, in meinem Bett liegt jemand!, rief der kleine Bär.«

Beiß die Zähne zusammen, Lena. Lies das Buch fertig. Gib ihnen einen Gutenachtkuss. Nicht weinen.

Es war kalt, als sie nach Hause wanderte. Rolfs Jägerjacke hat zwar ein doppeltes Futter, aber das Einzige, was sie an Schuhen gefunden hat, war ein Paar Gummistiefel. Dünnes Gummi auf dem gefrorenen Weg. Aber der Wald gab ihr Sicherheit. Er war ruhig und dicht. Wie eine feste Umarmung. Er fragte nicht. Er tröstete einfach nur, wenn man durchmarschierte und brüllte. Die Nadeln dämpften das Schreien, als würde man eine warme Decke über die Angst legen.

Als sie durch Braby gewandert war, vorbei an der kleinen Kirche, am ICA und am Altersheim, da fiel ihr ein, dass sie keinen Schlüssel dabeihatte. Alles lag noch bei der alten Gerda Larsson. Und es war erst halb drei nachmittags, also noch mindestens vier Stunden, bis Robert und die Kinder nach Hause kommen würden. Und sie würden ja nicht nach Hause kommen, sondern sie würden zum Hof fahren, denn sie gingen davon aus, dass Lena dort war.

Aha, also ging sie zu den Nachbarn und telefonierte mit Robert, erklärte, wo sie gewesen war, trank ein wenig Kaffee und machte gute Miene zum bösen Spiel. Die Nachbarn redeten davon, was für ein prima Kerl Robert doch sei, dass er das mit den Kindern allein hinbekommen habe (»Nicht alle Männer sind so. Kannst froh sein, dass er keine Neue hatte, als du nach Hause gekommen bist«). Endlich fuhr Robert mit dem Pick-up vor. Die Zähne zusammenbeißen. Die Kinder umarmen. Die Geschenke bewundern, die Oma und Opa ihnen mitgegeben haben. Josefine, die bei einer Freundin übernachten wird, zum Abschied umarmen. Die Zähne zusammenbeißen. Aufgewärmte Hackfleischsoße essen, die Åsa gekocht hat. Ungesalzen. Wie kann man nur zu wenig Salz in eine Hackfleischsoße tun? Zähne zusammenbeißen. Spülen, während die Kinder fernsehen. Zähne zusammenbeißen. Auf Roberts Fragen mit »Später« antworten und dann die Zähne zusammenbeißen.

»Und da lief Goldlöckchen davon, weg von den Bären. Und sie lief und lief durch den Wald, bis sie die rote Tür von ihrem eigenen Haus sah. Und von dem Tag an lief Goldlöckchen ihrer Mutter nie wieder davon.«

»Hallo?«, ruft Åsa in die Wohnung hinein. Es ist völlig dunkel. Ihr Ruf hallt zwischen den Wänden. Leise stellt sie ihre Taschen auf den geheizten Fliesenboden. Hängt ihre Jacke auf. Sie konnte nicht länger auf Solvändan bleiben. Fünf Stunden hat sie geschlafen. In ihrem Bett, nachdem

Lena auf sie eingeprügelt, Irene einen Nervenzusammenbruch erlitten und Marie ihr die Haare gekämmt hatte. Ein schwarzer Schlaf. Dann musste sie nur noch packen. Adams Geschenke einpacken, ihre eigenen Geschenke, die sie von Adam bekommen hatte, Adams Kleider, Adams Wanderschuhe. Musste nach Hause zu Adam.

Irene lag immer noch in ihrem Zimmer und schmollte, als sie aufwachte. Aber Marie stand in der Küche. Im dicken Helly-Hansen-Pullover und Daunenhose, nachdem sie Holz gehackt hatte. Marie briet Åsa drei Eier, die sie hinunterzwang. Das Kind, dachte sie. Das Kind, das Kind, das Kind. Es braucht Nahrung. Es muss wachsen. Dann verließ sie den Hof. Fuhr mit ihrem kleinen Sportwagen durch die reisiggeschmückte Allee.

Drei Mal musste sie auf dem Heimweg anhalten, um zu spucken.

Der kleine Sportwagen. Den sie gekauft hat, um das Gegenteil zu erreichen. Weil das so typisch wäre, dass man schwanger wird, wenn man sich gerade einen neuen, schweineteuren kleinen Sportwagen gekauft hat. Und es hat funktioniert. Sie ist schwanger geworden. Vielleicht hätte sie sich lieber einen Volvo Kombi kaufen sollen. Dann würde sie niemals mit rotblauer Nase am Rand der E4 stehen und spucken.

Åsa schaltet die Beleuchtung ein. Wandert auf dem knarzenden Parkett herum, macht ein paar Weihnachtssterne an, die kleine Tischlampe, die Deckenlampe in der Küche.

Auf der Spüle stehen zwei schmutzige Teller. Ein paar Apfelsinenschalen auf dem Tisch, eine leere Coladose.

»Hallo?«

Åsa öffnet die Tür zum Schlafzimmer, die eine Seite des Bettes ist nicht gemacht. Adams Seite. Die Tür zu Adams Zimmer steht einen Spalt auf, von drinnen sickert Licht heraus. Ein bläulicher Schein. Åsa macht die Tür etwas weiter auf. Da sitzt Adam. Oder liegt, besser gesagt. Auf seinem Sofa, mit dem Rücken zu ihr, den Laptop auf den

Knien und die Kopfhörer in den Ohren. Adam. Ihr Mann. Den sie geheiratet hat. Den sie ausgewählt hat. Der sie ausgewählt hat. Den sie betrogen hat.

Sie steht in der Türöffnung und will einfach nur zu ihm kriechen. Sich an seinen langen, mageren Körper drücken. Seinen Geruch riechen. Seine Fürsorge spüren. Seine Liebe. Geh nicht! Sie kann jetzt in der Türöffnung stehen und davon träumen. Aber das geht nicht. Dazu hat sie kein Recht. Dieses Recht hat sie verspielt.

Åsa geht zu Adam. Hat Angst, ihn zu erschrecken.

»Hallo.«

Keine Antwort.

»Hallo!«

Åsa hebt die Stimme. Adam zuckt auf dem Sofa zusammen, zieht die Kopfhörer herunter und dreht sich um. Die roten Augen leuchten im Dunkeln. So war das schon immer bei Adam. Sobald er geweint hat, wechseln seine Augäpfel die Farbe. Von Bläulichweiß zu Leuchtendrot.

»Hallo ...«

Adam klappt seinen Laptop zu.

»Was machst du?«

Åsa setzt sich auf den Sessel gegenüber, legt die Füße aufs Sofa und drückt sie unter Adams Oberschenkel. Adam hebt die Beine. Rasch zieht Åsa ihre Füße zurück. Die haben da nichts zu suchen. Wie konnte sie das nur vergessen.

»Ich schaue Wohnungen an.«

Sofort laufen die Tränen an Åsas Wangen herunter. Sie zieht die Knie hoch und versteckt den Mund dahinter.

»Verstehe ...«

Jetzt beschlägt die Brille von all den Tränen. Sie nimmt sie ab und reibt die Brillengläser ein wenig mit dem Pulloverärmel. Das macht es keinen Deut besser, vom Salz und dem Schmutz auf dem Pullover werden die Gläser nur noch schmieriger.

»Adam ...«

»Ich habe eine Dreizimmerwohnung in der Tomtebogatan gefunden. Nach den Feiertagen kann man sie besichtigen.«

Oh Gott. Åsa legt ihre Brille auf den großen, schweren Eichenschreibtisch und schluchzt unkontrolliert.

»Ich lasse das Kind wegmachen, Adam, ich mache alles. Verstehst du? *Verstehst du das?* Ich will doch dich. Zieh nicht weg ... Zieh nicht weg.«

Jetzt nimmt Adam seine beschlagene Brille ab. Seine roten Augen leuchten in der Dunkelheit, und von seinem Kinn tropfen die Tränen auf die rote Kapuzenjacke.

»Das ist unerheblich. Du kannst das Kind haben oder es wegmachen lassen, das macht keinen Unterschied. Denn du hast verdammt noch mal mit Robert geschlafen, und zwar während du und ich gleichzeitig versucht haben, ein Kind zu kriegen. Das ... das geht über meinen Verstand. Ich begreife es nicht.«

»Ich liebe dich. Ich habe so etwas doch noch nie gemacht, ich weiß nicht, warum es passiert ist, ich ... ich kann es nicht erklären! Es war ein Fehler! Ich kann nicht ...«

»Wenn es mein Kind ist, wenn sich das herausstellt ... Später, wenn das Kind geboren ist, dass es meins ist ... Dann werde ich mich natürlich darum kümmern. Aber du und ich, das geht einfach nicht. Nur dass du das weißt.«

Adam wischt sich mit dem Pulloverärmel über Nase und Augen. Setzt seine Brille wieder auf.

»Ich liebe dich, Adam.«

»Ich liebe dich auch, aber es geht nicht mehr weiter mit uns. Ich hasse dich auch. Ich glaube, ich hasse dich noch mehr, als ich dich liebe.«

Adam legt den Laptop aufs Sofa und steht auf. Åsa weiß nicht, was sie machen soll, was sie sagen oder tun könnte, um das aufzuhalten, was hier gerade passiert. Adam holt seine Computertasche, die neben dem Schreibtisch steht. Packt seinen Laptop ein, wirft ein paar Spiele dazu, schlingt sich den Schal um und zieht eine Mütze, die auf dem Sofa lag, über den Kopf.

»Ich übernachte heute bei meinen Eltern.«

Und dann geht er. Einfach so! Sollten sie nicht besser über die Sache reden? Versuchen, zu einem Ergebnis zu kommen? Sollte er sie nicht anschreien? Sie schlagen? Wahnsinnig werden? Was auch immer. Soll das heißen, dass er wieder einfach geht?

Wie immer. Adam schreit nicht. Er weiß, was er fühlt, und dann geht er. Wenn es nichts zu diskutieren gibt, dann ist das eben so.

Åsa schießt aus dem Sessel hoch, rutscht über den Parkettfußboden der Zimmers, hält sich an einer Kommode fest, um nicht auszugleiten, und eilt in den Flur hinaus. Adam hat gerade die große, grüne Winterjacke angezogen. Ohne zu fragen, ohne nachzudenken, wirft sich Åsa auf ihn. Umarmt ihn fest. Seinen langen Körper. Die kleine, kurze Åsa. Sie hängt sich an seine Schultern. Stellt ihre Füße auf seine.

»Sag, was ich tun soll! Ich mache alles. Sag es! Geh nicht! Geh nicht!«

Adam steht da, mit seinen roten Augen und seiner grünen Jacke. Die Frau, die er so zutiefst liebt, hängt an ihm. Er sieht es. Sieht, dass sie alles tun würde. Genau wie er. Er würde alles in der Welt tun, damit es einfach wieder so wäre wie immer. Aber da gibt es nichts zu tun. Am allerallerliebsten würde er dieses weinende Bündel in den Arm nehmen. Ihren feuchten Nacken küssen, ihr ins Ohr flüstern, dass alles wieder gut wird. Am allerliebsten. Aber das geht nicht. Es hilft nichts. Und es tut zu sehr weh. So weh, dass es ihn in Stücke reißt, wenn er jetzt nicht gleich aus dieser Wohnung geht. Dann würde sich alles lösen, dann würde er sie wieder zurücknehmen. Und das ist nicht gut. Das kann niemals gut sein. Es würde nur alles schlechter machen.

Adam fasst Åsas Hände und dreht sie ein wenig, sodass sie ihn loslassen muss. Und dann geht er. Weinend und mit einer tickenden Bombe im Herzen.

»Nein, sie geht nicht ran.«

»Åsa auch nicht?«

»Nein. Ich mache mir solche Sorgen. Das ist alles nicht gut, Marie. Das ist wirklich nicht gut.«

Marie steckt das Handy in die Tasche. Lehnt sich an Lillemor 13, während Irene das Euter von Rosa 25 mit einem Tuch abreibt. Sie zieht an den Zitzen und spritzt ein paar Strahlen Milch in einen Eimer. Ja, doch, die Milch sieht gut aus. Schön, dass wenigsten noch etwas in dieser Familie funktioniert. Routiniert befestigt sie die Melkmaschine an den Zitzen, und das Euter leert sich langsam.

»Ich meine, was sollen wir denn tun? Mir fällt wirklich nichts ein. Ich kann doch nicht einfach hier stehen und zusehen, wie meine Töchter sich hassen. Was Åsa und Robert gemacht haben, das ist ja ... also, gar nicht gut. Das war dumm. Aber Lena ist einfach abgehauen. Robert wusste ja nicht, wohin, und ... Nein, wie ich es auch drehe und wende, es wird nichts Gutes daraus.«

»Nee, ich weiß auch nicht. Ich muss nur an den armen Adam denken.«

»Ja, du meine Güte. Jetzt ist sie fertig. Gibst du mir mal das Spray?«

Irene kontrolliert das Euter, sprüht ein wenig antibakterielle Lösung auf die Zitzen und gibt der Kuh einen Klaps auf den Hintern. Gemächlich trottet Rosa 25 zurück in die Box, während sich Lillemor 13 zurechtstellt, um gemolken zu werden. Irene trocknet ihre Zitzen und nimmt ein wenig Probemilch. Doch, auch die sieht gut aus.

»Aber irgendetwas müssen wir tun, Marie. Ich weiß nicht was, aber irgendetwas. Sonst weiß ich nicht mehr, wohin.«

Irene schiebt eine Katze beiseite, die sich an der Kuh reibt. Schön, im Stall zu sein. Schön, mit Marie dort zu sein. Vielleicht ist sie doch gar nicht so schlecht als Bäuerin.

Irene lag in ihrem Schlafzimmer, in Rolfs Schlafkuhle, starrte an die Decke und tat sich selbst leid. Ja, sie tat sich einfach nur selbst leid. Fand, dass alle anderen die Schuld bei sich suchen sollten. Lena, Åsa, Robert, Marie, Adam, sie alle hatten sich das nur selbst zuzuschreiben. Was für verwöhnte Kinder! Dann hatte Marie an der Tür geklopft. Mehrmals. Irene hat nicht aufgemacht. Ihr war alles scheißegal gewesen.

Irgendwann kam Marie herein, mit Spiegeleiern in einer kleinen Schüssel und Holz für den Kachelofen. Sie hat sie aus dem Bett geschmissen und zum Nachmittagsmelken mitgeschleppt. Wie schön, dass sie jetzt zu zweit waren, hier im Stall, beim Melken.

Maries Erinnerung an die Wohnung an der Högbergsgatan wird immer verschwommener. Es käme ihr fast wie Tierquälerei vor, Otto wieder dort einzusperren. Er ist so fröhlich auf dem Hof. Es ist so schön, ihn mit fliegenden Pfoten über Äcker und Wiesen rennen zu sehen, wenn er beim Melken über die Kühe wacht oder in der Nacht ganz tief schläft. Genau wie Marie. Wo sie doch nachts nie geschlafen hat. Jetzt schläft sie. Leute, die sich verlieben, sagen ja immer, dass man es im Körper spürt, wenn alles stimmt. Wie jetzt in Maries Körper. Sie spürt, dass das hier das Richtige ist. Sie wird auf dem Hof sein. Jetzt. Das Vorherige war falsch. Jetzt ist alles richtig. Das Leben ist nicht immer logisch. Shit happens.

»Mama, du bleibst zu Hause. Ich kümmere mich darum.«

»Was wirst du machen?«

»Weiß nicht, aber das geht so einfach nicht. Ich werde versuchen, Åsa und Lena zu finden.«

Marie stampft in Milchoverall und Miststiefeln zum Truck. Irene steht im Stall und tut sich plötzlich überhaupt nicht mehr leid.

27

Robert schaltet den Fernseher aus. Er zieht die weiße Jogginghose ein wenig hoch, legt die Fernbedienung auf den Tisch und setzt sich im Sofa auf. Lena steht mitten im Raum. In dem Wohnzimmer, das sie im totalen Chaos hinterlassen hat und in dem es jetzt nur noch zwei kleine Wäscheberge gibt, in einem der Sessel. Robert. Der selbst die Hackfleischsoße aufgewärmt hat. Nudeln gekocht und ein paar Mohrrüben gerieben hat. Robert. Der dafür gesorgt hat, dass die Kinder sich die Zähne putzen. Robert. Der das Ganze tatsächlich in den Griff gekriegt hat. Der die Arbeit reduziert hat und die Wäscheberge auch und der zudem noch ein paar Weihnachtssterne aufgehängt hat. Robert. Der sich wirklich verändert hat. Bei vorgehaltener Pistole. Aber immerhin.

»Aha. Und wie geht es Åsa?«

Robert weiß genau Bescheid. Er ist ja nicht dumm. Er merkt genau, wenn es keinen Sinn hat, den Unwissenden zu geben oder den Kopf in den Sand zu stecken. Er weiß, wann es besser ist, ehrlich und direkt zu sein, auch wenn man am liebsten nur Umwege beschreiten würde. Was soll er nur mit seinen Händen machen? Erst probiert er, sie hinter den Kopf zu tun, aber das fühlt sich nicht gut an. Auf den Bauch vielleicht. Nein. Er legt sie einfach gerade neben den Körper. Versucht, Lena in die Augen zu schauen, aber das ist schwer, ihm ist, als würde er geblendet.

»Sie bedeutet mir nichts. Das war ein Fehler. Du warst schließlich abgehauen, ich wusste nicht, wohin oder wann du …«

»Ja, aber mit meiner Schwester! Hättest du dir nicht irgendeine Frau aus dem Dorf greifen können? Aber nein, du musstest ja unbedingt mit meiner Schwester vögeln. Toll gemacht. Ganz schlau. Kann man einen Nobelpreis für Sex kriegen? Dann sollten die dich vielleicht mal anrufen.«

»Hm, war vielleicht nicht sonderlich schlau, aber verdammt. Es tut mir leid, was soll ich denn noch sagen? Du hast mich schließlich verlassen. Ich war einsam! Und du selbst? Du und Conny? Woher soll ich wissen, was ihr gemacht habt? Soll ich dir wirklich glauben, dass ihr nur Freunde seid? Dass er es völlig okay fand, dich rund um die Uhr in seinem verdammten Bett schlafen zu haben, ohne dafür etwas zu verlangen?«

»Jetzt reden wir nicht von Conny, jetzt reden wir von ...«

»Nein, jetzt rede ich aber von Conny, hast du mit ihm geschlafen? Sei ehrlich! Ich gebe es zumindest zu!«

»Okay, ja! Vielleicht habe ich das. Aber das war auch ein Fehler, das Ganze war völlig sinnlos und auch nur ein einziges Mal!«

»Verdammt! Dann warst du kein bisschen besser als ich! Du warst auch untreu, zum Teufel!«

»Das ist nicht dasselbe!«

»Wieso ist das nicht dasselbe? Was glaubst du denn, wie sich das für mich anfühlt? Dass du einfach abhaust, eine Woche lang bei irgendeinem Eisverkäufer pennst und dann mit ihm schläfst? *Verdammt!* Das tut weh! Scheißweh tut das!«

Lena sieht Robert an. Er hat recht. Sie hat ihn verlassen. Sie war untreu. Es gibt nicht nur ein Miststück in der Familie, sondern zwei. Aber sie werden es angehen. Sie werden sich aussprechen. Sie könnte ... aber das geht nicht.

»Es gibt einen Unterschied. Åsa ist schwanger.«

»Aha ...«

Robert legt die Hände auf den Bauch und sieht plötzlich verunsichert aus. Lena steht regungslos auf dem Teppich. Wie ein Löwe, der den Hirsch hypnotisiert, damit er nicht wegläuft.

»Vielleicht von dir.«

»Von mir? Aber sie ist doch mit Adam verheiratet, verdammt.«

»Ja, aber sie hat mit dir geschlafen. Und sie weiß nicht, wer der Vater ist. Du oder Adam.«

»Verdammt, was redest du denn da? Ich soll der Vater von Åsas Kind sein? Aber ...«

»Aber was? Wie viele Kondome habt ihr denn benutzt? Oder hast du gedacht, sie nimmt die Pille und ist deshalb nie schwanger geworden? Verdammter Idiot. Bist du vierzig oder vierzehn, das kann man sich fragen, denn du weißt doch wohl, wie Kinder entstehen, oder?«

Lena atmet ruckartig. Conny und sie haben auch kein Kondom benutzt. Sie ist selbst nur verdammte vierzehn im Kopf. Scheißegal. Jetzt geht es nicht um sie.

Robert verstummt. Er schluckt. Schluckt noch einmal. Steht auf. Setzt sich wieder. Verdammt. Das geht nicht. Das darf nicht sein. Ein Kind. Nein. Mit Åsa. Nein, nein. Er ist so ein Idiot. Lena hat recht. Er ist echt gestört. Lena atmet. Ein und aus. Aus und ein. Trotzdem sehr ruhig. Robert ist weiß im Gesicht.

»Du willst doch wohl nicht sagen ...«

Robert sieht zu ihr auf. Mit flehendem Blick, als wäre Lena Gott. Als wäre sie es, die bestimmt. Als hätte sie die Macht, das alles rückgängig und ungeschehen zu machen.

»Ich will nur sagen, dass ... Lena, du bist schließlich einfach abgehauen. Du warst meine Frau, die Mutter der Kinder. Ja, klar, ich habe gemerkt, dass es dir schlecht ging, und ... Aber ich hatte vollauf zu tun. Das dachte ich jedenfalls. Und dann bist du einfach verschwunden, und ich wusste gar nichts. Und dann kam Åsa. Sie hat mir wirklich geholfen. Sie ist so gut mit den Kindern umgegangen und hat aufgeräumt und ... Du wärst stolz auf sie gewesen! Und am Abend bevor sie wegfahren wollte, haben wir Wein getrunken, und wir waren wohl beide etwas traurig, jeder auf seine Weise. Du kennst mich doch! Verdammt! Ich liebe dich, und du bist einfach abgehauen. Und Åsa war auch traurig, und dann ist es einfach passiert. Ich habe gar nicht gedacht, dass sie … dass sie überhaupt schwanger werden könnte … Verdammt. Ich kapiere schon … dass ich jetzt vielleicht alles kaputt gemacht habe. Verzeih mir. Verzeih.«

Robert legt sich der Länge nach aufs Sofa. Lena setzt sich auf die Wäscheberge im Sessel. Robert weint leise. Mit den Händen auf dem Gesicht. Den großen Händen. Lena sieht die Tränen, wie sie die Wangen herunterlaufen. Seine Brust hebt und senkt sich.

Lena sieht aus dem Fenster. Hinaus auf den Hof. Dort liegt noch immer Roberts alter Schrott, der in unstrategisch angelegten Haufen über den Rasen verteilt ist und jetzt wie kleine Iglus mit Schnee überpudert ist. Robert. Der sie immer geliebt hat. Daran hat sie nie gezweifelt. Sicherlich war er in manchen Dingen etwas blind, aber geliebt hat er sie doch. Und dann haut sie ab. Damit er die Augen öffnet und der Schmutzwäsche und den Kindern entgegensieht. Und er weiß nicht, wohin sie verschwunden ist, warum oder für wie lange. Und während er zu Hause herumgeht und sich Sorgen macht, schläft sie mit Conny. Mein Gott. Sie hat mit ihm geschlafen! Sie ist einfach abgehauen. Hat nie angerufen. Hat mit einem anderen geschlafen. Hat das sogar genossen.

Und dann kommt Åsa zu Robert nach Hause. Wie ein Engel. Der sanfte, feine Engel, der sie ist. Und hilft ihm mit allem. Eine Verbindung zu ihr, zu Lena. Ein wenig Wein, ein wenig Trauer und dann … und dann schlafen sie miteinander. Genau hier. Auf dem Teppich. Lena unterdrückt einen Würgereiz und starrt hasserfüllt auf den Teppich. Hässlich ist er auch noch. Verdammter Scheißteppich.

Igitt, wie hässlich er ist! Wie ein großer, ekliger Senffleck. Roberts Mutter hat ihn bei irgendeinem blöden Schlussverkauf entdeckt und dann hier angeschleift. Ein hässlicher, senfgelber Fickteppich. Wenn der Teppich nicht da gelegen und weich ausgesehen hätte, dann hätten sie vielleicht nicht …

Lena packt den Teppich und fängt an, ihn aus dem Wohnzimmer zu schleifen, durch den Flur, durch die Haustür und dann hinaus in den kohlrabenschwarzen Garten. In Strümpfen tappt sie voran, während der Teppich widerstrebend hinter ihr herwischt. Mit rot geweinten Augen steht Robert vom Sofa auf, stellt sich ans Fenster und sieht zu, wie seine Frau auf ihren ehemaligen Wohnzimmerteppich eintritt. Diesen goldgelben, hübschen Teppich, den sie von seiner Mutter bekommen haben.

Der Schnee fliegt um sie herum, und sie tritt, schreit und spuckt auf den elenden Teppich ein. Was macht sie bloß? Robert wischt sich die Augen, versucht, das brennende Salz wegzukriegen, das den Blick trübt. Lena holt eine Tüte mit alten Zeitungen und schleppt sie hinaus in den Schnee. Schüttet die Zeitungen über den Teppich. Zündet ein Streichholz an. Die trockenen Zeitungen brennen sofort. Die Flammen fressen sich vorwärts. Der katzenpissegelbe Teppich fängt an zu prasseln. In ein paar Minuten brennt das ganze Ding.

In den Häusern rings herum werden Lichter angezündet. Neugierige Blicke hinter Blümchengardinen. Aha, Lena ist zurück. Und jetzt fackelt sie auch noch alles ab. Ja, ja. Die ist doch verrückt. Das war einem ja schon klar, als sie die Kinder verlassen hat, aber das hier ist der endgültige Beweis.

Robert versucht, den Kloß herunterzuschlucken, den er im Hals hat. Mein Gott. Wie konnte er nur so verdammt blöde im Kopf sein. Er dachte … er dachte, dass Åsa völlig unfruchtbar sei. Vielleicht hat er auch gar nicht gedacht. Nicht einen Gedanken an ein eventuelles Kind verschwendet. Er hat nur daran gedacht, dass er es gern mal einen Moment lang schön haben wollte. Hat Lena das auch gedacht? Robert zuckt zusammen. Lena hat recht, man könnte meinen, er sei erst vierzehn. Ein unreifer Halbwüchsiger. Obwohl, nein, das ist ja den Halbwüchsigen gegenüber ungerecht. Die benutzen nämlich Kondome, die wissen, wie die Sache sonst ausgehen kann. Mit einem Kind nämlich.

Robert setzt sich in den Sessel. Betrachtet das Teppichfeuer und lässt die Tränen laufen. Es ist aus.

Marie legt den fünften Gang ein und beschleunigt auf hundertdreißig. Diese Schotterstraßen kennt sie wie ihre Westentasche. Weiß genau, wo Kurven und wo die übelsten Waschbrettstellen sind. Der Volvo mit Vierradantrieb schwingt sich durch nachtschwarze Felder und Wälder. Wie ein einziges großes Spotlicht steht der Vollmond über der Landschaft.

Spermien und Eier, Frauen und Männer. Verdammt. Drei Abtreibungen hat sie hinter sich. Drei Kinder hätte sie haben können. Zuerst ein kleines Mulattenbaby. Mit Roy. Dem Tänzer. Ganz schwarze Haut, nicht dunkelbraun, sondern kohlrabenschwarz. Unglaublich schön, aber etwas zu sehr mit Drogen zugeknallt. New York 1986. Roy war herrlich. New York war herrlich. Schwanger zu werden, war schrecklich. Sie hat keinen Moment gezögert, das Kind abzutreiben.

1991. Lars. Bassist von den Death Brain. Hing mit seinem langen blonden Haar in der Bar herum. Und hing dann mehrere Jahre mit Marie rum. Marie beschloss, alles auf einem halbwegs seriösen Level zu halten. Oder halbwegs unseriös. Sie hatten gigantischen Sex, aber es gab absolut keine Abendessen mit Verwandten. Sie waren nur zu zweit. Machten jede Menge Party, gingen in viele Konzerte, und ein halbes Jahr lang war Marie der persönliche Barkeeper der Death Brain. Sie kam auf ihre Tournee durch Finnland mit, wo sie erstaunlicherweise ziemlich bekannt waren. Und da ... in einem kleinen Familienhotel in Åbo, da schaffte ein kleines Spermium es, alle Pillen zu überlisten und an allen Hindernissen vorbei mitten ins Ei zu gelangen. Lars war so glücklich, aber Marie hatte Angst. Lars wollte Maries Eltern kennenlernen, Kinderwagen aussuchen, Marie wollte nur weg. Sie probierten es. Versuchten zwei Monate lang, zukünftige Familie zu spielen. Ja, und eines Abends nahm Marie ein Taxi zum Söderkrankenhaus, und am Morgen danach gab es eine Abtreibung. Lars hat sie seither nicht wiedergesehen.

Das dritte Kind ... 2000. Wieder die Pille, die versagt hat. Entweder wäre es ein Kind vom hübschen Staffan gewesen oder von Torkel, dem schönen jungen Rocker mit dem hässlichen Namen. Der aussah, als wäre er mindestens fünfundzwanzig, mit bauschigen Koteletten und allem. Wie sich herausstellte, war er erst siebzehn. Abtreibung war ohne Zweifel die beste Alternative.

Åsa hingegen, Åsa kann keine Abtreibung machen. Sie kann nicht einfach ein Taxi zum Söderkrankenhaus nehmen. Marie hat nie Kinder gewollt. Niemals. Das hatte sie einfach nicht auf dem Schirm. Kein schlechtes Gewissen nach den Abtreibungen. Keine einsamen nächtlichen Gedanken darüber, wie alt die Kleinen jetzt wären, wenn nicht ... Nichts. Ein einziges großes Nichts. Sie hatte sich geschützt, war aber zufällig trotzdem schwanger geworden. Dann muss man die Sache eben bereinigen.

Marie fährt am Ortsschild von Braby vorbei und ist schon bald bei dem kleinen, windschiefen Haus mit dem unordentlichen Garten. Es riecht nach ... Feuer. Marie kurbelt die Scheibe herunter und steckt die Nase hinaus. Ja klar, verdammt, es brennt. Bei Lenas Haus ist alles hell erleuchtet. Verdammt! Marie gibt richtig Stoff in der Dreißigerzone, biegt quietschend auf den Hof ein und sieht Lena in Strümpfen dastehen und ein fettes Feuer auf dem Rasen anstarren. Im Fenster kann man Robert erahnen.

»Lena! Was machst du denn?«

Marie läuft zu ihrer kleinen Schwester hin. Umarmt sie ganz fest. Das kleine, nach Rauch stinkende Menschlein. Ihre kleine, verletzte Schwester. Die Flammen tanzen in den verschneiten Dezemberhimmel hinauf. Kleine Flocken von Zeitungspapier und Teppichwolle schweben herum. Marie und Lena umarmen sich ganz fest. Durch Tränen und Rauch hindurch schreit Lena: »Ich werde ihm verzeihen. Verdammt. Das geht gar nicht anders. Ich spüre es. Ich liebe ihn. Verdammt. Das hätte genauso gut mir passieren können. Dass ich schwanger werde. Mit einem anderen.«

»Einem anderen?«

»Ja, ich war doch mit einem Typen zusammen. Jetzt, als ich weg war.«

»Aha.«

»Robert hatte einfach Pech. Mit meiner Schwester. Aber ich verbrenne den Teppich.«

»Den Teppich?«

»Auf dem sie gefickt haben. Wenn ich könnte, würde ich auch Connys Bett verbrennen.«

»Okay. Gut. Gute Idee. Verbrennst du das auch für Åsa?«

»Ich weiß nicht.«

»Du musst es auch für Åsa verbrennen. Du musst ihr verzeihen.«

»Ich weiß nicht.«

»Du kennst doch Åsa. Sie ist doch nicht so eine. Ich bin doch schließlich die Schlampe der Familie, nicht Åsa. Verzeih ihr! Sonst werdet ihr beide für den Rest eures Lebens unglücklich sein. Vielleicht ist es ja gar nicht Roberts Kind! Oder es ist so. Scheißegal.«

»Das ist ja wohl nicht scheißegal.«

»Doch. Passiert ist passiert. Und das ist verdammter Mist, aber es ist nicht die Schuld des Kindes. Das Kind hat schließlich nichts getan. Es ist die einzige Chance für deine Kinder, einen Cousin oder eine Cousine zu bekommen.«

»Oder noch ein Halbgeschwister …«

»Scheißegal! Scheiß drauf, was alle hier im Ort denken oder finden! Scheiß drauf, was man denken *soll*! Denk einfach selbst. Mit deinem Herzen. Jetzt komm schon, du bist gut in so was. Du liebst Robert. Du liebst Åsa. Shit happens.«

»Darf ich über Åsa noch ein wenig nachdenken?«

»Ja, aber nur ein wenig.«

»Ich weiß nicht …«

»Also, ich kenne mich in solchen Sachen ja nicht so gut aus. Aber Åsa kann sicher einen verdammt guten Psychologen bezahlen, mit dem ihr drei reden könnt. Einen Paartherapeuten. Oder Triotherapeuten. Das wird anstrengend, aber das darf es ja wohl auch werden. Lieber eine gewisse Zeit anstrengend und hinterher gut, als die ganze Zeit anstrengend und nie gut. Oder?«

»Tja, wenn man es so sieht …«

Marie und Lena starren in das heiße Feuer und die umherstiebenden Flocken. Marie denkt nach. Das Richtige tun. Zu wagen, genau das zu tun, was man will, ohne daran zu denken, ob die andern das gut finden oder nicht.

»Warte!«

Marie lässt Lena los und läuft zum Auto zurück. Wühlt im Kofferraum und holt ein paar riesige Winterstiefel heraus. Dann öffnet sie die Fahrertür, lehnt sich ins Auto, findet etwas anderes.

»Hier!«

Marie stellt Rolfs Winterstiefel vor Lena hin, sodass sie hineinsteigen kann. Dankbar schiebt Lena ihre blau gefrorenen Füße in die weichen Lederschuhe. Marie wirft etwas ins Feuer.

»Was war das?«

»Die Schlüssel zu meiner Wohnung.«

»Die Schlüssel zu deiner Wohnung?«

»Ja. Ich gebe es jetzt auf. Das Leben in Stockholm. Ich ziehe nach Hause.«

»Nach Hause?«

»Ja, nach Hause auf den Hof.«

»Zusammen mit Mama? Du? Soll das ein Witz sein?«

»Ganz und gar nicht. Was meinst du? Sollen wir zusammen eine Firma gründen, Schwesterchen?«

»Aber ...« Lena starrt ins Feuer. »Hast du die Schlüssel zu deiner Wohnung weggeworfen?«

»Na, ist ja wohl klar, dass ich noch einen Satz habe. Das war mehr symbolisch, verstehst du?« Marie lächelt ein wenig. »Aber willst du das denn? Essen kochen und ein Festival organisieren?«

»Ich muss mit Robert reden.«

»Mach das. Ich warte im Auto.«

»Jetzt? Aber ich stehe doch gerade hier und fackele den Fickteppich ab.«

»Mama verkauft den Hof, und Åsa will nicht mehr leben. Es eilt ein bisschen. Jetzt rein mit dir, rede mit Robert, ich passe so lange auf den Teppich auf.«

Lena stiefelt mit schweren Schritten zum Haus, dreht sich um, sieht zu Marie, die mit ernster Miene vom Feuer her winkt. Das Feuer wärmt angenehm. Marie streckt ihre Hände aus und lässt sie von der Hitze auftauen. Der Schlüsselring liegt mitten auf dem brennenden Teppich und schmilzt langsam. Als würde sie ein großes Joch verbrennen. Einen riesigen Stein, der auf ihren Rücken gedrückt hat, ohne dass sie es wusste. Mit langen Nächten, die keinen Spaß mehr gemacht haben, mit Männern, die ihr gleichgültig waren, mit einer engen und einsamen Wohnung, einem Mafiachef, null Zukunftsaussichten und viel zu wenig Kohle. Das alles liegt jetzt da auf dem Teppich und brennt lichterloh. Löst sich auf und steigt zum Himmel.

Marie zündet sich eine Zigarette an, nimmt einen tief knisternden Zug und formt Rauchringe zu den Schneeflocken hinauf.

Der Volvo saust über die E4. Marie raucht energisch und stellt ständig neue Radiosender ein. Lena sitzt daneben. Lehnt den Kopf an das kühle Fenster. Schließt die Augen. Schaut aber trotzdem. Nach innen.

Versucht, sich an schöne Stunden mit Åsa zu erinnern. Versucht, diese kleinen Maiglöckchen zu pflücken, ohne die man nicht sein möchte, die so himmlisch und unendlich süß duften. Lena, acht Jahre alt, weint, weil die Katze ihr Briefmarkenalbum vollgepinkelt hat. Die Seiten des Albums sind durch die Briefmarkengummierung zusammengeklebt, ganz zu schweigen von dem Gestank. Lena weint. Tagelang. So lange hat sie die bunten Briefmarken gesammelt und aufgehoben und geordnet. Jetzt erinnert sie sich. Wie Åsa ihrer kleinen Schwester ihr eigenes Briefmarkenalbum geschenkt hat. Das große rosafarbene mit einer ganzen Seite Briefmarken nur in Rosa und einer Seite nur mit Tiermotiven. Lena hat aufgehört zu weinen. Ein Maiglöckchen.

Lena ist schwanger mit Josefine. Es geht ihr schlecht. Sie ist traurig. Hat Schmerzen. Ist müde. Åsa übernimmt ihre Schicht auf dem Hof. Ohne zu feilschen oder um einen Ausgleich zu bitten. Steht morgens auf und kümmert sich um die Kühe, während Lena noch in ihrem warmen Bett liegt, den Spuckeimer neben sich. Ein Maiglöckchen.

Åsa war frisch mit einem Typen zusammen, Greger. Sie wollten zum ersten Mal Sex miteinander haben. Etwas verlegen und besorgt fragt sie Lena um Rat, ihre etwas weiter entwickelte kleine Schwester. Das muss schwer für sie gewesen sein, ihre kleine Schwester um Rat in Sachen Sex zu bitten! Åsa, die, wann immer sich Filmstars im Fernsehen küssten, auf ihr Zimmer stürzte. Åsa kriegte zwei Kondome von Lena und den Rat, nicht so zu tun, als sei es schön gewesen, wenn der Typ es nicht gebracht habe. Sie wünschte ihr, dass es gut laufen würde. Ein Maiglöckchen.

Im Jahr 2003 hatten Robert und Lena eine totale wirtschaftliche Krise. Roberts Buchhaltung war vollkommen aus dem Ruder gelaufen, Lena hatte keinen Job, und Josefine brauchte eine neue Winterjacke. Åsa hat ihnen Geld geliehen, das sie später nicht zurückhaben wollte. Ein Maiglöckchen.

Lena haut ab. Robert bleibt allein zurück mit den Kindern, der Firma, dem Haus und den vielen Haustieren. Åsa kommt zu ihnen, putzt, kocht, kauft Kleider, baut eine neue Tür für den Kaninchenstall. Ein Maiglöckchen.

Åsa und Robert schlafen miteinander. Küssen sich, ziehen sich gegenseitig aus, streicheln ihre Körper, reißen sich Hosen und Unterwäsche herunter, Robert in Åsa. Åsa mit Robert in sich. Besoffen, kichernd, nackt, scharf. Lenas Mann und Lenas Schwester, zusammen in Ekstase.

Das ist so weit von einem Maiglöckchen weg, wie es nur geht. Ein ganzes Fußballfeld voller Disteln. Brennende Disteln. Giftige, brennende Disteln.

Während Marie draußen am Feuer stand und rauchte, saß Robert weinend im Sessel. Sie hatte so ein schönes Gefühl im ganzen Körper, als sie die Treppe hinaufging und ihr Herz voller Vergebung war. Das Gefühl, verzeihen zu wollen. Nicht nur brennende Disteln in sich zu tragen, sondern zu verzeihen. Den Teppich anzuzünden und zu verzeihen.

Sie schüttelte Rolfs Winterstiefel von den Füßen, schlich auf nassen Socken herein und betrachtete Robert im Sessel. In seiner weißen Jogginghose, mit roter Nase, roten Wangen und roten Augen. Dann ging sie einfach zu ihm. Beugte sich zu ihm hinunter. Legte den Kopf in seinen Schoß. Sie hörte, wie Robert seine Entschuldigung, seine Reue, seine Liebe flüsterte. Hörte seinen Atem. Warm, süß und traurig. Und dann, mit dem Kopf auf seinem Schoß, sagte sie, dass sie ihm verzeihe. Scheißegal. Ich liebe dich. Ich will nicht, dass wir getrennt sind. Ich will mit dir und unseren Kindern zusammen sein. Ich hätte diesen Fehler genauso gut machen können. Manchmal macht man Fehler. Robert, ich liebe dich!

In seinen Arm kriechen zu können, zum ersten Mal seit anderthalb Monaten. Nein, seit zwei Jahren! Ihn umarmen zu dürfen. Und zu merken, dass das Liebe ist. Seinen Geruch riechen, seine Wärme spüren, seine vom Weinen geschwollenen Augenlider küssen. Nur Gutes wollen. Keine

Bitterkeit oder Rachlust verspüren. Nur im Licht des brennenden Teppichs dasitzen und verzeihen.

Seine Erleichterung küssen. Seine erstaunte Erleichterung. Er dachte niemals, dass sie ihm verzeihen würde. Ein Maiglöckchen. In dem Moment, im Sessel, ein Maiglöckchen.

Nein, es wird nicht leicht werden. Aber es wird gut werden.

Åsa. Warum ist es mit ihr schwerer? Warum hat sie den Eindruck, alles sei Åsas Schuld? Als wäre sie es, die Robert verführt und dafür gesorgt hätte, dass sie schwanger wird. Als wäre sie die Böse. Dabei hat Åsa sich doch noch nie einfach die Kante gegeben und dann die Typen von anderen gevögelt. Das ist einfach nicht ihr Stil. Denk an die Maiglöckchen, Lena! Konzentrier dich auf das Gute! Sowie du den Fokus verlierst, fährst du mit Vollgas in die Rachefalle. Wenn du diese Tür erst einmal geöffnet hast, braucht es Bärenkräfte, um sie wieder zu schließen.

»Wie geht es dir?«

Marie wirft die Kippe aus dem Fenster und lüftet ein wenig. Der Volvo stinkt nach Rauch und Wunderbaum, Lena versucht, durch den Mund zu atmen.

»Also, gut fühlt es sich nicht an. Ich denke an Åsa. Weiß nicht, wie ich ...«

»Nein, das verstehe ich. Versuch, nicht an dich zu denken. Sieh nicht dich selbst vor deinen Augen, sondern stattdessen Åsa. Wie es ihr jetzt gerade geht. Wie sehr sie alles bereut, in welche Scheißsituation sie sich gebracht hat. Wie sie das Kind am liebsten wegmachen lassen und es gleichzeitig behalten möchte. All das.«

Routiniert fährt Marie in die Busspur und biegt in die Rörstrandsgatan ein. Sie parkt auf einem freien Behindertenparkplatz und zieht die Handbremse fest an. Der Volvo dampft von Zigarettenrauch und Stress. Wie ein schnaubendes Tier auf der völlig menschenleeren Stadtstraße. Ein Stück entfernt parkt Åsas kleiner Sportwagen. Die Stadt schläft. Die Nacht zwischen dem ersten und dem zweiten Feiertag. Stiller Schneefall. Dunkle Fenster, abgesehen von den obligatorischen Weihnachtssternen und, wo jemand noch auf ist, einigen angezündeten Kerzen. Marie schielt zu Åsas und Adams Wohnung hoch. Dunkel. Schwaches Licht aus der Küche, ansonsten dunkel.

Marie schaut ihre kleine Schwester fragend an. Lena fährt mit dem Blick an dem hohen Gebäude hinauf, hält bei Åsas Wohnung inne und zieht sich ihre Kapuze über den Kopf.

»Auf, gehen wir.«

Lena und Marie stehen in dem engen kleinen Fahrstuhl.

»Mein Gott, das ist echt schon einige Jahre her, dass ich hier war und sie besucht habe«, meint Lena. Liebevoll legt Marie ihrer Schwester den Arm um die Schultern.

»Ja, dann ist es verdammt noch mal an der Zeit.«

Der Fahrstuhl ruckelt und bleibt im fünften Stock stehen. Marie schiebt die Falttür auf und nimmt Lenas Hand. Sieht sie an. Sie ist ganz rußig im Gesicht, stinkt nach Rauch. Zigarettenrauch und Brandrauch. Sie hat immer noch Rolfs riesige Stiefel an den Füßen. Marie sieht an sich selbst herunter. Sie hat es nicht geschafft, den Melkoverall auszuziehen. Auf dem Rücken steht in Großbuchstaben der Aufdruck der Molkerei. Ein gemütlicher bäuerlicher Duft von Kühen und süßer Milch. In einem Treppenhaus auf der Rörstrandsgatan wirkt das ein bisschen abgefahren. Eine Pyromanin und eine Bäuerin auf der Flucht. Marie grinst. Lena schluckt.

»Denk jetzt an Åsa. Versetz dich in ihre Situation. Und dann denk an Mama. An den Hof, an deine Firma. Denk an alles andere, nur nicht an dich selbst und den Betrug, der dir widerfahren ist. Okay?«

Lena nickt. Reibt sich mit rußigen Fingern die Augen, was ihr einen sehr müden Eindruck verleiht. Kohlschwarze Ringe unter den Augen.

Marie klopft an die hohen Flügeltüren. Wartet, dass sich in der Wohnung jemand rührt. Keine Antwort. Marie drückt auf die laute Klingel. Nichts. Beunruhigt sehen sich die beiden an. Marie klopft fester an die Tür, und Lena drückt auf die Klingel. Kein Laut. Jedenfalls keiner von Åsa. Dafür öffnet sich die Flügeltür gegenüber vorsichtig. Ein Mann in glänzenden Boxershorts mit Snoopy-Aufdruck steht in der Tür. Das lange Haar fällt ihm in einem zerzausten Zopf über den Rücken. Lena, in ihrer Kapuzenjacke und mit den rußigen Augenringen, dreht sich um. Der Mann schreckt zurück. Marie geht auf ihn zu.

»Tut mir leid, dass wir mitten in der Nacht stören. Aber wir suchen unsere Schwester Åsa, die gegenüber wohnt.«

»Ja, die kenne ich.«

Der Mann reibt sich müde die Augen, gähnt und versucht, seinen nackten Oberkörper zu wärmen, indem er die Arme vor der Brust verschränkt.

Marie macht den obersten Knopf des Overalls auf.

»Also, sie müsste eigentlich zu Hause sein, aber das ist sie nicht. Du hast sie nicht zufällig gesehen oder etwas gehört, oder?«

»Tja, also ... Gestern Nacht habe ich Adam gesehen, glaube ich. Wir sind zur gleichen Zeit nach Hause gekommen. Aber Åsa, nee ... Es riecht übrigens nach Rauch. Brandgeruch. Merkt ihr das auch?«

Der Mann gähnt und hält seine Knubbelnase in den Wind. Marie schnuppert an ihrem Overall.

»Das sind wir. Wir haben etwas Laub verbrannt ... Vorher.«

»Aha. Laub?«

Der Mann lächelt etwas kryptisch und schüttelt seine Haare. Er scheint sich unsicher zu sein, ob das eine Situation für die Notrufnummer ist.

»Sie macht nicht auf, obwohl sie eigentlich zu Hause sein müsste, habe ich das richtig verstanden?«

»Ja, ungefähr.«

Lena donnert noch mal an die Tür.

»Also, ich habe ja einen Ersatzschlüssel von Åsa und Adam, falls sie ihren mal vergessen oder sich aussperren oder so, aber ich weiß nicht so recht.«

»Kein Problem, wir sind ja ihre Schwestern.«

Marie lächelt breit und zeigt auf sich selbst und Lena. Der Nachbar betrachtet die beiden und muss lachen. Er hebt die Augenbrauen und mustert Maries Melkoverall.

»Aha. Ihr seid also Åsas Schwestern.«

Marie wirft ihr vor Rauch starrendes Haar herum und grinst. »Yes.«

»Bist du ... bist du Bäuerin oder was?«

»Ja, das kann man sagen.«

»Cool. Schickes Outfit. Bäuerin. Wow.«

»Können wir eben die Schlüssel haben?«

»Ja, natürlich, sofort.«

Der Mann schlendert in seine Wohnung zurück, sucht in der Küche herum, überlegt es sich anders und kommt wieder in den Flur. Jetzt trägt er einen alten Frotteemorgenmantel, sucht in Tüten und kleinen Schränkchen. Auf der Rückseite des Morgenmantels ist ein großer Aufnäher mit dem Text *Deep Purple* aufgenäht. Schließlich findet er den Schlüssel in einer kleinen Schachtel auf der Hutablage. Stolz überreicht er ihn Marie.

»Tata! Legt ihn hinterher einfach in meinen Briefkasten. Gute Nacht.«

Der langhaarige Mann schließt die Tür leise hinter sich. Marie steht mit dem Schlüssel in der Hand da.

»Ah so. Sollen wir reingehen?«

»Ich glaube, es ist am besten, wenn ich allein reingehe. Åsa und ich müssen unter vier Augen miteinander reden.«

»Aber ...«

»Warte so lange hier draußen. Ich komme gleich wieder.«

Lena steckt den Schlüssel ins Schloss, dreht ihn herum

und betritt den dunklen Flur. Marie lässt sich auf dem kühlen Marmorfußboden nieder und steckt sich einen Snus unter die Lippe.

Die Wohnung ist völlig dunkel und still. Lena schleicht durch die Zimmer. Kaum Möbel. Blumen, Teppiche und ein einsames kleines Sofa.

»Åsa? Hallo, bist du zu Hause? Åsa?«

Lena bleibt stehen. Mitten im dunklen Wohnzimmer. Nur die Weihnachtsbeleuchtung von den gegenüberliegenden Häusern und der schwache Vollmond hellen das Ganze ein wenig auf. Sie steht da, und ihr wird plötzlich ganz kalt. Wenn. Wenn Åsa. Wenn sie sich ... umgebracht hat. O Gott! Die kleine Åsa mit dem großen Herzen, die niemals jemandem etwas Böses will, die nie ... verdammt!

Lena weiß nicht, was sie tun soll, wo sie suchen soll, was sie finden will. Das Badezimmer! Wenn sie sich in die Badewanne gelegt und sich die Pulsadern ... Nein! Lena stürzt zum Badezimmer, tastet nach dem Lichtschalter, schaut, schluckt, keiner da. Mit zitternden Händen öffnet sie den Badezimmerschrank, aber es liegen keine seltsamen leeren Pillenschachteln dort, alle Rasierklingen sind an ihrem Platz.

Lenas Herz schlägt. Sie darf nicht tot sein. Das geht einfach nicht. Was auch immer, aber nicht das. Lena dreht um, wieder hinaus in den Esszimmergang, schaut in Adams Arbeitszimmer – leer. Öffnet Åsas Arbeitszimmer, ein schwaches blaues Licht. Im Sessel liegt sie. Mit geschlossenen Augen und halb offenem Mund. Eine Decke über den Beinen, den Laptop auf dem Schoß und einen großen Kopfhörer auf. Mit einem Schritt ist Lena am Sessel und nimmt Åsas Gesicht. Ist es warm? Hat sie einen Puls?

»Åsa, Åsa!«

»AAAAAAAA!«

Åsa erwacht mit einem Schrei. Jemand hält ihren Kopf

fest, dreht ihn, jemand mit einer Kapuze über dem Kopf und schwarz unterlaufenen Augen. Ein Verrückter! Ein Verrückter ist bei ihr eingebrochen!

»Du lebst!«

Der Verrückte mit der Kapuzenjacke schreit. Åsa schreit zurück. Der Laptop fällt mit einem heftigen Knall auf den Fußboden. Der Verrückte hebt ihn auf und tut ihn auf den Schreibtisch. Jetzt sieht Åsa: Es ist Lena. Da drinnen in der Kapuze. Lena, nach Feuer und Rauch stinkend und mit schwarzem Dreck unter den Augen. Åsa nimmt den Kopfhörer ab.

»Lena! Wie bist du hereingekommen?«

»Ich hab mir den Schlüssel von eurem Nachbarn ausgeliehen.«

»Ach so ... Tobias.«

Schweigen. Lena zieht sich die Kapuze vom Kopf und wischt sich übers Gesicht, was ihm eine dunkelgraue Nuance verleiht. Åsa legt die Decke wieder über die Knie und beginnt, an den Fransen herumzuzupfen. Lena sieht zu Boden.

»Wir haben geklopft ... aber du hast uns nicht gehört.«

»Nein ... ich hatte die Kopfhörer auf, habe einen Film angeschaut und bin wahrscheinlich eingeschlafen.«

Schweigen.

Lena setzt sich auf den alten Holzstuhl gegenüber von Åsa. Schaut sich im Zimmer um. Der große Schreibtisch, all die Computer und Drucker, Bücherregale, Bücherstapel, Zeitungsstapel, draußen vor dem Fenster die stille, dunkle Rörstrandsgatan. Åsa. Mager und blass liegt sie in dem großen Sessel. Die Haare hinter den Ohren und die Brille auf der Nasenspitze. Ihre Schwester. Nein, wenn sie nicht Schwestern wären, dann hätten sie sich nie kennengelernt. So verschieden sind sie. Es gibt keinen einzigen Ort, an dem sie sich treffen könnten, nicht das kleinste gemeinsame Freizeitinteresse, das sie verbinden könnte. Nichts.

Aber nun ist Åsa ihre große Schwester. Und sie liebt

sie. Würde alles für sie tun. Ja, wirklich. Wenn es darauf ankäme. Wenn es wirklich darauf ankäme. Jetzt verkümmert Åsa in ihrem Sessel. Jetzt ist sie schwanger. Vielleicht von ihrem Mann, vielleicht aber auch von Lenas Mann. Jetzt kommt es drauf an. Jetzt ist der Moment da. In dem es darauf ankommt. Zu versuchen, Jesus zu sein.

»Ich wollte nur ... wir müssen reden.«

»Ich weiß.«

»Du bist schwanger. Vielleicht ist es von Robert.«

»Ja.«

»Vielleicht ist es von Adam.«

»Ja.«

»Das, was ihr gemacht habt, Robert und du ... das war doch nur eine einmalige Sache, oder? Du bist nicht ... Also, du willst nicht mehr von ihm?«

»Ganz sicher nicht. Robert ist dein Mann. Was wir gemacht haben ... Das war ...«

»Ich weiß, ich weiß. Robert hat es erzählt. Also, ich habe versucht, darüber nachzudenken, wie es weitergehen kann. Ich will nicht, dass ... du unglücklich bist. Ich weiß, wie sehr du dich nach diesem Kind gesehnt hast. Ich versuche es so zu sehen wie ... wie mit den Kühen. Wir führen den Brunstkalender, und wenn sie brünstig sind, dann inseminieren wir sie ganz einfach. Wir wissen nicht genau, welcher Bulle der Vater ist, denn wir haben ja Sperma von verschiedenen genommen. Jetzt warst du zufällig brünstig ... und bist schwanger geworden ... Und dieses Kind gehört dir. Wer der Vater ist, das muss sich erst noch herausstellen. Wenn es Adam ist, dann ist es gut. Wenn es Robert ist ... dann ist es eben so.«

»Robert ist dein Mann, Lena. Also, wenn sich herausstellt, dass das hier Roberts Kind ist, dann muss er nicht ...«

»Natürlich muss er das! Es ist doch sein Kind! Wir müssen uns gegenseitig helfen. Du trägst den Cousin oder die Cousine meiner Kinder in deinem Bauch. Wenn Robert der Vater ist, dann müssen wir ihn ganz einfach wie einen Bullen betrachten, der seinen Job gemacht hat. Dich glücklich gemacht hat.«

»Oder uns alle unglücklich.«

»Nee, wenn wir es so sehen, dann können wir es vergessen. Robert und ich haben miteinander geredet. Er war schockiert. Aber ich glaube, wenn es sein Kind ist ... Das muss ja nicht sein, aber wenn es so ist, dann kriegen wir das auch irgendwie hin. Ich behaupte nicht, dass es leicht wird. Aber wir können auch nicht einfach die Augen zumachen. Da spielt man besser mit offenen Karten.«

»Ja. So ist es. Glaubst du, du schaffst das?«

»Vielleicht. Wir müssen sehen.«

»Und Robert?«

»Vielleicht. Es wird sicher nicht einfach. Für dich auch nicht. Du hast Adam verloren, oder?«

»Ich weiß es nicht. Vorhin hat er mal angerufen, aber es ist schwer. Er ist so traurig. Und ich auch.«

Åsa führt ihre Hand zum Mund und drückt sie an ihre Lippen. Die Tränen sprudeln nur so hervor und tropfen ihr auf die Handgelenke. Lena legt ihre Hand auf Åsas Knie.

»Daran denke ich auch. Dass du vielleicht Adam verloren hast. Ihr hattet es gut zusammen, nicht wahr?«

»Ja, schon. Vielleicht wurde alles etwas schwierig, als wir probiert haben ... Aber sonst war es gut. Vorher. Aber ich weiß nicht. Ich liebe ihn. Aber ... aber es war schwierig.«

»Weißt du was ... manchmal habe ich gedacht, dass es dir recht geschah. Dass du keine Kinder bekommen hast. Du hattest so viel Geld und warst so erfolgreich, und ich dagegen habe gerade mal ein paar Kröten mit meinen beschissenen Jobs verdient. Da habe ich manchmal das Gefühl gehabt, dass es nur gerecht war, dass du nie schwanger wurdest, dadurch war ich dir gegenüber im Vorteil. Weil ich ja vier Stück hatte. Ich konnte nicht viel, aber Kinder – auf dem Gebiet war ich perfekt. Das hier ist wahrscheinlich die Strafe dafür, dass ich es so gesehen habe. Gott sieht doch alles.«

»Und ich ... ich fand manchmal, dass du so schlampig warst. Mit deinen Kindern. Dass du sie nicht richtig verdient hast. Ich war so neidisch, Lena. Verstehst du das? Du hast mit deinen vier wunderbaren Kindern dagesessen und dich beschwert, während in meinem Bauch nur Leere war. Es tut mir leid.«

»Ich verstehe dich.«

»Wir müssen eins nach dem anderen anpacken.«

»Ja, das müssen wir.«

»Ach ja, das mit dem Geld. Du kannst es haben, wenn du willst. Ich habe das wirklich so gemeint. Ich verkaufe die Wohnung, du kriegst das Geld, und ...«

»Aber ...«

»Nein, kein Aber. Nimm das Geld einfach. Ich will es so, und ich hätte es in jedem Fall gewollt. Auch wenn ... auch wenn das hier nicht passiert wäre.«

»Okay. Dann nehme ich das Geld.«

»Gut.«

»Marie wird auch auf den Hof ziehen.«

»Was?«

»Ja, wir packen das gemeinsam an. Aber jede von uns mit einem eigenen Projekt.«

»Super.«

»Und was wirst du jetzt machen?«

»Weiß nicht. Ein Kind kriegen.«

»Bleibst du hier wohnen, oder ...«

»Mal sehen. Ihr müsst sagen, falls ihr Hilfe mit dem Hof braucht, wenn ihr den jetzt übernehmt. Ich bin hier, und ich kann schließlich auch melken, wenn es nötig ist. Oder Websites machen und so. Wenn du es aushältst, mich da zu haben.«

»Gut zu wissen.«

Schweigen. Nur ein pfeifender Laut von draußen, der Schnee und der Wind tönen durch die Fensterritzen. Lena macht die kleine Lampe auf dem Hocker neben dem Sessel an. Betrachtet den Stapel mit DVDs, der sich auf dem Fußboden türmt.

»Was hast du angeschaut?«

»Was denn?«

»Was für einen Film?«

»Ich habe mir die Box mit der ersten Staffel von ›Lost‹ bestellt, und jetzt arbeite ich mich durch die ganzen DVDs. Das ist ein wenig wie Therapie. Oder vielleicht nicht Therapie, aber ich muss dann wenigstens nicht denken.«

»›Lost‹. Ich habe im Herbst jede Menge davon versäumt. Hab irgendwie nichts Anspruchsvolleres als ›Glamour‹ gucken können.«

»Willst du mithören? Ich habe zwei Headsets.«

»Okay.«

Lena zieht ihren Stuhl vor und setzt sich die Kopfhörer auf. Denkt ein oder zwei Sekunden an Marie, die da draußen im Treppenhaus entweder eingeschlafen oder verrückt geworden sein muss, aber sie will die Magie des Augenblicks nicht stören. Åsa wirft die DVD an, setzt sich auch Kopfhörer auf und lehnt sich zurück, die Decke über den Knien.

Lena legt ihre Hand auf die von Åsa, streichelt sie leicht, zieht dann die Hand zurück und legt sie auf ihr eigenes Knie. Vielleicht geht es. Vielleicht können sie das hier gemeinsam durchstehen. Vielleicht. Hofft sie.

Marie schaut auf die Uhr. Gleich halb vier Uhr morgens. Was machen die da drin eigentlich? Sie räuspert sich, spuckt ihren dritten Snus in das kleine zerknitterte Stück Papier und knüllt es in die Tasche des Overalls. Sie muss rauchen. Und zwar richtig. Aber sie hat überhaupt keine Lust, bei zwölf Grad minus und eisigem Wind rauszugehen, um sich eine Zigarette zu gönnen. Ach, scheißegal, es schlafen sowieso alle, keiner merkt etwas. Und wenn sie etwas merken würden, was würden sie dann schon tun, ihr in den Kopf schießen oder sie bitten, die Zigarette auszudrücken?

Marie nestelt das Päckchen aus der Brusttasche des Overalls, steckt sich eine Zigarette in den Mundwinkel und zündet sie an. Tiefer Zug. Ah, wie gut. Wieso hören die Leute bloß auf zu rauchen? Also, wie machen die das rein praktisch gesehen? Was machen sie, anstatt diesen würzigen Rauch in die Lungen zu saugen? Ein Snickers essen? Wie kann das dieselben Bedürfnisse erfüllen?

Marie nimmt noch einen Zug. Sie streckt die Beine auf dem kühlen, fast eiskalten Marmorfußboden aus. Wedelt müde mit den Füßen. Die gefütterten Stiefel quietschen auf dem Marmor. Marie grinst, als sie all den Mist und die alten Heureste unter den Schuhsohlen sieht. Ja, ja. Das hätte sie vor ein paar Monaten auch nicht gedacht. Dass sie kurz nach Weihnachten in Vaters altem stinkendem Melkoverall und seinen Melkstiefeln herumsitzen und sich wohlfühlen würde.

Um diese Tageszeit, in der Nacht zum zweiten Feiertag, ist im Rock'n'chock immer der Bär los. Alle, die Weihnachten überlebt haben. Die einen ganzen Tag lang dagesessen und sich die Familienmaske vors Gesicht gehalten haben, die widerlich süßen Glögg getrunken und Schinken gegessen haben. Endlich. Endlich dürfen sie sie selbst sein. Sich volllaufen lassen, saugute Musik hören, tanzen, vielleicht ein wenig poppen.

Es zieht ein kleines bisschen in Maries Bauch. Es kann schon richtig cool sein an der Bar. Wenn die Atmo stimmt und man in dieses selige Fließen kommt. Die Drinks schweben nur so über den Tresen, man lacht, schwitzt, flirtet, kriegt Trinkgeld, nimmt einen Drink, eine Zigarette, plaudert mit den Stammgästen.

Aber da waren auch die Schmerzen im Körper. Der miese Lohn. Der idiotische Chef. Die anderen Barkeeper, die kündigen, studieren, ihr Diplom machen und Kinder kriegen. Dieses Gefühl, dass jetzt Schluss ist. Dass es nicht mehr so weitergeht. Sie hat es geschafft. Sie ist gegangen. Sie musste nur die Tür aufmachen und gehen. Oder, na ja, ganz so einfach war es vielleicht nicht. Verdammt, was musste sie erst mit dem Schloss rummachen.

Marie ascht in das kleine vom Snus verklebte Papier. Verdammt, jetzt könnten sie aber mal rauskommen! Was machen die denn da drin? Anderthalb Stunden. Entweder einigt man sich oder nicht. Und dann ruft man seine Schwester, die draußen im Treppenhaus sitzt und sich den Arsch abfriert. Marie klingelt an der Tür. Keine Antwort. Marie donnert an die Tür. Keine Antwort. Marie ruft sowohl Åsa als auch Lena auf dem Handy an. Keine Antwort. Marie wummert an die Tür, zündet sich eine neue Zigarette an, während sie die Türklingel drückt und es auf den Telefonen der Schwestern klingeln lässt.

»Was ist denn jetzt los?«

Der langhaarige Nachbar schaut aus seiner Tür. In seinem hellblauen alten Morgenmantel, das Haar zu einem Zopf gebunden und die Füße in ein paar Hausschuhen in Form von … in Form von E-Gitarren …

Marie hält mitten im Klopfen inne, die Zigarette im Mundwinkel.

»Oh, tut mir leid. Hab ich dich jetzt schon wieder geweckt?«

»Nein, ich war ja schon wach und habe mich nicht bemüht, wieder einzuschlafen. Sind jetzt deine beiden Schwestern weg?«

»Also …« Marie lacht etwas peinlich berührt. »Also, ich verstehe ja, dass dir das etwas seltsam vorkommen muss.«

»Ja, das kann man wohl sagen.«

»Meine beiden Schwestern reden da drinnen miteinander. Reden über ernste Sachen. Aber ich finde, jetzt sollten sie mal langsam fertig sein. Aber sie hören mich nicht.«

»Das ist ja schon etwas skurril.« Der Nachbar grinst. »Erst hat deine eine Schwester nicht aufgemacht. Und jetzt öffnet keine deiner Schwestern. Was ist da drinnen in der Wohnung eigentlich los?«

In dem Moment hört Marie die Musik aus der Wohnung des Mannes. Ihr Gesicht hellt sich auf.

»›Run To the Hills‹ von The Number of the Beast!«

»Genau. Gute Platte, aber nicht die beste von Iron Maiden.«

»Nein, das ist natürlich Killers.«

»Findest du? Na ja, ich bin da mehr für Piece of Mind.«

»Piece of Mind? Was? Machst du Witze? Die soll am besten sein? Das kann ja wohl nicht dein Ernst sein.«

»Wer bist du eigentlich? Eine Bäuerin mitten in der Stadt, die nach Feuer stinkt und die Iron Maiden mag.«

»Also, so gern mag ich Iron Maiden auch wieder nicht. Meine Lieblingsgruppe ist Black Sabbath.«

»Weißt du was, komm doch rein und warte bei mir. Dann können wir uns ein paar Platten anhören. Wir legen deinen Schwestern einen Zettel hin. Willst du einen Tee oder ein Brot oder so was?«

»Also ehrlich, ein Brot wäre klasse.«

»Ich hab aber nur noch Knäcke und Kaviarcreme.«

»Klingt traumhaft.«

»Also, dann komm doch rein, und ich mache deine Träume wahr.«

Der langhaarige Nachbar tappt in seinen Gitarrenschuhen zum Kühlschrank. Marie zieht die Stallgummistiefel aus, knöpft das Oberteil des Overalls auf und schüttelt ihre Haare ein wenig.

»Ein Brot reicht mir, das mit den Träumen erledige ich selbst. Aber trotzdem vielen Dank.«

Mein Dank geht an …

… Agi (meinen Liebling!), weil du dir geduldig alle armseligen Probleme aller Charaktere dieses Buches angehört und mir geholfen hast, sie zu lösen. Und weil du hinterher das ganze Buch mit der allerfeinsten Nagelfeile geschliffen und über jedes Wort nachgedacht hast! Du bist am klügsten, am witzigsten und überhaupt am besten!

… Åsa Selling und Ulrika Åkerlund, meine Freundinnen bei Bonnier. Ohne euch – kein Buch. Und wenn es doch ein Buch geben würde, dann wäre das voll von Rechtschreibfehlern, Wiederholungen und manchmal ziemlich unlogischen Handlungen. Aber in solchen Dingen helft ihr mir so unglaublich feinfühlig und aufmerksam (aber hartnäckig, wo es erforderlich ist!).

… Erik Ahrnbom, weil du dich hingesetzt und mit mir den Plot ausbaldowert hast. Und auch noch auf die herrliche Idee gekommen bist, dass Åsa, Lena und Marie Schwestern sein könnten und nicht einfach Freundinnen, wie ich es zunächst vorgehabt hatte.

… Lotten Sunna und Rebecka Ahlgren Aldén. Ihr habt mir so lebendig von euren Erfahrungen in einer Hardrock-Bar erzählt, dass es ein reines Vergnügen war, hinterher von Marie zu schreiben.

… Emi Gunér und Nicklas Mattson, weil ihr (im Gegensatz zu mir) alles über das schwer verständliche Netzwerk der IT-Welt wisst. Und dann euer Wissen auch noch mit mir geteilt habt!

… Jenny auf dem Milchhof in Almunge. Du hast mir nicht nur gezeigt, was ein Brunstkalender ist, sondern alle deine schönen Kühe und deinen ganzen Hof vorgeführt. Und du hast sogar versucht, mir ein paar junge Katzen mitzugeben, aber da habe ich Nein gesagt.

... meine Nachbarin Anette Rosvall, die fand, dass Marie am Ende noch ein wenig Liebe verdient habe – eine sehr gute Idee, die ich sofort geklaut habe.

... meine Schriftstellerfreunde, ihr wisst schon, wen ich meine. Ihr seid immer da, wenn ich eine Frage habe oder einen Tritt in den Hintern brauche oder Zuspruch oder ganz allgemein guten Rat.

... meine allerbeste Schwiegermutter Britt, die auf die Kinder aufpasst, wenn ich nur Piep mache (und Sagas höchst persönlichem Babysitter Emma Rosander möchte ich auch danken).

Und natürlich an Mama Kerstin und Papa Janne, die mich gemacht haben und die immer für mich da sind, das habt ihr gut gemacht, und ihr macht es immer noch gut. Vielen Dank, ihr Lieben!

Und natürlich danke ich allen meinen Freunden! Ganz allgemein. Ihr macht meine Welt so glitzernd, gut und warm!

Eure Emma

SERIE PIPER

Emma Hamberg

Immer dieser Zirkus mit den Männern

Roman. Aus dem Schwedischen von Susanne Dahmann. 288 Seiten. Serie Piper

Ankis Leben in einer schwedischen Kleinstadt, zusammen mit Peter im Eigenheim, ist vielleicht nicht das aufregendste, aber sie ist damit ganz zufrieden. Das ändert sich, als sie ihn beim Fremdgehen erwischt. Für sie bricht eine Welt zusammen. Zusammen mit ihrer besten Freundin flieht sie in die Großstadt, dabei wäre es ihr am liebsten, wenn alles wieder so wäre wie vorher. Natürlich hat sie keine Ahnung, was das Leben alles für sie bereithält – von charmanten Ärzten bis zu warmherzigen Lastwagenfahrern …

Witzig und temporeich erzählt Emma Hamberg von einer Frau, die ins kalte Wasser springen muss, um zu erfahren, wer sie ist und was sie eigentlich will.

05/2287/01/L

Hanna Dietz

Mein unheimlich romantischer Mann

Roman. 224 Seiten. Serie Piper

Einen unromantischeren Heiratsantrag als den ihres Freundes Jan gibt es nicht, davon ist Lotte überzeugt. Mit einem Bierdosen-Verschluss als Ring, das muss man sich mal vorstellen! Natürlich sagt sie trotzdem Ja – und beschließt, aus Jan einen Romantiker zu machen und mit ihm die romantischste Hochzeit aller Zeiten zu feiern. Doch Jan erweist sich als harter Brocken. Die Feier wird ebenso katastrophal wie die Hochzeitsreise nach Frankreich. Lotte setzt ihrem Mann die Pistole auf die Brust: entweder mehr Romantik – oder Scheidung! Und siehe da, es funktioniert. Doch leider fangen Lottes Probleme jetzt erst richtig an …

Temporeich und witzig ist der neue Roman von Hanna Dietz über die Träume von der großen Romantik und deren Bruchlandung im Reich der Wirklichkeit.

05/2268/01/R

JETZT NEU

Jede Woche vorab in einen brandaktuellen Top-Titel reinlesen, ...

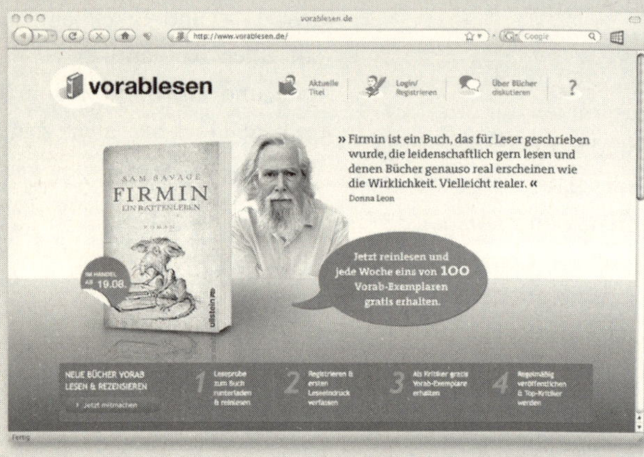

... Leseeindruck verfassen,
Kritiker werden und eins von
100 Vorab-Exemplaren gratis erhalten.

vorablesen.de